SHERIN NAGIB

Talking to the Moon

Moon Notes

Originalausgabe
1. Auflage

Max-Brauer-Allee 34, 22765 Hamburg

Dieses Werk wurde vermittelt durch die
Langenbuch & Weiß Literaturagentur.

Druck und Bindung: FINIDR, s.r.o., Lípová 1965,
737 01 Český Těšín, Tschechische Republik
Printed 2023
ISBN: 978-3-96976-036-9

www.moon-notes.de

FÜR ALLE, DIE IN DER LIEBE EIN ZUHAUSE SUCHEN.

AUSSPRACHE

Jaad: ʒad

جاد

Judy: ˈʒuːdɪ

جودي

1 thanks for the french kiss

- JUDY -

Wie Zuckerwatte sahen die Wolken aus, die an mir vorbeizogen, während ich die hölzerne Treppe hinunterstieg, die eine Steilklippe entlangführte. Weit unten lag der Strand. Die Luft schmeckte salzig. Wellen brachen sich an den Felsen, die aus dem Meer ragten. Es war Ende März, der Wind war noch frisch, doch wenn die Sonne im Zenit stand, konnte man sich einbilden, es sei schon Sommer.

Am Fuß der Treppe angekommen, schaute ich mich suchend um. Roxy hatte mich heute Nachmittag an dem neuen Coffee-Spot treffen wollen, von dem wir so viel gehört hatten. Doch jetzt war weit und breit keine Spur meiner Freundin und Mitbewohnerin zu sehen. Ich hielt nach dem Café Ausschau, um dort auf sie zu warten. Doch bis auf einen schwarzen Truck, der mitten auf dem Strand parkte und in der Sonne glänzte, war nichts zu sehen. Neben mir am Treppengeländer verkündete ein Schild den Namen des Strandes.

Ich war richtig. *Cameo Shores Beach.* Raue Klippen grenzten an den Strand und ragten schroff in die Höhe. Sie waren grün bewachsen und einige majestätisch hohe Bäume wachten auf ihren Plateaus.

Frustriert atmete ich aus und suchte erneut den Strand angestrengt nach meiner Freundin ab. Aus den Augenwinkeln sah ich gerade noch, wie etwas Schwarzes auf mich zuraste, da traf mich auch schon etwas Hartes. Dumpfer Schmerz fuhr in meinen Brustkorb, die Luft blieb mir weg, und ich wurde zu Boden gerissen. Verwirrt setzte ich mich wieder auf, füllte meine Lungen mit Sauerstoff und blinzelte heftig, um die aufgewirbelten Sandkörner aus meinen Augen zu vertreiben.

Ein dunkler Schemen hing über mir, den ich in meiner Panik nicht näher bestimmen konnte.

Erst nach wenigen Schrecksekunden erkannte ich, was mich umgerissen hatte: Aus braunen Kulleraugen blickte mich ein junger schwarzer Hund an. Es musste ein Labrador Retriever sein. Sein kurzes Fell glänzte in der Sonne, der Schwanz wedelte hin und her, während er den Kopf schief legte und mich neugierig musterte. Ganz so, als würde er überlegen, woher er mich noch mal kannte. Dabei sah er dermaßen süß aus, dass ich unfreiwillig loslachte. Als wäre das eine Aufforderung, kam der Hund ein Stück näher, und bevor ich es verhindern konnte, wanderte eine große, warme Zunge über mein amüsiertes Gesicht, die sich anfühlte wie Schleifpapier. Der Hund schleckte und schleckte, und ich schüttelte den Kopf.

Zungenkuss von einem Hund? Check. Das konnte ich definitiv von meiner Bucketlist streichen.

Von Weitem ertönte ein Pfiff. Der Labrador ließ von mir ab, machte einen Hüpfer und wandte den Blick in Richtung des Trucks. Ein Typ kam von dort aus auf uns zugerannt, groß und breitschultrig. Seine welligen, halblangen braunen Haare tanzten auf und ab und wurden vom Wind vor sein Gesicht geweht. Erst als er fast bei mir ankam, konnte ich hinter seiner Mähne mehr erkennen. Markante Züge, helle, leicht gebräunte Haut, graue Augen, glatt rasiert. Er trug eine schwarze Jeans im Used-Look mit zerrissenen Knien und dazu ein verwaschenes graues Shirt, auf dem *Respect the Locals* stand. Unter der Schrift war ein Hai aufgedruckt, der sein Maul aufgerissen hatte. Ihm fehlten nur noch Lederjacke und Motorrad, und der Look eines Möchtegern-Bad-Boys wäre komplett gewesen.

»Oh shit! Sorry, sorry, sorry. Alles okay?« Er fuhr sich durch die Haare, zog die Brauen zusammen. »Mist, das tut mir so leid. Lass mich dir helfen.«

Okay, doch kein Möchtegern-Bad-Boy?

Eine sonnengebräunte Hand erschien in meinem Blickfeld. Ich räusperte mich, griff nach ihr und ließ mich nach oben ziehen. Als ich vor dem Fremden zum Stehen kam, überragte er mich um zwei Köpfe, was aber bei meiner kleinen Statur kein Kunststück war. Er wirkte kaum älter als ich.

Für einige Sekunden bewegten wir uns nicht, starrten einander an und verharrten in peinlicher Stille, die durch das Tosen der Wellen und das Kreischen der Möwen irgendwie noch lauter wirkte. Ich für meinen Teil war vertieft in die Farbe seiner Augen. Sie erinnerten mich an den Mond, wenn ich ihn durch mein Teleskop betrachtete. Kleine Krater, umgeben von silbrigem Licht. Er hingegen blieb mit seinem Blick für meinen Geschmack einen Moment zu lang an meinem Hijab hängen.

Ich fasste mir in den Stoff, ging sicher, dass ich auch die richtige Farbe trug. Ja, ein kräftiges Fuchsia, das einen Kontrast zu meiner restlichen Kleidung bildete. Ein weißes Appa-Shirt und hellblaue Cargojeans. Trotzdem fing mein Herz an, zu pochen. Nicht auf die gute Art und Weise.

Der Hund erlöste mich, indem er bellte und sich zwischen uns drängte. Ich ließ die Hand des Typen fallen, nachdem ich bemerkte, dass ich sie immer noch festhielt.

»Bro, wieso?!«, fragte er seinen Hund und schüttelte dabei den Kopf. Seine Stimme war tief und warm. Schuldbewusst legte sich der Vierbeiner auf den Bauch und schaute sein Herrchen mit dem herzerwärmendsten Hundeblick an, den ich je gesehen hatte. Die Art, wie die beiden miteinander kommunizierten, ließ mich schmunzeln, und das ungute Gefühl von eben trat in den Hintergrund.

»Entschuldige dich, Kingston«, sagte er streng und verschränkte die Arme vor der Brust. Seine Bizepse spannten sich dabei an.

Kingston stupste mit seinem Kopf gegen mein Bein und schaute mich erwartungsvoll an.

»Entschuldigung angenommen«, erklärte ich feierlich, kniete mich nieder und kraulte ihn hinter den Ohren.

»Kaffee?«, fragte der Typ, zog die Brauen zusammen und die Nase kraus, so als würden ihm seine eigenen Worte peinlich sein. »Äh, darf ich dir als Entschädigung einen Kaffee anbieten?«, verbesserte er sich. Seine Gesichtszüge hatten sich entspannt, und erneut überraschte mich der klare Blick seiner grauen Augen.

Ein Lächeln stahl sich auf mein Gesicht, während ich entschuldigend die Hände hob und mich umschaute.

»Ich bin verabredet. Meine Freundin ist aber offensichtlich zu spät. Wir wollten uns am neuen Café hier am Strand treffen, doch …«

»Du meinst den Coffee-Truck hier?« Er grinste und zeigte mit dem Daumen hinter seine Schulter auf den Wagen, der drüben stand. Dabei grub sich ein tiefes Grübchen auf seine linke Wange.

»Das ist meiner«, erklärte er, und ich konnte nicht verhindern, dass mein Mund ein stummes Oh formte. Erneut streckte er mir seine Hand entgegen.

»Ich bin Jaad.«

»Judy«, gab ich zurück und legte meine noch sandigen Finger in seine.

»Schön, dich kennenzulernen, Judy. Kingston, das DROPOUT und ich laden dich ein, mit uns den besten Kaffee der gesamten Westküste zu trinken.« Bei den Worten strahlte er übers ganze Gesicht.

»Wow, du stapelst wirklich nicht tief.«

»Warum sollte ich?«, fragte er.

»Ich weiß nicht. Es könnte sonst so wirken, als wärst du selbst dein größter Fan.«

»Und wäre das schlecht? Wenn ich mich selbst nicht anfeuere, wer dann?« Er verschränkte erneut die Arme vor der Brust und trat einen Schritt zurück, um mich zu mustern. Dabei bedeckten seine Arme den Aufdruck seines Shirts so, dass nur noch das Wort *Respect* zu lesen war.

Nein, definitiv kein Bad Boy. Etwas an dieser Feststellung erleichterte mich. War ich doch in der Vergangenheit einmal zu viel auf Typen von diesem Schlag hereingefallen.

Ich imitierte seine Armhaltung, während ich überlegte. Roxy war immer noch nicht da. Jaads lockere, bodenständige Art und seine niedliche Begleitung hatten mein anfänglich ungutes Gefühl längst verpuffen lassen. Es machte nicht den Anschein, als müsste ich mich vor ihm in Acht nehmen. Außerdem war ich nun schon mal hier und hatte für den Tag nichts Besseres zu tun. Das neue Semester startete erst morgen, und vielleicht würde Roxy ja noch auftauchen. Es sah ihr nicht ähnlich, mich einfach zu versetzen. Kurz checkte ich mein Smartphone, um zu sehen, ob sie mir eine Nachricht geschrieben hatte, fand jedoch keine vor.

»Der beste Kaffee der gesamten Westküste also?«, wiederholte ich seine Worte langsam.

Er nickte selbstbewusst.

»Davon würde ich mich tatsächlich gern selbst überzeugen.«

Ein schiefes Lächeln erschien auf seinem Gesicht. Jaad machte eine schwungvolle Bewegung mit dem rechten Arm und deutete Richtung Truck.

»Dann bitte hier entlang.« Er wartete, bis ich mich in Bewegung setzte. Dann gingen wir die paar restlichen Schritte bis zum DROPOUT gemeinsam.

Das DROPOUT war ein Coffee-Truck, der zu einer Seite hin eine Ausgabe hatte, die von einer Markise geschützt war, und der mit bunten Lichterketten geschmückt war. Er stand mittig zwischen Felswand und nicht weit entfernt vom aufgewühlten Meer, nur ein paar Hundert Meter vom Fuß der Treppe entfernt. In der Brandung ragten drei kleine Felsen heraus. Die Sitzgelegenheiten, die zum Café zu gehören schienen, verteilten sich vom Truck bis hin zum Wasser. Flache, schwer aussehende Sitzkissen sowie Liegestühle und sogar ein paar Hängematten verteilten sich über die gesamte Fläche, die ungefähr einen Radius von einhundert Metern einnahm. Inmitten jeder Gruppierung von Sitzmöglichkeiten befanden sich kleine Kaffeetische, manche davon alte Holzkisten, die einen edgy Look hergaben, andere filigran gearbeitete kleine Holzbänke. Strandfackeln, die jetzt nicht entzündet waren, steckten das Gebiet des Cafés ab und bildeten einen Kreis.

Ich konnte mir gut vorstellen, wie atmosphärisch es hier aussehen musste, wenn die Feuer am Abend erleuchtet waren. Hinter dem Truck befanden sich vier große schwarze Kisten, die aussahen, als würden darin Dinge gelagert werden. Direkt vor dem Coffee-Truck steckte ein altes, schwarz lackiertes Surfbrett im Sand. Darauf stand in großen, fetten Lettern *DROPOUT*. Der Schriftzug glänzte golden. Es war so bearbeitet, dass es aussah, als wäre die Spitze von einem Hai abgebissen worden. Darauf war das Kaffee-Menü zu lesen.

Ich las die Getränkenamen leise vor mich hin und erkannte, dass es sich dabei um Namen verschiedener Musikgenres handelte: *Reggaeton, Disco Pop, Hunnu Rock, Rainbow Rock, Death Rock, K-Pop, Classic …*

»Hmm«, machte ich. »Ich probiere den Classic? Mit Milch und Zucker?«

»Ist das eine Frage oder deine Bestellung?« Er zwinkerte.

»Ein Classic mit Milch und Zucker«, wiederholte ich mit fester Stimme und zwinkerte zurück. Kingston bestätigte meine Worte mit einem Bellen.

Jaad verschwand im Truck und machte sich an die Arbeit, während ich auf einem der Hocker Platz nahm, die vor der Ausgabe standen. Es war erst elf Uhr vormittags, und außer mir hatte sich noch kaum jemand an den Strand verirrt. Ich fragte mich, ob Roxy sich vielleicht vertan hatte, denn ich konnte mir kaum vorstellen, dass das der heißeste neue Treffpunkt für Studierende und Surfende war, so leer, wie es hier gerade aussah.

Von meinem Sitzplatz aus konnte ich Jaad im Inneren des Wagens beobachten. In völliger Ruhe befüllte er einen bronzefarbenen Wasserkessel und stellte ihn auf das Kochfeld. Aus einem Oberschrank holte er eine Kaffeekaraffe und legte ein Filterpapier hinein. Schon bald ertönte lautes Blubbern aus dem Kessel. Mit dem eben erhitzten Wasser spülte er das Filterpapier aus, leerte den Behälter wieder und fügte den frisch gemahlenen Kaffee hinzu. Kreisförmig goss er etwas Wasser hinein. Ich stellte mir vor, wie sich schaumige Bläschen bildeten. Ein nussig-kräftiger Duft strömte zu mir herüber, und das Wasser lief mir im Mund zusammen.

»Bitte schön!« Er stellte das Getränk, das er in ein hohes Glas gefüllt hatte, vor mir auf den Tresen.

»Kaffee im Glas?« Ich hob eine Braue und ließ zwei Zuckerstücke in die schwarze Flüssigkeit plumpsen. Das kannte ich nur von meinem Vater, der seinen Mokka gerne in einem kurzen Glas trank. Ich goss die Milch nach, woraufhin sich weiße Wolken bildeten, die immer weiter wuchsen, bis sie sich gänzlich mit dem Kaffee homogenisierten.

»Aus Prinzip«, antwortete er und drehte mir wieder den Rücken zu. Ich hörte, wie Eiswürfel gegen Glas klirrten. Etwas plätscherte. Dann schraubte er einen Siebträger an eine Maschine. Von meiner Position aus konnte ich sehen, wie daraus schwarz-braune Flüssigkeit in ein Glas tropfte, immer dicker und heller wurde, bis sie aussah wie flüssiges Gold.

Jaad drehte sich so abrupt zu mir um, dass ich erschrak und Kaffee aus meinem Glas schwappte. Ich hielt es noch immer in der Hand, hatte es bisher aber nicht an den Mund geführt. Er tat so, als hätte er nichts bemerkt, und stellte das Glas mit den Eiswürfeln auf den Tresen. Darin befand sich etwas, das ich nicht identifizieren konnte.

»Orangensaft«, erklärte er, ohne aufzublicken. »Und jetzt …« Dabei schaute er mich an, und das Flackern in seinen Augen entfachte meine Neugierde auf das, was als Nächstes passieren würde. »… Espresso!«, rief Jaad absolut theatralisch und enthüllte ein kleines Tässchen in seiner anderen Hand.

Mir entfuhr ein lautes Lachen, das er mit einem breiten Grinsen quittierte. Ehe ich michs versah, kippte er die dampfende dunkle Flüssigkeit über den eiskalten Saft. Gelb und Braun vermischten sich, bis das Getränk beige war wie mein Classic.

»Was?« Ich schlug mir ebenso theatralisch die Hand auf die Brust. »Müsste der Kaffee-Papst dich dafür nicht steinigen?« Jaad lachte auf und fuhr sich mit beiden Händen durch die Haare.

»Dann würde er sich im Nachhinein sicher in den Arsch beißen. Einen Moment.« Er hob beide Hände, dann bückte er sich, kramte nach etwas und tauchte wieder auf. In seiner Hand hielt er einen knallig orangefarbenen kringeligen Strohhalm aus Metall. Er steckte den Strohhalm in das Glas und schob es mir herüber.

Langsam teilte sich der Espresso wieder von dem Orangensaft und trieb nach oben. Dazwischen schimmerten die großen Eiswürfel. Der Kontrast und der Verlauf zwischen den beiden Farben erinnerten mich an einen umgedrehten Sonnenuntergang.

»Das geht natürlich aufs Haus. Ich würde mich freuen, einen neuen Fan zu gewinnen, der ein gutes Wort für mich beim Papst einlegen kann.«

»Aber …«

»Glaub mir, das willst du nicht verpassen«, sagte er mit Nachdruck.

Ich nahm das Getränk entgegen und bemerkte, dass es in meinem Bauch leicht flatterte, als ich Jaad über den Rand hinweg anschaute. Warum schenkte er mir so viel Aufmerksamkeit?

Vielleicht war es einfach seine Art und Weise, neue Kundinnen anzulocken. Wahrscheinlich lief der Coffee-Spot doch nicht so gut, wie Roxy glaubte, sodass er alles für jeden einzelnen Gast gab.

Ich nippte. Und trank. Und trank. Und nippte.

»Oh. Mein. Gott.«

Jaad schlug mit der Faust triumphierend in die Luft. Ich versuchte, die Geschmacksexplosion, die ich gerade erlebt hatte, irgendwie in Worte zu fassen, konnte aber selbst kaum begreifen, was da gerade in meinem Mund passierte. Es war wie eine Party auf meiner Zunge.

»Es schmeckt himmlisch! Zuerst ist es schaumig, süß und fruchtig, und dann ist da diese nussige, würzige Note, die einfach überhaupt gar nicht dazu passt. Es schmeckt irgendwie verboten, aber – irgendwie auch richtig gut!« Fasziniert starrte ich auf die orange-braune Flüssigkeit. »Vergiss alles, was ich über den Kaffee-Papst gesagt habe. Er würde sich wirklich in den Arsch beißen.«

Als ich wieder aufblickte, merkte ich, dass ich wild mit den Händen rumgefuchtelt hatte und meine Stimme viel zu aufgeregt klang. Schnell nahm ich die Hände wieder runter und räusperte mich.

»Es ist wirklich lecker«, sagte ich ruhiger. »Und wie heißt diese Kreation?«

Jaad nickte zufrieden und griff nach einem herumliegenden Geschirrtuch. »Beatles«, erklärte er, während er die Enden des Tuches fein säuberlich aufeinanderlegte.

Ich presste eine Serviette auf meinen Mund, um nicht loszuprusten. »Das ist aber keine Musikrichtung wie die anderen!«

»Sagt wer?« Er verschränkte die Arme vor der Brust und verzog den Mund zu einer gespielt-beleidigten Schnute. Dabei fiel mir auf, wie voll seine Lippen waren. Er konnte einen richtigen Schmollmund machen. Im Gegensatz zu mir.

»Die Beatles sind eine Band! Sie haben die Musikrichtungen vollkommen durchgemixt – zugegeben teilweise ziemlich cool. Aber sie bleiben eine Band und sind kein Genre!«

Er bedachte mich für einen Moment mit einem nachdenklichen Blick, zückte dann einen Block und einen Stift aus seiner hinteren Hosentasche und notierte sich etwas darauf. »Beatles ziemlich cool, aber kein Genre«, murmelte er, während sein Mund ein schelmisches Lächeln formte.

Ich schüttelte den Kopf über sein Gehabe.

»Und was befugt dich, die Namenswahl meiner Getränke *so*

hart zu kritisieren?« Er fasste sich ans Herz, als hätten meine Worte ihn getroffen. Auch wenn er sich so albern verhielt, kam es mir vor, als schien er seinen Spaß an dieser Diskussion zu haben. Genauso wie ich. Genüsslich trank ich einen weiteren Schluck.

Ich fuhr mir mit der Zunge über die Zähne und lehnte mich vor, beobachtete ihn durch verengte Augen. Ich hätte ihm erklären können, dass ich gerade meinen Master in Musikwissenschaften und seit Jahren selbst Musik machte, mehrere Instrumente spielte, darunter Piano, Violine und Schlagzeug, und schon in der Highschool Grundschülern Musik beigebracht hatte. Doch noch bevor ich das Feuer eröffnen konnte, ertönte eine vertraute Stimme, die sich mir von der Seite aus näherte.

»Wenn du so guckst, siehst du aus wie ein Wiesel.« Ein schallendes Lachen folgte, das ich inmitten von Tausenden Menschen immer wiedererkennen würde. Roxy! Ich drehte mich zu ihr.

»Pass bloß auf, sonst kriegst du gleich ein Getränk namens Weasel vor die Nase gesetzt«, antwortete ich mit einem Seitenblick auf Jaad, der sich jetzt ein Glas Wasser an den Mund führte und dahinter grinste. Ich knuffte meine Freundin in die Seite. Diese schüttelte ihren Kopf mit den kurzen schwarzen Haaren, die von zwei dicken und weißen Strähnen durchzogen waren, und verdrehte die blauen Augen.

»Okay … Was habe ich verpasst?« Roxy schaute zwischen mir und Jaad hin und her.

»Jaad, das ist Roxy – meine Freundin, die seit einer halben Stunde hier sein sollte. Roxy, das ist Jaad, ihm gehört das DROPOUT.«

Roxy quittierte diese Vorstellungsrunde mit einem anerkennenden Nicken.

»Was darf's sein, Roxy?«, fragte Jaad höflich und stellte sein noch halb volles Wasserglas zurück ins Innere des Trucks.

Roxy scannte das Menü.

»Death Rock on Ice«, antwortete sie und zog mich dann vom Barhocker Richtung Meer. »Wir warten dort drüben«, rief sie ihm beim Gehen zu.

Entschuldigend hob ich die Schultern und lächelte in Jaads Richtung. Dann steuerten wir gemeinsam auf die Sitzgelegenheiten im Sand zu.

»Wow!«, stieß Roxy aus und ließ sich in eine Hängematte fallen.

»Wo warst du? Ich hab ewig auf dich gewartet.«

»Nicht ewig, nur eine halbe Stunde. Außerdem hast du nicht gewartet, sondern geflirtet.« Ihre Stimme war rau und gleichzeitig hoch und passte perfekt zu dem Rest ihres Äußeren. Sie war klein und zierlich und ihr Gesicht markant und kantig. Sie trug eine smaragdgrüne Leggings mit Metallic-Effekt, darüber einen türkisen Body, der glitzerte. Über ihre Schultern hatte sie eine Vintage-Trainingsjacke mit pastelligen Farbblöcken geworfen. Roxy sah aus, als wäre sie einem Eighties-Aerobic-Video entsprungen. Es fehlte nur noch ein weißes Stirnband.

»W-was?«

»Ich hab dich gesehen. War schon ein bisschen länger da. Aber als ich diesen Hottie bei dir entdeckt hab, dachte ich mir, ich gönne dir etwas Spaß. Immerhin war das Ziel des Tages, dich heute auf andere Gedanken zu bringen.«

»Hmm, das hat geklappt.« Ich warf einen Blick zurück zu Jaad. Ein paar Kunden hatten sich vor dem Truck eingefunden, und er war zu ihnen hinausgetreten, um ihnen das musikalische Kaffeeboard zu erklären. Langsam schien sich der Spot doch zu füllen.

»Stellst du ihn dir gerade nackt vor?«

Ertappt sah ich auf. »Natürlich *nicht,* Roxy.« Eine leichte Brise kam auf und wehte ein Stück meines Hijabs in mein

Gesicht. Ich genoss das Gefühl des durchsichtigen fuchsiafarbenen Chiffons auf meiner Haut und schloss kurz die Augen.

Ich hatte ihn mir nicht nackt vorgestellt! Definitiv nicht. Aber vielleicht, ganz vielleicht, oben ohne. Mit Hose und Barista-Schürze.

»Wirklich *nicht,* Judy?«, äffte meine Freundin mich nach. Der Wind ließ nach, und ich strich mir den Stoff wieder aus dem Gesicht. Roxy wackelte mit den Brauen. »Ich nämlich schon«, sagte sie und lehnte den Kopf zurück in die Hängematte.

»Ms Kaepernick!« Gespielt entsetzt schlug ich mir die Hand vor den Mund. »Psst. Pass jetzt auf. Er kommt rüber«, raunte ich ihr anschließend zu, woraufhin Roxy nur mit den Schultern zuckte.

Jaad war fast bei uns und trug den kräftigen Duft von frisch gemahlenem Espresso mit sich. Ich sog ihn ein, und ein wohliges Gefühl machte sich in meinem Magen breit, als er sich hinunterbeugte, um das Getränk auf dem kleinen Kaffeetisch abzustellen.

»Einmal Death Rock on Ice für dich.«

Roxy blies sich eine weiße Strähne aus der Stirn. Bei Gelegenheit sollte ich ihr eins dieser Eighties-Stirnbänder kaufen, dachte ich mir. Jaad wandte sich mir zu, wobei er gegen das Sonnenlicht anblinzeln musste.

»Möchtest du noch etwas haben, Judy?«

Der Klang meines Namens aus seinem vollen Mund ließ mich erschaudern. Seine Stimme war so tief, vibrierte und verursachte ein Prickeln auf meiner Haut.

Jaad wartete auf meine Antwort, sein Blick ruhig auf mir. Er hatte keine Ahnung, welches Konzert sich gerade in meinem Kopf abspielte. Ich räusperte mich, schüttelte den Kopf und wandte mich schnell wieder an Roxy. Er wartete ein paar

Sekunden, bis er sich höflich verabschiedete und wieder zum Truck ging.

»Sag mal, stehst du unter Strom?«, platzte Roxy heraus, sobald er außer Hörweite war. Schon wieder konnte sie sich ihr Lachen kaum verkneifen.

Fragend sah ich sie an.

»*Du* stehst vielleicht auf der *Leitung*. Ich bin nicht an ihm interessiert, okay?« Die Worte kamen impulsiver aus mir heraus als beabsichtigt. Und woher kam eigentlich dieses Kribbeln in meiner Bauchgegend?

Roxy biss sich auf die Lippe, dann schwang sie sich aus der Hängematte, plumpste ungeschickt in den Sand und zog an meinen Füßen, die aus meiner Matte herausragten.

»Komm, wir holen uns 'ne Abkühlung!«

Ich gehorchte, stieg aus und krempelte meine Hosenbeine hoch. Die Sandalen zog ich von meinen Füßen und warf sie achtlos in den Sand.

Kurz darauf umspülten schaumige Wellen meine Knöchel, matschiger Sand grub sich zwischen meine Zehen und quoll dazwischen hervor. Trotz der tosenden Brandung konnte ich Jaad hören, wie er gerade zwei fertige Getränke ausrief. Diese Stimme. Aus diesem Mund. Weich und tief und warm. Und so sexy.

Ich schloss die Lider, um den Klang zu genießen, und stellte mir vor, wie Jaad inmitten eines tausendfachen Publikums auf der Bühne stand. In meinem Kopf gesellten sich dröhnende Bassklänge, kreischende elektrische Gitarren und ein wummerndes Schlagzeug dazu. Der Sound in meinem Kopf wurde von der Musik überlagert, die nun aus den Lautsprechern auf dem Dach des Trucks schallte. Lässige Lounge-Klänge, typisch kalifornisch.

Plötzlich spritzte mir Salzwasser ins Gesicht.

»Nicht einschlafen!«, rief Roxy, und ich riss die Augen auf. Sie strahlte wie ein Honigkuchenpferd, und ich war dankbar, dass es sie gab.

Es fühlte sich gut an. Diese Freundschaft. Dieser Ort. Der Kaffeeduft von Jaads Truck und die Art, wie er meinen Namen aussprach. Die Art, wie er Musik in meinem Kopf spielen ließ. Es war gut, für kurze Zeit den Ernst des Lebens zu vergessen. Nicht über das Ende meines Studiums und danach hoffentlich den Start meiner Karriere als Songwriterin nachdenken zu müssen.

Fraglich, wie weit jemand wie ich es in Kalifornien bringen würde: weiblich, muslimisch, mit Hijab auf dem Kopf und einer Menge Lyrics darin. Es klang selbst für mich fast unerreichbar. Doch das war es, was ich in meinem Leben haben wollte. Musik, Musik und noch mehr Musik.

2 sharks in the dark

- JAAD -

Inzwischen lagen mehrere Kundinnen und Kunden in den Liegestühlen am Strand, studierten das Menü oder standen in kleinen Gruppen herum. Bald würde die Sonne im Ozean versinken. Judy und ihre Freundin waren schon seit Stunden hier. Immer wieder wanderten sie den Strandabschnitt entlang, rannten durchs Wasser, spielten mit Kingston und holten sich neue Getränke. Gerade inspizierte ich die Lichterketten, die den Truck schmückten, und bereitete die Strandfackeln vor, die zwischen den Liegestühlen im Sand steckten.

Kingston tollte neben mir her. Er entdeckte eine Möwe, der er hinterherjagte, schlug aber sofort einen Haken, als sie nach ihm schnappte, und rannte weg, quer über den Strand.

Judys Lachen drang zu mir herüber. Sie stand neben Roxy im Wasser, die Hosenbeine leicht hochgekrempelt. Ihr Blick war weich, ihre dunklen Augen leuchteten. Sie grinste mich an. Offenbar hatte sie Kingston bei seinem Feldzug gegen die Möwe und seiner sofortigen Flucht beobachtet. Ich grinste zurück.

Wie gern hätte ich unser Gespräch einfach weitergeführt.

Als ihre Freundin aufgetaucht war, hatte ich mich zwar gefreut, dass sie nicht von ihr sitzen gelassen wurde. Insgeheim fuhr mir aber zugleich ein kleiner Stich des Neids in meine Brust, weil sie jetzt Judys Aufmerksamkeit für sich beanspruchte.

Klar, ich hatte Judy erst fünf Minuten zuvor kennengelernt, doch das Gespräch mit ihr und die kleinen Neckereien zwischen uns hatten mir gefallen. Überhaupt gefiel mir vieles an ihr. Sie trug locker sitzende hellblaue Cargojeans, die die geschwungenen Linien ihrer muskulösen Oberschenkel betonten. Im Kontrast dazu stand obenrum ein oversized T-Shirt, auf dem ein weißer fliegender Bison mit einem Pfeil auf dem Kopf zu sehen war. Unter ihrem Shirt trug sie noch ein weißes Longsleeve, das ihre Arme vollständig bedeckte. Wirkte ihr Outfit durch die Kleidung relaxt, gab die knallige Farbe ihres Hijabs dem Ganzen einen wilden Touch, und sie betonte ihr Gesicht. Ihr Gesicht, mit dem sie sich immer wieder zu mir wandte. Es hatte eine rundliche Form, und ihre Lippen waren eher schmal. Dafür hatte sie umso größere tiefbraune Augen, die fett mit schwarzem Kajal umrandet waren, der ein wenig im Inneren ihres Augenlids verlaufen war. Sie sah edgy aus.

Zudem zierten ihre linke Schläfe eine Reihe an Muttermalen, die so nah beieinanderstanden, dass sie ein bisschen aussahen wie eine kleine Galaxie aus Sternen. Ein weiteres entdeckte ich auf ihrem Nasenflügel, an der Stelle, wo andere sich ein Piercing stachen. In einer Form, die ich auf die Schnelle nicht identifizieren konnte.

Kingston war inzwischen wieder bei mir angekommen und bremste abrupt ab, im Maul ein Stück Treibgut. Er legte es vor meinen Füßen ab und hechelte laut mit herausbaumelnder Zunge. Ich hob das Stück Holz auf und spürte sofort Kingstons vorfreudige Ungeduld, warf es jedoch noch nicht den Strand entlang.

»Erst wenn du mir sagst, was du von ihr hältst.« Kingston hechelte weiter. »Komm schon!«

»Führst du wieder Selbstgespräche?« Flurry erschien in meinem Sichtfeld. Er trug ein abgewetztes T-Shirt mit dem Namen unserer Band darauf: *Sharks in the Dark*. Er reichte mir seine Hand und zog mich in eine Umarmung.

»Was hast du denn hier verloren?«, fragte ich scherzhaft, während wir uns voneinander lösten.

»Glaubst du mir, wenn ich dir sage, dass ich dich vermisst habe?«, antwortete er. Das war Flurry, wie er leibte und lebte. Mit seinem weichen Gesicht und der langen schmalen Nase, auf der seine eckige randlose Brille fast unsichtbar thronte. Dahinter blinzelten mir seine Augen klein und liebevoll entgegen. Seine Haare waren straßenköterblond und standen in alle Richtungen, so als hätte er sie heute Früh nicht gekämmt. Nur, dass sie immer so aussahen.

Er war mein Bandmitglied und neben Kingston mein bester Freund. Loyal, nah am Wasser gebaut und immer bereit, Neues auszuprobieren. Egal, ob es eine außergewöhnliche Kaffeekreation von mir oder ein neues Instrument für unsere Gigs war.

Wir bewegten uns zurück zum Truck, wo sich in meiner Abwesenheit bereits eine kleine Traube von Personen gebildet hatte, die bestellen wollten.

»Nein, ich glaube dir nicht«, entgegnete ich und stieß ihn mit dem Ellenbogen an. Dann trat ich in den Truck ein und wandte mich an meine Kundschaft. Flurry blieb am Seiteneingang stehen, bis ich ihm bedeutete, hereinzukommen. Doch jetzt trat er neben mir von einem Bein auf das andere. Offensichtlich hatte er Gesprächsbedarf, doch das würde noch kurz warten müssen.

»Gib mir mal eine neue Packung Milch«, wandte ich mich an meinen Freund. »Im Kühlschrank, direkt hinter der Schokosoße.«

Flurry wiederholte meine Anweisungen, während ich die letzte Milch bereits aufschäumte.

»Flurry, die Milch bitte.« Mein Ton war schärfer als beabsichtigt.

»*Im Kühlschrank, direkt hinter der Schokosoße.* Hier ist sie nicht!«

»Flurry, das ist nicht die Schokosoße, das ist der Kakao«, raunte ich ihm über die Schulter zu. Mit einem schnellen Griff schob ich seine Hand in die richtige Richtung.

»Oh. Hier.« Mit geröteten Wangen überreichte er mir die Milch und stellte sich neben mich an den Tresen.

»Heeeey, Sharks in the Dark! Ist das nicht die Band, die diesen coolen Song vor ein paar Jahren hatte?« Der Kunde fing an, energisch Luft-Schlagzeug zu spielen, während er scheinbar versuchte, sich an die Melodie zu erinnern. Ich half ihm auf die Sprünge, indem ich die Anfangszeile unseres allerersten Songs und seitdem einzigen Hits *Undress Me* anstimmte. Eine Indie-Version von *Barbie Girl.* Sein Gesicht leuchtete auf.

»Jaaa! Ja, Mann. Das ist es! Alter, das war mein absolutes Lieblingslied! Schade, dass es die Band nicht mehr gibt. Die hätten es noch echt weit gebracht!«

Ich verschluckte mich fast an meiner Spucke.

»Und ob es die Band noch gibt!«, konterte Flurry.

»Wirklich? Nie wieder was von denen gehört.« Der Kunde zuckte mit den Schultern, und ich schob ihm schnell sein Getränk über den Tresen, bevor er Flurrys Gefühle noch mehr verletzen konnte.

Sobald er außer Sichtweite war, explodierte mein Freund: »WIESO HAST DU NICHTS GESAGT?«

»Was hätte ich denn sagen sollen? Er kennt und liebt unseren Hit. Das ist doch super.«

»Super? Er denkt, unsere Band ist tot!« Flurry raufte sich die Haare.

»Wir wissen aber beide, dass sie das nicht ist«, beschwichtigte ich ihn, doch er sah nicht überzeugt aus, also legte ich nach: »Flurry, ich liebe unsere Band über alles – genauso wie du. Außerdem bin ich mir sicher, dass wir den nächsten Hit raushauen werden. Bald. Ganz bestimmt. Hab Geduld.«

»Ich habe aber keine. Verdammt noch mal, wir sind eine Band. Wir sollten Stadien füllen und Gitarren zerschlagen. Stattdessen spielen wir in winzigen Clubs, und selbst das seit einiger Zeit nicht mehr. Niemand kennt uns noch.« Die letzten Worte presste Flurry hervor.

Eine Gruppe von Frauen war zwischenzeitlich an den Verkaufstresen herangetreten. Ich nahm ihre Bestellungen entgegen und versprach, die Getränke gleich zum Strand zu bringen.

»Ich bin mir ziemlich sicher, dass wir lebendig sind. Willst du einen Beweis?«, wandte ich mich wieder an meinen Freund. Ich nahm mein Handy und suchte unseren Song raus. Den einen Hit, den wir in zehn Jahren Bandgeschichte hervorgebracht hatten. Dann verband ich mein Telefon mit den Lautsprechern, die am Dach des Trucks angebracht waren, und drückte auf *Play*.

Eine rockige Drumroll ertönte und fegte über den Strand. Ein paar *Yeahs* und *Hey*s dauerte es, bis die Leute langsam die Melodie des einstigen Hits erkannten. Dann setzte die kratzige Stimme unseres ehemaligen Bandmitglieds Isao ein.

Ich arbeitete weiter, doch Flurry stürmte aus dem Truck und beobachtete, wie ein paar Menschen mitsangen und zu den bekannten Klängen tanzten.

»Na, wie gefällt dir unser Publikum?«, fragte ich ihn, als er wieder hereintrat. Mit einem Augenzwinkern drückte ich ihm einen noch orangefarbigen Beatle in die Hand.

Flurrys Unterlippe bebte leicht, bevor er sie an seinen Strohhalm setzte und nippte.

»Wir werden es wieder schaffen. Schau uns an. Wir sind lebendig. Und unsere Musik pulsiert noch immer durch die Adern der Menschen.« Ich klopfte ihm locker auf die Schulter, woraufhin Flurry tapfer nickte. Seit wir unsere Band in der Highschool gegründet hatten, hatten wir schon einige Höhen und Tiefen gemeinsam durchlebt.

»Komm nicht zu spät heute«, ermahnte er mich und saugte die Flüssigkeit geräuschvoll durch seinen Strohhalm.

»Klar«, versprach ich.

»Gut. Ich muss wieder, geh mich nur kurz von Kingston verabschieden«, sagte er, drückte mir das leere Glas entgegen und trat aus dem Truck. Draußen warf er Kingston ein paarmal Stöckchen. Noch immer sangen einige Kundinnen und Kunden unseren Song mit.

Ich fragte mich, ob Judy ihn auch kannte. Doch sie war verschwunden. An der Stelle, an der sie zuletzt gestanden hatte, brandete nur noch tosend das Meer an den Strand.

3 | pipe dreams

- JUDY -

Roxy hatte recht gehabt. Ein Tag am Strand war genau das Richtige gewesen, bevor mein letztes Semester starten würde.

Als ich heute Morgen aufwachte, fühlte ich mich erholt und ausgeglichen, auch wenn ich leichte Periodenschmerzen hatte.

Ich streckte mich zufrieden und war mir sicher, dass dieses letzte Semester an der University of California in Irvine eines der besten werden würde. Mein Notendurchschnitt stand bei A minus, was wirklich ordentlich war, und ich hatte nur noch zwei Kurse zu absolvieren. Einer wurde von einem Dozenten am musikwissenschaftlichen Seminar geleitet, den ich noch nicht kannte. Der andere war bei meiner absoluten Lieblingsdozentin Ms Vasquez, bei der ich auch meine Masterarbeit schreiben wollte.

Ich hatte mir ein Thema überlegt, Quellen rausgesucht, eine These formuliert und eine erste Gliederung erstellt. Heute wollte ich Ms Vasquez alles vorstellen und es von ihr absegnen lassen. Vielleicht war ich etwas übereifrig, vielleicht brannte ich aber auch einfach für mein Studium.

Ich verließ mein Wohnhaus namens Misty Mountains, das zu dem Middle-Earth-Komplex des Campus gehörte. Zwar erinnerte hier nichts an Orks, Hobbits oder Elfen. Trotzdem zog ich meinen imaginären Hut vor dem kreativen Kopf, der die Idee hatte, ein Unigebäude nach einer Welt aus einem Fantasy-Epos zu benennen und so ein wenig Fantasie in die Köpfe der Studierenden streute.

Hier gab es vor allem kleine zweigeschossige Häuschen, durch die sich breite Fußwege bahnten. Am Ende des Komplexes wachten die Middle-Earth-Towers über die Gebäude. Die Türme waren im Gegensatz zu meinem Wohnhaus verglaste Hochhäuser. Mein Weg führte mich am Phoenix-Food-Court vorbei und direkt durch den riesigen Aldrich Park, auf dessen anderer Seite sich das Media-and-Music-Building befand, in dem meine Veranstaltungen stattfanden.

Nachdem ich im richtigen Raum angekommen war und der Unterricht losging, wollte die Zeit einfach nicht vergehen. Seit über einer Stunde saß ich bereits im Seminar für Musikethnologie. Ich schielte immer wieder auf die Uhr, damit ich endlich zu Ms Vasquez nach vorne stürmen könnte, um mit ihr über meine Masterarbeit zu reden. Als die letzte Minute des Kurses anbrach, sammelten meine Kommilitoninnen und Kommilitonen bereits ihre Sachen zusammen.

Ms Vasquez' Stimme übertönte die eintretende Unruhe. »Und denken Sie daran: Wenn der Song, den Sie hören, etwas mit Ihnen macht – Ihnen Gänsehaut bereitet, das Herz schwer werden lässt, Sie in den Kummer erster Liebe versetzt, auch wenn Sie vielleicht noch nie verliebt waren. Dann ist es ein guter Song, dann ist es gute Musik. Und dann ist es auch ganz egal, welcher Sprache, welcher Tonlage oder welchem Land diese Musik entstammt.«

Als würde noch die Schulklingel das Ende des Unterrichts

ankündigen, sprangen alle zeitgleich auf und strömten auf den Ausgang zu. Nur ich blieb sitzen und beteiligte mich nicht am allgemeinen Gemurmel und Gelächter im Saal. Stattdessen schob ich mich in entgegengesetzter Richtung durch die Masse hindurch und kämpfte mich die Treppe, so schnell es eben ging, hinunter.

»Ms Vasquez!«, rief ich, während sie gerade ihr Federmäppchen zuzog.

Sie bewegte ihren Kopf ruckartig in meine Richtung, wobei ihre schulterlangen weißen Haare leicht nach vorn wippten. Sie erinnerten mich immer an Watte. Überhaupt erinnerte mich alles an ihr an Watte. Ihr Wesen war so angenehm, ihr Blick so weich, ihr Gesicht so freundlich. Wie unsere Nachbarin in Santa Monica, die wir in Ermangelung von nahen Verwandten »Granny« genannt hatten. Das war etwas, das meiner Zwillingsschwester und mir immer gefehlt hatte. Außer unseren Eltern und deren Bekannten- und Freundeskreis hatten wir nur uns beide. Keine Omas und Opas, die einen zu den 'Id-Festen mit Geld und Süßigkeiten versorgten. Aber an heißen Sommertagen hatte unsere Ersatz-Granny uns Kindern immer selbst gemachte Limonade auf der Veranda serviert.

»Ms Haleem!« Sie war eine der wenigen Lehrenden, die sich die Mühe machten, die Namen ihrer Studierenden zu kennen. Auf ihrer Ledermappe, die vermutlich ihre Unterrichtsmaterialien enthielt, stand in fetten Lettern ihr akademischer Titel sowie ihr Name: *Prof. Dr. phil Consuelo Vasquez*. Sie bestand jedoch darauf, dass wir sie nicht mit vollem Titel ansprachen.

»Ich habe mir ein Thema für meine Masterarbeit überlegt.«

»Da sind Sie ja wirklich früh dran.« Sie klatschte erfreut in die Hände.

»Danke«, antwortete ich, obwohl sie mir gar kein Kompliment gemacht hatte.

»Und worüber werden Sie schreiben?«

»Über populäre Musik außerhalb des globalen Westens mit Fokus auf das Phänomen K-Pop«, ratterte ich atemlos herunter.

»Das klingt tatsächlich sehr interessant und schon ziemlich spezifisch. Erstellen Sie doch eine Gliederung, und besuchen Sie die Tage meine Sprechstunde, dann können wir gerne alles Weitere besprechen«, bat sie mich.

»Ich habe schon eine!«, sagte ich aufgeregt.

»Judy!« Ms Vasquez' Augen weiteten sich in Erstaunen.

Ein Grinsen breitete sich auf meinem Gesicht aus, denn mir entging nicht, dass sie mich bei meinem Vornamen genannt hatte. Sie tätschelte meine Schulter, lächelte mit ihren schmalen rosa Lippen und betrachtete mich für einen Moment.

»Ich nehme an, Sie planen immer noch, so schnell wie möglich nach den Klausuren mit der Uni fertig zu werden und zu arbeiten?«

Ich nickte.

»Gut. Auch wenn ich finde, dass eine Pause nach den ganzen Jahren des Lernens nicht schlecht wäre, aber das ist natürlich Ihre Entscheidung. Wie sieht es mit dem Agenten aus, mit dem Sie bereits Kontakt hatten?«

»Leider noch keine Antwort«, erklärte ich schulterzuckend. Ms Vasquez zog die Brauen zusammen.

Vor fast zwei Monaten hatte ich mich bei einer Musikagentur mit meinen Arbeitsproben beworben. Ich hatte erarbeitete Unistoffe wie Kompositionen und Analysen sowie eine ganze Menge Songtexte aus meinem Notizbuch eingereicht. Daraufhin wurde ich zu einem Video-Meeting eingeladen, das meiner Meinung nach ziemlich gut gelaufen war. Doch eine endgültige Zu- oder Absage ließ immer noch auf sich warten. Ich nahm mir für den Abend vor, nach mehr interessanten Stellen zu suchen.

Ein lautes *Rrrring* riss mich aus meinen Gedanken. Ms Vasquez' Gesichtszüge entglitten für einen Moment, dann kramte sie hektisch in ihrer riesigen Kroko-Handtasche herum. Nach und nach landete der Inhalt auf ihrem Tisch: ihr Schlüssel, dunkelroter Lippenstift, altrosa Lippenstift und glitzernder Lipgloss.

Nicht umsonst war Ms Vasquez meine Lieblingsdozentin. Es gab keine Zweite wie sie: Sie liebte die Oper und Rapkonzerte gleichermaßen, trug Strickjacken und geblümte Blusen, peppte ihren Look dann aber mit großen Creolen und Glitzerlipgloss auf. Außerdem schaffte sie es immer wieder, uns Studierenden unsere Vorurteile innerhalb der Musik und darüber hinaus vor Augen zu führen. Ms Vasquez war eine unendliche Inspirationsquelle für mich.

»Huberto?! Ich habe gesagt, du sollst mich nicht anrufen, wenn ich unterrichte … Jaja, ich bringe Schlagsahne und drei Kilo Tomaten mit.« Sie hielt die Hand kurz auf den Spracheingang des Telefons und wandte sich zu mir: »Seien Sie so lieb und werfen Sie mir Ihre Gliederung in meinen Briefkasten am Büro.«

Sie hielt inne, hob einen Zeigefinger ans Kinn und wühlte noch mal in ihrer Tasche. Kurz darauf hielt sie mir einen Anhänger, an dem ein einzelner Schlüssel baumelte, entgegen.

»Oder gehen Sie doch gleich in mein Büro, wenn es Ihnen nichts ausmacht. Sie könnten mir einen Gefallen tun, meinen riesigen Ordner direkt mitnehmen und Ihre Unterlagen ganz oben auflegen. Ich sehe alles bei der nächsten Möglichkeit durch. Wir sprechen dann nächste Woche darüber. Den Schlüssel können Sie in den Briefkasten werfen, wenn Sie das Büro wieder abgeschlossen haben.« Ich nahm den Schlüssel entgegen und hob den wuchtigen Ordner auf.

»Danke, Sie sind ein Schatz.« Damit wandte sie sich wieder

dem Telefongespräch zu. »Huberto, ja. Ich mach mich gleich auf den Weg.«

Ein Grinsen unterdrückend, winkte ich, verließ den Vorlesungssaal durch die Seitentür und machte mich auf den Weg zum Aufzug.

Das Seminar für Musikwissenschaft befand sich im fünften Stockwerk des Gebäudes, in dem ich auch gerade die Vorlesung gehabt hatte. In meinen ersten zwei Semestern hatte ich bereits als wissenschaftliche Hilfskraft für Ms Vasquez gearbeitet und kannte mich deswegen bestens in den verwinkelten Gängen und ihrem Büro aus.

Ich drückte auf den Knopf für den Fahrstuhl und war geschmeichelt davon, wie sehr meine Dozentin mir vertraute. Die Zahlen auf der Anzeige rasten nach unten, und ich tappte dazu ungeduldig mit dem Fuß auf den Linoleumboden.

Neben meinen Vans im Schachbrett-Look erschien ein Paar glänzender schwarzer Lackschuhe, die mit aufwendigen Mustern verziert waren. Mein Blick wanderte von der perfekt gebügelten grauen Bundfaltenhose nach oben zu einem passenden Jackett und schließlich zu dem Gesicht der dazugehörigen Person. Entgegen meiner Erwartung blickte mir jedoch niemand im gehobenen Alter entgegen, sondern ein Mann, der nicht älter als Mitte dreißig sein konnte. Unter seinem Arm klemmte eine große Ledermappe, wie sie einige Dozenten besaßen, weshalb ich annahm, dass er hier lehrte, und ihm höflich zunickte.

Ohne mein Nicken zu erwidern, wandte er den Blick ab. Sein rechter Nasenflügel zuckte, während er den Blick stur auf die Türen des Aufzuges heftete. Endlich ertönte ein *Pling*, und ich stieg ein. Doch anstatt sich zu mir zu gesellen, starrte er mich an, bis sich die Aufzugtüren schlossen und er vor meinen Augen verschwand.

Oben angekommen schüttelte ich unwillkürlich den Kopf über diese eigenartige Begegnung. Dann suchte ich Ms Vasquez' Büro auf, lud ihren Ordner ab und legte meine Gliederung wie gewünscht obenauf.

Ich atmete zufrieden aus. Bald würde ich meinen Master bestehen, hoffentlich mit Bravour, und von einer Agentur unter Vertrag genommen werden. Endlich würde ich meine Songtexte im Radio hören, interpretiert von den größten Künstlern und Künstlerinnen unserer Zeit.

Endlich war ich wieder in meinem Wohnheimzimmer. Es war ein eher länglicher Raum, an dessen Ende ein großes Fenster für Licht sorgte. An der rechten und linken Wand standen sich die Betten von mir und Roxy gegenüber, daneben hatte jede von uns ihr kleines Nachtschränkchen. Während auf meinem Kopfhörer und mein mit Sternen verziertes Notizbuch lagen, waren auf ihrem ein paar dicke Jura-Wälzer und verschiedene Post-its verteilt. Unsere Schreibtische befanden sich in der Nähe der Tür, was das Lernen manchmal ungemütlich gestaltete. Daher bevorzugten wir meist den Besuch der Bibliothek. Direkt neben den Schreibtischen vor der Eingangstür grenzte ein kleines Bad an. Eine Küche gab es keine, dafür hatten wir ja die Mensa.

Ich pfefferte die Schuhe in eine Zimmerecke und streifte meinen Hijab ab. Danach entledigte ich mich meines BHs und schlüpfte in meine Wassermelonen-Pyjamahose und ein gelbes Tanktop. Ich ließ mich vornüber aufs Bett fallen, vergrub das Gesicht ins Kissen und schob wie automatisch das Smartphone darunter.

Der leichte Druck, den die Bauchlage verursachte, war angenehm und ich spürte, wie der Periodenschmerz langsam nachließ. Wohligkeit breitete sich in mir aus, und ich erlaubte mir, meine Augen für eine Weile zu schließen. Nur ganz kurz das Licht ausknipsen …

Ich schrak auf. Laut stöhnend kramte ich mein Smartphone hervor, dass nervtötend unter meinem Gesicht durch das Kissen hindurch vibrierte. Eine Push-Benachrichtigung wurde auf meinem Display angezeigt.

Neue Ergebnisse für Ihre Jobsuche mit den Kriterien: Songwriter in Kalifornien.

Gefolgt von einer weiteren Nachricht:

Neue Ergebnisse für Ihre Jobsuche mit den Kriterien: Songwriter in den USA.

Für ein paar Sekunden schwebte mein Finger über dem Alert. Ich blinzelte mehrmals.

Noch konnte ich mir nicht vorstellen, so weit weg von allen, die mir lieb waren, zu wohnen und zu arbeiten. Die Trennung von meiner Zwillingsschwester Reham war damals schon ein großer Schritt gewesen, als ich Santa Monica verlassen hatte, um in Irvine zu studieren. Als Nächstes stand mir der Abschied von Roxy bevor. Sie plante, nach Europa zu gehen und dort als Juristin für Internationales Recht zu arbeiten.

Also tippte ich erst mal auf die Ergebnisse für Kalifornien und schnaubte. Alle Stellen, die halbwegs interessant waren, befanden sich doch außerhalb von Kalifornien. Wozu gab es dann diese verdammten Filter?

Ich warf das Handy aufs Bett und starrte in die Luft. Vielleicht würde es noch mit der Agentur aus San Francisco klappen. Aber warum hatte mir der Agent noch nicht geantwortet?

Ms Vasquez sagte immer, in der Musik sei es wichtiger, sich selbst treu zu bleiben. Karriere wäre nicht alles. Aber was, wenn ich Karriere machen *und* mir selbst treu bleiben wollte? In der Nähe meiner Familie, meiner Freundinnen, Freunde und meiner Stadt?

Ein Schmerz fuhr in meine Schläfen. Waren meine Träume unrealistisch – Songwriterin in Kalifornien? Ich rieb mir über das Gesicht. Dann stand ich auf.

Ich brauchte frische Luft. Irgendeine Ablenkung, bevor meine Gedanken noch weitere Runden im Karussell drehten. Das Gekreische von Möwen ertönte in meinem Kopf. Eine Hundeschnauze schob sich gegen meine Hand. Muskeln spannten sich unter Jaads Shirt, während er Siebträger austauschte. Die Erinnerung an nussig-würzigen Espressoduft kitzelte meine Nase.

Nein, nein, nein. Der Strand und das DROPOUT waren keine gute Idee, wenn ich einen klaren Kopf kriegen wollte. Ich würde einfach eine Runde über den Campus spazieren.

4 | we can be silent together

- JAAD -

»Tut mir leid, für heute ist Schluss, Leute.« Ich schlug die Seitentür des Trucks zu und wirbelte dabei Sand auf, der die zwei Jungs, die gerade erschienen waren, ein paar Schritte zurücktrieb. Sie sahen aus wie Brüder, beide hatten ähnlich breite Nasen und eine ähnliche hohe Stirn. Nur die Haarfarbe war unterschiedlich. Beim einen wasserstoffblond, beim anderen pechschwarz.

»Mann, wenn wir jetzt keinen Kaffee kriegen, schlafen wir auf den Wellen ein«, jammerte Blondie. Sie hatten ihre Surfbretter unter den Arm geklemmt. »Da wären wir leichte Beute für Haie und so.«

Beide grinsten. Ich drehte mich wieder dem Truck zu, verdrehte die Augen und verkniff mir meinen Klugscheißer-Kommentar darüber, dass die Haie mit Sicherheit frische Robben ein paar Typen in Hawaii-Badeshorts vorziehen würden.

Ohne mich umzudrehen, brummte ich: »Ist es nicht viel zu spät, um noch zu surfen?« An normalen Tagen hätte ich zahlende Kunden niemals abgewimmelt. Auch wenn es inzwischen ziemlich gut lief, hatte ich meinen Truck noch lange nicht abbezahlt und konnte mir auch sonst kein Minus in der Kasse leisten.

Dennoch war ich gezwungen, heute früher zu schließen. Meine Band zählte auf mich, und ich hatte bisher niemand Vertrauenswürdiges gefunden, dem ich den Truck überlassen konnte, wenn ich mal weg war.

»Das sind die letzten Wellen für den Tag«, antworteten die Jungs im Chor. Ich seufzte, öffnete die Seitentür wieder und wandte mich ihnen zu. Neben ihnen zankten sich drei Möwen um eine zerknüllte Papiertüte.

»Also gut, ihr bekommt von mir zwei Classics, aber dann ist wirklich Schluss.«

Einer Siegesgeste gleich stieß der Blonde zur Antwort die Faust in die Luft.

»Aber zuerst nehmt ihr euren Müll mit«, ergänzte ich und deutete auf die Papiertüte. In Windeseile brühte ich in einer Minikanne einen Filterkaffee und füllte ihn in die schwarzen To-go-Becher, auf denen Kingston verewigt war.

»Passt auf euch auf.« Die Getränke reichte ich über die Theke.

»Danke, Mann.« Sie prosteten mir zu und entfernten sich endlich von meinem Wagen. Eilig warf ich die Türen des Trucks zu und verschloss sie gründlich. Vier große Steine hievte ich unter dem Gefährt hervor und legte sie vor seine Räder, spannte kräftige Seile um den Wagen und verankerte sie mit großen Heringen, die ich tief in den Sand trieb. Obwohl es diesen März schon sehr warm war, wehte ein Lüftchen, das mir verdächtig vorkam. Es war in der Vergangenheit schon vorgekommen, dass ein Frühlingssturm über die Küste fegte, und auf böse Überraschungen konnte ich verzichten.

Mit dem Longboard unter dem Arm verließ ich den Strand, stieg die Treppen hinauf zur Straße und checkte dabei auf meinem Smartphone die Dog-Cam. Manchmal ließ ich Kingston zu Hause, um ihm eine Pause vom Trubel am Truck zu gönnen. So wie ich Kingston kannte, hatte er sich über sein Futter hergemacht und war dann friedlich eingeschlafen. Auf einem Haufen schmutziger Wäsche entdeckte ich schließlich das schlummernde schwarze Fellknäuel, sodass ich beruhigt die App schloss und das Handy in meine Hosentasche gleiten ließ.

Auf dem Asphalt angekommen, setzte ich mein Longboard ab und sprang mit Schwung darauf. Ich musste mich beeilen. Die Jungs würden mich umbringen, wenn ich zu spät zur Probe kam. In letzter Zeit war das ab und zu wegen der Arbeit im Truck passiert.

Ich kurvte die Straße hinauf, an der Newport Beach Public Library vorbei und durch den Big Canyon Sports Park, bis ich nach einer halben Stunde an der California State Route 73 ankam. Der Wind war abendlich frisch und wirbelte meine Haare völlig durcheinander.

Die winzige Garage, in der wir probten, war nicht mehr weit entfernt, trotzdem entschied ich mich, eine Abkürzung über den Campus zu nehmen. Vor weniger als einem Jahr hatte ich noch selbst in den Hörsälen gesessen, an denen ich jetzt vorbeirauschte. Beim Anblick der modernen Universitätsgebäude verspürte ich sofort Freude über meine errungene Freiheit. An manchen Tagen war die Selbstständigkeit hart, aber es lohnte sich dennoch. Ich hatte zwar viel zu tun, gleichzeitig aber auch endlich Zeit, mich ohne Leistungsdruck in meiner Freizeit mit den Dingen des Lebens zu beschäftigen, die mich wirklich interessierten, anstatt ständig über Unikram zu hocken.

An einer Kreuzung musste ich meinen Geschwindigkeitsrausch unterbrechen, um mir die Haare zusammenzubinden. Es war inzwischen fast komplett dunkel geworden, und die Ampeln warfen ihren roten Schein auf die schwarze Straße.

Doch auf der anderen Seite leuchtete etwas Neongelbes in der Dunkelheit.

Ich fokussierte meinen Blick, um genauer zu erkennen, was mein Herz bereits verstanden hatte, denn ein Kribbeln machte sich gerade in meiner Brust breit. Vor mir an der Kreuzung stand Judy. Ihr knalliges Kopftuch strahlte durch die Nacht. Von Weitem konnte ich es nicht genau erkennen, aber es sah so aus, als würde sie einen weißen Jogginganzug und dazu Schuhe tragen, die ich für Vans hielt.

Sofort flackerte ihr Bild vor meinem inneren Auge auf: wie sie mit Kingston spielte und mit ihrer Freundin durch das Wasser rannte. Wie sie mich mit den Beatles aufgezogen hatte, und wie sich ihre starken Schultern und weichen Rundungen unter ihrem Shirt abgezeichnet hatten.

Ich hatte zwar nur noch wenige Minuten Zeit, bis unsere Probe begann, aber das müsste reichen. Ich wollte nur kurz mit ihr reden …

Die Straßenverkehrsregeln ignorierte ich und düste los, auf die andere Seite der Kreuzung. Als sie mich erkannte, weiteten sich ihre Augen, und für einen kurzen Moment fragte ich mich, ob es eine schlechte Idee war, sie so zu überrumpeln.

»Jaad?«, fragte sie überrascht, und ich freute mich, dass sie meinen Namen noch kannte.

»Judy.« Mit einem Tritt ließ ich das Longboard aufspringen und klemmte es mir unter den Arm. »Wie geht es dir?«

Sie legte ihren Daumen an die gesammelten restlichen Finger ihrer Hand – eine Geste, die ich aus meinem italienischen Lieblingsrestaurant kannte. Aber sie schien mir damit bedeuten zu wollen, kurz zu warten.

Also wartete ich.

Ein Pfiff ertönte nicht unweit von uns. Als ich mich umdrehte, nahm ich aus den Augenwinkeln wahr, wie ein E-Scooter an uns vorbeiraste, lenkte aber gleich wieder meine Aufmerksamkeit auf Judy, die sich mit beiden Händen unter ihren Hijab griff und ihre Bluetooth-Kopfhörer herausholte. Dabei verirrte sich eine schwarze Locke in ihr Gesicht. Mit dem Zeigefinger schob sie die Strähne zurück unter ihr Tuch und räusperte sich.

»So, jetzt noch mal.«

»Ich habe bloß gefragt, wie es dir geht.«

Statt einer Antwort neigte sie ihren Kopf nach links und dann nach rechts, wobei ihre Wirbelsäule ein knackendes Geräusch von sich gab. Dabei verzog sie das Gesicht und seufzte.

»Geht so, ehrlich gesagt.«

»Habe ich dich erschreckt?«, fragte ich.

Judy presste die Lippen aufeinander. »So schlecht sind meine Nerven auch wieder nicht, dass mich ein Typ auf einem Longboard so aus der Fassung bringen würde.«

Die Ampel schaltete auf Grün, doch keiner von uns rührte sich. Judy blickte mir mit ihren schwarz umrandeten Augen direkt ins Gesicht. In dem grünen Licht schimmerten sie noch dunkler.

»Ich muss da lang«, sagte sie und zeigte in die Richtung, aus der ich gerade gekommen war. Doch sie bewegte sich nicht – als würde sie darauf warten, dass ich etwas erwiderte. Ich strich mir über die Haare und dachte an meine Band. Gleichzeitig sah Judy vor mir so betrübt aus, dass ich mich nicht dazu durchringen konnte, sie jetzt allein zu lassen.

»Okay, dann … War schön, dich wiederzusehen, Jaad. Grüß mir Kingston.« Sie setzte den ersten Fuß auf die Straße und schaute kurz zurück. Der neongelbe Stoff flatterte ihr ums Gesicht wie ein Lichtfleck in der Dunkelheit.

»Warte!« Mit zwei großen Schritten hatte ich sie eingeholt und begann, neben ihr herzulaufen. »Wenn du jemanden zum Reden brauchst – ich bin da.«

Eigentlich hätte ich sie lieber gefragt, was genau mit ihr los war, fürchtete mich aber davor, ihr zu nahe zu treten.

Sie musterte mich, während wir die Straße überquerten, und sah ziemlich abgekämpft aus. Dabei schien sie ganz genau zu überlegen, was sie einem Fremden wie mir mitten auf einer schwach beleuchteten Kreuzung anvertrauen wollte. Anscheinend nichts.

»Oder wir können schweigen. Gemeinsam schweigen, wenn dir das lieber ist«, schob ich hinterher.

Wir überquerten eine parkähnliche Fläche. Hier und da leuchteten Straßenlampen, um die Mücken und andere Insekten schwirrten. Unter unseren Füßen knirschte der Kiesweg in einem gleichmäßigen Takt.

Ich verlangsamte meine Schritte, als wir, nach wie vor schweigend, an der gegenüberliegenden Seite des großen runden Parks ankamen.

Auch wenn sich die Stille zwischen uns nicht unangenehm, sondern genau richtig anfühlte, musste ich mich bald dem Lärm meiner Band stellen. Meine Kollegen warteten auf mich, und ich wollte sie nicht enttäuschen. Doch ich wollte auch Judy nicht einfach so gehen lassen und damit riskieren, sie vielleicht nie wiederzusehen. Etwas an ihr zog mich an. Etwas in mir wollte mehr von ihr sehen.

»Ich …«

Judy, die mir zwei Schritte voraus war, drehte sich bei diesen Worten zu mir um. Ich war inzwischen stehen geblieben. Sie legte bedauernd den Kopf schief, als wüsste sie, dass jetzt der Abschied kam.

»… muss leider los.«

Sie nickte. »Klar, bis dann.«

»Judy, ich … Kann ich deine Nummer haben? Vielleicht können wir mal wieder einen Kaffee trinken? Im DROPOUT oder woanders, ganz wie du magst. Du könntest wieder die Kaffeenamen auf meinem Menü kritisieren oder … Wir könnten einfach wieder gemeinsam schweigen.« Ich lächelte sie schief an, doch als sie ihr Gesicht von mir abwandte, gefror mir mein Lächeln im Gesicht.

»Tut mir leid, aber … Das geht nicht«, kam es leise aus ihrem Mund.

Ich rieb mir den Nacken, versuchte, meine Überraschung zu verbergen, und löste meine Haare aus dem Dutt, wofür ich mir sofort bescheuert vorkam.

»Oh ja. Klar, kein Problem. Ich …« Meine Stimme war plötzlich bloß noch ein Krächzen, und ich war froh, dass ich gleich nur den Bassisten geben und nicht singen musste. »Dann: *salam*!«

Es blitzte kurz in ihrem Blick auf, bevor ich mich umdrehte und loszog Richtung Probe.

»*Salam*«, erklang es schwach zurück.

Als ich bei der Garage ankam, war es verdächtig still. Das Tor war hochgefahren, doch es drang nur ein schwaches Licht nach draußen.

Sofort überfiel mich ein schlechtes Gewissen, weil ich mein Versprechen an Flurry nicht eingehalten hatte. Ich nahm einen tiefen Atemzug und trat in den Raum.

Helles Licht strahlte die hintere Wand der Garage an, auf die in Tiefviolett *SHARKS IN THE DARK* gepinselt war. Drum herum hingen etliche eingerahmte Fotografien, die uns in den verschiedenen Stadien unserer Band zeigten. An die Wand grenzte eine niedrige Bühne an, die wir in der Highschool provisorisch selbst gezimmert hatten und die erstaunlicherweise noch immer stand.

Darauf saßen Obi (Leadsänger), Max (Keyboard und Gitarre) und Flurry (Schlagzeug). Alle drei starrten mich an.

»Hey«, kam es kleinlaut von mir.

»Du bist ein Stück Scheiße.« Obis Stimme schnitt scharf durch die dicke Luft.

»Ich weiß. Es tut mir leid.«

»Du hast es versprochen.«

»Es ist was dazwischengekommen.«

»Ich hab dich gesehen.«

»Was?«

Obi stand auf und kam auf mich zu. Seine Miene ausdruckslos, sein Körper angespannt. Plötzlich bröckelte seine Fassade, und Obi stürzte sich auf mich, drückte mich nach unten, nahm mich in den Schwitzkasten und rieb mit seinen Knöcheln über meinen Kopf.

»Mit 'nem Mädchen!«, prustete er los. Nur unter Anstrengung schaffte ich es, mich aus Obis brutaler Umarmung zu lösen. Als ich mich befreit hatte, rieb ich mir die schmerzende Kopfhaut.

»Keine Ahnung, wovon du redest.«

»Komm schon. Eine verschleierte Jasmin war das. Hätte dich ja nicht als so einen eingeschätzt.«

Der Pfiff. Ich erinnerte mich dunkel daran, wie jemand auf einem E-Scooter an mir vorbeigedüst war und gepfiffen hatte. Das war also Obi gewesen. Wahrscheinlich hatte er sich in der Nähe seines Zuhauses einen E-Scooter gemietet und ihn dann beim Industriegebiet wieder abgestellt.

»Erstens ist sie eine Frau, kein Mädchen.« Meine Stimme klang härter als beabsichtigt, und Obi ging einen kleinen Schritt zurück. »Und zweitens …«

»Könnt ihr euch dieses Geschwafel vielleicht für einen Songtext sparen? Fakt ist, Jaad, du bist schon wieder zu spät. Mit dieser Arbeitsmoral werden wir nie wieder einen Hit landen. Ganz ehrlich, Mann! Wenn das so weitergeht, können wir uns auch gleich auflösen.« Max hatte sich von der Bühne erhoben. Sein Kiefer mahlte. Die zahlreichen Ringe in seinen Ohren klimperten, während er heftig den Kopf schüttelte.

»Was redest du denn da? Das machen wir natürlich nicht. Niemals!« Flurry hatte seine Augen weit aufgerissen. Er blickte Hilfe suchend in meine Richtung, woraufhin ich ebenfalls den Kopf schüttelte.

»Nur über meine Leiche«, bestätigte ich.

»Wenn du dich weiterhin verspätest und die versprochenen Gigs nicht organisiert bekommst, sind wir nicht mehr weit davon entfernt, aus dir eine Leiche zu machen.« Max sprach so ruhig, dass es unheimlich war.

Flurry starrte ihn entsetzt an. Obi blickte irritiert zwischen mir und ihm hin und her. Ich konnte Max diese starken Gefühle nicht verübeln.

Ja, ich hatte unsere Band damals gegründet, und sie bedeutete uns allen die Welt. Aber ihm bedeutete sie das Universum. Sie war das Einzige, was er noch gehabt hatte, nachdem sich seine ganze Familie während der Highschool in Luft aufgelöst hatte. Sein Vater hatte in seinem Leben nie eine Rolle gespielt, und als Max dann fünfzehn war, hatte seine ältere Schwester jemanden kennengelernt und war mit ihm weggezogen. Seine Mutter, die nun plötzlich allein mit ihrem Sohn gewesen war, hatte nichts mit ihm und seinen Gefühlsausbrüchen anzufangen gewusst. Vielleicht hatte sie auch gedacht, dass er inzwischen alt genug sei, um selbst für sich zu sorgen. Neben ihrem Job als Flugbegleiterin hatte sie ein Studium an einer Uni in einer anderen Stadt angefangen. Ab da war Max praktisch allein gewesen. Bis er uns und unsere Musik gefunden hatte und Sharks in the Dark zu seiner neuen Familie geworden war.

Auch wenn ich aus einem intakten, privilegierten Elternhaus kam, ging es mir mit der Band nicht anders. Die Jungs waren für mich so etwas wie die Brüder, die ich nie hatte. Und ich würde sie nicht im Stich lassen.

Ich schwang mich auf die Bühne, schnappte mir meine E-Bassgitarre, die schon bereitlag, und stellte mich vor einen der Mikroständer, die Flurry offensichtlich schon an den Strom angeschlossen hatte.

»One, two, three, four!« Meine Stimme klang heiser durch die Verstärker.

Auch Obi sprang auf, gefolgt von Flurry. Max schmollte noch einen kurzen Augenblick und stürzte sich dann ebenfalls auf die Bühne, als er erkannte, dass ich angefangen hatte, *Undress Me* zu spielen.

Nach der Session tropfte mir der Schweiß von den Haaren. Wir hatten alles gegeben, als hätten wir uns selbst beweisen müssen, dass es uns für immer geben würde.

»Ihr könnt schon gehen. Ich räume hier noch auf und schließe dann ab«, sagte ich.

Die Jungs zuckten mit den Schultern und zerstreuten sich in die Nacht. Das Angebot, nicht aufräumen zu müssen, ließen sie sich nicht entgehen. Während ich die Instrumente wegräumte und alle Flächen abwischte, fuhren meine Gedanken Karussell.

Eines war mir heute Abend klar geworden: Wenn ich nicht handeln würde und unsere Band weiterhin vernachlässigte, würde ich die Jungs verlieren, und Sharks in the Dark wäre wirklich Geschichte.

Flurrys flehende und verletzte Miene heute Mittag am Truck kam mir wieder in den Sinn. Er hatte das nicht verdient.

Wir alle hatten es nicht verdient, keinen Erfolg mehr zu haben. Wir waren Sharks in the Dark, verdammt. Wir waren gut. Oder wir mussten besser werden. Auf jeden Fall musste sich etwas ändern.

Vielleicht war die Zeit gekommen, ein wenig Verantwortung für den Truck abzugeben.

Als ich fertig aufgeräumt hatte, zog ich das Garagentor herunter, schloss es ab und setzte mich noch direkt vor unserem Bandraum mit dem Smartphone in der Hand auf mein Longboard. Ich öffnete meine Fotogalerie, suchte nach einem Foto, das das DROPOUT und Kingston in einer einladenden Atmosphäre zeigte, und lud es auf meinen Social-Media-Kanälen hoch. Dazu schrieb ich die Caption: *We're hiring: Barista-Aushilfe gesucht ab sofort. Bitte direkt im Coffee-Truck melden.*

Ich fügte noch einen Smiley hinzu und drückte dann auf Hochladen. Mir war etwas mulmig zumute, schließlich war das DROPOUT mein Baby. Es jetzt mit einer fremden Person zu teilen, es ihr zeitweise sogar anzuvertrauen, fühlte sich merkwürdig an. Doch die Band war mein Erstgeborenes. Sosehr ich Kaffee auch liebte, mein Herz gehörte einfach der Musik.

5 | snaccident

- JUDY -

»Fang!«

Gerade erst war ich von meinem kleinen Spaziergang mit Jaad zurückgekommen, und jetzt stand Roxy am gegenüberliegenden Fenster unseres zwanzig Quadratmeter großen Zimmers und schleuderte mir eine Packung Cookie-Dough-Eiscreme entgegen. Obwohl ich immer noch in der Tür stand, fing ich den Becher wie automatisch mit beiden Händen auf. Er war so kalt, dass meine Finger sofort an den Minieiskristallen am Äußeren der Packung kleben blieben.

»Ich wollte nur testen, ob du sportlich genug bist, um das heutige Training sausen zu lassen.« Sie grinste.

»Und: Test bestanden?«, fragte ich gähnend, während ich meine Schlüssel auf den Schreibtisch neben der Tür warf.

»Eindeutig. Deine Reflexe sind höchst beeindruckend.«

»Danke, Meisterin.« Ich deutete eine Verbeugung an.

Roxy hatte den blauen Gürtel in Taekwondo und mir schon einiges über ihre sportliche Disziplin beigebracht. Im Gegenzug dafür gab ich ihr Hula-Hoop-Training. »Und wofür ist das Eis?«

»Nach der Mörder-Arbeit für die Präsentation morgen habe ich mir eine Belohnung verdient.«

»Das Semester hat doch gerade erst angefangen!«

»Erzähl das mal den Lehrpersonen. Morgen Früh muss ich eine Präsentation halten über Steuermoral.«

»Steuer… was?«

»Frag nicht«, winkte Roxy ab. »Auf jeden Fall sind jetzt Junkfood und Girls' Night angesagt!«

»Unbedingt«, gab ich zurück und spürte einen leichten Stich im Unterleib. Das Schmerzmittel, das ich vorhin eingenommen hatte, wirkte nicht besonders gut. Der Spaziergang hatte auch nicht geholfen, weder gegen die Unterleibsschmerzen noch gegen die Sorgen, die ich mir machte. Noch immer wuselte das Thema Jobsuche in meinem Kopf herum. Davon hatte mich nicht mal Jaads Anwesenheit ablenken können.

»Ich muss dringend unter die Dusche«, murmelte ich.

»Keine Eile. Mein Laptop will eh gerade nicht zum Leben erwachen. Er ist wie ein Vampir bei Sonnenlicht.«

»Hast du es schon mit Knoblauch probiert?«

»Und mit Weihwasser, einem Ave-Maria und, und, und …« Sie faltete die Hände wie zum Gebet und bewegte den Kopf, als wäre sie ein Wackeldackel.

Meine Hand legte sich unbewusst auf meinen Bauch.

»Hast du deine Tage?« Ich nickte. »Okay, dann ab unter die Dusche. Wenn du rauskommst, kümmere ich mich um dich.«

Ich ließ das Wasser heiß auf meinen Körper prasseln, beobachtete das rosa Rinnsal, das in einem Strudel im Abfluss verschwand, und tastete meine Brüste ab. Meine Mutter war Krankenschwester und hatte meiner Schwester und mir immer beigebracht, wie wichtig es war, jeden Millimeter des weichen Gewebes regelmäßig auf Knoten zu untersuchen. Ich ließ die Finger sacht über meine Brüste wandern, in denen es zog und spannte, und massierte sie.

Mir wurde warm, als ein Erinnerungsfetzen an Jaad durch meinen Kopf schoss. Wie er beschämt seine Haare löste, als ich seine Bitte um einen Kaffee abgeschlagen hatte. Ich schluckte, drehte das Wasser kälter und ließ es in meinen Mund fließen.

Was nützte es, mich mit einem Typen zu verabreden, wenn sowieso nichts daraus werden würde? Ich hatte keine Zeit für einen Flirt. Und mehr als einen Flirt könnte er mir sicher nicht bieten. Ich massierte meinen Bauch in kreisenden Bewegungen, sodass die Schmerzen etwas nachließen.

Jaad spukte noch immer in meinem Kopf herum. Seine warmen Augen, sein süffisantes Grinsen, als ich mit ihm über Musikgenres diskutiert hatte, die breiten Schultern und trainierten Oberarme …

Ich drehte das Wasser noch kälter, bis sich eine Gänsehaut auf meinen Armen bildete und sich meine Brustwarzen hart aufstellten. Dann ließ ich die Stirn gegen die kühlen Duschfliesen sinken und wartete, bis die Kälte sämtliche anderen Gedanken vertrieben hatte. Endlich drehte ich das Wasser ab, stieg aus der Dusche und wickelte mich in meinen Bademantel.

Als ich aus dem Bad trat, saß Roxy auf ihrem Bett, den inzwischen zum Leben erwachten Laptop auf ihrem Schoß und die halb leere Eispackung in ihrer Hand. Irgendein TikTok-Song, der mir bekannt vorkam, trudelte aus den schlechten Lautsprechern ihres Geräts.

»Möchtest du auch noch einen Iced Coffee?« Sie deutete auf den Mini-Kühlschrank, der zwischen unseren Betten stand.

»Ich hatte heute genug Kaffee, danke.« Ich schlüpfte wieder in meinen alten Pyjama.

Roxy lachte. »Ach ja, der Coffee-Truck-Dude.«

Sie wackelte mit den Brauen, als wären wir zwei Teenager, die das erste Mal über Jungs redeten.

Seufzend setzte ich mich neben Roxy, die mir bereits all ihre Nagellacke bereitgelegt hatte. Sofort wurde mir warm ums Herz. Sie wusste, dass ich meine Nägel nur lackierte, wenn ich meine Periode hatte. Dann war ich ausgenommen von den Pflichtgebeten und den rituellen Waschungen, die unlackierte Nägel erforderten.

»Danke«, sagte ich und nahm die erstbeste Farbe zur Hand. Ich schraubte das Fläschchen auf und setzte einen fetten Strich in Orange auf meinen Daumen.

»Komm, ich helf dir.« Roxy griff nach einem tiefen Rot und begann, meinen kleinen Finger damit zu bestreichen. »Wie war dein Spaziergang?«

»Merkwürdig. Oder bemerkenswert. Ich weiß es nicht.«

Sie hob fragend eine Braue.

»Ich bin Jaad über den Weg gelaufen.«

Ein breites Grinsen erschien auf Roxys Gesicht, und sie schlug sich eine Hand vor den Mund.

»Na, wenn das mal kein Schicksal ist«, sagte sie.

»Er hat mich nach meiner Nummer gefragt.«

»Was?!« Ihre Augen strahlten und waren weit aufgerissen. Offensichtlich genoss sie diese ganze Geschichte.

»Als sein Hund dich umgenietet hat?« Sie hob beide Brauen, sodass sie unter ihren Haaren verschwanden.

»Nein. Vorhin beim Spaziergang an der Uni.«

»An der Uni? Studiert er etwa hier?« Roxy wandte sich wieder meinen Nägeln zu. Ich schraubte das Orange zu und überließ ihr die restliche Arbeit, die sie mit gekonnten Handgriffen zu Ende brachte. Dann streckte sie sich aus und kuschelte sich unter ihre Decke.

»Keine Ahnung. Ich habe ihn nicht gefragt.«

»Worüber habt ihr dann geredet?«, wollte sie wissen. Ich zuckte mit den Schultern.

»Wir haben geschwiegen.«

»Hmm«, machte meine Freundin, als versuchte sie sich nicht anmerken zu lassen, was sie davon hielt. Doch ein Lächeln umschmeichelte ihre Lippen.

»Und ich habe ihm einen Korb gegeben«, dämpfte ich sogleich ihre Freude.

»Oh. Warum?«

»Ich kann mir einfach nicht vorstellen, etwas mit einer Person anzufangen, die nicht den gleichen Glauben wie ich teilt«, sagte ich und lehnte meinen Kopf an die Wand hinter dem Bett.

Roxy nickte langsam. Sie kannte Cal nicht, aber sie kannte die Geschichte. Mit sechzehn hatte ich einer Art Grunge-Clique in der Highschool angehört. Damals hatte ich auch Cal kennengelernt. Irgendwie hatte sich schnell etwas zwischen uns entwickelt. Schneller, als ich nachdenken konnte, und bevor ich michs versah, waren wir ein Paar.

Obwohl ich Muslima war und er nicht.

Obwohl ich wusste, dass so eine Konstellation auf Dauer meist nicht funktionierte.

Obwohl, obwohl, obwohl.

Doch damals war ich jung und naiv gewesen und hatte gedacht, dass er mich lieben würde. Dass das reichen würde. Dass er verstehen würde, wie wichtig mein Glaube für mich war und dass ich keine Abstriche machen konnte.

Ich hatte ernsthaft geglaubt, dass sich Cal mit meinem Glauben auseinandersetzen würde, weil er mich liebte. Meine Grenzen und Wünsche respektieren würde, vielleicht sogar mir zuliebe ein Muslim werden, damit wir zusammen sein konnten. Doch stattdessen hatte er mir nach drei Monaten Dating ein

Ultimatum gestellt. Entweder ich passte mich ihm an und entledigte mich meines Hijabs, damit ich frei und ohne Limits mit ihm zusammen sein konnte, oder er würde mich verlassen.

Als Muslima bin ich in dem Glauben erzogen worden, dass alle vorehelichen Beziehungen verboten waren. Ich konnte also weder Sex haben noch jemanden küssen, solange ich nicht verheiratet war. Und wer dachte schon mit sechzehn an Hochzeit? Trotzdem wollte ich damals einfach dazugehören. Ich wollte ein All-American-Girl sein. Und ich dachte, dazu musste ich sein wie meine Clique. Ich glaubte an die Liebe mit Cal. Dabei war das wohl keine gewesen.

Erst nachdem Cal mich fallen gelassen hatte, eben weil ich einen Hijab trug und Muslima war, wurde mir klar, dass ich mich nie wieder auf einen Nichtmuslim und die Hoffnung, es könnte irgendwie doch funktionieren, einlassen wollte.

Als ich mich aus meinen Gedanken gerissen hatte, wandte ich mich wieder Roxy zu und bemerkte, dass sie schon längst eingeschlafen war. Sie lag auf ihrem Bauch, das Gesicht auf ihre übereinandergefalteten Hände gebettet wie ein unschuldiger Welpe.

Ich musste an Kingston denken, und sofort flackerte wieder Jaads Bild vor mir auf. Ich stöhnte und drehte mich auf die Seite, presste das Kissen auf meinen Kopf und kniff die Augen fest zu. Den Gedanken an ihn versuchte ich, zwanghaft zu überdecken mit der Frage, was mich am morgigen Uni-Tag erwarten würde. Doch das machte es nur schlimmer.

Was soll's, dachte ich. *Dann finde ich ihn halt hot.* Ich zückte mein Smartphone und tippte in der Suchleiste *DROPOUT* und *Cameo Shores Beach* ein. Das erste Suchergebnis führte mich auf die Insta-Page des Coffee-Trucks. Ich scrollte durch die wenigen Posts, die aus stimmungsvollen Bildern vom Strand, den Lichtern und den Liegen bestanden, in denen Menschen bei

Tag und bei Dunkelheit ihre Getränke schlürften. Feuerfackeln leuchteten auf dem Sand, und ich konnte mir förmlich vorstellen, wie die Gäste zur Musik tanzten.

Ich fragte mich, welche Art von Musik Jaad normalerweise spielte, wenn er nicht gerade Loungemusik auflegte. Ich scrollte wieder nach ganz oben und war etwas enttäuscht darüber, dass es nur ein einziges Bild von ihm selbst gab. Es zeigte ihn mit Kingston, der ihm quer übers Gesicht schleckte, so wie er es gestern auch bei mir gemacht hatte. Während ich die knappe Caption las, poppte plötzlich ein neuer Beitrag auf.

Wieder war darauf sein Hund vor dem Truck zu sehen, doch als ich die erste Zeile unter dem Post las, pochte mir mein Herz bis in den Hals. *We're hiring …*

Warum, verdammt noch mal, spielten die Schmetterlinge in meinem Bauch auf einmal verrückt? Ich suchte doch gar keinen Job, und Jaad hatte ich gerade einen Korb gegeben. Beziehungsweise suchte ich schon einen Job, allerdings in meiner Branche.

Meine mir nur zu bekannte Zukunftsangst bahnte sich wieder ihren Weg in meinen Kopf. Was, wenn ich meinen Abschluss machte und nicht sofort eine Anstellung fand? Wäre es nicht klug, sich einen Plan B zurechtzulegen? Kaffee am Strand auszuschenken, klang auf einmal verlockend. Dazu kam die Gesellschaft eines so süßen Hundes.

Vielleicht würde ich es versuchen. Was hatte ich schon zu verlieren? Wahrscheinlich würde er mich überhaupt nicht einstellen. Bei einem Abstecher zum Strand würde ich es herausfinden.

Ich klappte Roxys Laptop zu, hievte meinen müden Hintern von ihrem Bett, streckte mich ausgiebig und bemerkte, wie vollgefressen ich war nach all den ungesunden Snacks. Mit vollem Bauch würde ich definitiv nicht schlafen können, also schnappte ich mir meinen Hula-Hoop-Reifen, um mich noch etwas zu bewegen. Ich zog mir eine Strickjacke über, setzte meinen Beanie auf und schlich auf den Flur hinaus, um Roxy nicht zu wecken. Meinen Hoop in der einen Hand und meine Kopfhörer in den Ohren.

Ich liebte diese Art der Bewegung, das Flowing. Es war eine Art improvisierter Tanz, bei dem es um die Verschmelzung mit sich und seiner Umgebung ging. Man bewegte sich mit einem Gegenstand auf eine ästhetische, fließende Weise, bis man in einen Flow kam. In seinen eigenen Rhythmus eintauchte, seine eigene Intensität und Energie spürte. Es war ein Weg, sich durch die Bewegung selbst zu erforschen und seinen Körper zu fühlen. Ich flowte mit allem. Mit meinem Hoop, mit meinen Tüchern und mit Regenschirmen. Sogar mit Kaffeetassen – wenn meine Flowing-Laune am Morgen auf besonders gute Musik traf.

Ich suchte auf meinem Smartphone nach meiner Lieblingsplaylist *psychedelic oriental* und drückte *Play*.

Die ersten Sounds durchfluteten mich mit einem Gefühl von Vertrautheit und Geborgenheit. Die eigene Playlist zu hören, fühlte sich manchmal an, wie nach Hause zu kommen. In einer Welt, in der sich alles unkontrollierbar drehte, half es mir, wenn ich die Musik an- und die Welt ausschaltete. Jetzt war ich diejenige, die sich drehen würde. Und die Welt hatte solange nichts mehr zu melden. Ich steckte mein Telefon in meine Wassermelonen-Pyjamahose, rückte den Beanie auf meinen Haaren zurecht und legte los.

Ich flowte. Die Musik durchströmte mich. Mein Hoop flog über meinen Kopf, schlängelte sich von der Mitte meines Körpers hinunter bis zu meinen Füßen, um dann wieder über meine Hände zu tanzen. Der Flur war meine Bühne, ich war endlich bei mir, mit klarem Kopf und klaren Gefühlen. Erst als sich die

Erschöpfung in mir ausbreitete und ich mir einbildete, dass die Endorphine in meinem Blutkreislauf prickelten, hörte ich auf. Mein Magen hatte sich mittlerweile etwas von unserem Snaccident erholt, sodass ich wieder ins Zimmer zurückkehrte. Den Hoop lehnte ich gegen meinen Schreibtisch.

Dann warf ich mich aufs Bett und spürte, wie sich die Sprungfedern der billigen College-Matratze in meinen Rücken bohrten. Aber ich war glücklich. Der Tanz hatte mein Serotonin geboostet, und ich war bereit für einen tiefen, traumlosen Schlaf. Auch wenn er nicht allzu lang sein würde, denn es war schon fast vier Uhr morgens, wie ich erschrocken feststellte.

6 | depresso

– JUDY –

Vorsichtig öffnete ich ein Auge, während ich versuchte, mich im Hier und Jetzt zu orientieren. Sonnenlicht durchflutete das Zimmer.

Ich fischte mein Smartphone unter meinem Kissen hervor und erschrak. Es war bereits nach acht Uhr, und mein neues Seminar über Musikmanagement würde in genau fünfundzwanzig Minuten beginnen. Mein Blick wanderte meinen Körper hinab. Die Wassermelonen grinsten mich schadenfroh an.

Mit einem Satz sprang ich aus dem Bett und hechtete ins Bad. Dort schrubbte ich mir den pelzigen Geschmack von meiner Zunge und spritzte mir Wasser ins Gesicht. Meine schwarzen Locken standen mir zu Berge, aber wer würde das schon merken? Aus der Kommode im Zimmer fischte ich dunkle Jeans, ein weißes oversized Shirt und einen Hijab in Türkis. Auf einem Bein hüpfend, streifte ich mir die Hose über und bemühte mich dabei, so leise wie möglich zu sein, um Roxy nicht zu wecken. Sie lag immer noch auf dem Bauch und hatte ihr Gesicht zur

Hälfte in ihr Kissen vergraben. Ich ging zu ihr und drückte ihr einen Kuss auf die Schläfe.

Dann ging ich hinaus.

Mithilfe einer Abkürzung durch den Aldrich Park konnte ich es vielleicht noch rechtzeitig zu meinem Seminar schaffen. Den Rucksack auf dem Rücken rannte ich los, wobei mein Tuch im Wind flatterte. Ich sog die morgendliche Luft ein und füllte meine Lungen mit dem frischen Frühlingsduft des Parks – eine Mischung aus Eukalyptus, Aloe und Jacaranda. Studierende picknickten unter Bäumen, deren Äste gelb, rot und blau blühten, und auf dem weitläufigen Rasen dahinter erzeugte ein Sprinkler im Zusammenspiel mit der Sonne einen Regenbogen.

Hinter dem letzten Eukalyptusbaum lag das Vorlesungsgebäude, zu dem ich wollte. Mein Smartphone zeigte mir, dass ich noch genau eine Minute Zeit hatte. Ich rannte schneller den Weg entlang bis zu den großen Türen des steingrauen Gebäudes, stieß sie mit der Schulter heftig auf und stürzte die Treppe hinauf bis in den dritten Stock, weil das schneller war, als auf den Aufzug zu warten.

Meine Lunge brannte wie Feuer, als ich endlich oben ankam. Die Hände auf die Knie gestützt, rang ich nach Atem. Inzwischen hatte ich fünf Minuten Verspätung und konnte keine Sekunde länger vertrödeln. Ich wischte mir die feuchten Hände an der Hose ab und drückte die kalte Klinke hinunter.

Der Dozent hatte sein Seminar über Musikmanagement bereits begonnen. An die Wand war eine Folie projiziert, auf der sein Name stand: Jack Treanor.

Mit mulmigem Gefühl stellte ich fest, dass das derselbe Typ war, der mich gestern so komisch gemustert hatte, als ich, mit Ms Vasquez' Ordner bepackt, am Fahrstuhl gestanden hatte.

Ich ließ meinen Blick durch den Raum schweifen. Normalerweise setzte ich mich in das erste Drittel der Sitzreihen, doch heute waren bereits alle guten Plätze belegt. Bevor ich mich entscheiden konnte, bemerkte Mr Treanor mich und räusperte sich laut.

»Haben Sie sich verirrt?« Er trug einen hellgrauen Anzug, dazu ein weißes Hemd, keine Krawatte. Sein Jackett hatte er nicht geschlossen, und der obere Knopf seines Hemdes stand offen. Insgesamt war sein Look unscheinbar. Er war eher schlank, hatte kurze mausbraune Haare, die ihm locker in sein schmales Gesicht fielen, und trug eine unauffällige Brille mit schwarzem Rand. Jetzt verschränkte er die Arme vor der Brust und pustete die Strähne weg, die ihm in die Stirn gefallen war.

»An die junge Dame, die hier mitten im Raum steht!« Er machte mit seiner Hand eine kreisende Bewegung um sein Gesicht und bezog sich damit offenbar auf meinen Hijab. Alle Studierenden drehten sich zu mir um und starrten mich an. Meine Ohren glühten vor Scham, und ich war dankbar, dass man sie unter meinem Tuch nicht sehen konnte. Mr Treanor redete weiter: »Die, die hier mit orientalischer Pünktlichkeit hereingestolpert ist und meinen Unterricht gestört hat. Das hier ist kein Kaffeehaus. Wer nichts lernen will, darf wieder gehen.«

Ich wollte ihm an den Kopf werfen, dass Kaffeehäuser Orte des Austauschs waren. Orte, an denen nicht nur über Politik und Wirtschaft diskutiert wurde, sondern an denen auch Kunst, Musik und Literatur entstanden. Orte, an denen man sehr wohl etwas lernte. Doch ich hatte meine Zunge verschluckt. Stattdessen sagte ich nur: »Entschuldigen Sie bitte die Verspätung.«

Mr Treanors aalglatter Blick bohrte sich kurz in meinen, dann drehte er sich um, schüttelte den Kopf, faltete die Hände hinter dem Rücken und fuhr mit seinem Unterricht fort. Ich schob mich in eine leere Reihe ganz hinten, und endlich wandten sich auch die letzten Studierenden wieder von mir ab. Über ihre College-Blöcke gebeugt, kritzelten sie die Inhalte der Folien auf Papier. Andere tippten hastig auf ihre Laptops oder Tablets.

Während mein Herz bloß heftig gegen meinen Brustkorb schlug. Ich versuchte, dem Unterricht zu folgen und die Scham zu ignorieren. Kaum ein Wort drang zu mir durch. Die ganze Zeit starrte ich nur die hellbraunen Haare auf Mr Treanors Hinterkopf an.

Hatte ich mich am Morgen so sehr beeilt, es rechtzeitig ins Seminar zu schaffen, konnte ich es jetzt kaum erwarten, aus dem Raum zu kommen. Was für ein toller Start ins letzte Semester meines Lebens.

Nachdem ich endlich erlöst war, traf ich mich wie immer in der Mensa mit meiner Freundin. Roxys Froot Loops strömten klirrend in ihre Porzellanschale. Sie war gerade erst aufgestanden, und auch mein Magen knurrte nach dem morgendlichen Desaster mit Treanor.

»Du willst mir also ernsthaft erzählen, dass du nicht zuerst die Milch in deine Schüssel gibst?«, fragte ich.

Ich starrte die weiße Flüssigkeit an, die jetzt in einem Strahl auf die Froot Loops prasselte. Die Geschäftigkeit in der Mensa und Roxys vertraute Stimme ließen das ungute Bauchgefühl, dass ich seit Treanors Begrüßung nicht mehr loswurde, zumindest ein wenig abflauen.

»Natürlich nicht! Sonst saugen sie doch gar keine Milch auf und bleiben trocken«, erwiderte Roxy.

»Das ist der Sinn der Sache«, erklärte ich, während ich mir zuerst die Milch einschenkte und dann die Schoko-Pops hinzugab. So wie es sich gehörte.

»Die Cornflakes bleiben zunächst trocken, du schaufelst sie mit einem großen Löffel Milch in deinen Mund. Wenn du am

Ende deiner Schüssel angekommen bist, haben sie sich gerade erst ein wenig mit Milch vollgesaugt. Auf diese Weise bleiben sie immer und die ganze Zeit crunchy. Es ist die einzig richtige Art, Cornflakes zu essen«, führte ich aus.

Roxy zog belustigt eine Braue hoch. Wir bewegten uns mit unseren Tabletts an einen der wackeligen Mensatische.

»Wer will denn labberige Cornflakes?«, setzte ich nach, stellte meine Schüssel ab und zog einen Stuhl an den Tisch.

»Ich zum Beispiel.« Roxy tat es mir gleich und setzte sich grinsend.

»Ich kann nicht fassen, dass wir diese Diskussion zum x-ten Mal führen.«

»Allerdings«, antwortete Roxy schmatzend und legte dann den Kopf schief. »Warum bist du so genervt?«

Ich blinzelte, schluckte und blinzelte erneut. Roxy ließ den Löffel sinken.

»Judy?«, fragte sie leise und lang gezogen. Ihre Hand legte sich auf meine. »Alles okay?«

»Ich hab nur Hunger.« Wie zum Beweis schob ich mir einen überfüllten Löffel in den Mund. Krachend zerkaute ich die Cornflakes.

Doch Roxy schüttelte den Kopf. Eine Furche hatte sich zwischen ihren Brauen gebildet.

»Sag schon. Was ist passiert?«, beharrte sie.

Ich schob meine Schüssel von mir und schluckte. »Nichts.«

»Da ist schon wieder dein Wiesel-Blick.«

Ich seufzte theatralisch.

»Was denn, Wiesel sind total süß!«

»Als Wiesel hätte ich heute Morgen vielleicht mehr Glück gehabt mit Mr Treanor«, konterte ich und bereute sofort, die Aufmerksamkeit auf das Thema gelenkt zu haben.

»Wer ist Mr Treanor, und was hat er dir angetan?«

»Er hat einen blöden Spruch abgelassen, weil ich zu spät gekommen bin.«

»Was hat er genau gesagt?«

Ich räusperte mich. *»Ich halte nichts von orientalischer Pünktlichkeit. Das ist kein Kaffeehaus.«* Roxys Nasenflügel blähten sich auf. »Und …«

»Und?! Es gibt noch mehr?«

»Dann hat er …« Ich machte die kreisende Bewegung nach, mit der Mr Treanor auf meinen Hijab gezeigt hatte.

»Er ist ein *Arschloch*!«, rief Roxy viel zu laut, sodass einige der Studierenden sich zu uns umdrehten.

»Ich war zu spät …«, nuschelte ich.

»Ich bin schon etliche Male zu spät in meine Seminare gekommen und musste mir nie so etwas anhören, Judy.« Roxys Stimme war so sanft wie ein Wiegenlied.

Mein Magen zog sich schmerzhaft zusammen, als würde sich eine Hand in meinem Bauch heftig um meine Eingeweide schließen. Ich wollte das alles einfach wieder vergessen.

Ich seufzte. »In ein paar Monaten bin ich hier weg. Darum muss ich jetzt keinen Aufstand machen. Wahrscheinlich war heute einfach ein schlechter Tag.«

Roxy machte ein ungläubiges Gesicht, schwieg jedoch. »Wenn du deine Meinung änderst oder etwas gegen ihn unternehmen willst, bin ich da.«

»Können wir dieses Thema jetzt einfach vergessen und über etwas anderes reden?«

»Klar. Was hast du heute noch vor?«

»Ich glaube, ich werde einfach in die Bibliothek gehen und ein wenig was für meine Masterarbeit vorbereiten.«

Roxy faltete unzufrieden die Hände vor dem Bauch.

»Judy. Du musst auch mal abschalten. Und wartest du nicht eh auf eine Antwort von Ms Vasquez?«, fragte sie.

»Schon.« Ich stand auf und packte meine leere Schüssel auf das Tablett. Auch Roxy war inzwischen fertig. Wir brachten unser Geschirr in den dafür vorgesehenen Wagen, verließen die Mensa und gingen zu den Ständern, an denen Roxy ihr Fahrrad geparkt hatte. Ich setzte mich auf den Gepäckträger, nachdem meine Freundin das Rad aufgeschlossen hatte, und ließ mich von ihr durch den Aldrich Park kutschieren.

»Wie wäre es, wenn du, statt zu büffeln, heute einfach noch mal Spaß hast, so wie vor zwei Tagen?«, fragte sie und knüpfte damit an unser Gespräch von eben an.

»Auf keinen Fall werde ich schon wieder im DROPOUT aufkreuzen!«

»Wieso?« Roxy lachte herzhaft, während sie in Schlangenlinien den Kiesweg entlangfuhr.

»Weil es einfach zu peinlich wäre.«

»Ach, komm schon …«

»Warum müssen wir ausgerechnet dorthin?«

»Wir müssen nicht. Aber du hast dort so gestrahlt, hattest Spaß und 'nen netten Flirt mit diesem Jaad.« Sie trat wieder in die Pedale.

Bäume rauschten an uns vorbei, deren undurchdringliches Grün von Studierenden und einem bunten Blumenmeer gesprenkelt war. Zwischendurch blitzten die Gebäude der Uni durch die Natur und zogen immer schneller an uns vorbei. Als wir das Unigelände verlassen hatten und auf die Bison Avenue kamen, nahmen wir so richtig Fahrt auf.

»Ich habe nicht geflirtet«, schrie ich gegen die Luft an, die mir entgegenströmte. »Ich flirte nie. Flirten bringt nichts!« Doch meine Worte waren im Sausen des Fahrtwindes fast nur ein Wispern, auf das Roxy nicht hörte.

Mein Herz raste, als wäre ich es, die das Fahrrad hinein in die nächste Hauptstraße lenkte, vorbei an einem Starbucks.

Erneut kam mir das Jobangebot in den Sinn.

»Manchmal musst du weniger denken und einfach machen, Judy«, sagte Roxy.

Nachdem ich mir Roxys Empfehlung durch den Kopf hatte gehen lassen, ließ ich mich von ihr mit dem Fahrrad zum Strand fahren. Allerdings hatte sie sich geweigert, zu bleiben, mir eiskalt den Rücken zugedreht und war wieder weggefahren.

»Das sollst du ganz allein genießen«, hatte sie lachend gesagt und war davongerast.

Jetzt stand ich mitten im Sand, das Meer vor mir, und war völlig überfordert von der Szene, die sich mir bot. Nie im Leben hätte ich gedacht, dass der Truck *so* beliebt war. Der Strand vor dem Coffee-Truck brach aus allen Nähten, dabei war heute Mittwoch, und es war gerade mal zwölf Uhr. Groovige Loungemusik ertönte aus den Lautsprechern. Die Kunden und Kundinnen hatten sich so weit ausgebreitet, dass manche mit den Stühlen im Wasser saßen und ihre Kaffeekreationen dort schlürften. Weiter vorn sah ich Kingston inmitten von jungen Frauen liegen, die im Kreis im Sand saßen, und ihn kraulten.

Ich kam mir vor, als wäre ich gerade in einem perfekten Sommerfilm. Die Sonne schien, die Luft war warm, Jaad navigierte zwischen den verschiedenen Gruppen hindurch und verteilte neben den Bestellungen auch noch sein unwiderstehliches Lächeln, bei dessen Anblick man sofort gute Laune bekam. Seine Locken fielen ihm immer wieder ins Gesicht, und mich überkam das Verlangen, zu ihm zu gehen und sie ihm aus seinem Gesicht zu streichen.

Doch das ging natürlich nicht. Welcher Weirdo würde so etwas machen, nachdem man sich gerade erst kennengelernt hatte? Und abgesehen davon: Welcher Weirdo stand minutenlang auf dem Strand und beobachtete Fremde, ohne sich zu regen? Gerade wollte ich meinen Mut zusammensammeln, einen Fuß vor den anderen setzen und auf Jaad zugehen, da warf Jaad schon wieder seine Haare zurück. Dabei fiel sein Blick auf mich.

Er klemmte sich das leere Tablett unter den Arm und eilte auf mich zu. »Judy? Dass ich dich zweimal so unverhofft treffe, fühlt sich schon fast wie ein Traum an.«

Heute trug er ungewohnt helle Kleidung, mit der er sich farblich vollkommen von seinem schwarzen Truck abhob. Ein weißes Shirt und dazu eine hellgraue Jeans, deren Saum ausgefranzt war. Dazu trug er bequeme Bootsschuhe, die mich ein wenig an die Rich-Kids aus meiner Schule damals erinnerten, die ihre Ferien auf Jachten verbracht und sich darüber gewundert hatten, wieso wir Normalsterbliche das nicht taten.

»Ich hoffe, kein Albtraum«, erwiderte ich. Seine Augen leuchteten, und sein Mund war zu einem ehrlichen Lächeln geformt.

»Ganz im Gegenteil, Judy«, sagte er sanft. »Ich muss aber schon zugeben, dass ich mich wundere. Nachdem du mir gestern einen Korb gegeben hast.«

Autsch. Das war mir dann doch eine Spur zu ehrlich und direkt.

»Was verschafft mir die Ehre? Hast du es dir anders überlegt? Es ist gerade etwas voll hier, aber wenn du warten magst …«

Oh nein. Jetzt dachte er, dass ich doch etwas von ihm wollte. Was natürlich totaler Quatsch war.

»Nein, nein. Ich will nur. Äh … Du suchst eine Aushilfe?«

Wie zum Beweis dafür, dass ich mir das Jobangebot nicht ausgedacht habe, entsperrte ich mein Smartphone und hielt es ihm samt dem Beitrag entgegen, auf dem Jaad mit Kingston zu sehen war.

»Ja«, antwortete er lang gezogen und legte den Kopf schief. »Und du willst meine Aushilfe werden?«

»Ja …«

»Dir ist schon klar, dass ich dann deine Nummer brauche, um mit dir zu kommunizieren?«

Wie peinlich konnte eine Situation sein? Gestern noch hatte ich ihm einen Korb gegeben. Heute stand ich vor ihm, nur um ihm nun doch meine Nummer zu geben. Natürlich nur für Arbeitszwecke, aber trotzdem. Ich ließ seine Frage unbeantwortet, weil sich alles, was ich hätte sagen können, nicht vorteilhaft für mich anhörte.

»Ist die Stelle noch frei?«

»Es gibt noch einen anderen Bewerber.« Jaad zeigte auf einen jungen Mann, der am Truck lehnte und Kaugummi kaute. »Und ein paar andere wollten heute Abend vorbeikommen.«

Jetzt kam ich mir noch naiver vor. Hatte ich gedacht, das würde ein leichtes Spiel für mich werden? *Ich kreuze hier auf, und dann habe ich den Job?* Ich schüttelte innerlich den Kopf über mich selbst.

»Willst du es versuchen?« Jaad schenkte mir ein Grübchen-Lächeln. Irgendwas daran munterte mich auf und gab mir Mut. Sein Lächeln fühlte sich so an, als sei die Welt noch in Ordnung. *Was konnte schon schiefgehen?*, versuchte ich mir zu sagen. Kaffee ausschenken kann doch wohl jeder.

»Okay, hier ist die neue Bestellung. Diese hier ist ein bisschen komplizierter, aber glücklicherweise haben die zwei genau das Gleiche bestellt«, sagte Jaad, während er an der Seitentür des Trucks stand. Ich befand mich inzwischen im Inneren des Trucks, neben mir mein Mitstreiter, der entschlossen nickte.

Ich zuckte nur hilflos mit den Schultern. Wo hatte ich mich hier nur reingeritten?

»Ich erkläre euch ganz genau, was ihr machen sollt, und ihr bereitet die zwei Bestellungen zu. Alles klar?«, fragte Jaad voller Motivation. Motivation, die mir sofort flöten ging, als er begann, die Bestellung zu diktieren.

»Affogato mit doppeltem Espresso, einer Kugel Vanilleeis, zwei Pumpstößen Mangosirup, einem Pumpstoß Ananassirup, zwei Löffeln Bananenchips. Alles mixen, Karamellsirup hinein, Sahne drüber, salted caramel chunks obendrauf.«

Es dauerte eine Weile, bis ich begriff, was ich gerade gehört hatte.

»Was ist das denn bitte für ein Genre?« Meine Stimme klang genauso nervös, wie ich mich fühlte.

»Gar keins.« Jaad hob entschuldigend die Arme. »Tut mir echt leid, aber das haben sich die Kundinnen ganz allein ausgedacht, und ich kann das leider nicht ablehnen.«

»Können wir jetzt anfangen?«, fragte der Typ gelangweilt, jetzt ohne Kaugummi. Erstaunt drehte ich mich zu ihm um. Hatte er etwa *Erfahrung* damit?

»Klar«, gab ich hastig zurück, obwohl ich die Bestellung schon längst wieder vergessen hatte. Zu Hause schaffte ich es gerade so, den Kaffee durch die Kaffeemaschine zu jagen und nachher Milch draufzuschütten. Hatte ich mich übernommen? Gehörte ich hier gar nicht her?

»Das war, äh, ein Affogato mit Ananas und Bananenchips«, murmelte ich und merkte sofort, dass das nicht stimmen konnte. »Was zur Hölle ist ein Affogato?« Mein Flüstern wurde zunehmend verzweifelter. Jaad löste sich vom Türrahmen, trat ein Stück auf mich zu und beugte sich zu mir herunter.

»Espresso mit Vanilleeis«, raunte Jaad mir zwinkernd zu, und ich verschluckte mich fast an meiner Spucke. Warum wurde mir beim Anblick seiner großen Statur, seiner plötzlichen körperlichen Nähe so warm? Wieder erschien das Grübchen auf seiner rechten Wange. Seine Haare fielen ihm ins Gesicht. Alles, was noch fehlte, war, dass er mit seinen Wimpern klimperte. Jaad legte seinen Block mit der langen Liste an Zutaten in die Mitte vor mich und den anderen Bewerber. Dann erklärte er uns jeden einzelnen Handgriff.

Während mein Mitstreiter zielsicher nach den benötigten Utensilien griff, drehte ich mich einmal um meine eigene Achse, bis ich wieder direkt vor Jaad landete. Er räusperte sich und nickte zum oberen Regal hinter mir. Dankbar öffnete ich die Türen, nicht ohne vorher noch ein letztes Mal auf die Zutatenliste auf der Arbeitsfläche zu schielen. Dann konnte ich endlich anfangen.

Ich brauchte eine gefühlte Ewigkeit, um die Bestellung vorzubereiten. Ganz im Gegensatz zu meinem Mitstreiter, der in Windeseile aus dem Truck marschierte, seine Kreation auf einem kleinen Silbertablett zuerst Jaad präsentierte und dann an eine der zwei Kundinnen übergab.

Bei mir hingegen lief schief, was nur schieflaufen konnte. Während der andere Bewerber seinen Arbeitsplatz klinisch rein hinterlassen hatte, verschüttete ich die Bananenchips, ließ den klebrigen Sirup in alle Richtungen spritzen, und aus irgendeinem Grund landeten die salted caramel chunks in meinem Dekolleté, das eigentlich von meinem Hijab locker bedeckt war. Sie waren kalt und feucht und klebrig an meinem Brustansatz.

Jaad lehnte wieder am Türrahmen, und sein neugieriger Blick ruhte auf mir, sodass ich die Sauerei nicht aus meinem Dekolleté beseitigen konnte.

Schließlich beobachtete er doch noch den anderen Bewerber dabei, wie er die Kundin am Strand bediente. Ich atmete auf. Auf keinen Fall wollte ich, dass er mich für eine lahme Schnecke hielt. Also ignorierte ich weiterhin die schmelzenden Karamellstücke auf meiner Haut, schraubte hastig den Deckel des Mixers ab, fügte meine Getränkemischung hinein und drehte den Mixer schnell wieder zu. Wenn Jaad sich das nächste Mal umdrehen würde, wäre ich auch endlich fertig mit meiner Kreation.

Doch noch während mein Getränk durch den Mixer wirbelte, stellte ich fest, dass es nicht ansatzweise die gleiche Farbe hatte wie jenes, das die Kundin gerade mit einem breiten Strahlen von dem anderen Bewerber entgegennahm. Was hatte ich vergessen? Ich überflog noch einmal die Zutatenliste und ging im Kopf die Schritte durch, die ich bereits abgehakt hatte. Oh nein. Die Ananas und die Mango! Das Allerwichtigste an dem Getränk. Oder?

Gerade als ich den Deckel von dem Mixer abschraubte, um die fehlenden Zutaten hinzuzufügen, drehte Jaad sich wieder zu mir um. Genau in dem Moment spritzte alles aus dem Mixer, weil ich vergessen hatte, ihn vorher auszuschalten. Ich zuckte heftig zusammen, als kalter Kaffee mit Eiscreme in mein Gesicht platschte, durch den Stoff meines Hijabs sickerte und sich zu dem Karamell in meinem Dekolleté gesellte.

Jaads Augen weiteten sich. Ihn hatte die Kaffee-Katastrophe ebenfalls erwischt, wenn auch nicht so schlimm. Die kalte Flüssigkeit sickerte durch sein weißes Shirt, unter dem er offensichtlich nackt war, denn ich konnte ganz genau die Konturen seiner Brustmuskeln erkennen. Obwohl ich ihn gerade mit meinen Blicken quasi auszog, schlug ich mir selbst die Hand auf die Brust. Etwas blitzte in Jaads Augen.

Am liebsten wollte ich im Boden versinken.

»Oh Gott, sorry, das tut mir so leid. Ich hatte, ich …« Eine Erklärung für meinen Fehler wollte sich einfach nicht finden. Also entschied ich mich für die Wahrheit. »Ich hab's verkackt.«

Ich ließ die Schultern sinken und entfernte die Schweinerei, die ich auf dem Tresen verursacht hatte. Jaad wischte sich einen Klecks meines missglückten Gebräus von der Wange. Ich reichte ihm eine Serviette, doch er leckte seinen Daumen einfach ab, ohne den Blick von mir abzuwenden. Sofort stieg meine Körpertemperatur wieder an, und ich bildete mir ein, plötzlich in einem dieser TikTok-Koch-Videos gelandet zu sein, in denen die Köche ihr Essen oder ihre Getränke so lasziv bearbeiteten und ableckten, dass es einem schon beim Zuschauen die Röte ins Gesicht trieb.

»Schmeckt gar nicht übel.« Jaads Worte dämpften meinen Hitzetrip. Ein Grinsen erschien auf seinem Gesicht, das so ehrlich und freundlich wirkte, dass ich innerlich aufatmete. Keine Koch-Show. Nur ein normales Gespräch. »Nicht wegschmeißen, okay? Das trinken wir später«, sagte Jaad.

»Äh, okay«, antwortete ich irritiert. Was meinte er mit *später*? Gab es nach diesem Desaster überhaupt noch ein *Später*?

»Mach einfach einen neuen«, sagte er mit einem Schulterzucken und kehrte mir den Rücken zu, um sich umzuziehen. Wie in Zeitlupe beobachtete ich, wie er zuerst mit seiner Hand nach hinten griff und den hinteren Kragen so hochzog, dass das Shirt über seine Hüften nach oben wanderte. Harte Muskeln in Form eines Vs zeichneten sich über seiner Hose ab. Das T-Shirt kletterte weiter hoch. Auch sein restlicher Rücken hatte mich in seinen Bann gezogen. Die Haut seines Körpers war von einem satten Beige, das in der Sonne sicherlich ein schönes Braun annehmen würde. Einige Töne heller als mein Körper.

Nur mit Mühe riss ich mich von seinem Anblick los und besann mich auf seinen Arbeitsauftrag.

Eine neue Chance, mich zu beweisen? So einfach?

Diesmal würde ich es richtig machen. Erst als ich alles um

mich herum ausblendete, konnte ich mich auf die Aufgabe konzentrieren. Ich löschte den Strand aus meinem Sichtfeld, löschte die Möwen, löschte die Menschen und dämpfte die Umrisse von Jaad. Nur die Musik, die aus den Lautsprechern dudelte, ließ ich weiterhin zu mir vordringen.

Vor mir existierten nur der Mixer und die Zutatenliste. Diesmal verschüttete ich nicht halb so viele Zutaten, ich vergaß nicht die Ananas, nicht die Mango, und mir passierte auch kein Missgeschick mit dem Mixer. Nach wenigen Handgriffen füllte ich das Getränk in ein hohes durchsichtiges Glas um. Sprühte die Sahne auf und garnierte sie mit caramel chunks.

Endlich. Mit einem Schlag nahm meine Umgebung wieder Form an. Jaads Umrisse wurden scharf, der Strand, die Möwen, die Menschen – alles existierte wieder und ich mittendrin mit meinem Getränk in der Hand. Mein Blick wanderte zu Jaad, um seine Reaktion abzuschätzen. Mit Erleichterung stellte ich fest, dass er strahlte und wieder angezogen war.

»Und jetzt schnell raus mit dir.« Sein Lächeln war so breit, dass seine Zähne zwischen seinen geöffneten Lippen hervorblitzten und sich ein paar sanfte Fältchen um seine Augen legten.

Als ich keine Anstalten machte, den Truck zu verlassen, wiederholte er mit Nachdruck: »Alles gut, Judy. Der Drink sieht wirklich gut aus.«

»Echt?« Mein Mixer-Fauxpas hatte mir zwar den schönen Anblick von Jaads Rücken verschafft, aber mich auch total verunsichert.

Anstatt zu antworten, lächelte er bloß und schüttelte dabei den Kopf. »Na los.«

Ich kletterte die Stufen des Trucks hinunter, ohne den Blick vom Kaffee in meiner Hand abzuwenden, bahnte mir meinen Weg durch die unterschiedlichsten Gäste, überreichte mit einem »Sorry, heute ist mein erster Tag« der Kundin das Getränk und drehte mich wieder zum Wagen. Meine Füße fühlten sich bleischwer an, als ich mich zurückbewegte.

Jaad stand vor dem Wagen und redete mit dem anderen Bewerber. Er machte eine wegwerfende Handbewegung, reichte ihm dann die Hand und ging nach innen.

War ich so fürchterlich gewesen, dass er sich, ohne mit der Wimper zu zucken, für ihn entschieden hatte? Ich atmete tief durch und ging auf Jaad zu. Er stand immer noch vor dem Truck und musterte mich, während ich vor ihn trat.

»Wie geht es dir?«, fragte er. Ich wollte ihm gerade eine Lüge auftischen, behaupten, dass es mir gut ging, da sprach er schon weiter: »Also wirklich. Wie geht es dir wirklich?«

Ich schluckte. »Ich schäme mich.«

»Wieso?«

»Weil … Ich war einfach richtig schlecht. Eine einzige Katastrophe.«

Seine Mundwinkel zuckten kurz, dann räusperte er sich. Als er mir antwortete, war seine Stimme ganz leise, fast so, als wären wir Vertraute, fast so, als flüsterten wir uns immer zu. »Judy.« Seine Stimme war unglaublich sanft und vibrierte in meinen Ohren. »Du hast den Job.«

»Was?«

»Sofern du ihn noch willst«, setzte er nach.

»Ja, aber … Ich meine, bist du dir sicher? Ich hab dir Kaffee ins Gesicht und aufs Shirt geschüttet und außerdem den ganzen Truck vollgesaut.«

»Das stimmt.« Er versuchte, sich ein Grinsen zu verkneifen, fuhr mit Daumen und Zeigefinger über sein kantiges Kinn. »Und genau deswegen nehme ich dich.«

Ich blinzelte ein paarmal, platzte dann aber doch mit meinen Gedanken heraus: »Aber … wieso?«

»Als alles den Bach runterging, hast du einen kühlen Kopf bewahrt. Du hast nicht aufgegeben und es weiterprobiert. So jemanden kann ich hier gebrauchen. Denn glaub mir, es geht immer irgendwas schief. Jetzt weiß ich, dass du in solchen Momenten nicht einfach das Handtuch wirfst, sondern ich mich darauf verlassen kann, dass du gemeinsam mit mir dein Bestes gibst.«

»Also, ich … äh … Danke?«, stammelte ich.

»Nimmst du den Job an?«

Kingston bellte und kam auf uns zugerannt. Vor mir machte er Männchen und sprang an mir hoch.

»Äh, wenn du das wirklich willst? Und Kingston auch einverstanden ist?«

»Judy, wir sind ein super Team! Jaad and Judy – die besten coffee artists an der gesamten Westküste!«

Ich ließ die Worte in mir nachklingen. *Jaad and Judy.* Die Worte kitzelten etwas in mir hervor. Wie in einem Film flashten Bilder und kleine Clips vor meinem inneren Auge vorbei. Jaad, wie er im Türrahmen stand, sich zu mir herunterbeugte, ein schiefes Lächeln und ein tiefes Grübchen auf dem Gesicht, wie er ruhig meinen Namen sagte und mir die Zutaten für die Getränke diktierte. Der betörende Duft von frischgemahlenem Espresso, kräftig und nussig, der immer an ihm zu haften schien. Eine feuchte Hundeschnauze, die sich in meine Hand legte und mich anstupste. Ein Trailer von dem, was sein könnte.

»Wann kann ich anfangen?«, fragte ich. Jaad lehnte sich mit dem Rücken an den Wagen, holte einen kleinen Ball aus seiner Hosentasche und warf ihn mit voller Wucht weit über die Köpfe der Café-Gäste. Kingston bellte und stürzte dem Ball hinterher.

»Also Kingston sagt, am besten sofort!«

»Einverstanden.« Ich reichte ihm meine Hand, wie um einen Deal zu besiegeln. Jaad nahm sie und drückte fest zu.

»Fehlt nur noch deine Nummer.« Ein schelmisches Grinsen umspielte seinen Mund. »Nur für die Arbeitszeiten, versteht sich.« Aus der anderen Hosentasche holte er sein Smartphone heraus und reichte es mir.

»Natürlich«, antwortete ich, nahm es entgegen und tippte meine Nummer ein, dazu meinen Namen, und klickte auf *Speichern.*

Aus dem Augenwinkel nahm ich eine Gruppe von jungen Männern wahr, die auf den Truck zusteuerte. Jaad blickte in ihre Richtung und lächelte mir dann aufmunternd zu, nickte zur Tür des Trucks und ging hinein. Meine ersten richtigen Kunden. *Dann mal los,* dachte ich und folgte ihm zurück ins Innere, wo er in einer weiter oben angebrachten Schublade wühlte. Ich ertappte mich dabei, wie ich auf den Bund seiner Hose starrte und darauf wartete, dass sein Shirt wieder hochrutschte. Dann schaute ich schnell weg. Ich war hier zum Arbeiten, nicht zum Schmachten.

Jaad wandte sich mir wieder zu und warf mir ein schwarzes Stück Stoff zu.

»Willkommen im DROPOUT, Judy«, sagte er lässig und beobachtete mich, wie ich den Stoff auseinanderfaltete. Es war eine Schürze, auf die in Gold eine riesige Hundeschnauze gestickt war, die der von Kingston verdächtig ähnlich sah. Darunter stand *I smell coffee.*

Jaad nahm die Bestellungen der Jungs auf. Zum Glück wollten sie etwas Einfaches und keine komplizierten und individuellen Mixturen wie die vorigen Gäste. Während Jaad auf einem kleinen Block die neun Drinks notierte, stand ich hinter ihm und band mir die Schürze um.

Mit einem Mal wurde ich mir der Winzigkeit des Raumes

bewusst. Es waren vielleicht sechs Quadratmeter, in denen wir uns nicht nur die geringe Grundfläche, sondern auch die elektrisierte Luft teilten.

Ich sog sie ein, und ein warmes Kribbeln breitete sich in meinem Bauch aus – ob vom Sinnesrausch oder von der Hitze, die Jaads Körper ausstrahlte, der so nah an meinem war, konnte ich nicht sagen. Ich sah die Muskeln unter seinem T-Shirt arbeiten, während er die Siebträger tauschte und die verschiedenen Milchsorten von Hand aufschäumte. Dabei warf er mir immer wieder einen freundlichen Blick zu.

Er wirkte so friedlich, so in sich ruhend. Wie gestern bei dem Spaziergang, als wir geschwiegen hatten. Wenn ich ehrlich war, fand ich die Ruhe und Lässigkeit, die er ausstrahlte, unglaublich attraktiv. Doch das behielt ich lieber für mich. Nicht anschmachten, erinnerte ich mich. Weder seinen Körper noch seinen Geist. Ich war hier zum Arbeiten.

»Holst du bitte den Kuchen aus dem Kühlschrank?«, riss Jaad mich aus meiner Träumerei. »Bitte schneid ihn mir in Häppchen zurecht und leg sie auf die Pappdeckel, damit ich sie mit den Kaffeebestellungen rausgeben kann. Oh, und bitte beschrifte die Pappbecher, damit wir nicht durcheinanderkommen.« Er drehte sich halb zu mir um. »Einverstanden?«

Seine silbrigen Augen waren so klar und ruhig. Es fühlte sich gut an, hier mit Jaad zu stehen. Ein bisschen zu gut, vielleicht.

7 | can you hear me

– JUDY –

Ein paar Tage vergingen, in denen ich gemeinsam mit Jaad arbeitete, Abende in der Bibliothek verbrachte, um für meine Abschlussarbeit zu recherchieren, mit Roxy Sportsessions im Flur veranstaltete und danach mit ihr Filme in unserem gemeinsamen Zimmer schaute.

Alles lief gut, und ich hatte mir sogar für meine nächste Stunde bei Mr Treanor einen Plan zurechtgelegt.

Dieses Mal war ich bereits zwanzig Minuten zu früh im Seminarraum. Ich hatte mir einen Platz in der dritten Reihe gesichert. Nah genug, um alles mitzukriegen, nicht zu nah, um Mr Treanor sofort ins Auge zu stechen. Perfekt, wie ich fand.

Als mein Dozent diesmal den Raum betrat, blieb er abrupt in der Tür stehen. Zwei Augenblicke zu lang heftete sich sein Blick auf mich. Dann stieß er einen kurzen Seufzer aus und eilte zu seinem Pult. Ich schaute mich um. Hinter mir saßen zwei blonde weiße Studentinnen, die die Köpfe zusammengesteckt hatten und sich unterhielten.

War er wegen ihnen so offensichtlich genervt?

In der hintersten Reihe saß ein Schwarzer Student mit Kopfhörern auf den Ohren, der mir bekannt vorkam und mich direkt ansah. Dann sammelte er seinen Kram zusammen, stand auf und kam weiter nach vorn. Er schob sich in meine Reihe, setzte sich neben mich, stützte die Ellenbogen auf den Tisch und drehte den Kopf zu mir.

Ohne die Hörer abzusetzen, fragte er: »Darf ich?«

»Klar.« Ich war verwirrt, denn er saß ja bereits. »Du bist Owen, oder? Wir hatten letztes Jahr zusammen ein Seminar?«

Er nickte, wandte sein Gesicht wieder ab und wippte mit dem Kopf kaum merklich zur Musik, die nur er hören konnte. Ich überlegte, ob ich ein Gespräch mit ihm anfangen sollte, als eine Hilfskraft die Folien von Mr Treanor an die Wand projizierte.

Mein Herz machte einen Aussetzer.

SONGWRITING CONTEST –
Chance auf Vertrag bei Breezy Records.

Ich stieß Owen an und bedeutete ihm, nach vorn zu schauen. Auch der Rest der Studierenden war mittlerweile eingetroffen, aufgeregtes Gemurmel erfüllte den Raum. Ein Vertrag bei Breezy Records! Das war *die* Chance!

Bedingungen: erfolgreiches Ablegen einer mündlichen Prüfung bei Mr Treanor, um zu dem Wettbewerb zugelassen zu werden.

Mein Magen verkrampfte sich. Owen stöhnte. Ich hatte keine Angst vor Prüfungen. Eigentlich. Aber eine Prüfung bei Mr Treanor …

Ich las weiter.

Wettbewerbsbeitrag: offen. Alles, was Breezy Records interessieren könnte.

Mr Treanor räusperte sich laut, seine Hilfskraft verschwand, und er begann, zu sprechen.

Doch ich konnte ihm nicht folgen, weil es in meinem Kopf bereits ratterte. Ein Vertrag. Einen Fuß in die Tür von Breezy Records bekommen. Bei einem der größten Labels an der gesamten Westküste!

Das bedeutete, ich würde endlich gesehen werden.

Meine Worte.

Mein Talent.

Nicht nur mein Hijab.

Unter fairen Bedingungen. Da war eine Chance. Eine *echte* Chance. In meiner Brust klopfte es heftig, Wörter wirbelten durch meinen Kopf.

Gewaltige, kühle Klarheit erfüllte mich.

Vollkommener Fokus darauf, endlich meinen Traum zu erfüllen und einen Job als Songwriterin zu bekommen.

Mit meinen Fingern flog ich über die Tastatur meines Laptops, machte zwischendurch handschriftliche Notizen und vermerkte Melodien und Lyric-Fetzen.

Ich war in einer Blase, fühlte mich wie Disneys Arielle, die heimlich in einer Höhle mit anderen Fischen musizierte und schon das nächste Konzert plante. Eines, das niemand von ihr erwartete.

»Hey«, raunte Owen mir zu. »Du übertreibst. Mach langsamer.«

»Was?«, fragte ich perplex und viel zu laut.

Augenblicklich stoppte die Stimme von Mr Treanor, und ich

blickte auf. Mit seinen wässrig-blauen Augen durchbohrte er mich.

»Sagen Sie, Miss …« Er wedelte mit der Hand.

»Haleem«, gab ich zurück und knetete meine Hände unterm Tisch.

Er rümpfte kaum merklich die Nase.

Die Blase, in der ich mich eben noch befunden hatte, platzte mit einem heftigen Knall in meinem Kopf.

»Worüber habe ich gerade geredet?«

»Wie bitte?«

»Hören Sie schlecht?«, fragte er betont laut und tippte sich auf seine Ohren, wie um zu demonstrieren, wo auch meine Ohren sitzen müssten – nämlich unter meinem Tuch. »Oder hindert Sie etwas daran?«

Der Satz blieb in der Luft hängen. Mein Atem setzte aus. Owens Bein neben mir begann, nervös zu zucken.

»Ich höre Sie.«

»Was für ein Glück!« Mr Treanor klatschte in die Hände, als applaudierte er einem kleinen Kind. »Dann fassen Sie uns doch einmal zusammen, was ich Ihnen die letzte halbe Stunde erzählt habe.«

Eine halbe Stunde war vergangen? Ich starrte auf mein Gekritzel. Meine Hände schwitzten, meine Kehle wurde staubtrocken. Ich räusperte mich und bekam doch nur ein Krächzen heraus.

»Das kann ich nicht.«

»Ein Jammer. Dann erzählen Sie uns stattdessen von Ihrem Projekt, Ihrem Beitrag, mit dem Sie am Wettbewerb teilnehmen wollen. So eine Chance wird sich doch *jemand wie Sie* nicht entgehen lassen, oder?«

Jemand wie ich?

»Das würde ich lieber für mich behalten«, antwortete ich

leise und drückte auf die Taste meines Laptops, die den Bildschirm erlöschen ließ. Mein Notizbuch klappte ich zu und legte meine Hände darauf.

»Ach, kommen Sie. Es interessiert mich brennend. Geben Sie mir *einen* Grund, mich über Ihre Existenz in meinem Kurs zu freuen.«

Ein Stich fuhr mir ins Herz.

Warum nur passierte mir so etwas?

»Warum fragen Sie nicht jemand anderen?« Owens Stimme troff vor Hass, seine Nasenflügel bebten. »Es gibt sicher genug Leute hier, die spannende Projektideen haben.«

Mr Treanor ignorierte ihn, wandte sich wortlos von uns ab und deutete auf jemanden im hinteren Bereich des Raums.

»Sie.«

Ich drehte mich um und erkannte María. Sie war eine begnadete Sängerin und beherrschte verschiedene Gesangsarten von Musical über Pop bis Soul. In der Vergangenheit hatten wir viele Kurse gemeinsam besucht. Sie saß in der Nähe der Tür, als wäre sie jederzeit bereit, die Bremsen ihres Rollstuhls zu lösen und loszudüsen, sobald ihr diese Joke-Show zu viel wurde.

Seelenruhig gab sie all die Antworten, die ich nicht gehabt hatte, während sie ihre goldbraunen Arme, die mit bunten Tattoos verziert waren, voreinander verschränkte.

»Danke«, flüsterte ich ihr wortlos zu, und sie zwinkerte, ohne sich um Mr Treanor zu scheren.

»Sehr erfreulich«, entgegnete dieser schließlich, wirkte aber überhaupt nicht erfreut. Ungerührt fuhr er mit seinem Unterricht fort und würdigte mich keines weiteren Blickes.

Auf meinem Stuhl sackte ich immer mehr in mich zusammen. Mit geschlossenen Lidern kämpfte ich die Tränen nieder, die sich dahinter verbargen. Wut kochte in meinem Bauch, bahnte sich ihren Weg durch meine Blutbahnen, quoll durch meine Haut und verursachte ein ekelhaftes Jucken auf meinen Armen. Ich kratzte und kratzte, wollte das Jucken und die Wut entfernen, wollte Mr Treanor nicht die Macht geben, meine Körperfunktionen so drastisch zu beeinflussen. Meine Arme schmerzten bereits, und ich war mir sicher, heute Nachmittag die Spuren meiner Nägel unter meiner Kleidung zu finden.

Wenn ich weinen würde, dann weil ich es so entschied, nicht, weil er mich mit seinen Fragen dazu gebracht hatte. Mein Dozent war ein Arsch. Aber ich wollte diesen Wettbewerb unbedingt gewinnen. Ich würde seine Angriffe aushalten. Ich *musste* sie aushalten. Was blieb mir anderes übrig?

Nach dem Seminar wäre ich am liebsten sofort nach Hause gegangen, hätte ein paar Folgen *Stranger Things* geschaut oder einfach nur Musik gehört, um mich zu entspannen. Stattdessen saß ich auf der Wiese des Aldrich Parks an einen Baum gelehnt und starrte vor mich hin. Während um mich herum Studierende die Sonne genossen, über eine Slackline balancierten oder Frisbee spielten. Ich musste später noch zu einer Schicht ins DROPOUT.

Ich kramte mein Notizbuch aus meinem Rucksack. Mit Block und Bleistift bewaffnet, saß ich da und hoffte, an den kreativen Ausbruch von eben anschließen zu können. Doch die Nervosität hatte mich immer noch fest in ihrem Griff.

Meine Augen huschten über die Notizen, die ich vorhin im Unterricht bei Mr Treanor gemacht hatte. Übelkeit stieg in mir auf, als ich mich an seine Worte erinnerte.

Geben Sie mir einen Grund, mich über Ihre Existenz in meinem Kurs zu freuen.

Ich drehte die Seite um. Noch immer unruhig, spielte ich mit dem Stift zwischen den Fingern, drehte ihn so hektisch hin und her, dass er einen schnellen Beat erzeugte, etwa einhundertsiebzig beats per minute – wie im elektronischen Musikgenre Jungle.

Ich zeichnete ein hohes Kaffeeglas in meinen Block, das ich mit Worten füllte:

There's a jungle in my glass
sweetest coffee music mess
berries pick 'em from the tree
dry 'em, roast 'em up for me
make my heart beat really fast
cause you seem to be the best
it's the jungle caffeine
give me all that dopamine

Es kribbelte in meinem Bauch, als ich auf das Kaffeeglas blickte, das mit meinen Lyrics gefüllt war.

Kopfschüttelnd verstaute ich meinen Kram wieder in den Rucksack, klopfte mir die Erde von der Hose und sprang auf. Es würde alles gut gehen. Hoffentlich. Ich sandte ein Stoßgebet zum Himmel.

Jaad hatte mich dieses Mal für die Abendschicht eingeteilt, um mir zu zeigen, wie ich den Laden schließen sollte. Daher hatte ich jetzt ein paar Stunden Leerlauf, und nach dem Reinfall mit Treanor wusste ich nichts mit mir anzufangen. Also ging ich schon früher hinunter zum Truck. Ich lieh mir Roxys Fahrrad, zu dessen Schloss ich einen zweiten Schlüssel besaß, und ließ mir den Wind um die Ohren pusten, während ich die Straßen hinunterdüste. Die Fahrt war eine halbe Stunde lang und führte mich durch den Bonita Canyon Sports Park. Hier wirkte alles so friedlich, sauber und akkurat. Ganz anders, als es in meinem Innern aussah.

Als ich an den Klippen ankam, schloss ich das Fahrrad ab und stieg die Treppe runter. Wie vertraut mir der Weg mittlerweile vorkam. Mit jeder Stufe, die ich nahm, löste sich etwas mehr der Knoten in meiner Brust, und an seine Stelle trat ein kleines Lodern.

Der Truck glänzte wie immer schwarz in der Sonne. Jaad hockte gerade davor und schien etwas zu reparieren.

Ich atmete tief ein, öffnete meinen Rucksack, um einen Schluck Wasser zu trinken, und verstaute die Flasche dann wieder. Schnellen Schrittes ging ich auf den Truck zu. Kurz bevor ich dort ankam, stolperte ich über ein großes Stück Treibgut. Schmerz fuhr in meinen Zeh, und ich hörte ein Knacken, während ich mit voller Wucht auf den Sand vor mir knallte. Die Wucht des Sturzes schleuderte den Rucksack von meinem Rücken, den ich wohl nicht wieder verschlossen hatte, denn gerade flogen meine Flasche, mein kleines rotes Portemonnaie und mein Notizbuch heraus. Ein Wimmern entfuhr mir.

Jaad drehte sich abrupt um. »Judy!« Er rannte auf mich zu, seine Hose lag so tief auf seinen Hüften, dass ich den Ansatz seiner schwarzen Boxershorts sehen konnte.

»Was machst du bloß immer?« Er hob mich hoch, fasste mich mit festem Griff am Ellenbogen und zog mich mal wieder vom Boden in den Stand.

Während ich noch vorsichtig testete, ob ich mit meinem Fußgelenk auftreten konnte, bemerkte ich aus den Augenwinkeln, wie ein großer weißer Vogel sich uns hüpfend näherte. Zuerst pickte er an meiner Trinkflasche herum und dann …

»Was zum … Mein Portemonnaie!« Die Möwe hatte sich meinen kleinen roten Geldbeutel geschnappt und machte jetzt Anstalten, damit wegzuhüpfen.

»Hey!«, rief ich, als würde das die Möwe aufhalten. Jaad stimmte in meine empörten Rufe mit ein und ruderte wie wild mit den Armen.

Ich griff nach Sand und warf ihn in Richtung der Möwe, doch sie wich geschickt aus.

»Oh nein, bitte, nein.« Sie breitete die Flügel aus, bedachte mich mit einem bösen Blick und hob dann mit meinem Portemonnaie im Schnabel ab.

»Nein!«, kreischte ich. »Mein Geld.« Ich rannte dem Tier hinterher, obwohl es sich längst in die Lüfte erhoben hatte. Hinter mir hörte ich Jaad näher kommen und das Tier anbrüllen. Es setzte sich auf einen Felsen, und ich hielt inne.

»Bitte, bitte gib es mir zurück. Das ist kein Futter«, jammerte ich.

Der Vogel starrte mich an, machte ein paar Schritte rückwärts auf dem Felsen und hob dann erneut ab.

»Scheiße!« Er segelte über uns hinweg. Andere Möwen hatten den Dieb und seine falsche Beute entdeckt und jagten ihm jetzt kreischend hinterher. Die Möwe machte einen großen Bogen und flog dann schnurstracks auf den Truck zu.

»Ja!«, schrie Jaad und stemmte die Faust in die Luft.

»Nein!«, schob er gleich hinterher, als die Möwe auf dem schwarzen Dach auf das rote Portemonnaie einhackte, es liegen ließ und abhob.

»Verdammte Scheiße!« Ich stieß frustriert die Luft aus.

Wir gingen zum Truck und schauten uns das Dilemma aus der Nähe an.

»Wir komme ich jetzt da hoch?« Ich stemmte die Hände in die Hüfte und blinzelte nach oben.

»Ich fürchte, gar nicht. Alles, was ich hier an Möbeln habe, ist weich und niedrig. Eignet sich also nicht als Stütze. Wie wäre es mit einer Räuberleiter?«

Gesagt, getan. Jaad legte die Hände ineinander und ließ mich mit meinem Schuh hineinsteigen, dann hob er mich hoch, als wäre es ein Leichtes. Ich blickte kurz zu ihm hinunter, und auch wenn er sich nicht beschwerte, sah ich, wie die Adern an seinem Hals vor Anstrengung hervortraten.

»Ich beeile mich«, entschuldigte ich mich. Doch es klappte nicht. Ich war zu klein, um mein Bein auf das Dach des Trucks zu schwingen und darauf zu klettern. Trotzdem versuchte ich es.

»Es fehlt nur noch ein bisschen.« Jaad beförderte mich ein paar Zentimeter höher, seine Hände unter mir zitterten.

»Noch ein bisschen …« Meine Fingerspitzen berührten gerade mal so das Dach. Mir war zum Heulen zumute. Ich war hierhergekommen, um ein bisschen bessere Laune zu kriegen, und jetzt so was.

»Judy, ich …« Das Zittern unter mir wurde stärker, bis ich schließlich absprang und mit einem »Ugh« im Sand landete.

»Was sollen wir jetzt tun?«, jammerte ich.

»Ich könnte versuchen, dich anders hochzuheben. Du könntest vielleicht auf meinen Rücken klettern?«

»Wirklich?«

»Wenn da wichtige Sachen drin sind, dann wirklich, ja.« Das Grübchen war wieder erschienen, und ich fühlte mich sogleich weniger schuldig dafür, dass ich Jaad nun als Leiter missbrauchen würde.

Jaad ging in die Hocke, und ich krabbelte umständlich auf seinen Rücken. Er hielt mich fest und versuchte dabei vor allem, meine Schienbeine und Füße statt meiner Oberschenkel zu berühren. Brauchte er auch nicht, denn die presste ich ohnehin schon viel zu fest gegen seine Flanken. Ich hatte Angst, herunterzufallen, doch Jaad hielt mich. Leider hatte ich immer noch zu wenig Halt, um mich aufs Dach hochzuziehen.

»Hältst du mich noch aus?«, fragte ich.

»Ein Klacks«, antwortete Jaad.

Kurzerhand entschied ich, auf seine Schultern zu klettern. Ich wollte ihm wirklich keine Last sein, aber ich brauchte unbedingt dieses Portemonnaie.

»Kann ich eine Stufe höher?«

»Äh, okay«, kam als Antwort. Also setzte ich ein Knie auf seine rechte Schulter und schwang mein linkes Bein über seinen Kopf, dann holte ich mein Schienbein unter meinem Knie hervor und schob es neben seinem Kopf über die andere Schulter. Erst als ich endlich auf Augenhöhe mit dem Dach des Trucks war und nach meinem Portemonnaie greifen konnte, fiel mir auf, in was für einer Position ich mich gerade befand. Ich saß rittlings auf den Schultern eines Mannes. Seine Schultermuskeln gruben sich in meinen Hintern. Sein Hals war umschlossen von meinen Oberschenkeln, und mein vorderes Becken schmiegte sich genau an seinen Hinterkopf.

Ich räusperte mich. »Ich hab's. Ich kann jetzt runter.«

Jaad ging in die Knie, um mich wie eine Königin von ihrer Sänfte absteigen zu lassen. Er beugte seinen Oberkörper nach vorn und senkte den Kopf, sodass mir die Wahl bevorstand, entweder mit meinem Becken über seinen Kopf zu rutschen oder mich von ihm runterheben zu lassen.

»Kannst du mir noch mal helfen?« Meine Stimme flatterte.

»Soll ich …?« Er hob fragend die Arme, die neben meinen Oberschenkeln schwebten.

»Ja? Wenn das für dich okay ist?«

Kräftig packte Jaad meine Oberschenkel, hob mich hoch, duckte sich und setzte mich dann mit dem Rücken zu sich auf dem Boden ab. Langsam drehte ich mich um.

Jaad hatte den Kopf schief gelegt. Sein Gesicht war leicht gerötet.

»War ich sehr schwer?«

Er deutete ein Kopfschütteln an und zog einen Mundwinkel hoch.

»So schwer, wie ein Mensch eben ist, Judy«, entgegnete er und zwinkerte mir zu. Mir gefiel, dass er so ehrlich war und nicht behauptete, mein Gewicht zu tragen, hätte ihm rein gar nichts ausgemacht. Immerhin sprach sein gerötetes Gesicht eine andere Sprache. Jaads nüchterne Weise, mit den Dingen umzugehen, wurde mir immer sympathischer.

8 | save our ship

– JAAD –

Während ich auf dem Boden im Sand vor meinem Truck saß, scrollte ich auf meinem Smartphone durch die Diskografie unserer Band. Für das Treffen heute Abend mit dem Manager eines neuen Clubs wollte ich die besten Songs auswählen, um ihn davon zu überzeugen, uns anzuheuern.

Kingston lag auf einem der Liegestühle neben mir und beobachtete die Möwen am Himmel.

Judy bediente gerade ein älteres Paar, das seine abendliche Joggingrunde beendet hatte, und kam dann zurück zum Truck. Heute trug sie dunkelgraue Cargojeans, dazu ein hellgrünes Sweatshirt und ein neongrünes Kopftuch.

Ich ließ mein Smartphone in die Hosentasche gleiten und beobachtete Kingston vom Truck aus, wie er auf sie zu rannte. Mit einem Ruck stand ich auf und begab mich ebenfalls zu ihr.

Natürlich erreichte Kingston sie zuerst. Judy ging in die Hocke, kraulte den Hund hinter den Ohren und ließ sich von ihm anstupsen.

Ich schaute mich um. Am Strand saßen außer dem Joggerpaar noch drei Leute in den Liegestühlen und schlürften ihre Getränke.

»Okay, solange draußen noch Gäste sitzen, fangen wir drinnen an und machen dort erst mal klar Schiff. Das bedeutet, alle Lebensmittel zu kontrollieren, alle Geräte und sämtliches Geschirr zu reinigen und alle Flächen abzuwischen.«

»Na dann mal los«, sagte sie mit einem Enthusiasmus, der fast schon übertrieben wirkte. Ich freute mich, dass sie sich jetzt so wohl und sicher im DROPOUT fühlte, dass sie sich ohne Sorgen auf die unbekannte Aufgabe stürzte.

Judy schritt entschlossen in den Truck, griff nach einem der feuchten Lappen, die ich auf der Ablagefläche bereitgelegt hatte, und begann, die Theke abzuwischen. Ich tat es ihr gleich.

Dann reichte ich ihr einen Behälter und bedeutete ihr, ihn zu öffnen. Ein süßlich-nussiger Duft schlug uns entgegen. Kandierter Haselnusskrokant. »Was meinst du, ist der noch gut?«

Judy sog die köstliche Süße ein und schloss dabei die Augen. »Zumindest duftet er noch herrlich.« Für einen kurzen Moment verweilte sie so, und ich ertappte mich dabei, wie ich mich in ihrem Anblick verlor.

Auf ihrem Gesicht lag ein Lächeln, doch auf ihrer Stirn zeichneten sich ein paar feine Falten ab, so als machte sie sich Sorgen. Seitdem ich sie kennengelernt hatte, schwankte ihre Aura von unbeschwert-fröhlich zu melancholisch-besorgt, wobei sie diese zweite Aura, so gut es ging, hinter einer Fassade zu verstecken versuchte. Hinter all den bunten Farben, die sie trug, verbarg sich etwas Dunkles, das sie niederzudrücken schien. Ich wollte sie gern fragen, was das war. Doch seitdem sie mir bei unserem abendlichen Spaziergang ihre Nummer vorenthalten hatte, hielt ich zu persönliche Fragen zurück. Sie wollte keinen privaten Kontakt, und das würde ich respektieren.

Sie öffnete wieder ihre Augen und blickte mich direkt an.

Dunkelbraun, fast schwarz, groß und voller verborgener Emotionen. Hatte sie bemerkt, wie sehr ich in ihrem Anblick versunken war?

»Oder nicht?«, fragte sie, nachdem ich einen Moment zu lange geschwiegen hatte.

»Doch, doch. Noch gut.« Ich räusperte mich und nahm den Behälter entgegen, schob ihn zurück an seinen Platz und griff nach dem nächsten.

Hoffentlich war Judy nicht aufgefallen, wie ich ihre Augen angestarrt hatte. Ich wollte auf keinen Fall, dass sie sich in diesem winzigen Raum mit mir unwohl fühlte. Doch als ich ihr zwei weitere Behälter reichte, einen mit getrockneten Mango-Scheiben, den anderen mit karamellisierten Erdnüssen, wirkte sie völlig unbekümmert.

»Wow.« Judy hatte den Mango-Behälter geöffnet, fuchtelte mit den Händen und atmete so tief ein, dass ihre Brust sich hob und dehnte.

»Das duftet *un*glaublich.« Sie blickte mich aus ihren dunklen Augen an und wedelte mir den Duft zu. Alles an ihr wirkte intensiv, irgendwie … sinnlich. Sogar die Art, wie sie ihre Finger bewegte, jeden einzeln, und damit eine Welle formte, die den süßen Duft der Früchte zu mir schickte.

Mein Blick blieb an ihren geschmeidigen Bewegungen, an ihren Fingern hängen. Passend zu ihrer kleinen Statur waren auch ihre Hände eher klein. Trotzdem sahen sie so aus, als könnte sie mit ihnen ordentlich zupacken. Dabei war die Art und Weise, wie sie sich bewegte, von einer Eleganz, die mich absolut in den Bann zog.

Ich fragte mich, wie es wäre, diese Finger zu berühren. Anders zu berühren, als die Grenzen eines einfachen Händedrucks es mir erlaubten. Verunsicherung machte sich auf Judys Gesicht breit, und sie nahm die Hände hastig runter, schraubte den Behälter zu und legte die Hände flach auf die frisch abgewischte Arbeitsfläche.

Ich räusperte mich. »Die Leute draußen sind weg, lass uns rausgehen.« In Wirklichkeit wollte ich einfach nur raus aus diesem winzigen Raum, um nicht mehr wie ein Creep jede ihrer Bewegungen anzustarren. Wie sollte ich meine Grenzen einhalten und ihr Desinteresse an mir respektieren, wenn sie mich so sehr aus dem Konzept brachte?

»Klar.«

Ohne auf meine Anweisungen zu warten, sammelte Judy draußen die Liegestühle, die kleinen Kaffeetische und die Fackeln ein. Ich entfernte mich ein paar Schritte und schaute kurz zu, wie Judy sich anstellte.

Zum Glück waberte hier nicht die ganze Zeit der süße, sinnliche Duft der Früchte durch die Gegend. Ich atmete tief die salzige Meeresluft ein. Hier draußen war es besser. Hier war genug Luft und Raum, und ich musste mir keine Sorgen machen, ihr falsche Signale zu senden oder zu aufdringlich zu sein.

»Wo kommen die hin?« Sie deutete auf einen Haufen Sitzkissen am Boden, während ich auf sie zukam. Als ich nicht sofort antwortete, hob sie fragend eine Braue und machte wieder eine Geste. Es war eine Geste, die ich nicht kannte. Sie spreizte die Finger ihrer rechten Hand und drehte sie und sah dabei aus, als würde ihr ein unsichtbares Tablett aus den Fingern gleiten.

Ich deutete hinter den Truck zu der großen schwarzen Kiste, in der das Mobiliar verstaut wurde.

»Danke, dass du mir hilfst«, beeilte ich mich, zu sagen. Und es kam von Herzen, denn ich war ihr wirklich ziemlich dankbar für alles. Noch vor einem Monat hätte ich mir nicht vorstellen können, irgendjemanden neben mir im Truck zu dulden, und jetzt war ich sogar kurz davor, Judy die Schlüssel zu übergeben. Ich entfernte mich wieder ein paar Schritte und ging zu den Strandfackeln.

»Nichts zu danken. Ist ja jetzt mein Job«, rief sie mir von der schwarzen Kiste aus zu, die sie gerade belud.

»Ich weiß, aber du stellst dich wirklich super an. Wir sind eine halbe Stunde früher fertig, als ich es sonst bin. Wenn es so gut weitergeht, kannst du bald allein den Laden schließen. Und rettest mir damit ganz nebenbei den Arsch.«

Ich ging in die Hocke, um eine der restlichen Fackeln aus dem Sand zu ziehen.

»Wie kommt das?« Ihre Stimme klang nicht mehr so weit entfernt wie eben, und als ich abrupt aufstand, war sie mir ganz nah. Ich blickte zu ihr herunter, dabei fiel mir ein neues Detail an ihrem Gesicht auf. Ein Muttermal auf ihrem rechten Nasenflügel, das so aussah wie ein winziges Herz.

»Ich hatte Ärger mit meiner Band«, schoss es aus mir heraus, bevor ich darüber nachdenken konnte. Keine Ahnung, warum ich plötzlich das Gefühl hatte, ihr davon erzählen zu müssen. Ihr davon erzählen zu können.

Vielleicht war es die Feierabendstimmung, die Freude, die ich empfand, weil wir ein gutes Team waren. Oder es lag an der Sonne, die langsam im Ozean versank und alles in ein goldrosa Licht tauchte. Oder es lag an ihr. Den schwarz umrandeten tiefen Augen, dem Herzmuttermal auf ihrer Nase, dem Gefühl, das ihr Dasein und die gemeinsame Arbeit in mir auslöste. Vertrautheit – und Neugier. Eine aufregende Kombination.

»Du hast eine Band?« Ihre Stimme kletterte eine Oktave höher, und ich war mir nicht sicher, ob sie mich innerlich auslachte oder einfach interessiert war.

»Nicht nur *eine* Band.« Ich verschränkte die Arme vor der Brust. Das schwarze Jeanshemd, das ich mir eben im Truck übergeworfen hatte, war über meiner Brust mit nur einem Knopf geschlossen, der jetzt dem Druck nachgab.

Irgendetwas veränderte sich in Judys Miene.

Es war unser allererstes Bandshirt gewesen und mittlerweile verwaschen. Das Foto, das darauf gedruckt war, war an Stellen rissig und sah aus wie ein altes Polaroid. Es zeigte fünf Teenie-Jungs im Musikraum ihrer alten Highschool mit neuen Instrumenten und großen Träumen. Drunter stand der Name unseres ersten Albums.

BIG DREAMS.

»Das … bist … du?« Sie legte den Finger auf die Person, die sie für mich hielt. Ich spürte die Spitze ihres Fingernagels durch den Stoff auf meiner Brust und schaute nach unten. Ein wohliges Gefühl breitete sich in meinem Bauch aus.

»Ja. Das ist Sharks in the Dark. Meine Band.«

Sie ließ ihren Finger sinken, und ich vermisste das warme Gefühl schon jetzt, das er in mir ausgelöst hatte.

»Und wie läuft es so damit?« Sie legte den Kopf schief, ihre Augen waren jetzt ganz groß. Ich fuhr mir mit der Hand durch die Haare und seufzte laut.

»So schlimm?«, zwischen ihren Brauen bildete sich eine kleine Falte.

»Es ist einfach so, dass wir seit Jahren keinen Hit mehr hatten.«

»Und woran könnte das liegen?«

Ich schüttelte langsam den Kopf. »Keine Ahnung. Wir proben jede Woche. Wir geben unser Bestes, unser ganzes Herz. Auch wenn die Jungs das in meinem Fall vielleicht nicht ganz glauben.«

»Wegen deiner Arbeit im Truck?« Judy deutete auf das DROPOUT.

Ich knetete meine Hände. »Ich versuche wirklich, alles unter einen Hut zu kriegen. Aber es ist hart. Gleichzeitig Manager, Songwriter und Bassist einer Band zu sein. Und dann habe ich ja auch noch das DROPOUT und Kingston.«

»Verstehe.« Sie blies die Wangen besorgt auf.

»Immerhin habe ich jetzt dich«, sagte ich und bereute es sofort, weil ich fand, dass ich total peinlich klang.

Judys Wangen erröteten, und sie trat von einem Fuß auf den anderen. Sie öffnete den Mund, als wollte sie etwas sagen, ohne so recht zu wissen, was.

»Hey.« Ich hatte Flurry nicht kommen sehen und bemerkte ihn erst jetzt, als seine Stimme zaghaft von der Seite ertönte. Da ich gleich zu dem Termin in dem neuen Club musste, hatte ich ihn gebeten, auf Kingston aufzupassen.

»Oh, hey! Judy, das ist Flurry.« Er reichte ihr die Hand, und sie schüttelte sie. »Und das ist Judy. Meine Aushilfe.«

»Du bist auf dem Shirt!«, sprudelte sie los. »Der mit dem Nasenpiercing und den grünen Haaren!«

Flurry strahlte. »Du kennst uns?«

Judy winkte ab. »Um ehrlich zu sein, kannte ich euch nicht. Aber Jaad hat mir eben von euch erzählt und trägt euch auf der Brust. Sobald ich zu Hause bin, werde ich euch googeln!«

So schnell sich Flurrys Gesichtszüge eben aufgehellt hatten, so schnell entglitten sie ihm jetzt.

»Alles okay?«, fragte ich in seine Richtung. Hat es ihn verletzt, dass Judy unsere Band nicht kannte? Fühlte er sich wieder mal in seiner Vorstellung bestätigt, wir seien tot?

»Einen Moment, Judy, wir kommen gleich wieder.« Mit diesen Worten zog ich Flurry hinter mir her in den Truck. Auf keinen Fall wollte ich, dass Judy Salz in Flurrys Wunde streute. Oder dass Flurry irgendwie komisch zu ihr war. Nach außen hin war er vielleicht ein cooler Drummer, aber im Innern verbarg sich die zarteste Seele.

»Stimmt was nicht?« Ich schaltete das helle Licht im Truck aus und drehte mich zu meinem Freund.

»Ich muss dir was zeigen.« Flurrys Augen huschten hin und her, als hätte er Angst, jemand könnte ihn hören.

Dabei saß Judy außer Hörweite auf dem inzwischen vereinsamten Strand neben Kingston und war damit beschäftigt, ihn zu streicheln. Sie kraulte ihn am Bauch, als wäre er eine Katze.

»Hier.« Er reichte mir sein entsperrtes Smartphone, auf dem ein Video eingefroren war. »Los«, drängte er mich. Seine Stirn lag in Falten. Ich konnte mir keinen Reim auf sein Verhalten machen. Also drückte ich auf *Play*.

Musik ertönte, und ich erkannte sofort, worum es sich hier handelte. Es war das Intro von einem berühmten YouTuber, der jede Woche die neuesten Songs anhörte und kommentierte.

Diese Folge trug den Titel *ONE-HIT-WONDER and their downfalls*. Es durchfuhr mich eiskalt. Da war ein Bild unserer Band auf dem kleinen Bildschirm. *Sharks in the Dark,* stand fett darunter.

»Wir diskutieren heute, wie One-Hit-Wonder eine Band zerstören können und zur selben Zeit das Sprungbrett für die Solokarriere eines einzelnen Mitglieds sein können. Dazu haben wir heute einen Special Guest eingeladen. Begrüßt mit mir Isao Sawada!« Digitaler Applaus explodierte in meinen Ohren, doch ich hörte ihn kaum, denn in ihnen rauschte bereits mein Blut schmerzhaft laut.

Würde Isao so etwas wirklich tun? Uns verraten, um sich selbst zu promoten?

Ich ertrug das Ganze nicht. Unwillkürlich scrollte ich runter zu den Kommentaren und las die Einträge:

Sharks in the Dark ist ein Witz. Ohne Isao sind sie nichts.

Isao hat das einzig Richtige getan. Diese Band besteht nur aus Losern.

Wer ist das überhaupt?

Schlimmste Musik ever.

Das alles fühlte sich an wie ein Schlag in die Fresse. Doch jetzt war es zu spät, um auszuweichen. Ich scrollte wieder hoch und setzte das Video fort.

Mit dem Fade-out des Intros begann der Host, von Isaos Bilderbuchkarriere zu sprechen, davon, wie viele Stadien er füllte, von den Filmangeboten, die er bekam, jetzt, wo er ein Star war. Doch ich hörte nur mit halbem Ohr zu. Viel schlimmer als die Hasskommentare war es, Isaos Gesicht auf dem Bildschirm zu sehen mit diesem selbstgefälligen Grinsen auf den Lippen. Wohl wissend, dass er seinen ehemaligen Highschool-Freunden mit dieser Folge schaden würde. Warum tat er das? Hatte er nicht bereits Ruhm und Reichtum erlangt? Wieso konnte er uns nicht in Ruhe lassen?

Das Rauschen in meinen Ohren wurde so laut, dass ich das Video nicht mehr aushielt.

»Flurry, das ist nur die Meinung einer Bubble, die keine Ahnung von Musik hat«, versuchte ich, ihn zu beschwichtigen.

Flurry verschränkte die Arme vor der Brust. »Erstens ist das nicht nur eine Bubble, sondern ein riesiger und einflussreicher Kanal, der über fünfzigtausend Mal abonniert wurde. Zweitens – hast du die Kommentare gesehen?«

Ich wollte etwas einwerfen, doch Flurry ließ mich nicht zu Wort kommen. »Und außerdem ist es die Meinung *der* Leute, für die wir Musik machen und von denen wir wollen, dass sie unsere Platten kaufen oder zumindest unsere Songs streamen.«

Ich seufzte. Er hatte ja recht. Er hatte so was von recht, und es war Zeit, der Wahrheit ins Auge zu sehen. Alles, was ich in der Vergangenheit versucht hatte, hatte nicht geholfen. Die Leute jubelten nicht mehr, und die Clubs bezahlten nicht mehr. Nur von Luft und Liebe konnten wir die laufenden Kosten der Band nicht bezahlen, und der Misserfolg war schlecht für die Psyche. Aber ich hatte noch ein letztes Ass im Ärmel.

»Wir haben noch eine Chance, Flurry. Heute treffe ich mich mit dem Manager dieses neuen Clubs, der am Pier eröffnet hat.«

»Und was, wenn der auch dieses Video gesehen hat?«

Ich hörte mich selbst nervös lachen und nahm aus den Augenwinkeln wahr, wie etwas Neongrünes aufblitzte. Judy.

»Hey, ich hoffe, ich störe nicht. Ich wollte nur fragen, was ich mit dem Fressnapf von Kingston machen soll.«

Flurry nahm sein Smartphone hastig aus meiner Hand und schob es in seine Hosentasche, ohne den Bildschirm auszuschalten, weshalb es durch den Stoff hindurch leuchtete. Judys Blick huschte zu Flurrys leuchtendem Oberschenkel, sie fragte aber nicht weiter nach.

Ich sah auf meine Armbanduhr. »Nein, du kommst genau richtig. Ich muss los zu meinem Termin. Den Fressnapf kannst du einfach in den Truck stellen. Flurry hilft dir beim Rest, falls nötig. Wenn das für dich okay ist«, schob ich hinterher.

»Klar, danke«, antwortete Judy zu meiner Erleichterung. »Dann kann ich ihn noch ein bisschen mehr über eure Band ausquetschen.«

Flurrys Gesicht wurde noch bleicher, als es ohnehin schon war. Und der Druck in mir, das Treffen mit dem Manager erfolgreich abzuschließen, noch größer. Ein wenig hatte mich der Mut verlassen, und ich ärgerte mich darüber.

Wie konnte so ein kurzes Video so viel anrichten?

»Ich hol dich dann später mit Kingston am Club ab«, sagte Flurry und stapfte mit Judy davon.

Ich sah ihrem neongrünen Hijab hinterher und konnte meinen Blick für eine Weile nicht davon lösen. *Grün ist die Farbe der Hoffnung,* sagte ich mir, und marschierte ebenfalls los.

9 | heartbeat

- JUDY –

Ich drehte mich um und sah Jaad hinterher. Etwas schien ihn runterzudrücken. So als lasteten auf seiner großen Statur, seinen Schultern, imaginäre Steine, eine Bürde, die er tragen musste und für die er vielleicht nicht stark genug war. Er hatte seine Hände tief in die Hosentaschen gegraben, sein Gang wirkte zögerlich. In diesem Moment wünschte ich mir, ich könnte ihm irgendwie helfen. Von Musikerin zu Musiker. Doch ich wusste ja nicht mal, worum es überhaupt ging.

Ich seufzte und wandte mich wieder dem Truck zu.

»Er hat dir auch hinterhergesehen.« Flurry wackelte mit den Brauen.

»Quatsch«, sagte ich, »hat er nicht.«

Doch Flurry grinste bloß wissend.

Hatte er? *Gott, Judy.* Was spielte das überhaupt für eine Rolle. *Kein romantisches Interesse, schon vergessen?*, ermahnte ich mich still und begann, die kleinen Holzkisten, die als Tische dienten, aufeinanderzustapeln. Doch die Stimme in meinem Kopf wollte nicht verstummen und meldete sich erneut zu Wort: *Und was ist mit Freundschaft?*

Flurry dackelte mir derweil hinterher.

»Wir sind nur Kollegin und Kollege«, erklärte ich Flurry, als hätte er danach gefragt, wobei ich in Wirklichkeit wohl mehr zu mir selbst sprach.

»Okay?«, antwortete er und bückte sich, um die aufeinandergestapelten Kisten hochzuheben und ins Innere des Trucks zu verfrachten.

Offenbar merkte er, dass das Thema nicht ganz unkompliziert war, und fing daher an, über andere Dinge zu sprechen. Dabei stellte sich schnell heraus, dass er eine richtige Labertasche war. Er erzählte mir alles, was ihm gerade einfiel. Zum Beispiel, wie alt Kingston war (zwei), was sein Lieblingsfressen war (Erdnussbutter), wie lange er mit Jaad in einer WG gelebt hat (fünf Jahre) und dass er plante, Grafikdesign zu studieren, wenn er genug Geld zusammengespart hatte (wahrscheinlich nächstes Jahr).

Seine Offenheit schlug schließlich in Neugierde über mich um.

»Und was ist mit dir?« Er schloss die Türen des Trucks ab und drehte sich zu mir um, wobei er beide Hände in die Hüften gestemmt hatte und mich durch seine eckige, randlose Brille hindurch anblinzelte.

»Ich studiere Musikwissenschaften.«

»Musik… *Wissenschaften*?« Flurrys Kinnlade klappte runter, seine Augen waren weit aufgerissen.

»Halt mal, bitte«, ich unterdrückte ein Lachen und legte stattdessen ein paar Kissen, die noch übrig geblieben waren und die ich gerade aufgesammelt hatte, in seine Arme. Flurrys Gesicht verschwand fast vollständig hinter dem bunten Stapel, der bei seinen Schritten gefährlich ins Wanken geriet. Ich nahm ihm das oberste ab, um ihn anschauen zu können.

»Also, für dich ist das alles eine *Wissenschaft*? Mit Zahlen, Fakten und Regeln?«

»Teilweise schon, ja«, antwortete ich.

Flurry vergrub das Gesicht in das oberste Kissen und gab ein gequältes Geräusch von sich, als würde er heulen.

»Das bricht mir das Herz«, erklärte er, und ich konnte mir ein Grinsen nicht verkneifen. Ich fand seine übertriebene Art sympathisch.

»Hier rein, bitte.« Er entlud die Kissen in die Kiste, die ich gerade für ihn geöffnet hatte, und die er mir anschließend aufhielt, damit ich die Polster für die Liegen darin verstauen konnte, die daneben im Sand gelegen hatten.

Als wir die Arme wieder frei hatten, führte ich meinen Punkt von eben weiter aus. »Du verstehst das falsch. Klar, Musik ist Musik. Da geht es um Gefühle. Da bin ich bei dir, absolut. Aber auch Gefühle kann man steuern, kann man verstehen lernen. Bewusst mit ihnen arbeiten. Nichts anderes machst du doch an deinem Schlagzeug, oder? Wenn ihr eine Nummer spielt und einer von den Bandmitgliedern vom geprobten Stück abweicht oder ihm einfach die Melodie entgleitet, dann löst das ein Gefühl in dir und in ihm aus. Und dein Job ist es dann, dieses Gefühl mit deinem Schlagzeug zu lenken, oder? In diesem Moment bist du der Heartbeat der Band. Du bist der Kapitän und verlässt das wankende Schiff nicht, sondern stärkst seine Flanken und gibst mit deiner Trommel einen neuen Kurs vor. Du nimmst die Gefühle deines Bandmitglieds auf, stellst deine zurück, um dich ihm anzupassen, und erschaffst etwas Neues. Etwas, was das Publikum überrascht und in Aufruhr versetzt. Damit wirkst du auf die Gefühle der Zuhörenden ein und nutzt diese. Das ist eine Wissenschaft.«

»So habe ich es ehrlich gesagt noch nie gesehen. Aus deinem Mund klingt es, als wäre ich total wichtig.«

»Bist du auch. Du bist das Herzstück.«

Flurry fasste sich an die Brust.

»Nein, ich glaub, das ist Jaad. Er ist der Kleber, der unsere Band zusammenhält.«

Ich hatte das Gefühl, durch Flurry eine ganz neue Seite von Jaad kennenzulernen.

»Jaad scheint dich echt zu mögen«, schob er hinterher.

Ich prustete los. Aber vielleicht hatte Flurry ja einen Punkt? Immerhin hatte Jaad mich nach meiner Nummer gefragt. Und laut Flurry hatte er sich eben nach mir umgedreht.

»Wie gesagt, ich arbeite nur für ihn.«

»Das spricht bereits Bände. Es fällt ihm nicht leicht, Dinge, die ihm am Herzen liegen, an andere zu delegieren. Wir sind eine Band, und er ist *nur* der Bassist. Trotzdem kümmert er sich um fast alles allein. Sagt, er will uns nicht belasten, ohne darauf zu achten, wie sehr er sich selbst belastet. Und die Jungs wälzen den ganzen Kram nur allzu gern auf ihn ab. Aber man kann sich nicht immer nur um andere kümmern. Manchmal ist man auch selbst dran. Deshalb bin ich umso glücklicher, dass er es zumindest beim DROPOUT geschafft hat, etwas Verantwortung abzugeben.«

»Warum fühlt er sich so stark verantwortlich für euch?«

»Er hat die Band damals quasi aus dem Nichts ins Leben gerufen. Wir waren alle auf einer staatlichen Schule, aber Jaads Eltern waren stinkreich. Sind sie immer noch. Da wir uns keine Instrumente leisten konnten und die der Schule nur während des Unterrichts benutzen durften, hatte er uns Instrumente von seinem Taschengeld gekauft.«

»Das ist wirklich großzügig und sehr hilfsbereit.«

»Schon. Aber manchmal frage ich mich, ob er sich mit der ganzen Hilfe nicht selbst ins Fleisch schneidet.«

Ich schaute ihn fragend an.

»Ich meine, die Leute gewöhnen sich schnell daran, wenn jemand immer für sie da ist und hilft. Sie halten es dann für selbstverständlich. Das will ich nicht für ihn.«

Ich dachte eine Weile über seine Worte nach, ging den Strand auf und ab und suchte nach liegen gebliebenen Gegenständen. Fühlte Jaad sich von seinen Freunden ausgenutzt, oder mochte er es, die Dinge in der Hand zu haben, immer beschäftigt zu sein, immer auf Trab?

»Lernt ihr im Studium auch, wie man einen Hit schreibt?«, riss Flurry mich aus meinen Gedanken.

»So etwas in der Art«, erwiderte ich.

Flurrys Augen weiteten sich und er schüttelte leicht den Kopf. »Musikwissenschaft. Einfach verrückt.«

»Übrigens: Als Musikwissenschaftlerin bin ich quasi dazu verpflichtet, eure Band zu stalken, sobald ich nach Hause komme.«

Für einen Moment huschte ein Schatten über Flurrys Gesicht.

10 | worst case scenario

– JAAD –

Es dauerte etwas mehr als eine halbe Stunde, um mit dem Longboard vom Cameo Shores Beach nach Harbor Island zu kommen. Zunächst fuhr ich durch den Milford Drive an unzähligen Swimmingpools und palmenbewachsenen Vorgärten vorbei, dann bog ich links auf die Cameo Shores Road ab, um bis zur Hauptstraße zu kommen. Dort hielt ich mich wieder links und fuhr den Pacific Coast Highway entlang, der gesäumt war von Läden, die ihr helles Licht in die Dunkelheit ergossen.

Je näher ich dem Hafen kam, desto größer und prachtvoller wurden die Häuser. Endlich hörte ich das Klirren und Klingen der Boote, die im Wasser schaukelten. Am Ende der Hafenpromenade zeichnete sich nun ein Gebäude in Dreiecksform ab. Ein privater Steg führte direkt bis zur Eingangstür des Anwesens. Ich checkte die Adresse, um auf Nummer sicher zu gehen.

First Harbor Island Road, Newport Beach, California. Es musste einmal ein privates Anwesen gewesen sein, das jetzt bereit war, Hunderte, wenn nicht Tausende Leute in sich aufzunehmen. Für Partys, Tanz und Gelächter. Über dem Tor war ein

Schriftzug angebracht, der weiß und kühl in die Nacht leuchtete: *HARDY*. Der Name des Clubs und gleichzeitig der des Besitzers.

Ich öffnete das unverschlossene Tor und ging zur riesigen gusseisernen Haustür. Ein Glockenläuten ertönte, und eine Angestellte öffnete mir, die angezogen war wie ein Zimmermädchen aus dem letzten Jahrhundert.

»Mr Carter?«, fragte sie.

»Jaad«, korrigierte ich die junge Frau, und sie bedeutete mir, einzutreten.

Nicht nur von außen wirkte der Club clean und fancy, auch von innen versprühte er diese Atmosphäre von mathematischer Genauigkeit. Als wäre jemand mit einem Lineal durch den Raum gegangen und hätte jeden Tisch, jeden Stuhl und jedes Glas genau ausgemessen, die Winkel berechnet, in denen die bunten Lichter von der Bühne auf den Boden und auf die Köpfe der tanzenden Menschen fielen. Ich stand in der Mitte der Tanzfläche, ein grüner und ein roter Lichtstrahl drehten sich über mir.

Mein Telefon klingelte. Jeff Hardy. Der Clubbesitzer. Irritiert ging ich ran.

»Jaad, ich sehe dich. Bitte komm doch zu mir ins Büro. Schau einmal nach oben.«

Mein Blick wanderte hoch. Über der Bühne, neben dem erhöhten DJ-Pult, befand sich ein bodentiefes Fenster, aus dem blaues Licht strahlte. Dahinter stand ein junger Mann in Anzug und Hose, die Hände vor dem Schritt gefaltet, als würde er in dieser eigenartigen Position beten.

Er nickte einmal kaum merklich und hob die Hand zu seinem Ohr. An meinem ertönte daraufhin ein Piepton und der Bildschirm meines Handys wurde dunkel.

Ich bahnte mir meinen Weg über die Bühne und staunte

kurz über den sauberen Boden. Hier hatte definitiv noch niemand gespielt. Würden wir die Band sein, die am Tag der Eröffnung die ersten Dellen in die Bühne trampelte, wäre das womöglich der Grundstein für unseren Wiederaufstieg.

Jeff Hardy war ein reicher Hotelerbe und berühmt in der kalifornischen Promi-Szene. Wenn er einen Club eröffnete, würde alles, was Rang und Namen hatte, diesen Club besuchen. Bei dem Gedanken an die High Society der Stadt und all die Influencer-Sternchen fing mein Herz an, zu rasen.

Hinter der Bühne führte eine schmale gusseiserne Treppe nach oben, die im Vergleich zu allem anderen hier ziemlich alt wirkte. Wahrscheinlich hatte sie zu dem Gebäude gehört, bevor es renoviert worden war. Endlich erreichte ich die Tür, an der *Büro* stand, und klopfte dreimal. Kurz darauf wurde sie so energisch geöffnet, dass ich hastig einen Schritt zurücktreten musste, um sie nicht an den Kopf zu bekommen.

»Mr Carter«, begrüßte mich der Anzug-Typ. Obwohl er kaum älter war als ich, umschloss er meine ausgestreckte Hand in Alt-Herren-Manier mit seinen beiden Händen und schüttelte sie eindringlich.

»Mr Hardy«, erwiderte ich. Er verzog das Gesicht zu einem professionellen Lächeln, bei dem die Mundwinkel sich hoben, doch die Augen kalt blieben. Hatte ich mich nicht selbstständig gemacht, um genau diesem aufgesetzten Verhalten zu entfliehen?

»Nennen Sie mich doch Jaad«, bot ich an und hoffte, dass auch er mir seinen Vornamen nennen würde.

Weit gefehlt.

»Okay. Jaad, du hast dich darum beworben, mit deiner Band in meinem Club zu spielen und vielleicht sogar am Eröffnungstag dabei zu sein.«

»Vor allem am Eröffnungstag«, bestärkte ich.

Er nickte mehrmals, seufzte. »Ich denke, das wird leider nichts.«

Mein Herz rutschte im Sturzflug in meine Hose, sauste auf den Boden und zerplatzte dort.

»W…«

Mr Hardy holte sein Smartphone hervor, tippte darauf herum, und Sekunden später erklang das mir bereits bekannte Intro.

»Ich will nicht lügen. Als ich dieses Video heute von meiner Sekretärin zugeschickt bekommen habe, konnte ich nur eines denken …«

War es möglich, dass das Video in so kurzer Zeit schon eine so große Reichweite errungen hatte?

»… nämlich, dass das Rufmord ist«, fuhr Mr Hardy fort. »Mir war schon vorher klar, dass eure Band mehr oder weniger tot ist, aber jetzt? Mit diesen YouTubern, die über euch herziehen, und alle haben es gesehen? Niemals wird das funktionieren mit uns.«

Schon wieder ein Schlag in die Fresse, mit voller Wucht und mit Absicht. Von Isao, vom Clubbesitzer, von der ganzen Welt.

Ich wusste, dass das nicht stimmte. Ich wusste, dass das alles nur eine Aneinanderreihung unglücklicher Umstände war. Doch ich konnte die Wut einfach nicht unterdrücken, die an den Platz getreten war, an dem vorher noch ein Funken Hoffnung gekeimt hatte.

Warum hatte Isao das getan?

Ich durfte mich nicht geschlagen geben. Noch lange nicht. Wenn seine Meinung so final war, warum hatte dieser Yuppie von einem Clubbesitzer mich trotzdem herbestellt?

»Hören Sie, ich weiß, welches Video Sie meinen, okay? Aber dass das gedreht wurde, war einfach Pech. Meine Jungs sind gut. Wir sind gut. Sharks in the Dark hat richtig was drauf, und wir werden es Ihnen beweisen, wenn Sie uns spielen lassen, Mr Hardy.«

Irgendwie musste ich das Ruder rumreißen.

»Wie wäre es, wenn wir nur für Sie hier im Club live spielen würden? Bevor Sie eröffnen. Um Sie davon zu überzeugen, was wir können! Flurry spielt die Drums wie kein anderer. Bei Max' Lächeln schmelzen alle Mädchen und Jungs dahin. Und Obi ist der begnadetste Leadsänger …« Ich merkte selbst, wie verzweifelt ich klang, doch das war jetzt egal.

Mr Hardy schüttelte allerdings nur bedauernd den Kopf.

Das konnte nicht sein. Es konnte einfach nicht sein.

»Warum bin ich dann hier?«, platzte es aus mir heraus. Die Wut brodelte wieder nach oben. Sie kroch aus meinem Bauch die Stimmbänder hinauf und ätzte wie Galle in meinem Hals. »Wenn Sie uns nicht mal eine Chance geben wollen?«

»Du bist hier, Jaad, weil ich dir ein Angebot machen will.«

Ich verstummte. Was um alles in der Welt könnte er meiner Band bieten, wenn er uns doch bereits abgelehnt hatte?

»Ich habe eine andere Band gebucht, die am Eröffnungstag und auch später für mich spielen wird. Eine Band, die noch nicht verbrannt ist. Die Mitglieder sind von mir handverlesen und gehören zu den Besten Kaliforniens. Nur leider ist uns der Bassist abgesprungen. Die Eröffnung ist nächste Woche, und so schnell finde ich keinen anderen. Außer du hast Lust. Was denkst du?«

Ich verstand nicht richtig.

»Komm als Bassist in meine Band, und werde Teil dieses Clubs. Andere Standorte sind bereits im Aufbau. In Los Angeles, San Francisco und weiteren Locations.«

»Sie meinen, ich soll meine eigene Band im Stich lassen?«

Er hob die Schultern und verzog leicht spöttisch den Mund. Als wären ihm meine Sorgen völlig egal. Kinderkram.

»Seien wir mal ehrlich, Jaad. *Deine Band* ist Geschichte nach diesem Video. Euer ehemaliges Bandmitglied ist euch in den Rücken gefallen. Und er ist nicht irgendwer. Er ist mittlerweile ein Star und hat eine riesige Reichweite. Wie wollt ihr euch davon wieder erholen? Ich biete dir hier die einmalige Chance, deine Musikkarriere nicht wegzuwerfen und für mich zu arbeiten. Die Band gehört mir. Sie gehört exklusiv zum Club und spielt nirgendwo anders. Dieser Club ist was Besonderes. Und das weißt du auch. Du wirst mit der neuen Band groß werden. Berühmt. Und jeder, der dich sehen will, muss den Eintritt für meinen Club bezahlen. Eine klassische Win-win-Situation.«

»Nur, dass es nicht mehr meine Musik wäre. Sorry, aber Sharks in the Dark steht nicht zur Debatte.«

Er lachte bei der Erwähnung meines Bandnamens, und ich hasste ihn noch ein kleines bisschen mehr dafür.

»Hmm«, machte er, nahm einen Zettel, der neben ihm auf dem Pult lag, und reichte ihn mir.

»Was ist das?« Während ich sprach, überflog ich bereits das Papier. Es war eine Liste von Namen. Namen, die in ganz Kalifornien bekannt waren. Promis, Erbinnen, Erben, Musikerinnen, Musiker und die größten Influencerinnen und Influencer aus der Branche und anderen Bereichen.

»Das ist die Gästeliste für den Eröffnungstag. Sie steht schon seit Monaten fest, und ich bekomme täglich neue Anfragen von noch mehr Promis, die kommen wollen. Du solltest dir deine Antwort sorgfältig überlegen.«

»Danke für das Angebot, aber ich verzichte«, presste ich durch zusammengebissene Zähne hervor.

Hardys Blick wirkte gleichgültig.

Also drehte ich mich um und schaffte es nur unter größter Anstrengung, nicht aus dem Büro zu stürmen. Die Tür ließ ich offen stehen, um sie nicht vor Wut zuzuknallen. Schließlich begegnete man sich in der Musikbranche immer zwei Mal. Ob das Isao auch bewusst war?

Als ich bei der Treppe angelangt war, verließ mich jedoch sämtliche Selbstbeherrschung. Ich stürzte sie so schnell hinunter, wie ich nur konnte. Während die hellen Neonlichter weiter ihren langweiligen Tanz vollführten, rannte ich über den blank polierten Boden und stieß die schweren Türen des Clubs mit voller Wucht auf.

Hier brachten mich keine zehn Pferde wieder rein.

Draußen empfing mich die abgekühlte Nachtluft. Vom Club waren es nur wenige Schritte zum Steg, der in das nachtschwarze, glucksende Wasser hineinragte. Die leichte Brise fegte durch meinen glühenden Kopf und füllte ihn wieder mit Sauerstoff.

Ich stützte die Hände auf meine Knie und dachte vornübergebeugt nach. Schritte und das kratzende Geräusch von Tatzen auf Asphalt näherten sich von hinten. Ein Bellen erklang. Kingston und Flurry.

Mit einem gespielt sorgenfreien Gesicht richtete ich mich wieder auf und wandte mich ihnen zu.

»Und?« Während ich Kingston kraulte, schüttelte ich den Kopf. Ich wagte es nicht, Flurry in die Augen zu blicken, während ich seine schlimmsten Befürchtungen bestätigte und seine größte Hoffnung zerstörte.

»Das wird nichts, tut mir leid.«

Zu meinem Erstaunen brach Flurry weder in Tränen aus noch setzte er zu lautstarkem Protest an. Stattdessen gab er ein nüchternes »Okay« von sich, kam ein Stück näher und schloss mich in seine Arme.

»Es ist okay, Jaad. Das ist nicht deine Schuld. Wir hängen da alle zusammen drin, und du solltest die Verantwortung für den Erfolg unserer Band nicht allein tragen.« Er klang wie ausgewechselt. Kein Vergleich zu seinem verzweifelten Tonfall von vorhin.

»Äh … Okay?«, gab ich irritiert zurück.

Flurrys Mundwinkel zuckten, und Fältchen bildeten sich um seine Augen. »Ich habe da eine Idee.« Er hob den Finger und sah aus wie ein Lehrer aus einem Cartoon.

»Und wie lautet sie?«, fragte ich.

Jetzt verschränkte er die Arme vor der Brust, während sich ein Grinsen auf sein Gesicht schlich. »Sie lautet *Judy*.«

Einen Tag später saßen Flurry und ich zusammen in unserer Garage. Flurry hockte vor mir auf der Bühne, hinter ihm das lila flimmernde Partylicht, das seine Haare verfärbte wie in einem psychedelischen Traum. Er hatte die Hände vor dem Mund gefaltet, als würde er beten.

Würde ich mit meiner Hand nicht das Telefon an mein Ohr halten, hätte ich wahrscheinlich eine ähnliche Position eingenommen.

Das Freizeichen ertönte, und mit jedem *Tuuut* wuchs die hoffnungsvolle Anspannung in mir. Endlich knackte es in der Leitung, und Judys Stimme ertönte. Leise und rauschend.

»Hallo, *salam*?«

»Hey, *salam*, ich bin's, Jaad.«

Stille.

»Ich weiß …« Sie klang amüsiert. Natürlich wusste sie, wer sie anrief. Sie hatte meine Nummer gespeichert. Bisher hatte sich unser Telefonkontakt auf knappe WhatsApp-Nachrichten beschränkt, in denen sie mir ihre freien Zeiten durchgab und ich ihr ihren Arbeitsplan schickte. Noch nie hatte ich ihr wegen etwas Persönlichem geschrieben, geschweige denn, sie deswegen angerufen. Die Abfuhr, die sie mir gleich am ersten Tag erteilt hatte, als ich sie nach ihrer Nummer gefragt hatte, war mir nur allzu gut in Erinnerung geblieben.

»Ist etwas nicht in Ordnung mit dem Truck? Habe ich gestern nicht richtig abgeschlossen? Oder etwas draußen liegen gelassen?«

»Nein, nein. Mit dem Truck ist alles okay.«

»Oh, gut …« Ihre Stimme klang sanft.

»Hör zu, ich will nicht um den heißen Brei reden. Ich hatte gestern ein Meeting mit dem Besitzer von einem neuen Club, das ehrlich gesagt richtig schlecht lief. Und wenn ich noch ehrlicher bin, steht meine Welt gerade kopf.«

Ich wartete kurz, um ihr eine Chance zu geben, zu reagieren, doch sie schwieg. Also redete ich weiter: »Ich liebe meinen Truck. Aber meine Band und meine Musik sind mir mindestens genauso wichtig.«

Ich hörte ein leichtes Schnauben und hoffte, dass sie am anderen Ende des Hörers zustimmend schmunzelte und mich nicht auslachte.

»Flurry hat mir erzählt, dass du Musikwissenschaften studierst und bald deinen Master machst. Vermutlich hätte ich auch selbst darauf kommen können, als du mit totaler Leidenschaft mein Menü auseinandergenommen hast. Aber na ja, manchmal stehe ich wohl auf dem Schlauch.«

Jetzt hörte ich ein echtes Lachen, und auch meine Mundwinkel hoben sich. Erleichterung machte sich in mir breit, und ich schöpfte genügend Mut, meine Frage zu stellen: »Judy, kannst du mir helfen? Kannst du *uns* helfen?«

Wieder diese Stille und dann ein einzelnes Wort: »Ja.«

11 | garage

- JUDY -

Mit einem Lächeln auf den Lippen klappte ich das Buch vor mir auf dem Schreibtisch zu. *Ethnomusicology Matters: Influencing Social and Political Realities,* stand darauf. Es war Ms Vasquez' Empfehlung an mich gewesen, und bisher hatte es mich keineswegs enttäuscht. Ich stand auf und packte es auf den Handwagen zu dem Stapel an Wälzern, die ich für meine Masterarbeit bereits durchgeschaut hatte. Darunter *Korean Wave in World Englishes* und *South Korean Popular Culture in the Global Context.* Mein Telefon legte ich ganz oben auf den Bücherstapel.

Ich schob den Wagen zu seinem vorgesehenen Platz. Vorbei an den riesigen Fenstern auf der einen und den endlosen Reihen an Bücherregalen auf der anderen Seite. Leise schabten die Räder über das Linoleum der modernen Bibliothek. Doch das machte nichts, da um diese Uhrzeit nur noch wenige Studierende hier waren.

Mein Smartphone blinkte auf, und ich hielt an. Jaad hatte die Location der Garage geteilt, in der die Band auf mich warten würde.

Mein Herz flatterte aufgeregt.

Jaad hatte mich um Hilfe gebeten, und ich fühlte mich ziemlich geehrt. Gleichzeitig war ich aufgeregt und neugierig. Auf seine Band, auf seine Musik, auf meine Rolle in dieser Geschichte.

Nach einem halbstündigen Fußmarsch, der mich unter einem viel befahrenen Highway hindurchführte, erreichte ich ein tristes Industriegebiet. Riesige graue Betonklötze ragten vor mir auf. Unscheinbare Schilder von Firmen, die Baustoffe anboten, wechselten sich mit riesigen Reklametafeln von Großproduzenten ab. Mein GPS führte mich vorbei an alldem und weiter voran. Vor mir erstreckten sich zwei Reihen von Lagercontainern in verwitterten Blau- und Grautönen.

Aus der Ferne drangen Klänge zu mir, die sich melodisch von der restlichen Geräuschkulisse abhoben. Ich schien mich meinem Ziel zu nähern.

Die einstöckige, kleine Garage sah total verloren aus zwischen den Großbetrieben ringsum. Als hätte man sie von einem Haus abgerissen und einfach hierhertransportiert.

Je näher ich der Garage kam, umso deutlicher waren die einzelnen Instrumente zu hören: ein Schlagzeug, das keinem erkennbaren Rhythmus folgte, ein wummernder E-Bass und ein Keyboard, das eine zackige Version von *Twinkle, Twinkle, Little Star* spielte.

Ich wusste zwar nicht, was mich in der Garage erwarten würde, doch die Neugierde trieb mich an. Ich war Musikerin durch und durch, und an der Uni war ich richtig gut – aber vor allem in Theorie.

Würde ich es wirklich schaffen, in der Praxis eine Band zu

retten? Und wenn Jaads Bandmitglieder mich nicht mögen würden? Wenn sie nicht alle so nett waren wie Flurry?

Ich stellte mich vor das geschlossene Garagentor. An der Seite des Tores hing eine Glocke, die ich betätigte. Eine Metal-Version von *Who Let the Dogs Out* schepperte aus einem Lautsprecher, der direkt über meinem Kopf hing und den ich überhaupt nicht bemerkt hatte. Unweigerlich erschrak ich, musste aber gleichzeitig laut auflachen über diesen kleinen Gag.

Sofort erstarben die Geräusche von innen. Es piepte, und das Garagentor fuhr automatisch hoch. Jaads Gesicht erschien, darunter das von Kingston und daneben das von Flurry.

»Hallo?«

»Hey, *salam.*« In Jaads Stimme hatte sich ein nervöses Flattern geschlichen. Er grinste schief, und ich bemerkte, dass sein Gesicht leicht errötete.

»*Salam*«, antwortete ich, und aus irgendeinem Grund machte mein Magen einen Salto.

Als wir uns neulich nachts am Unigelände begegnet waren, hatte ich die Gelegenheit verpasst, ihn auf den arabischen Gruß anzusprechen, den er stets nutzte. Jetzt traute ich mich nicht mehr, ihn danach zu fragen. *Salam* bedeutete Frieden, den man jedem wünschen konnte, egal, in welcher Sprache, egal, in welcher Religion. Und doch hätte ich gern gewusst, ob unser *Salam* uns mehr verband, als ich ahnte. Doch ich spürte, dass jetzt weder der richtige Ort noch der richtige Zeitpunkt war, um dieses Gespräch zu führen.

»Du bist da!«, rief Flurry mit breitem Grinsen. Dann wandte er sich nach innen. »Sie ist da!«

Das Innere erstrahlte in bunten Lichtern. Die Bühne selbst war lila beleuchtet, während das Sofa an der linken Seite der Bühne in ein oranges Licht gehüllt war, das an einen Sonnenuntergang erinnerte.

Instrumente hingen an den Wänden, die von pinken LED-Deckenlichtern in Szene gesetzt wurden. In der hinteren rechten Ecke erkannte ich ein Mischpult, das neongelb erstrahlte, daneben mehrere Kopfhörer, Verstärker und ein Mini-Tonstudio. Sämtliche Wände waren zudem mit professioneller Schalldämpfung verkleidet.

Die Garage war nicht besonders groß, und die Luft staute sich etwas hier drin, doch das störte mich nicht. Sie hatte etwas von einem gemütlichen Spaceship, in dem die Musik die Galaxie war und die Bandmitglieder die Sterne, die durch sie hindurchsausten. Das hier war echt. Das hier war eine echte Band.

Vier große Jungs, die die Hilfe einer studierten Musikwissenschaftlerin wollten. Mein Herz klopfte aufgeregt in meiner Brust. Jaad stand so dicht neben mir, dass seine Hand nur Zentimeter von meiner entfernt war.

»Ihr nehmt hier drin auch auf?«, fragte ich, an ihn gewandt, und er nickte.

In der Mitte des Raumes stand ein kleiner runder Tisch, umgeben von zwei abgenutzten Holzstühlen. Die beiden Bandmitglieder, die ich noch nicht kannte, standen immer noch auf der Bühne an ihren Instrumenten.

Flurry schob sich in mein Gesichtsfeld und stellte sie vor: »Das sind Obi und Max.«

»Hallo, Obi und Max«, rief ich den beiden zu.

»Hi«, kam es vom einen.

»Hey«, vom anderen. Ihre Antworten vermischten sich miteinander, gleichermaßen knapp und nicht besonders interessiert.

Flurry schaltete sich sofort wieder ein: »Also, fangen wir an? Retten wir die Band!«

Voller Enthusiasmus schwang er sich auf die Bühne. Max grummelte etwas, und Obi zuckte nur mit den Schultern. Offensichtlich hatten die beiden nicht sonderlich viel Lust auf unser heutiges Vorhaben – oder auf mich …

Jaad bedeutete mir, mich auf einen der Holzstühle zu setzen. Dann kletterte er selbst auf die Bühne zu seinen Freunden.

»Was ist der Plan?«, fragte ich.

»Wir spielen dir unsere Songs vor, und du sagst uns, warum wir keine Hits mehr landen«, mischte sich Flurry ein.

»Wow, okay.« Hatte ich mir zu viel aufgehalst?

»Das schaffst du doch, oder? Du hast doch studiert«, sagte Flurry, und ich fühlte mich etwas überrumpelt.

Jaad schien meine Verunsicherung zu bemerken. »Judy, du trägst keine Verantwortung für irgendetwas. Hör dir einfach unsere Performance an, und vielleicht hast du etwas dazu zu sagen.« Seine Stimme war sanft, und sein Blick lag ruhig auf mir.

Wie er da so auf der Bühne stand und sich seine Bassgitarre um den Körper legte, faszinierte mich. Ich war es gewohnt, im Verborgenen zu agieren. Meine Songtexte schrieb ich zu Hause im Pyjama. Noch nie habe ich selbst auf einer Bühne gestanden und wäre dafür viel zu aufgeregt gewesen. Jaad hingegen zeigte keine Spur von Lampenfieber.

Ich kramte meinen Block hervor und legte ihn auf dem Tisch ab, schlug eine neue Seite auf.

»Also, was willst du hören, Judy?« Jaad legte den Kopf schief, zwei Strähnen fielen ihm ins Gesicht, und er blies sie kräftig nach oben, ohne dabei den Augenkontakt zu mir zu unterbrechen.

»Alles«, antwortete ich etwas heiser, denn die Art und Weise, wie er meinen Blick festhielt, machte etwas mit mir. Mir wurde warm, und mein Mund war staubtrocken. Nein, mir wurde heiß. Ich lehnte mich mit dem Stift in der Hand zurück und lockerte meinen Hijab am Hals, um kühlende Luft an meine Haut zu lassen, die jetzt glühte.

12 | it's getting hot in here

- JAAD -

Das lila Licht ließ sie erstrahlen.

Judy holte ein Notizbuch und einen Stift aus ihrem Rucksack, und ich spielte einen Basston an.

Sie atmete tief ein, ihre Brust hob sich, zeichnete sich unter ihrem orangefarbenen Shirt ab. Ihre Kleidung spannte unter den breiten Schultern, auf die jede Person aus den Achtzigern wohl neidisch gewesen wäre. Mir gefiel ihr athletischer Körperbau. Er erinnerte mich an Schwimmerinnen oder Tennisspielerinnen, und ich fragte mich, ob sie eine dieser Sportarten betrieb. Zu dem orangen Shirt trug sie heute eine Culotte und wieder ihre karierten Vans, die sie besonders zu mögen schien.

Flurry setzte mit seinem Schlagzeug ein und zählte den Takt an. Dann stimmte auch Max mit seinem Keyboard ein, und Obi begann, zu singen. Tief und kräftig erfüllte seine Stimme den Raum, hallte von allen Wänden wider.

Judys Miene blieb regungslos.

Flurry gab sein bestes Schlagzeugsolo.

Ihre Miene: weiterhin regungslos.

Nach dem ersten Song bedeutete sie uns wortlos, den nächsten zu spielen. Ich staunte über ihre Professionalität.

Das war nicht ansatzweise die Judy, der ihre Missgeschicke als Aushilfe im Coffee-Truck so peinlich gewesen waren. Judy wirkte wie ausgewechselt, während sie unsere Band analytisch unter die Lupe nahm. Jede Bewegung von uns schien sie mit ihren dunklen Augen zu registrieren.

Hin und wieder wanderte ihr Stift über ihren Block, und während meine Finger über die Bassgitarre flogen, fragte ich mich, was sie wohl über uns dachte. Was sie wohl über mich dachte …

Wir spielten *Fingerprints*, *In Love With a Giant*, *Jar of Fears*, *Rumble Heart*, *Did you know* und natürlich *Undress Me*. Schließlich ertönte die letzte Note, das letzte Blech wurde geschlagen, und Obis Stimme verklang.

»Ich bin k.o., Mann.« Obi legte sich auf der Bühne auf den Bauch und bettete seinen Kopf auf seine Unterarme.

Max zückte eine Packung Zigaretten und verschwand durch das Garagentor, das er hinter sich offen stehen ließ.

Flurry nahm sein Smartphone in die Hand und fläzte sich damit aufs Sofa. Bläuliches Licht strahlte auf sein Gesicht und spiegelte sich in seiner Brille.

Plötzlich war es ganz still. Nur die leisen Geräusche scheinbar lustiger Kurzvideos, die aus Flurrys Smartphone drangen, waren noch zu hören.

Ich zog einen Stuhl zu Judy heran und setzte mich neben sie, versuchte, meinen Atem zu regulieren, bevor ich sie ansprach. Gleichzeitig fragte ich mich, warum er überhaupt so flach ging, als sei ich nervös. War ich nervös? Wegen ihrem Urteil – oder wegen Judy selbst?

»Und?«, fragte ich endlich, während ich auf ihr Notizbuch schielte und krampfhaft versuchte, etwas zu entziffern.

Judy klappte es schnell zu und verschränkte die Arme vor der Brust. Wieder spannte der Stoff ihres Shirts. Ich lenkte meinen Blick schnell zu ihren Händen und bemerkte, dass ihre Fingernägel in bunten Neonfarben lackiert waren.

»Wie soll ich es ausdrücken?« Sie seufzte und schüttelte leicht den Kopf. Ihre rechte Hand nahm sie nach oben und rieb mit ihrem Daumen gegen ihren Zeigefinger und Mittelfinger, so als würde sie die Worte, die ihr fehlten, in der Luft erfühlen wollen.

»Sei bitte schonungslos ehrlich.«

»Bist du sicher?« Sie warf mir einen prüfenden Blick zu.

»Todsicher.«

»Okay. Ihr seid toll.«

»Wir sind … *toll*«, wiederholte ich ihre Worte.

»Jap.«

»Aber …« Ich wollte etwas einwenden. Nicht, dass ich uns scheiße fand, aber irgendwas musste es doch zu kritisieren geben. Ein Fehler in unserer Performance, unseren Texten – irgendwo, irgendwas, aus musikwissenschaftlicher Sicht.

»So auf Anhieb kann ich nicht feststellen, warum euer Erfolg ausbleibt. Eure Songtexte sind gut, eure Musik ist sauber, euer Auftreten ist – zumindest hier in der Garage – souverän, und ich bin mir ziemlich sicher, dass es das auch vor Leuten sein wird. Um das zu überprüfen, könnte ich natürlich schauen, ob ich ein paar Videos im Internet finde von euren Livekonzerten, aber …«

Flurry hustete plötzlich, als hätte er sich verschluckt, und ich sog scharf die Luft ein.

Judy stockte und hob irritiert eine Braue. Sie drehte wieder ihre Hand in dieser fragenden Geste, die ich schon von ihr kannte.

»Ja, klar. Mach das, wenn es hilft. Es ist nur … Gestern ist ein

Video über uns veröffentlicht worden. Flurry hat es mir beim Truck gezeigt, und ich habe nicht erwartet, dass es wirklich unseren letzten Funken Hoffnung auf Erfolg zerstören kann. Aber als ich dann beim Club war und der Besitzer das Video bereits gesehen hatte und uns deswegen abgelehnt hat …« Ich schluckte. »Wahrscheinlich hast du es eh schon längst gesehen, oder? Flurry hat erzählt, du wolltest uns stalken.«

»Nein, ich hab es noch nicht gesehen. Wenn du nicht willst, dass ich es sehe, schaue ich es mir nicht an.« Sie legte die Hände flach auf den Tisch.

»Ich will einfach nur die Band retten, Judy. Vielleicht … Vielleicht ist es das Beste, wenn du es dir tatsächlich anschaust. Damit du ein Gesamtbild von der Problematik hast.«

Ich warf einen Blick in Flurrys Richtung. Diesmal blieb das Husten aus. Stattdessen starrte er konzentriert auf sein Smartphone.

»Machen das Wissenschaftlerinnen nicht so? Recherchieren, Material sammeln und auswerten, oder so?«, fragte ich, um Judys Aufmerksamkeit wieder auf mich zu lenken. Auch ihr Blick war zu Flurry gewandert.

»Klingt fast, als wärst du selbst ein Wissenschaftler.« Judy schmunzelte, und ihre Stimme war weich.

»Wenn du wüsstest«, murmelte Flurry auf seinem Sofa.

Judy hob eine Braue und schaute mich fragend an.

»Das ist ein Gespräch für ein anderes Mal«, wiegelte ich ab.

»Ach?« Sie tippte mit ihrem Bleistift gegen ihren Mund, als würde sie abwägen, ob sie mich damit durchkommen ließ oder nicht.

»Ich glaube, es ist spät geworden«, sagte ich.

Judy blickte zuerst auf das offene Tor und dann auf ihre Uhr. »Oh, stimmt. Es ist schon kurz nach zehn.«

Sie sammelte ihre Sachen zusammen und packte sie in ihren

Rucksack. Darin befand sich noch ein weiteres, riesiges Notizbuch. Etwas Silbernes schimmerte darauf, das aussah wie eine Sternenkonstellation. Zu gern hätte ich gewusst, für welche ihrer Gedanken dieser Block vorgesehen war.

Ich hatte Judy überreden können, sie zumindest bis hinaus aus dem Industriegebiet zu begleiten. Anders als bei unserem letzten Spaziergang, als wir geschwiegen hatten, unterhielten wir uns dieses Mal.

»Wie kamt ihr auf den Namen – Sharks in the Dark?« Der Kajal um ihre Augen war jetzt so verlaufen, dass er ihr einen sexy Grunge-Look verlieh.

»Als Teenie hatte ich eine riesige Obsession mit Meerestieren. Vor allem mit Haien. Ich hatte an unserer Schule eine Kampagne gestartet, um alle davon zu überzeugen, dass Haie freundliche und friedliche Tiere sind. Ich wollte die Welt verändern und Haie retten«, erklärte ich.

»Das klingt nach einer sehr ritterlichen Aufgabe.« Sie lächelte, anstatt mich auszulachen, und mir schoss ein Kribbeln durch den Körper, als sie sich auf die Unterlippe biss.

»Ich hab einfach ein Herz für missverstandene Tiere. Vor allem für missverstandene Meerestiere.«

»Es gibt noch mehr?«

»Quallen, Kraken, Seegurken. Die Liste ist unendlich.«

»Seegurken?« Judy grinste und blickte neugierig in meine Richtung, was mich dazu veranlasste, weiterzureden.

»Was weißt du über diese Tiere?«, fragte ich sie.

»Ich erinnere mich nur an das, was wir im meeresbiologischen Aquarium damals in der Schule gelernt haben. Also …« Sie überlegte kurz, hob dann einen Finger, als es ihr wieder einfiel. »… sie haben keine Gliedmaßen, kein Gehirn, keine Augen.«

»Und wusstest du auch, dass es davon über tausend verschiedene Arten gibt? In China gilt die Seegurke außerdem als eine Delikatesse. Dabei sind diese freakigen Tiere vom Aussterben bedroht. Was ein Problem ist, weil sie natürlich wichtig für das Ökosystem sind.«

»Was ist ihre Rolle für die Umwelt?«

»Sie sind die Staubsauger der Meere. Sie wälzen das Sediment um, ähnlich wie Regenwürmer in der Erde, nur, dass sie den Meeresboden verdauen und wieder ausscheiden. So fördern sie Nährstoffe hervor, die für andere Tiere und Organismen im Meer lebenswichtig sind«, erklärte ich.

Als ich Judy anschaute, bemerkte ich, dass sie mich mit ihrem Blick fixiert hatte.

»Was denn?«, fragte ich und bereute es, so viel über diese eigenartigen Tiere gefaselt zu haben.

»Nichts«, sagte sie, zögerte kurz und sprach dann weiter. »Ich mag es, wie leidenschaftlich du über dieses Thema redest.« Ein Lächeln umspielte ihre Lippen, und ihre dunklen Augen leuchteten.

»Danke«, antwortete ich.

»Also hast du das studiert? Meeresbiologie? Hier in Irvine?« Ihre Augen leuchteten noch heller, es glitzerte darin.

Ein Lachen entfuhr mir, weil sie es geschafft hatte, mich auf diese charmante und direkte Art aus der Reserve zu locken.

»Meine Eltern haben mir seit meiner Kindheit eingebläut, etwas Vernünftiges zu studieren«, erklärte ich. »Mein Vater ist Architekt, supererfolgreich. Meine Mutter hat auch Karriere gemacht. Sie ist Antidiskriminierungsberaterin an der Uni und sehr angesehen. Das war ganz schön viel Druck für mich. Ich dachte, ich müsste studieren wie sie und am besten viel Kohle machen. Ein ebenso teures Haus kaufen. Also habe ich mich für Wirtschaft entschieden und das studiert …«

»Beeindruckend«, warf Judy ein.

»… und nach zwei Jahren abgebrochen«, fügte ich hinzu.

»Oh!« Sie lachte hell auf, und ich rieb mir mit der rechten Hand über den Nacken und zuckte mit den Schultern.

»Immer noch beeindruckend«, schob sie hinterher.

Ihre Stimme waberte sanft durch die immer noch warme Abendluft und legte sich wie Balsam auf meine Seele. Sie klang ehrlich. Sie klang echt. Nicht so mitleidig oder überheblich wie die meisten anderen Leute, wenn sie erfuhren, dass ich die Uni geschmissen hatte.

Ich blickte sie von der Seite an.

»Ich finde das mutig«, sagte sie ruhig und blieb stehen. Ich stoppte ebenfalls. Wir hatten das Industriegebiet verlassen und eine einsame Bushaltestelle erreicht.

»Was denn?«, fragte ich zurück.

»Das Studium zu schmeißen.«

Ich schnaubte. »Es hat sich aber nicht danach angefühlt.«

»Wonach hat es sich denn angefühlt?«

»Nach Feigheit. Weglaufen. Scheitern und Angst«, gab ich zu.

Judy überlegte einen Moment, musterte ihre Fingernägel und atmete geräuschvoll aus.

»Kann es Mut ohne Angst geben?«, fragte sie. Als ich ihr keine Antwort gab, redete sie weiter. »Manchmal ist es besser, Dinge zu beenden, die einem schaden oder die man hasst. Anstatt sie durchzuziehen und sich vielleicht jahrelang damit zu quälen und es später noch mehr zu bereuen, seine Zeit vergeudet zu haben. Etwas abzubrechen, erfordert immer auch Mut.« Sie schaute mich an, ihr Blick intensiv und sanft, und bescherte mir damit eine Gänsehaut. Eine von der guten Art.

»Und offensichtlich hat es ja funktioniert, oder? Mit dem

Truck hast du doch die Kurve gekriegt. Und die Band kriegen wir auch wieder hin.« Ihre Worte spendeten mir Trost und gaben mir Hoffnung.

Sie hakte ihre Daumen in ihre Rucksackriemen ein.

»Dieser Bus fährt zur Uni.« Judy deutete die Straße hinauf. Ich ärgerte mich über unser Timing. Hätten wir den Bus, der gerade die Straße herauffuhr, nicht verpassen können? Dann hätten wir jetzt weiterreden können. So persönlich, so nahbar. Zum ersten Mal. Ich wollte nicht, dass dieser Moment schon vorbei war, doch der Bus hielt trotzdem direkt vor unseren Füßen.

»Dann sehen wir uns wohl nach dem Wochenende?«, fragte sie, und ich bildete mir ein, Vorfreude in ihrer Stimme zu hören.

»Nach dem Wochenende«, stimmte ich ihr zu. Judy hatte sich freigenommen, um zu ihrer Familie nach Santa Monica zu fahren.

»Also dann.« Sie hob eine Schulter. *»Salam!«* Mit diesem Wort stieg sie ein.

Die Türen schlossen sich mit einem lauten Quietschen hinter ihr. Durch die Fenster konnte ich sehen, wie sie sich einen Platz ganz vorn suchte, große Over-Ear-Kopfhörer aus dem Rucksack kramte und sie aufsetzte. Der Bus fuhr los in die Nacht, und Judy blickte sich ein letztes Mal nach mir um. Dann war sie weg.

Zwei ganze Tage sollte ich sie nicht mehr sehen. Kein lustiges Geplänkel im DROPOUT, keine Judy, die in ihren Pausen mit Kingston spielte, keine Bandproben, in denen Judy in der Mitte des Raums saß, beleuchtet von den tiefen Violett-Tönen, die sie fast noch schöner wirken ließen, als sie ohnehin schon war.

Ich vermisste sie jetzt schon.

13 | 14th moon

- JUDY -

Mit dem Block auf dem Schoß saß ich im Auto einer fremden Frau, meiner Mitfahrgelegenheit, und starrte aus dem Fenster. Ich freute mich aufs Wochenende, freute mich, meine Familie wiederzusehen. Schlagartig wurde mir wieder bewusst, dass ich es nicht überleben würde, jemals weiter als zwei Stunden von ihnen weg zu wohnen. So lange brauchte ich von der Uni in Irvine bis zu unserem Zuhause in Santa Monica.

Palmen und hohe Gebäude zogen rechts an mir vorbei, auf der linken Seite glitzerte das Meer in der grellen Morgensonne. Ich kritzelte ein paar Noten und Melodien auf meinen Block, doch meine Gedanken wanderten immer wieder zu meinem gestrigen Zusammentreffen mit Jaad und seiner Band.

Warum genau hatte der neue Clubbesitzer sie abgelehnt? Wo lag das Problem? Es war wie ein kniffliges Rätsel, das mich reizte. Ich wollte es lösen. Gleichzeitig taten mir die Jungs leid. Sie schienen wirklich mit Leib und Seele bei der Sache zu sein und alles zu geben.

Ich wollte ihnen so gern helfen. Vielleicht wäre das sogar

eine gute Ergänzung für meine Bewerbungen. Songwriterin hin oder her, wenn ich es hinbekam, einer Band wieder zum Erfolg zu verhelfen, hätte ich sicher bessere Karten bei einer Agentur.

Ich redete mir ein, dass das der Grund für mein Engagement war, Jaad und seiner Band zu helfen. Nichts anderes. Gar nichts anderes. Seine stahlgrauen Augen, mit denen er mich von der Bühne aus angeschaut hatte, kamen mir wieder in den Sinn. Die Seitenblicke, mit denen Flurry uns von der Couch aus bedacht hatte, auf die ein teeniehaftes Grinsen folgte. War es so offensichtlich, dass ich mich zu Jaad hingezogen fühlte?

Ich steckte mir Bluetooth-Kopfhörer unter meinem Hijab in die Ohren, öffnete die Musik-App auf meinem Smartphone und tippte *Sharks in the Dark* ein. Sofort erschien *Undress Me*, und ich klickte drauf. Ich hatte den Song gestern schon live gehört, konnte mir aber nach wie vor nicht erklären, warum gerade dieses Lied es geschafft hatte, ein One-Hit-Wonder zu werden. Auch aus musikwissenschaftlicher Sicht blieb das Rezept zum Megahit meist ein Geheimnis.

Flurrys Drumroll eröffnete den Track, und Gänsehaut kroch meinen Nacken hinauf. Der Bass setzte ein, und mein Herz flatterte, als mir klar wurde, dass Jaad diese Noten spielte und sie in meinen Körper beförderte. Sein Bass-Riff war nicht schlecht dafür, dass es der erste offizielle Song seines Lebens war.

Ich ließ mich von den Klängen der Band bis nach Santa Monica tragen. Das Rauschen der Wellen drang durch die Fenster zu mir, vermischte sich mit dem Rollen der Reifen und dem rockigen Sound des zehn Jahre alten Hits von Jaad und seiner Band.

Endlich hielt das Auto vor dem kleinen weißen Bungalow in der Fifth Street in Santa Monica. Ein Orangenbäumchen raschelte davor im Wind, und neben der Eingangstür hing ein aus Ton getöpfertes Schild, in dem zwei Kinderhandabdrücke von meiner Schwester Reham und mir verewigt waren und auf dem ein großes H für unseren Familiennamen Haleem stand.

»*Salamo alekom!*«, rief ich ins Haus, auch wenn ich wusste, dass mir niemand antworten würde.

Während ich mir den Rucksack von den Schultern streifte, betrat ich das große helle Wohnzimmer, das in zwei Sitzbereiche aufgeteilt war. Die eine Hälfte war vollgestopft mit zusammengewürfelten Holzmöbeln und einem alten gemütlichen Ecksofa, das um einen mittelgroßen Fernseher herum gruppiert war.

Das war der Familienbereich. Der gemütliche Bereich, in dem wir mit dem Kater schmusten und gemeinsam Serien schauten. Hier stapelten sich Decken und bunte Kissen, die so aussahen, als hätte eben noch jemand drauf gesessen.

Die andere Hälfte war mit einem neueren, besser erhaltenen Sofa ausgestattet, dazu ein paar ägyptische Kaffeetische aus Kupfer, die mit Arabesken verziert waren. An der Wand stand ein Geschirrschrank, durch dessen Glastüren ein teures Teeservice und Porzellan schimmerten.

Das war der Bereich für die Gäste. Der Bereich für unsere *Sahrat*, die bis weit in die Nacht reichenden Zusammenkünfte, an denen wir mit Freundinnen und Freunden der Familie Backgammon und Domino spielten, voll von Gesang, Gelächter und politischen Diskussionen.

Ich bewegte mich durch die zwei Zimmerhälften hindurch, an dem großen Esstisch neben einer der Sitzgruppen vorbei, und betrat die offene Küche. Dort entleerte ich meine Wäsche, die ich in meinem Rucksack hierhergeschleppt hatte, und stellte die Waschmaschine ab. Anschließend machte ich mir einen Tee und ließ währenddessen den Blick über mein Zuhause schweifen.

Hier herrschte das organisierte Chaos, und ich liebte es. Der Geschirrspüler war eingeräumt, lief aber nicht. Auf dem Esstisch lagen noch Krümel vom Frühstück. Das Haus war erfüllt von buntem Leben, selbst wenn niemand da war.

Nachdem ich den Geschirrspüler angeschmissen hatte, kuschelte ich mich mit meinem Tee aufs Sofa im Familienbereich. Im Schneidersitz saß ich in dem stillen Raum, als die Zimmertür quietschte und das leise Tippeln von Pfoten auf dem Linoleum ertönte. Ich zog eine dünne Sommerdecke von der Lehne des Sofas und breitete sie erwartungsvoll auf meinem Schoß aus.

Vor mir stand eine riesige gähnende Glückskatze, die von den Maßen her eher einem Waschbären ähnelte.

»*Salamo alekom*, Zuko *Habibi*«, ich streckte meine Hand nach unserem Kater aus, doch er ignorierte mich, um sich erst einmal zu strecken und zu putzen. Nachdem er damit fertig war, sprang er auf das Sofakissen neben mir, trat eine gefühlte Ewigkeit darauf herum, als würde er einen Teig kneten – nur um sich dann doch für meinen Schoß zu entscheiden.

Schwer fühlten sich seine Tatzen an, als er es sich auf meinem Schoß bequem machte und sich schließlich darauf einrollte. Sofort flutete mich eine wohlige Wärme. Ein Gefühl, das durch sein Schnurren nur noch verstärkt wurde. Mit dem Zeigefinger fuhr ich seinen Unterkiefer nach, der sich wie ein V anfühlte. Zuko schnurrte lauter und drehte sich so, dass ich all seine Lieblingsstellen erwischen konnte. Eine Weile saßen wir einfach da und genossen unsere Zweisamkeit.

Mama würde erst in ein paar Stunden von ihrer Frühschicht aus dem Krankenhaus kommen, und Baba erledigte wahrscheinlich gerade seinen Einkauf auf dem Wochenmarkt.

Wie ferngesteuert holte ich mein Smartphone hervor und tippte erneut *Sharks in the Dark* ein. Diesmal nicht in die Suchleiste der Musik-App, sondern in die von Google, um zu sehen, was es sonst noch über die Band herauszufinden gab.

Hatten sie vielleicht Fanpages? Eine eigene Homepage?

Hier und da wurden mir ein paar veraltete Artikel aus Lokalzeitungen angezeigt, in denen die Band erwähnt wurde. Auch eine alte Bloggerseite konnte ich finden, in der angepriesen wurde, wie gut die Jungs der Band aussahen. Als ich auf die Seite klickte, entdeckte ich, dass sie von einer ehemaligen Mitschülerin aus derselben Highschool geschrieben worden und direkt mit der damaligen Schülerzeitung verlinkt war.

Ich schmunzelte über die blumigen Worte, mit denen Obis rosiger Mund beschrieben wurde und Max' kantiges Gesicht, Flurrys wohlgeformte Ohren und Jaads magische Augen. Ein Name fiel mir auf, den ich nicht kannte: Isao, dessen starke Oberarme in dem Schülerartikel gelobt wurden.

Ich stutzte, schloss das Fenster und tippte eine neue Suchanfrage in Google ein: Hinter *Sharks in the Dark* setzte ich nun den Namen *Isao*. Der erste Treffer war ein Link zu einem YouTube-Video: *ONE-HIT-WONDER and their downfalls.*

Im Thumbnail war ein Foto von Jaads Band eingeblendet. Ich klickte auf *Play*.

Dreißig Minuten lang litt ich körperliche Qualen. Dreißig Minuten lang war mir heiß und kalt, war ich wütend und beschämt und traurig. Wie konnte dieser Typ namens Isao seiner Band so in den Rücken fallen? Es war ziemlich offensichtlich, dass er schuld daran war, dass Sharks in the Dark keinen Erfolg mehr hatte.

Ich stieß die Luft aus. Frust hatte sich in meiner Bauchgegend aufgestaut und brodelte unerträglich darin. Zukos Schnurren neben mir beruhigte mich kaum noch. Wurde man irgendwann immun gegen die therapeutische Wirkung von Katzen, oder war ich nur zu aufgewühlt?

Es gab in meinen Augen keinen anderen Grund dafür, von diesem YouTuber und Isao so durch den Dreck gezogen zu werden, als pure Bösartigkeit.

So schlecht war Sharks in the Dark nun wirklich nicht. Im Gegenteil, sie waren sogar echt gut. Warum fühlte ich mich persönlich von diesem Video angegriffen? War ich selbst schon zu einem Fangirl geworden, oder hatte ich Jaad und Flurry einfach bereits so sehr ins Herz geschlossen, dass es wehtat, wenn jemand schlecht über sie redete?

Ich war im 14th Moon, dem Hair-&-Beauty-Salon meiner Zwillingsschwester Reham, und staunte nicht schlecht darüber, wie schön es inzwischen hier aussah. Als ich das letzte Mal hier gewesen war, war der Laden noch eine alte Metzgerei gewesen. Die Tapete, die jetzt die Wände schmückte, war apricotfarben und von Palmen in zartem Grün verziert. Außerdem flogen filigrane orange Vögel mit schwarz-weiß gestreiften Flügeln und langen schmalen Schnäbeln darauf entlang, die Wiedehopfe darstellten.

»Wie gefällt es dir?«, fragte meine Schwester hinter mir, die plötzlich aus einem der angrenzenden Räume aufgetaucht war. Ich fuhr herum und blickte in ihre Augen, die neugierig funkelten.

Sie trug einen perfektionierten No-Make-up-Make-up-Look, und alles an ihr erinnerte mich an die aufgehende Sonne. Ihr buttergelbes Kleid mit Puffärmeln und weißen Karos verstärkte diesen Eindruck nur noch mehr. Es reichte ihr bis über die Knie. Ihre Locken hatte sie heute geglättet und zu einem einfachen Pferdeschwanz gebunden. So wirkte ihr Haar heute länger als sonst. Schon vor ein paar Jahren hatte sie ihren Hijab abgelegt. In der Hand hielt sie eine große Kaffeetasse, aus der es dampfte.

»Hast du mich erwartet?«, fragte ich.

»Erwartet nicht, gehofft, dass du auftauchst, schon. Wie gefällt es dir?«, wiederholte sie ihre Frage.

Ich drehte mich einmal im Kreis, ließ meinen Blick auch über die Decke wandern, die mit verspiegelten Kreisen versehen war. »Es ist einmalig. Und wunderschön.«

»Ich hab dich vermisst«, sagte sie und zog mich in eine so feste Umarmung, dass ich das Gefühl hatte, ihr Busen würde mich gleich zerquetschen. Sie duftete nach grünem Tee und Zitronenstrauch.

Alles an Reham war schick, elegant und gepflegt. Sanft und schön. Alles an ihr war Liebe. Ich drückte sie genauso fest, bis sie gequält lachte.

»Ich dich auch, aber …« Wir ließen einander los und nahmen beide einen tiefen Atemzug. »… jetzt fühle ich mich schlecht, dass ich dir bei alldem nicht geholfen habe.«

»Du hast mir doch schon mit dem Namen geholfen«, sagte Reham und ging um mich herum zu einem der Frisierstühle. Im Vorbeigehen gab sie mir einen spielerischen Stoß mit der Hüfte.

Natürlich hatte sie recht. Monatelang hatten wir darüber gegrübelt, welcher Name perfekt zu ihrem Beauty-Salon passen würde. Er sollte einerseits leicht zu merken sein und andererseits an die Schönheitstradition unserer ägyptischen Kultur anknüpfen, die bis ins Alte Ägypten zurückreichte.

Hier wurden nicht nur Haare geschnitten oder Finger lackiert. Eine Pediküre ging mit einem Milch- und Honigbad für besonders zarte und gepflegte Haut einher. Augenbrauen wurden mit selbst angemischter organischer Henna gefärbt. Gesichtshaare wurden mit Fadentechnik oder mit *Halawa*-Waxing entfernt.

Im 14th Moon sollte sich jede Kundin wie eine Königin fühlen. In ihrer schönsten Form herauskommen – so beeindruckend erstrahlen wie der Mond in seiner vierzehnten Nacht, wenn er am vollsten war.

Reham teilte meine Faszination für die Sterne, auch wenn sie eher ein Sonnenmädchen war, kein Mondkind wie ich. Trotzdem war ich voller Stolz und überglücklich gewesen, als sie meinen Namensvorschlag angenommen hatte. So war immerhin ein Stück von mir in Santa Monica und damit in meinem Zuhause geblieben – auch wenn ich vielleicht bald ganz woanders leben müsste. Je nachdem, wie meine Jobsuche weiterging. Außer ich schaffte es, bei Breezy Records zu landen. Dann konnte ich in der Umgebung bleiben oder sogar zurück nach Santa Monica ziehen.

»Willst du meine erste inoffizielle Kundin sein? Eigentlich eröffne ich erst in zwei Wochen, aber wenn du schon mal hier bist … Du bekommst die Behandlung natürlich umsonst. Hinterlass mir nur keine böse Bewertung im Internet, falls es dir am Ende nicht gefällt.«

»Keine Sorge, ich bin nicht pleite. Ich hab sogar einen neuen Job. Die Bezahlung reicht definitiv für meine erste Beautybehandlung im 14th Moon.«

Sie machte eine wegwerfende Handbewegung. Obwohl sie eine angehende Geschäftsfrau war, bedeutete ihr Geld nicht sonderlich viel, wie es schien. Zumindest nicht so viel wie Familie.

Sie drückte mir ihre Tasse in die Hand. Als ich einen Schluck daraus nahm, bemerkte ich sofort den Unterschied zu Jaads selbst gemachter Filterkaffeeröstung. Die fruchtig-nussige Note im Coffee-Truck übertraf Rehams Supermarktgebräu bei Weitem.

»*Yalla*«, sagte Reham bestimmend, und ich gehorchte ihr,

setzte die Tasse auf der Fensterbank ab und ließ mich in den Frisierstuhl sinken. Derweil schloss Reham die Tür von innen ab und zog die hellen Vorhänge vor den bodentiefen Fenstern zu, sodass niemand Fremdes mich sehen konnte. Die kleinen Magnetclips, die mein Tuch zusammenhielten, ließ ich in das Schälchen auf der Ablage fallen, das vor mir an den Spiegel montiert war. Dann streifte ich den Hijab ab.

Reham erschien mit ihren Utensilien in der Hand hinter mir und steckte sie sich an einem Gürtel fest, den sie eben noch nicht getragen hatte. Wir blickten einander im Spiegel an. Wir hatten den gleichen Mund, die gleiche Nase, die gleichen Augen.

Doch es gab auch Unterschiede: Über Rehams rechter Augenbraue verlief senkrecht eine Narbe, die von ihrem ersten Selbstversuch als Friseurin herrührte. Damals war sie noch ein Kind gewesen. Während ihr Gesicht frei von jeglicher Art von Flecken war, zierten meine linke Schläfe eine Reihe an Muttermalen. Dazu noch eins auf meinem rechten Nasenflügel, das aussah wie ein unförmiger Klecks. Wir hatten theoretisch auch die gleichen Haare. Schwarze, dicke Korkenzieherlocken. Meine gingen mir bis zur Schulter, Rehams waren heute deutlich länger.

»Als was arbeitest du?«, fragte Reham, und ich riss mich von unserem Anblick im Spiegel los. Sie schlug einen entspannten Ton an und löste dabei meine Haare aus meinem Dutt und fuhr mit den Fingern hindurch, um sie aufzulockern.

»Massage?«, fragte sie beiläufig, und ich nickte.

»Ich schenke Kaffee aus, sammle Kissen ein und streichle einen Hund.« Mit den Handballen machte Reham kreisende Bewegungen auf meinem Hinterkopf. Es prickelte, und ein angenehmer Schauer fuhr von meiner Kopfhaut meine gesamte Wirbelsäule hinunter.

»Also als Barista?«, hakte sie nach.

Ich schloss die Augen, um die Massage zu genießen, und sprach jetzt viel langsamer und leiser: »Als Aushilfe in einem Coffee-Truck am Strand.«

»Ist das so ein Studentending?«

»Ein erfolgreicher Coffee-Spot. Eigentlich sogar echt cool. Das Menü ist musikinspiriert, und der Chef hat immer seinen Hund dabei. Kingston.«

»Kingston ist der Chef?«

»Nein, Jaad ist der Chef, Kingston heißt sein Hund.« Reham zog ihre Hände von meinem Kopf zurück, und ich öffnete wieder die Augen, seufzte. Zu schade, dass die Massage schon zu Ende war.

»Jaad? So wie Gad auf Ägyptisch? Wie dieser Sandwichladen in Alexandria und Kairo?« Sie verschränkte kurz die Hände unter der Brust und schaute mich neugierig im Spiegel an.

»Keine Ahnung«, gab ich zu. »Ich mein, ja, der Gedanke kam mir auch. Aber wenn ich ehrlich bin, habe ich ihn bisher noch nie nach der Herkunft seines Namens gefragt, weil … Na ja, er sieht nicht danach aus.«

»Wonach denn?«

»Arabisch«, erklärte ich.

»Aber der Name klingt so«, stellte Reham fest und versenkte ihre Finger wieder in meinen Haaren, zog sie immer und immer wieder auseinander. »Bei dir ist es umgedreht. Du siehst so aus, aber dein Name klingt nicht so.«

»Ist das ein Fluch oder ein Segen?«, fragte ich, an den Spiegel gerichtet. Ich schaute mir selbst in die dunklen Augen. Auf die braune Haut. Sah mein krauses schwarzes Haar.

Dann wanderte mein Blick wieder nach oben zu meiner Schwester. Als Jugendliche hatte wir ein Jahr lang beide einen

Hijab getragen. Seitdem sie ihn abgelegt hatte, hatte sie weniger Probleme als ich. Wir sprachen nie darüber.

Reham kramte eine dunkle Garnrolle aus ihrem Gürtel und hob sie fragend in die Luft. »… könnten wir uns darum kümmern?« Sie deutete auf meine Oberlippe.

»Oh Gott, ja, bitte!«

Dann drehte sie meinen Stuhl zur Seite, sodass das Licht des großen Kosmetikspiegels an der Wand direkt auf mein Gesicht strahlte, als wäre ich beim Zahnarzt. Reham beugte sich vor und bedeutete mir, was ich zu tun hatte, indem sie mir die Bewegung vormachte.

Ich sog die Lippen so ein, dass sich die Haut meiner Oberlippe straffte. Auf diese Weise hatten wir als Kinder unsere Nachbarin Granny imitiert, die keine Zähne mehr gehabt hatte und deren Lippen in ihrem Mund zu verschwinden schienen. Reham spannte das Garn mit einstudierten Bewegungen zwischen ihren Fingern.

Dann beugte sie sich vor und blickte mir kurz in die Augen. Ich spiegelte mich in ihrer schwarzen Iris.

»Etwas bedrückt dich«, stellte sie fest. Ihr Blick wanderte wieder auf meine Mundpartie. Sie setzte den Faden über meiner Oberlippe an und begann, die feinen Härchen herauszuziehen. Es zwiebelte, und Tränen schossen in meine Augen, die ich wegblinzelte.

Sie machte eine Pause, damit ich mich an den Schmerz gewöhnen konnte, und wartete auf meine Antwort.

»In letzter Zeit sind irgendwie viele komische Dinge geschehen.«

»Du meinst, so komische Dinge, wie kurz vor Uni-Schluss einen neuen Job anzufangen?«

»Noch komischere.«

»Hmm …« Eine Weile lang arbeitete sie schweigend weiter, und die Stille, die zwischen uns herrschte, sorgte dafür, dass meine Gedanken sich langsam zu einem Knäuel verknoteten.

Als Reham zu meinem Kinn wechselte, konnte ich meine Oberlippe endlich entspannen.

Ich versuchte, das Wirrwarr in meinem Kopf in Worte zu fassen: »Ich habe immer gedacht, wenn ich nur hart genug arbeite, werde ich es schaffen, dazuzugehören. Ms Vasquez redet immer darüber, was Musik in einem auslösen soll, über Gefühle und Melodien. Aber was, wenn das Gefühl, das ich in Personen auslöse, nicht gut ist?«

»Welches Gefühl denkst du denn, in anderen auszulösen?«

Mr Treanors Gesicht am Fahrstuhl fiel mir ein. Wie er mich angestarrt hatte, als ich danach in seinem Seminar saß. Die immer noch fehlende Antwort vom Musikagenten, mit dem ich eigentlich ein positives Gespräch gehabt hatte. Obis und Max' komische, desinteressierte Reaktion auf mich in der Garage.

»Irritation, glaube ich.« Ich seufzte, und Reham stoppte ihre Arbeit. Jetzt sah sie mir wieder direkt in die Augen.

»Und welches Gefühl lösen diese Menschen in dir aus?«

In meinem Bauch brannte es, und ich fing an, meine Hände zu kneten.

»Scham«, antwortete ich und schnaubte, verärgert über mich und meine eigenen Gefühle. Reham machte sich wieder an meinem Kinn zu schaffen, und ich biss die Zähne zusammen.

»Auch bei Roxy oder diesem Jaad?« Ihr Gesicht war nah und wieder fern, nah und wieder fern.

Ich schnalzte zweimal mit der Zunge.

»Nein!«

»Dann solltest du vielleicht mehr Zeit mit diesen Leuten verbringen. So, fertig. Du bist rot wie eine Tomate. Ich weiß aber nicht, ob das an der Enthaarung oder an diesem Typen liegt.« Ich strich mit der Hand über die behandelten Stellen und freute mich darüber, wie glatt sie jetzt waren.

Sie tupfte mein Gesicht mit zwei Wattepads ab. Kühl und angenehm legte sich das nach Mandeln duftende Öl auf meine Haut.

»Warum machst du das überhaupt mit dem Job?«, wollte sie wissen.

»Weil … Was, wenn ich nichts finde? Was, wenn mich niemand will?«

»Dich?« Sie stemmte die Hände in die Hüfte und blies sich eine Strähne aus dem Gesicht. »Du bist ein Genie.«

Mit einem Ruck drehte sie den Stuhl zu sich herum, sodass sie mich direkt ansehen konnte. Sie reichte mir wortlos einen Handspiegel. Ich betrachtete meine gerötete Mundpartie. Mein Gesicht, die Muttermale, mein Haar.

Vielleicht wäre alles einfacher, wenn ich so hinaus in die Welt ging, wie ich jetzt war? Ohne Hijab. Hätte Treanor mich dann weniger auf dem Kieker? Meine Mitstudierenden María und Owen kamen mir in den Sinn, und ich verwarf den Gedanken direkt wieder. Die beiden hatten es auch nicht einfacher.

»Es gibt einen Wettbewerb an der Uni, an dem ich unbedingt teilnehmen will, Reham. Wenn ich gewinne, kriege ich einen Vertrag bei Breezy Records. Aber mein Dozent scheint mich zu hassen, und ich habe Angst, dass er mir meine Chance verbaut.«

»Willst du gewinnen?«

»Ja«, antwortete ich schwach.

»Ich kann dich nicht hören«, flötete Reham.

Ich räusperte mich. »Ja!«, sagte ich, diesmal mit fester Stimme.

»Dann solltest du alles dafür tun, zu gewinnen!« Sie wirbelte mich auf dem Stuhl herum. Ich fühlte mich fast so wie früher, wenn wir heimlich den Bürostuhl von Baba und Mama geklaut hatten und damit über den glatten Boden durch die Küche geschlittert waren und Karussell gespielt hatten.

»Immer feuerst du mich an. Meine persönliche Cheerleaderin.« Alles drehte sich in meinem Kopf, und ich musste lachen. Bilder von Jaad, Mr Treanor, dem Strand und duftendem Kaffee flogen durch meinen Kopf.

Reham hielt den Stuhl abrupt an.

»Erzähl Baba und Mama nichts davon, okay?«, bat ich sie. »Sie würden mich mit ihren Pep-Talks zu dem Wettbewerb sonst nur umbringen.«

Rehams Mund kräuselte sich. »Okay. Ehrenwort. Und was ist mit Jaad?«

»Was ist mit ihm?«

»Wirst du ihnen von ihm erzählen?«

»Da gibt es nichts Besonderes zu erzählen. Außer dass ich bei ihm arbeite.«

14 | nostalgia

- JUDY -

Nach meinem Besuch bei Reham waren wir gemeinsam in unser kleines Haus spaziert. Dort hatten wir uns schnurstracks in unser altes gemeinsames Kinderzimmer zurückgezogen, in dem die Zeit stillzustehen schien. Reham hatte immer noch Botanik-Poster an den Wänden ihrer Zimmerhälfte hängen. Und an meiner Wand klebten nach wie vor die Sternen- und Mondsticker, die in der Nacht leuchteten. Vor dem Fenster stand mein Teleskop und wartete darauf, benutzt zu werden.

Ich lag bäuchlings auf dem Bett, mit Kopfhörern in den Ohren, als ich aus den Augenwinkeln wahrnahm, wie die Zimmertür geöffnet wurde. Vier weiße Pfoten stapften hinein, dahinter zwei Füße in karierten Socken. Ich stützte mich auf den Ellenbogen auf und schaute hoch.

»Baba«, mein Herz wurde leichter, als ich sah, dass er einen Teller aufgeschnittener Orangen für Reham und mich in den Händen hielt.

»Wie geht es meiner Judy?«

»*Alhamdulillah*, wie geht es meinem Baba? Gut siehst du aus. Sind das neue Socken?«

Baba hatte eine Obsession mit karierten Socken und brachte ständig neue aus dem Supermarkt mit, in dem er arbeitete. Leider war es Zukos Angewohnheit, einzelne Socken – nie ganze Paare – als Maus-Ersatz durch das ganze Haus und hinaus in den Garten zu schleppen. Baba konnte seine Leidenschaft also stets mit Zukos Sockenliebe begründen. Ein gutes Team, wie ich fand.

Jetzt rieb sich Zuko an Babas Bein, während dieser sich zu mir aufs Bett setzte.

»Eure Mutter verspätet sich etwas, weil es einen Notfall im Krankenhaus gab. Ich fange jetzt an, zu kochen. Wenn ihr wollt, könnt ihr mir helfen.« Seine Mundwinkel zogen sich nach oben. Dabei legte sich sein Gesicht in Falten. Wenn Baba lächelte, sah er aus wie eine liebenswürdige Bulldogge. Weich und zerknautscht. Ich liebte diesen Anblick.

»Ich passe«, kam es sofort aus Rehams Ecke, und Baba und ich grinsten uns an. Sosehr sie es liebte, in ihrem Salon ihre Finger in die Haare fremder Leute zu vergraben oder die Gesichter anderer Menschen zu betatschen, so sehr hasste sie es, sich zu Hause die Hände schmutzig zu machen. Nicht, dass sie sich zu fein dafür war. Sie ekelte sich einfach davor, rohes Essen anzufassen und zu bearbeiten.

»Was gibt es denn?«

»Wie klingt *Maccarona Béchamel*?«

»Fantastisch!«, steuerte Reham bei und drehte sich auf den Rücken.

Während ich die Pasta kochte, hantierte Baba an dem alten Kassettenspieler herum. Die Kassetten sahen selbst aufgenommen aus, hatten einen grau-grünen Ton und waren mit Großbuchstaben beschriftet. Auf einer stand: *UMM KULTHUM – Stern des Orients.*

Ich hörte das Klicken des Kassettenspielers. Dann ein Knacken und ein Rauschen. Fast als würde die Musik, die in der Kassette eingesperrt war, sich darüber freuen, endlich wieder den Raum füllen zu dürfen.

Während ich mich an die Soße machte, erfüllte das lange Intro mit den Violinen und dem rhythmischen Trommeln die Küche. Ein Sprecher kündigte die Sängerin an, woraufhin eine tiefe weibliche Stimme ertönte. Begleitet von Jubelgeschrei und Pfiffen.

Ein seliges Lächeln breitete sich auf Babas Gesicht aus. »Umm Kulthum ist Erinnerung, Geschichte, Verbindung zwischen zwei Welten. Sie ist Nostalgie pur. Sie ist einfach die Seele der arabischen Musik. Deine Mutter sagt immer, man darf sie nur nachts hören, bei einer Tasse süßem Shay und mit *Basbussa* im Mund. Aber ich finde, sie ist auch eine perfekte Begleitung zum Bügeln, oder?«

Ich betrachtete Baba, während er das Bügelbrett aufstellte. Die Sonne strahlte ihn von hinten durch das bodentiefe Fenster an, das den Blick auf die Terrasse freigab. Neben ihm auf dem Sessel lag ein Berg an Bügelwäsche, darunter ein paar Hemden von ihm und eine Menge an Mamas Krankenschwestern-Uniformen. Er griff nach einer von ihnen und legte sie aufs Bügelbrett.

Ich drehte mich wieder zu meiner Soße, gab frische Petersilie hinzu. Wenn meine Freundinnen damals bei uns zu Hause aßen, nannten sie *Maccarona Béchamel* meist Mac'n'Cheese, dabei war es tausendmal besser als das. In vier Tongefäßen schichteten wir

Hackfleisch auf Tomatensoße, überhäuften alles mit Makkaroni, verteilten die Béchamelsoße darauf und schlugen dann auf jedes Gefäß ein rohes Ei. Kein Käse. Wenn es fertig war, war der Raum vom Duft nach ägyptischem Soulfood erfüllt.

Baba hatte recht. Umm Kulthum war absolute Nostalgie. Denn genau an diese Szene, an diese Friedlichkeit, an die gemeinsam erledigte Hausarbeit, an den Duft von Bügelwäsche und an den Dampf aus Kochtöpfen dachte ich, wenn ich mich nach meinem Zuhause sehnte.

Türschlüssel klimperten vom Hauseingang, und Mamas Stimme ertönte.

»Ich kann die frischen Kräuter bis nach draußen riechen. Das kann nur heißen, dass meine Judy da ist und kocht!«

Noch bevor Mama in der Küche erschien, nahm ich schon den schwachen Geruch von Desinfektionsmittel wahr, der an ihr haftete. Mamas Augen sahen müde aus, und ihre Wangen waren gerötet. Ihr weißes Jersey-Kopftuch war verrutscht, und ein paar graue, krause Strähnen lugten an den Seiten heraus. Als sie mich umarmte und ihre Wange an meine presste, kitzelten mich ihre dicken Haare am Ohr.

Nostalgie. Alles drehte sich um Nostalgie.

Nach dem gemeinsamen Essen kehrte Reham zurück in ihren Salon, und ich quartierte mich in unserem Zimmer ein. Die Sterne auf dem Cover des Notizbuchs glitzerten mir entgegen, als ich mein Notizbuch aus dem Rucksack kramte. Ich schlug es auf und betrachtete den Songtext, den ich für den Wettbewerb geschrieben hatte.

There's a jungle in my glass …

In so kurzer Zeit hatte Jaad so viel Platz in meinem Leben eingenommen. Nicht nur in meinen Songtexten oder als mein Boss, jetzt grübelte ich auch noch bei meiner Familie über seine Band nach und machte seinen Erfolg zu meinem persönlichen Ziel.

Ich schnappte mir Rehams Laptop, der auf ihrem Bett lag, und spielte einen der neueren Songs von Sharks in the Dark ab. Gleichzeitig öffnete ich auf meinem Smartphone das One-Hit-Wonder *Undress Me* auf YouTube und schaute mir eins ihrer Livekonzerte von vor zehn Jahren an. Ich spielte auf den beiden Geräten immer abwechselnd eine Sequenz ab und verglich sie.

In beiden Liedern kamen die gleichen Instrumente zum Einsatz, doch in der neueren Version war die Technik verfeinert, die Qualität etwas klarer und besser. Warum liebten die Fans trotzdem das Vertraute?

Der Gesang des ehemaligen Bandmitglieds Isao setzte ein. Die erste Strophe auf Englisch, doch dann switchte er in eine andere Sprache, die ich nicht verstand. In dem Video des Livekonzerts schrien die Leute auf.

Mein Stift schwebte über dem leeren Blatt Papier vor mir. Auf der linken Seite – das Kaffeeglas gefüllt mit Worten.

Vor meiner angelehnten Zimmertür ertönte Mamas Stimme, die auf Ägyptisch mit meinem Vater sprach und dann lachte. Es war verrückt, dass sich eine Sprache anfühlen konnte, wie nach Hause zu kommen. Dass eine Sprache Geborgenheit spendete. Auch wenn die Sprache aus einem Land stammte, in dem ich selbst fast nie war. Alles war so vertraut, so nah an meinem Herzen, obwohl es fern war. Alles war irgendwie … wie eine Umarmung. Mir kam eine Idee. Nachhausekommen, Geborgenheit, Vertrautheit, Ferne …

Dieses Gefühl war: Nostalgie.

Ich schrieb das Wort feierlich und mit geschwungener Schrift in meinen Block und legte den Stift ab.

Beide Lieder waren zu Ende. Ich setzte mich in eine aufrechte Position und kuschelte mich mit dem Rücken in meine Kissen, auf denen ich schon als Kind und Teenie gelegen hatte. Den Kopf immer voller Musik und Träume. Dann öffnete ich WhatsApp, scrollte hinunter, bis Jaads Name erschien, und klickte auf sein Bild, das ich für einen Moment betrachtete. Mein Herz flatterte, als ich zu tippen begann. Bisher bestand unser Chatfenster nur aus knappen Nachrichten über Arbeitszeiten. Noch nie hatte ich ihm etwas Privates geschrieben. Es fühlte sich wie eine Grenze an, die ich gleich überschreiten würde. Ein ganz neues Level zwischen uns.

Judy: Ich habe eine Lösung für unser Problem.

Senden.

Unser Problem, las ich noch mal. War das zu viel?

Noch während ich nach einem Emoji suchte, der meine Nachricht abmildern und nicht zu flirty aussehen sollte, erschien eine Antwort.

Jaad: Ernsthaft? 🤩 Was für eine Lösung?

Erleichtert schrieb ich weiter.

Judy: Das ist so kompliziert wie einfach. Ich erzähle es dir persönlich. Wann am besten?

Ich bemühte mich um einen möglichst neutralen Ton, doch in Wirklichkeit tobte ein Wirbelsturm in meinem Bauch. Direkt an dem Erfolg einer Band mitzuarbeiten, war so aufregend. Direkt mit Jaad zusammenzuarbeiten, war so aufregend. Scheiße, allein diese Nachrichten mit ihm auszutauschen, wühlte mich total auf.

Jaad: Kannst du morgen zur Garage kommen?

Mir wurde augenblicklich warm.

Judy: Geht klar!

Morgen würde ich sowieso zurück nach Irvine fahren, weil ich den Tag darauf ganz früh mein Seminar bei Mr Treanor hatte. Dann konnte ich auch noch bei Jaad vorbeischauen und ihm die frohe Botschaft überbringen.

Die Aufregung darüber, mich mit Jaad wegen seiner Musik zu treffen, ließ meinen ganzen Körper kribbeln, und ich fasste Mut.

Judy: Bring Kingston mit. Hab ihn vermisst.

Noch hatte ich die Nachricht nicht abgeschickt. Wieder öffnete ich die Emoji-Galerie und wischte ein paar Mal hin und her, bis ich meine Entscheidung getroffen hatte: ein begeistertes gelbes Gesicht mit Herzchen-Augen. *Senden.*

Ich wartete ein paar Sekunden, blinzelte, als keine Antwort kam, und las meine Nachricht noch mal. Mein Herzschlag setzte aus, dann schoss mein Puls in die Höhe.

Ich hatte den falschen Smiley ausgewählt. Statt den mit den Herzchen-Augen war mir wohl mein Finger verrutscht: 😘.

15 | epiphany

- JAAD -

Ein zwinkernder Emoji mit Kussmund erschien auf meinem Display. Meine Kinnlade klappte auf. Ich wollte gerade das schmutzige Geschirr am Strand einsammeln, kehrte aber direkt um und ließ mich auf die Treppe fallen, die in den Coffee-Truck führte.

Noch einmal las ich Judys Nachrichten.

> **Judy:** Bring Kingston mit. Hab ihn vermisst. 😘

Bevor ich überlegen konnte, was ich darauf erwidern sollte, war der Emoji vor mir plötzlich verschwunden. Stattdessen:

> **Judy:** Diese Nachricht wurde gelöscht.

Enttäuschung machte sich in mir breit, und ich fragte mich, worüber. Judy und ich waren bis vor Kurzem noch Fremde gewesen, dann Co-Worker und jetzt …

Was waren wir jetzt? So etwas wie Freunde?

Judy musste uns nicht helfen. Sie musste sich nicht in ihrer Freizeit Gedanken über meine Band machen, und doch tat sie es offensichtlich. Wir hatten keine Bezahlung für ihre Analyse vereinbart, also war es auch kein Job.

Ich klickte auf ihr Profilbild und betrachtete es für einen Moment. Kein Foto von ihr. Stattdessen ein verschnörkeltes Muster, das an Schlangenlinien erinnerte, mit Zeichen, die aussahen wie Vogelschwingen, die mit Diamanten verziert waren.

Vermutlich handelte es sich um arabische Buchstaben. Früher hatte Mom manchmal Briefe empfangen, auf denen der Absender seine Adresse mit ähnlich aussehenden Buchstaben notiert hatte.

Ich spürte ein Ziehen in meiner Brust. Ein Hauch Neid, dass Judy einen Bezug zu dieser Sprache hatte und ich nicht. Wie konnte ich etwas vermissen, das ich nie wirklich gekannt hatte?

Ein Piepton erklang, und ich blickte wieder auf mein Handy.

Judy: Okay?

Sofort tippte ich eine Antwort.

Jaad: Geht klar! 👍

Wenn Judy den Kuss-Emoji gelöscht hatte, würde ich so tun, als hätte ich ihn niemals gesehen.

Wie versprochen, brachte ich Kingston am nächsten Tag mit in die Garage. Er begleitete gerade, mit voller Inbrunst jaulend, Max, der ihm etwas auf dem Keyboard vorspielte. Derweil versuchte ich, mir mein Lachen zu verkneifen. Manchmal kam es mir so vor, als würde Kingston sich für unser fünftes Bandmitglied halten. Auch wenn das bedeutete, dass ich mich wegen seiner Gesangseinlagen kaum auf unsere Musik konzentrieren konnte.

Aber heute war es Judys Wunsch. Es klingelte draußen vor dem Garagentor, und wie üblich ertönte unsere Metal-Version von *Who Let the Dogs Out*. Ausgerechnet dazu stellte Kingston sein Gejaule ein.

Als ich das Garagentor öffnete, schoss er an mir vorbei und machte einen Luftsprung, als er Judy erblickte. Sie stand, umhüllt von honigfarbenem Sonnenlicht, vor mir und tätschelte Kingstons Kopf.

Heute trug sie ausnahmsweise gedeckte Farben. Ein schwarzes Kopftuch und ein graues, langes Kleid aus Jersey. Dazu hatte sie schwarze Sneaker an. Sie sah wunderschön aus und doch unerwartet anders. So als steckte sie in Kleidern, die ihr selbst nicht gehörten.

»Danke, dass du da bist«, sagte ich.

»Es ist eine gute Übung für mich.« Sie machte eine wegwerfende Handbewegung.

Ich bat sie herein.

Letzte Woche hatte es noch so geklungen, als wollte sie uns helfen, weil sie die Band mochte. Aus Solidarität zwischen Musikerin und Musikern. Jetzt hörte es sich so an, als seien wir eine Art Schulprojekt für sie.

Aber konnte ich ihr das wirklich vorwerfen? Das Wichtigste war der Erfolg der Band – welche Motivation Judy hatte, uns zu helfen, war zweitrangig. Das versuchte ich mir jedenfalls krampfhaft einzureden.

Die Jungs begrüßten Judy höflich, wobei Max und Obi nur ein knappes Nicken für Judy übrig hatten.

Flurry hingegen zog sie in eine herzliche Umarmung. Hoffnung strahlte aus seinen Augen, als er sie wieder freigab. Gerade als ich Judy einen Platz und ein Getränk anbieten wollte, schaltete Max sich ein.

»Jaad sagt, du hast ein paar Ideen für uns.« Er verschränkte die Arme vor der Brust.

»Äh, ja.« Judy strich sich eine Haarsträhne zurück in den Hijab und nickte mehrmals. Sie wirkte, als würde sie sich nicht wohlfühlen, während sie mit Max sprach.

»Und welche wären das?« Obi stellte sich neben Max.

Flurry unterbrach die Befragung, indem er sich räusperte und Judy ein sprudelndes Getränk entgegenstreckte. Er hatte sogar ein Schirmchen reingetan.

»Limonade?«, krächzte er.

»Danke.« Zögerlich nahm Judy das Getränk an, machte aber keine Anstalten, daran zu nippen. »Also, die Idee«, setzte sie erneut an.

Dabei blickte sie zwischen Obi und Max, die an der Bühne lehnten, und Flurry und mir, die neben ihr standen, hin und her.

»Ich denke, warum ihr seit dem ersten Song nicht mehr an denselben Erfolg anknüpfen konntet …«

»Niemand hat gesagt, dass wir seitdem keinen Erfolg mehr hatten«, unterbrach Max sie barsch.

»Entschuldige, ich meine, der Grund warum ihr keinen Hit mehr hattet …«

Max schnaubte, und Obi murmelte etwas Unverständliches.

Judy wirkte sichtlich irritiert. Sie zog ihre Hand, mit der sie eben noch ihre Worte untermalt hatte, langsam zurück. Eine zarte Falte bildete sich zwischen ihren Brauen, und sie atmete hörbar ein. »Der Grund könnte sein, dass Isao gegangen ist.«

Mein Blick wanderte zu Flurry, dessen Gesicht alle Farbe verlor. Er nickte mehrmals, als hätte Judy genau das bestätigt, was er schon die ganze Zeit befürchtete. Aus Max' und Obis Ecke kam ein lautes Stöhnen.

»Das ist doch ein Witz. Du kennst Isao nicht mal«, grummelte Obi.

»Und du willst behaupten, dass er der Grund für unseren Erfolg war?«, setzte Max hinterher. Sein Gesicht war entspannt, doch die Feindseligkeit in seinen Augen verriet ihn.

Mir gefiel nicht, in welche Richtung sich dieses Gespräch hier entwickelte. Warum konnten sie Judy nicht mal eine Chance geben?

»Nein, das habe ich nicht gesagt«, sagte Judy frustriert.

Max schnaubte verächtlich, und seine Augen funkelten, während er Judy anstarrte. Ich wusste, dass Max Probleme hatte, seine Emotionen zu kontrollieren, aber dass er Judy so behandeln musste …?

»Max, lass Judy doch erst mal ausreden.«

»Du bist auch noch auf ihrer Seite?«

»Ich bin auf der Seite der Band, Max. Und Judy auch, also beruhig dich, und hör ihr verdammt noch mal zu.« Meine Stimme war lauter geworden, ohne dass ich es wirklich kontrollieren konnte.

Kingston jaulte auf, trottete dann zu Judy und setzte sich vor ihre Füße. Flurry blickte mich erschrocken an, Max schien noch verärgerter zu sein als eben, und Obi verkniff sich ein Grinsen. Dann wandte ich mich an Judy, deren Hand so fest um das Getränk gekrallt war, dass die Knöchel weiß hervortraten. Sie fühlte sich offensichtlich nicht mehr wohl in dieser Umgebung, und ich konnte es ihr nicht verübeln.

»Jungs, könnt ihr einen Moment draußen warten?«, bat ich.

Max stieß sich heftig von der Bühne ab, und Obi folgte ihm, allerdings nicht ohne mir einen wütenden Blick zuzuwerfen. Dann wandte ich mich an Flurry, legte eine Hand auf seine rechte Schulter und machte mit dem Kopf eine Bewegung zum Ausgang.

»Ich auch?«

»Nur kurz, bitte.«

Ich blickte ihnen hinterher, bis alle drei verschwunden waren und ihre Stimmen vor dem Garagentor verebbten. Als ich mich wieder umdrehte, saß Judy auf einem der zwei Stühle, die an dem kleinen runden Tisch vor der Bühne standen. Sie sah wie versteinert aus, und das brach mir das Herz.

»Tut mir leid, was gerade passiert ist«, sagte ich, ging um den Tisch herum und zog den Stuhl so zurecht, dass ich ihr direkt gegenübersaß.

Judy nickte und starrte dabei ihr Getränk an, das jetzt vor ihr auf dem Tisch stand. Kingston musste ihr gefolgt sein, denn er lag schon wieder zu ihren Füßen.

»Normalerweise sind die beiden nicht so. Isao ist in unserer Band einfach ein sehr sensibles Thema.«

Judy seufzte. »Das verstehe ich ja, Jaad. Ich habe das YouTube-Video mit ihm gesehen. Aber wenn ihr wirklich wieder Erfolg haben wollt, dann müsst ihr euch der Wahrheit stellen.« Judys Stimme wurde lauter, impulsiver, und aus irgendeinem Grund machte mich diese Seite von ihr neugierig. Bisher hatte ich sie noch nie so erlebt.

»Du hast recht«, sagte ich.

»Ich weiß«, antwortete sie und sah mich an. Einen Moment lang bewegten wir uns nicht, fixierten einander mit unseren Blicken, die Limonade zwischen uns auf dem Tisch.

Ihre Wangen wurden rot, sie blinzelte mehrmals, dann wandte sie ihr Gesicht ab und kramte etwas aus ihrem Rucksack unter dem Tisch hervor. Sie legte ihr Notizbuch auf den Tisch, nahm einen kleinen Schluck von ihrem Getränk, verschränkte ihre Finger und ließ ihre Knöchel knacken.

»Ich denke, es geht nicht explizit um Isao als Person, sondern um das hier.« Sie tippte mit dem Zeigefinger auf ein Wort, das sie in geschwungenen Lettern in ihren Block geschrieben hatte: *Nostalgie.*

Ich schüttelte den Kopf und blickte auf. »Ich fürchte, ich verstehe nicht.«

»Eure Fans hängen immer noch an eurem ersten Hit, weil sie ihn vermissen. Sie vermissen den Vibe, das Gefühl, in das sie euer Song zurückversetzt«, erklärte sie.

»Und wie sollen wir ihnen dieses Gefühl mit einem anderen Song zurückgeben?«

»Indem wir schauen, was damals funktioniert hat und was jetzt fehlt. Ihr hasst Isao – verständlich. Diesen Move mit dem Video hätte er sich wirklich sparen können. Aber Fakt ist, dass er offensichtlich etwas hatte, was ihr nicht habt. Und wir müssen herausfinden, was es ist.«

»An seiner Singstimme kann es nicht liegen, Obi ist wirklich ein begnadeter Sänger.«

Judy schien sich einen Kommentar über Obis Qualitäten verkneifen zu müssen. Stattdessen griff sie nach der Limonade und nahm einen großen Schluck, blickte mich währenddessen aber mit ihren dunklen Augen über den Rand des Glases hinweg an.

»Was ist es dann?«, fragte ich sie, als sie das Glas wieder abstellte.

»Hmm. Kannst du Isaos Part singen?«, fragte Judy und hob eine Augenbraue, als würde ich das Offensichtliche immer noch nicht erkennen.

Ich lachte laut. »Nicht, ohne vorher ein paar Japanischkurse zu belegen.«

Sie beschrieb mit beiden Händen einen Halbkreis in der Luft. »Und da haben wir es. Was euren Song damals besonders gemacht hat, war diese besondere Mischung aus verschiedenen Sprachen. Isaos japanischer Part transportierte Wehmut, weil es darin um die Sehnsucht nach den eigenen Wurzeln ging, nach Herkunft. Jedenfalls laut Japanisch-Translator. Es geht darin um dieses Loch, das sich nie ganz stopfen lässt, weil die Entfernung einfach zu groß ist. Man spricht vielleicht die Sprache, isst das Essen und lebt auch ein Stück der Kultur. Doch am Ende bleibt das alles nur ein Hauch von dem, was sein könnte, von dem, was gleichzeitig nie sein wird. Eine Ahnung, ein Gefühl: *Nostalgie*. Denn hier wird man immer der andere sein. Und dort genauso. Ewig zwischen den Stühlen. Das Herz wummernd. Es ist diese Nostalgie, die sich durch den Song auf eure Zuhörer übertragen hat. Das war eure ganz eigene Note. Ihr habt Nostalgie in den Leuten ausgelöst, kombiniert mit eurem modernen Sound und den individuellen Qualitäten von jedem Einzelnen von euch. Ich habe Videos von euren Auftritten verglichen. Dabei ist mir aufgefallen, wie die Leute jubeln, wenn Isao seinen Part auf Japanisch rappt. Das könnt ihr nicht leisten. Das habt ihr nie ersetzt.«

»Ich kann mir nicht vorstellen, dass viele Fans unseres Songs Japanisch verstehen«, warf ich ein.

»Wahrscheinlich nicht, aber sie verstehen Gefühle, Emotionen.«

Bei dem Wort ›Emotionen‹ musste ich unweigerlich an den gelöschten Kussmund-Emoji von gestern denken.

»Also, was sagst du dazu?« Judy sah mich erwartungsvoll an.

»Ich bin etwas überrascht, wenn ich ehrlich bin«, sagte ich, und Judys Schultern sackten nach unten. War sie enttäuscht? Schnell schob ich nach: »Aber ich bin bereit, mich auf deinen Gedankengang einzulassen. Was müssen wir jetzt tun, deiner Meinung nach?«

»Wir müssen irgendetwas finden, womit wir diese Lücke,

die Isao hinterlassen hat, füllen können. Spricht irgendwer von euch noch eine andere Sprache?«

»Flurry kann ein paar Brocken Spanisch, und Max sagt, er ist zu einem Achtel Cherokee. Ich glaube aber nicht, dass er eine andere Sprache als Englisch beherrscht.«

Judy seufzte enttäuscht. »Obi?«

Ich schüttelte den Kopf. Ihre Schultern hingen nun endgültig herab, und sie fuhr mit den Fingern die geschwungenen Linien des Wortes nach, das sie in ihren Block geschrieben hatte. Diese Bewegung erinnerte mich an ihr Profilbild.

»Und ich bin wohl zur Hälfte arabisch.« Ich sagte es, ohne nachzudenken. Ich sagte es, obwohl ich es kaum jemals ausgesprochen hatte. Diesen Teil meiner Identität, den Mom mir nie zugestanden hatte.

Judys Augen weiteten sich, und ihr Gesicht hellte sich auf.

Ich dachte an die Briefe an meine Mutter von arabischsprachigen Absendern. Arabisch war ihre Muttersprache, und doch hatte sie niemals über diesen Teil ihrer Identität gesprochen. So als hätte sie ihn ganz tief in sich vergraben und den Schlüssel verschluckt.

16 | are we cool?

- JUDY -

»Nein, ich spreche kein Arabisch«, antwortete Jaad auf meine Frage. Sogleich erlosch das kleine Feuer wieder, das in mir aufgeglimmt war.

»Oh, schon klar, ich dachte nur, weil du …«

»Mein Name ist arabisch, oder? Ich habe ihn mal gegoogelt und mir angeschaut, wie er in der Sprache geschrieben wird.« Er deutete auf meinen Block. »Darf ich?«

Ich schob ihm langsam den Block zu.

Er setzte den Stift an die linke Seite des Blocks und schrieb seinen Namen ziemlich ungelenk auf das Papier.

Ich blinzelte ein paar Mal und blickte erstaunt den Zettel an. Dann biss ich auf die Innenseite meiner Wange, um mir ein Grinsen zu verkneifen. Auf keinen Fall wollte ich Jaad vermitteln, dass sein Arabisch total unleserlich war. Er wirkte schon verunsichert genug.

Er zog die Nase kraus und lächelte verlegen, fuhr sich mit der Hand durch das offene Haar. »Sorry, das sieht natürlich nicht ansatzweise so schön aus wie dein Profilbild.«

Mein Profilbild? Augenblicklich klopfte mein Herz einen Takt schneller.

Er hatte sich mein Profilbild angeschaut? Sofort versuchte ich, mich zu beruhigen. Natürlich hatte er das, was war schon dabei. Das Gleiche hatte ich ja auch getan, ohne mehr von ihm zu wollen.

»Das sieht schon ziemlich gut aus! Aber schau mal, lass mich dir etwas zeigen.«

Ich nahm ihm den Stift aus der Hand. Dabei berührten sich unsere kleinen Finger. Ein Kribbeln schoss von meiner Fingerkuppe durch meinen gesamten Körper, obwohl ich versuchte, es zu ignorieren. Ohne den Block zu mir zurückzuziehen, setzte ich den Stift unter seine Schrift.

»Auf Arabisch schreiben wir von rechts nach links.«

Ich zeichnete den Buchstaben *Dschim*, den Jaad als Letztes geschrieben hatte, zuerst. Ohne abzusetzen, hing ich das lange gerade *Alif* dran und setzte dann neu an, um das *Dal* zu schreiben. Dann zeichnete ich einen dicken Punkt unter den ersten Buchstaben, legte den Stift ab und betrachtete seinen Namen auf dem Papier:

جاد

»Wow, jetzt komme ich mir noch schäbiger vor. Bei dir sieht das aus wie Kunst. Bei mir höchstens wie Kindergarten.«

Als ich aufsah, bemerkte ich, dass Jaads Wangen gerötet waren.

»Ich wünschte, ich hätte das auch gelernt«, fügte er hinzu.

»Aber du kannst es doch! Ich kann deinen Namen lesen.«

»Ja, aber das ist auch so ziemlich alles, was ich auf Arabisch sagen oder schreiben kann.«

»In Ägypten gibt es einen bekannten Sandwich-Laden mit

deinem Namen.« Vielleicht bekam er so das Gefühl, dazuzugehören.

Doch Jaad kratzte sich bloß am Hinterkopf.

Schnell schob ich hinterher: »Dein *Salam* klingt auch ziemlich gut!«

Jaad schaute mich für einen langen Augenblick nachdenklich an.

»Ägypten also …«, sagte er leise. Ein schiefes Lächeln erschien auf seinem Gesicht.

»Da kommen meine Eltern her. Ich wurde hier geboren.«

Er nickte, verschränkte die Hände auf dem Tisch.

»Darf ich dich was fragen? Wenn ich dir damit zu nah trete, kannst du die Frage gern ignorieren.« Unsicherheit war in Jaads Blick getreten. Das Grau in seinen Augen schimmerte dunkel in dem schummrigen Licht der Garage.

»Klar«, antwortete ich.

»Wie ist es für dich gewesen, mit einer zweiten Kultur aufzuwachsen? Mit einer zweiten Sprache?« Jaad lehnte sich ein Stück vor.

Für einen Moment überlegte ich und wog meine Worte ab. »Es war immer eine Bereicherung für mich. Als Songwriterin hilft es mir, mehr als eine Sprache zu beherrschen. Englisch und Arabisch sind total konträr. Ich mag es, wie flexibel Englisch ist, in den Reimen zum Beispiel. Ebenso liebe ich, wie wortgewaltig, kreativ und irgendwie melancholisch Arabisch ist.«

Jaad schaute mich konzentriert an. Ich wusste nicht, was in ihm vorging, fühlte mich aber auf einmal wie beflügelt, über eins meiner Lieblingsthemen sprechen zu können.

»Viele glauben, dass Arabisch eine harte, aggressive Sprache ist. Dabei sind wir eigentlich nur ziemlich temperamentvoll. Ich meine, nehmen wir das Wort ›Liebe‹. Dafür gibt es etliche Synonyme auf Arabisch. Die literarische Übersetzung für ›Liebe‹ ist *Hob*. Aber dann gibt es auch noch *Hawa*: Es beschreibt die Art Liebe, die süchtig macht, über die man einfach nicht hinwegkommt. Man ist ihr ausgeliefert. ›Liebe‹ kann auch *Gharam* heißen: Das Schicksal zwingt die zwei Liebenden zusammen. Egal, was man tut, man kann sich einfach nicht entlieben. *Sho'* wiederum beschreibt die starke Sehnsucht, das seelische und körperliche Verlangen nach einer Person. Ein Verlangen, das man mit jeder Faser seines Seins spüren kann. Diese Art der Liebe, bei der man sich nach einer Person verzehrt.«

Jaad hatte sich kein bisschen gerührt. Noch immer lehnte er sich auf den Tisch, den Oberkörper weit nach vorn gebeugt.

Das waren noch lange nicht alle Wörter, die mir dazu einfielen, doch ich hielt inne. Mit einem Mal war mir ganz heiß geworden. Jetzt bemerkte ich, dass ich schon wieder mit den Händen rumgefuchtelt hatte. Hastig nahm ich sie herunter und ließ meine Fingerknöchel unterm Tisch knacken.

Ein tiefes Grübchen furchte sich in Jaads Wange, und ich wollte schmelzen. Ich nahm einen großen Schluck von meinem Getränk, das fast leer war.

Vor einiger Zeit war Jaad noch ein Fremder für mich gewesen, und jetzt saß ich hier vor ihm und schwärmte von den verschiedenen Bedeutungen der Liebe. Fand er das komisch, oder interessierte es ihn wirklich?

»Aber zurück zu unserem Problem. Was wollen wir jetzt tun?«, fragte ich.

Jaad lehnte sich endlich zurück, und ich atmete unwillkürlich auf.

»Du sagst also, der Erfolg von *Undress Me* liegt daran, dass Isao mit seinem japanischen Rap dem Lied etwas Besonderes hinzugefügt hat?«

Ich nickte. »Genau. Es war was Besonderes, war catchy und klang schön.«

»Arabisch klingt auch schön …«, sagte er nachdenklich.

Er betrachtete seinen Namen, der nun zwei Mal auf meinem Block stand.

Dann blickte er wieder auf, mir direkt in die Augen. Eben war das Grau seiner Augen noch dunkel gewesen, jetzt schimmerte es in einem hellen Silber. Es erinnerte an Sterne, die sich in einem See widerspiegelten. Mein Herz klopfte schneller.

»Kannst du es mir beibringen?«

»Ich … Was?« Seine Worte trafen mich völlig unerwartet.

»Arabisch.« Ein unsicheres Lächeln erschien auf seinen Lippen.

Er wollte, dass ich ihm Arabisch beibrachte? Diese wunderschöne Sprache, die so missverstanden war? Die ich so sehr liebte, mit ihren weichen Lauten und kreativen Wörtern, die mir gleichzeitig so manches Mal so viel Kummer bereitet hatte, weil Leute sie als schmutzig und aggressiv bezeichneten?

Mein ganzer Körper prickelte. Als ich heute hierhergekommen war, hätte ich mit allem gerechnet, nur nicht damit. Mein eigentlicher Vorschlag war, dass die Band ein neues Mitglied suchen könnte, das andere Sprachen beherrschte.

Jetzt wollte Jaad, dass ich ihm die Sprache seiner ihm unbekannten Herkunft beibrachte. Er vertraute mir so sehr, dass ich zum Erfolg seiner Band beitragen durfte. So sehr, dass ich die weiteren Songtexte maßgeblich beeinflussen durfte.

Endlich hatte ich meine Stimme wiedergefunden. »Also, wie wollen wir es machen?«

»Was denn machen?«, ertönte Flurrys Stimme hinter mir.

Ich drehte mich um und blickte in sein hoffnungsvolles Gesicht. Er erinnerte mich an Kingston, der manchmal ähnlich aussah, wenn ich ihm beim Coffee-Truck ein Leckerli hinhielt.

Max hingegen hatte bloß eine Braue gehoben, und Obis Miene war komplett ausdruckslos.

»Wir hatten die Idee, dass ich Arabisch lerne und es in Zukunft mit in unsere Songs einbinde. Vielleicht haben Isaos japanische Zeilen unserem Song damals den gewissen Edge gegeben. Auf jeden Fall ist es einen Versuch wert.«

Max schüttelte ungläubig den Kopf. »Und das war Judys tolle Idee? Ihr habt das also einfach so entschieden? Gehört sie jetzt etwa zu unserer Band? Seit wann hat die hier überhaupt etwas zu sagen?«

»Und seit wann gehst du einfach davon aus, dass wir cool damit sind, arabisch zu singen?«, ergänzte Obi.

All die Hitze, die ich eben noch gespürt hatte, strömte schlagartig aus meinem Körper. Meine Füße waren ganz kalt, sodass ich sie unter Kingstons Fell schob, der immer noch unter dem Tisch lag und über mich wachte. Doch auch seine Körperwärme konnte das Eis nicht schmelzen, das sich gerade in diesem Raum ausbreitete.

»Jungs, ich glaube, ihr kriegt das gerade in den völlig falschen Hals. Setzt euch doch hin, dann erkläre ich euch alles genauer«, versuchte Jaad, zu beschwichtigen.

»Zu der setze ich mich nicht an den Tisch.« Max' Stimme troff plötzlich vor Hass.

Obi nickte zustimmend.

Max musterte mich von oben bis unten. Ich wurde mir meiner Kleidung nur allzu bewusst. Heute hatte ich mir nicht die Mühe gegeben, besonders stylisch und modern auszusehen. Ich trug weder ein knalliges Kopftuch, mit dem ich den Leuten den Schrecken vor meinem Hijab nehmen wollte, noch modische Hosen und Shirts.

All meine Lieblingsoutfits hatte ich am Wochenende bei meiner Familie gewaschen. Also war ich auf Reserveklamotten ausgewichen: ein graues Kleid und dazu ein schwarzes Kopftuch.

Schwarz. Immer wieder brachte mich diese Farbe in Schwierigkeiten.

Max' Blick brannte sich in meine Haut. Ich rieb mir die Arme und kam mir plötzlich so entblößt vor, auch wenn mein ganzer Körper bedeckt war.

Bildete ich mir das alles ein?

»Was soll das?«, fragte Jaad, an seine Band gewandt. Er erhob sich und stellte sich dicht vor mich, sodass ich Max und Obi nicht mehr sehen konnte. Flurry stand etwas abseits und starrte mich beschämt an.

Bevor die Situation weiter eskalieren konnte, krallte ich mir meine Sachen und stopfte sie in meinen Rucksack. Als ich aufsprang, gab der Stuhl ein schrilles Geräusch von sich.

»Ich muss gehen.« Ohne eine Antwort abzuwarten, rannte ich an der Gruppe vorbei und durch das Garagentor hinaus.

Mein Rucksack hopste auf meinem Rücken auf und ab, während ich aus dem Industriegebiet hinauslief. In meinen Ohren rauschte es laut, trotzdem konnte ich mein Telefon immer wieder klingeln hören. Doch ich ging nicht dran.

Ich hatte Angst, dass es Jaad war, der mich anrief. Ich hatte Angst vor dem, was ich verursacht hatte. Wegen mir stritt Jaad nun mit seinen Bandmitgliedern. Wegen mir stritt er mit seinen Freunden, die er schon seit über zehn Jahren kannte.

Warum hatte ich nicht einfach meine Klappe halten können, als ich gemerkt hatte, dass meine Ansichten nicht von allen Bandmitgliedern angenommen wurden? Mit einem fetten Kloß im Hals stieg ich in den Bus.

Endlich ragte das Studentenwohnheim grau und kalt vor mir auf. Wie automatisch drückte ich die Türen auf, betätigte den Aufzug und kam endlich vor meiner Zimmertür an. Ich atmete tief durch, bevor ich den Schlüssel ins Schloss steckte und die Klinke hinunterdrückte.

Als ich eintrat, stand Roxy vor mir.

»Welche Laus ist dir denn über die Leber gelaufen?«, fragte sie. Sie trug ein verwaschenes Band-Shirt von Metallica, ihre Haare hingen ihr struppig ins Gesicht.

Meine Bemühungen, mich auf dem Weg hierher zu beruhigen, waren mir also nicht geglückt. Ich seufzte und versuchte erneut, den Kloß in meinem Hals herunterzuschlucken.

Doch er steckte fest.

Viel zu fest.

Anstatt zu antworten, trat ich einfach auf sie zu und ließ mich von ihr in eine Umarmung ziehen. Für einen Moment standen wir so da. Ich genoss den Trost, genoss, dass Roxy keine weiteren Fragen stellte.

»Du siehst in letzter Zeit so gestresst und traurig aus«, stellte sie stattdessen fest.

Stimmte das? Mir war es nicht aufgefallen, aber Roxy sah mich außer an den Wochenenden jeden Tag. Wahrscheinlich hatte sie recht.

»In letzter Zeit schlafe ich schlecht«, gab ich zu, auch wenn ich wusste, dass das eine sehr grobe Verallgemeinerung meines aktuellen Gefühlszustands war. Ich wusste einfach nicht, was ich sonst sagen sollte.

Wie erklärte ich ihr, wie es sich anfühlte, von allen abgelehnt und vorverurteilt zu werden, obwohl ich doch kaum den Mund aufgemacht hatte? Das alles war so abstrakt, und manchmal konnte ich es selbst kaum greifen. In Worte zu fassen, was mein Herz so schwer machte, ermüdete mich. Tief drinnen wusste ich, dass ich auf die fieseste Art und aus unterschiedlichen Richtungen diskriminiert wurde. Doch so ganz wollte ich es nicht wahrhaben.

Roxys Miene verriet ihre Gedanken nicht, sie bedeutete mir nur mit der Hand, fortzufahren. Gemeinsam ließen wir uns auf den Boden sinken und setzten uns im Schneidersitz auf den Teppich, der zwischen unseren Betten lag.

»Nichts läuft so, wie ich es erwartet hatte.«

»Was hattest du denn erwartet?«

»Ich weiß nicht. Dass es einfacher ist?« Ich konzentrierte mich auf einen Fussel im Teppich, damit Roxy meine glasigen Augen nicht sah. Mit meinen Fingern zupfte ich so lange an dem Fussel herum, bis ich ihn herausgepult hatte.

»Was genau denn?«, fragte Roxy.

»Alles. Erfolg zu haben. Meine Träume zu verwirklichen. Anerkannt zu werden.« Ich redete immer noch auf den Fussel ein, den ich mittlerweile in der Hand hielt. »Du gehst jeden Tag mit strahlendem Lächeln in deine Kurse.«

»Das strahlende Lächeln gilt eher dem Morgensport«, warf sie ein, doch ich nahm ihre Worte kaum wahr.

»Und das habe ich die vergangenen Jahre auch getan. Aber jetzt …« In meiner Brust fühlte es sich eng an, sodass ich Schwierigkeiten hatte, zu atmen. Wenn ich nur daran dachte, dass morgen wieder das Seminar von Mr Treanor stattfinden würde. Dessen Wettbewerb mir so wichtig war.

»Jetzt weiß ich nicht mal mehr, wie ich morgen zum Unterricht gehen soll. Alles in mir sträubt sich dagegen. Am liebsten würde ich klein beigeben, mich in der Bibliothek verschanzen und nur an meiner Masterarbeit schreiben, aber …« Ich blinzelte meine Tränen weg, blickte auf.

Roxy hatte jetzt ein Bein angezogen. Ihr Blick ruhte auf mir, doch ich glaubte, eine Spur Verwirrung darin zu sehen.

»Es ist dir wichtig«, beendete sie den Satz für mich, und ich nickte. Sie robbte noch näher auf mich zu und setzte sich vor mich auf die Knie, legte eine Hand auf meinen Oberschenkel.

»Nur weil dir etwas wichtig ist, heißt das nicht, dass du dich in Situationen begeben musst, die dir schaden. Reden wir hier über Mr Treanor?«, hakte sie nach.

Mein Herz wummerte in meiner Brust, denn Mr Treanor war nicht mein einziges Problem. Was war mit der Band und mit der Auseinandersetzung, die eben in der Garage ausgeartet war? War ich nicht auch schuld daran gewesen?

»Ja«, nuschelte ich.

»Dann geh doch einfach nicht hin.«

»Ins Seminar?«, fragte ich.

»Gibt es etwa noch einen anderen Ort, der dir unangenehm ist?«

Ich nickte langsam.

»Doch nicht das DROPOUT?«

»Nein, nein. Mit Jaad und mir ist alles okay. Wir verstehen uns wirklich gut. Vor dem Wochenende hat er mich sogar gefragt, ob ich ihm mit seiner Band helfe. Jetzt will er, dass ich ihm Arabisch beibringe, aber seine Band ... Zwei Mitglieder seiner Band ... scheinen mich irgendwie zu hassen«, sprudelte es aus mir heraus.

Roxy machte große Augen. »Wow. Was war da alles los bei dir in letzter Zeit?«

»Ja, ich weiß. Und dann habe ich Jaad auch noch aus Versehen einen Kuss-Emoji geschickt.«

»Was?« Roxy lachte laut.

»Und gleich wieder gelöscht!«

»Hat er was gesagt?«

»Ich glaube, er hat ihn nicht gesehen. Ich war zum Glück sehr schnell.«

»Wäre es denn so schlimm, wenn er ihn gesehen hätte?«

»Ja, weil … ich ihn ja nicht küssen will.«

»Bist du dir da sicher?«

»Natürlich.«

»Und warum bist du dann so rot?«

Bevor ich antworten konnte, meldete sich schon wieder mein Smartphone mit einem Piepton. Obwohl ich es zuvor ignoriert hatte, war ich jetzt dankbar für die Ablenkung.

Ich nahm es hoch und sah, dass ich vier verpasste Anrufe und drei Textnachrichten von Jaad hatte. Die letzte war eben reingekommen. Ich öffnete das Chatfenster und las.

> **Jaad:** Judy, es tut mir wirklich leid, wie meine Jungs sich benommen haben. Sehen wir uns morgen auf der Arbeit?

Morgen. Mein Seminar. Allein der Gedanke daran bereitete mir Bauchschmerzen.

Sollte ich Roxys Vorschlag folgen und nicht mehr in Mr Treanors Seminar gehen? Es bestand sowieso keine Anwesenheitspflicht, und die Folien mit den behandelten Inhalten lud Mr Treanor im Internet hoch.

Ich las die nächsten Nachrichten.

> **Jaad:** Alles okay zwischen uns?

Uns …

> **Jaad:** Kann es kaum erwarten, mit dem Arabischunterricht bei dir anzufangen.

Er hatte die anderen also doch irgendwie überzeugen können.

Ich tippte eine Antwort, ehe ich die Augen schloss, um diesen Tag endgültig hinter mir zu lassen.

Judy: Wir sehen uns morgen.

Die Veranstaltung bei Mr Treanor am nächsten Tag ließ ich sausen. Auch wenn ich immer eine Vorzeigestudentin gewesen war, die zu jedem Kurs erschienen war, egal, ob Pflicht oder nicht, konnte ich mich diesmal nicht dazu aufraffen.

Roxys Worte hatten etwas in mir bewegt. Es stimmte: Ich musste mich nicht in Situationen begeben, die mir nicht guttaten.

Zum Glück hatte ich die Mailadresse von María, die ich um ihre Mitschriften bitten würde.

Ms Vasquez hatte meinem Thema für die Masterarbeit zugestimmt, ein Lichtblick nach diesem merkwürdigen Abend gestern. Den Vormittag verbrachte ich in der Bibliothek, um weitere Literatur für meine Arbeit zu sichten.

Als mein Gehirn anfing, zu dampfen, und ich kein weiteres Wort mehr aufnehmen konnte, packte ich zusammen und machte mich auf zum Strand.

Am Coffee-Truck war heute nicht sehr viel zu tun. Ein Sturm braute sich zusammen und schaukelte die Hängematten vor der Ausgabe hin und her. Jaad hatte Kingston heute zu Hause gelassen, weil das windige Wetter dem Hund Angst machte.

Wir kamen nicht noch mal auf den Vorfall in der Garage zu sprechen, was mir recht war. Gelangweilt ließ ich mich in eine der Hängematten fallen, setzte meine Sonnenbrille auf, um mich vor dem aufwirbelnden Sand zu schützen, und legte eine Decke auf meine Beine.

Jaad trat neben mich. »Darf ich?«

Mit einem leichten Kopfnicken deutete ich meine Zustimmung an. Die nächste Hängematte war ein Stück entfernt, daher setzte sich Jaad direkt vor mich in den Sand.

»Tut mir leid, wie es gestern gelaufen ist.«

Ich lächelte matt, sagte aber nichts.

»Bist du immer noch bereit, mir Arabisch beizubringen? Oder willst du nach gestern mit der ganzen Nummer lieber nichts mehr zu tun haben?«

»Bist du dir sicher, dass das eine gute Idee ist? Ich meine, deine Band …« War ich gestern noch begeistert von der Idee gewesen, fühlte ich mich heute ausgelaugt und verunsichert.

»Max und Obi konnten sich noch nicht mit dem Gedanken anfreunden, aber vielleicht kann ich sie später davon überzeugen.«

»Und wenn nicht? Ist es dann nicht vergeudete Zeit?«

Jaad blickte mich perplex an. »Ich glaube nicht an vergeudete Zeit. Alles, was wir tun oder erleben, ist irgendwie ein Gewinn für uns. Und hier geht es nicht nur um die Band und ihren Erfolg. Ich werde so oder so viel lernen können über ein Thema, das mir schon lange am Herzen liegt.«

Ich dachte für einen Moment nach.

Wenn ich ehrlich zu mir war, musste ich eingestehen, dass es mir nicht um vergeudete Zeit ging. Es ging um meine Gefühle. Ich war verletzt von dem, was passiert war. Doch ich wusste nicht, wie ich ihm das beibringen sollte. Immerhin ging es hier um Jaad, um die Rettung seiner Band, und nicht um meine Befindlichkeiten.

»Okay«, lenkte ich ein. »Welche arabischen Wörter kennst du?«

Jaad blickte mich an und biss auf seine Unterlippe. »Äh, *salam aleikum*, *Habibi*, *Allahu Akbar*?«

Schmunzelnd stellte ich fest, dass sich seine Wangen gerötet hatten. Gleichzeitig hatte ich Mitleid mit ihm, da ihm seine minimalen Kenntnisse offensichtlich peinlich waren.

Seine Aussprache hatte einen krassen amerikanischen Akzent, und das H in *Habibi* klang absolut falsch.

»Wir sollten ganz von vorne anfangen«, beschloss ich.

»Mit dem Alphabet?«, fragte Jaad.

Ich schüttelte den Kopf, denn ich hatte eine viel bessere Idee. Vorfreude machte sich in mir breit.

Ich rieb meine Hände, als wäre ich ein Schurke aus einer Comicverfilmung. »Oh nein! Wir lernen Arabisch mit einer Playlist!«

Jaads Augen leuchteten auf. Offenbar gefiel ihm die Idee, was mich in Aufregung versetzte. Sofort schossen mir tausend Lieder durch den Kopf, die ich ihm vorspielen, über die ich mit ihm reden wollte.

»Da ist noch eine Sache, die du wissen solltest«, fügte ich an. »Arabisch ist nicht gleich Arabisch. Es gibt Hocharabisch und etliche unterschiedliche Dialekte, die sich zum Teil stark voneinander unterscheiden. Wenn man sich Mühe gibt oder Erfahrung hat, kann man sich gegenseitig sehr gut verstehen. So in etwa wie Spanier, Italiener und Portugiesen sich einigermaßen untereinander verstehen könnten. Ich kann dir nur das Arabisch beibringen, das ich spreche. Also Ägyptisch. Welches ist dein Herkunftsland?«

Mir wurde bei dieser Frage mulmig. Ich stellte sie anderen nur ungern, weil ich wusste, wie es sich anfühlte, auf seine Herkunft reduziert zu werden. Für eine Fremde gehalten zu werden, obwohl ich in den USA geboren worden war.

Trotzdem brannte ich darauf, die Antwort zu erfahren.

»Meine Mutter kommt ursprünglich aus Saudi-Arabien. Mein Vater ist weißer Amerikaner. Sie sind … Atheisten«, fügte er nach einer kurzen Pause hinzu.

Ich war froh, dass er sich mir öffnete, auch wenn ich ihm diese Frage gar nicht gestellt hatte. Obwohl sie schon lange genug in meinem Kopf herumspukte.

»Und ich, also … Seit einiger Zeit interessiere ich mich sehr für diesen Teil meiner Herkunft. Für die Sprache, die Kultur, die Religion. Meine Eltern wissen nichts davon und sprechen nicht viel über die Vergangenheit meiner Mutter. Sie wissen auch nicht, dass ich den Islam angenommen habe.«

Mein Herz raste. Es ging hier zwar gerade um Jaad und seinen persönlichen Weg, doch diese Information hatte auch etwas mit mir zu tun. Mit *uns*.

Plötzlich waren wir nicht nur leidenschaftliche Musikerin und Musiker, sondern teilten auch noch einen Glauben.

Der Schlüssel, mit dem ich mein Herz nach dem Reinfall mit Cal vor ein paar Jahren fest verschlossen hatte, kam aus den Untiefen meines Inneren hervor. Ohne mein Zutun spürte ich, wie er ins Schloss gesteckt und die Tür geöffnet wurde, mein Herz geweitet.

Es war nicht so, dass meine Zuneigung zu Jaad von seinem Glauben oder seiner Herkunft abhing. Ich mochte ihn so oder so. Wie sehr ich ihn allerdings mögen konnte, wie viele Gefühle ich mir für ihn erlauben wollte, hing schon davon ab.

Hatte ich vor ein paar Tagen noch ein schlechtes Gefühl bei der Sache gehabt, eröffnete sich jetzt für mich eine ganz neue Perspektive mit ihm.

Wenn Jaad ein Muslim war, so wie ich eine Muslima, dann musste ich mich meiner Gefühle nicht mehr erwehren. Ich konnte sie zulassen. Diese Gefühle, die definitiv über eine bloße Freundschaft hinausgingen. Konnte zulassen, dass die langen Blicke zwischen uns und sein schiefes Lächeln mehr in mir auslösten, als ich mir gestern noch hatte eingestehen wollen.

Der Gedanke, dass wir eines Tages vielleicht …

Ich atmete tief ein und versuchte, mich ein wenig zu beruhigen, um wieder an der Unterhaltung teilnehmen zu können.

Jaad schloss seine Ausführungen gerade ab. »… bis auf Flurry weiß niemand davon.«

Das stimmte mich traurig. Ich konnte mir nicht vorstellen, wie es sich anfühlen musste, Teile der eigenen Identität vor der Familie geheim halten zu müssen.

Jaads Blick war hinaus aufs Meer gerichtet. »Als ich die Uni abgebrochen hab, hab ich angefangen, mich mehr mit mir selbst zu beschäftigen. Damit, was ich wirklich will, was mich ausmacht und so. Doch einen großen Teil von mir kenne ich gar nicht. Ich weiß kaum etwas über die Wurzeln meiner Mutter und diese Seite meiner Identität. Meine Eltern haben mich konfessionslos erzogen. Zu einem All-American-Boy, dem nichts im Wege stehen sollte. Und jetzt bin ich hier.«

Eine Brise kam auf und wirbelte durch Jaads geöffnetes Haar. Sein Blick ruhte nun auf mir.

Was meinte er mit *hier*? An dieser Schwelle in seinem Leben? Oder hier mit mir …

Ein Prickeln überzog meine Arme, breitete sich über meine Schultern aus, zog in meine Brust. Ich spürte, dass meine Brustwarzen hart wurden und dass sich das Prickeln auch in meinem Unterleib bemerkbar machte.

Ich räusperte mich. »Okay, also Saudi und Ägyptisch sind ziemlich unterschiedliche Dialekte. Hauptsächlich wegen der Aussprache, aber auch ein paar Wörter sind anders. Allerdings verstehen sie sich doch recht gut untereinander, ich denke also …«

Er fiel mir ins Wort. »Judy, ich würde liebend gern deine Sprache lernen.«

»Meinen Dialekt«, korrigierte ich, »unsere Sprache ist die gleiche.«

Wir sahen uns stumm an, lächelten uns an, atmeten im gleichen Takt ein und aus, ohne den Augenkontakt zu lösen. Im Hintergrund das Meeresrauschen, die Möwen und der Wind.

Ein Kunde räusperte sich hinter uns, und wir beide schreckten hoch. Als hätte man uns gerade bei etwas erwischt.

»Ich kümmere mich drum«, sagte Jaad direkt und blickte mich noch einmal eindringlich an. »Bleib du ruhig hier.«

Er stand auf und ging mit dem Kunden im Schlepptau die paar Schritte rüber zum Truck.

Ich blickte Jaad hinterher. All das, was ich vorher versucht hatte, zu ignorieren, sprang mir jetzt nur so ins Auge. Seine breiten Schultern, die seinem Körper eine athletische V-Form gaben, seine beeindruckende Größe und sein geschmeidiger Gang, die Locken, die an den Spitzen einen helleren Ton hatten.

Ich holte mein Smartphone hervor, um mich direkt an die Zusammenstellung der Playlist zu machen. Während ich zwischen meinem Display und Jaad hin und her blickte, flogen mir die Songs nur so zu. Songs, die meinem Herzen nahe waren und die vielleicht auch ihn erreichen konnten.

Nachdem Jaad den Kunden bedient hatte, kehrte er mit langen, aber langsamen Schritten zu mir zurück.

Er wollte gerade etwas sagen, doch ich kam ihm zuvor. »Hier sind deine Hausaufgaben.«

Sein Smartphone gab einen Signalton von sich, und er holte es hervor. An seinem überraschten Gesichtsausdruck konnte ich ablesen, dass er die Liste mit zwanzig Liedern, die ich eben erstellt hatte, geöffnet haben musste.

»Deine Aufgabe ist jetzt, dich durch die Playlist zu hören und dir dann drei Lieblingslieder auszusuchen. Ich habe Songs mit catchy Refrains hinzugefügt, die Worte beinhalten, die sehr häufig in arabischen Songtexten vorkommen. Der Großteil der Songs ist auf Ägyptisch, ein paar sind auf Syrisch und Libanesisch. Ich glaube, es ist sogar ein saudisches Lied dabei. Morgen zeigst du mir deine Auswahl. Dann beginnt der Unterricht.«

»Was sind denn die wichtigsten Worte für einen arabischen Songtext?«

»*Hob, Habibi, Rohy, Alby.*«

»Und was heißt das?«, fragte er.

Sand wirbelte auf, legte sich kitzelnd auf meine Hände und mein Gesicht, kühlte die Hitze, die in meinen Wangen glühte, während ich ihm antwortete.

»Liebe, mein Liebling, meine Seele, mein Herz.«

Jaads Mund spitzte sich zu weichen Os und Us, während er versuchte, die Wörter nachzumurmeln. Beim R und dem kehligen H stolperte er jedoch.

Ich ertappte mich dabei, dass ich seine vollen Lippen einen Moment zu lange anstarrte.

Er verstummte und fing meinen Blick auf.

Ohne Kingston als Anstandshund wirkte das alles viel zu intim zwischen uns.

Ich warf einen Blick zurück, als ich den Strand verließ. Jaad war im Truck verschwunden und machte allein weiter, da meine Schicht zu Ende war.

Doch meine Gedanken hatten gerade erst angefangen, zu kreisen. Um Jaad, um die Musik, um die Herkunft.

Um all das, was uns verband.

Meine Finger berührten gerade das morsche Holz des Treppengeländers am Ende des Strandes, als das erste Lied meiner Playlist zu mir herüberschallte.

Jaad spielte es über die Lautsprecher des Trucks ab. Ein Lied, das noch aus der Zeit des ägyptischen Schwarz-Weiß-Films stammte und der Titelsong eines meiner Lieblingsfilme war. Leila Mourads *Ana Alby Dalely*.

Im Kopf übersetzte ich ihre Worte ins Englische, während meine Finger das Geländer hinaufglitten:

Love is a song full of dreams
Its beautiful tunes are the prettiest
My heart is my guide, it told me you will love

Die Worte klangen in mir nach, krochen auf meine Haut und schlüpften unter meine Kleidung, schmiegten sich an mich. Sie baten scheu um Einlass in mein Herz, in dem es so laut klopfte.

17 | how music makes me feel

- JAAD -

Ich tanzte leichtfüßig durch den Truck, während ich mich durch Judys Playlist hörte und den Kunden bediente, der noch einmal aufgetaucht war.

Ich fühlte mich wie beflügelt. Von dem Rhythmus der Musik. Von Judy. Der Art, wie sie mich vorhin angesehen hatte. Irgendwie anders als sonst.

Jeden Tag fielen mir mehr Einzelheiten an Judy auf. Wie sich ihre Rundungen unter ihrer Kleidung abzeichneten, wenn sie sich nach unten beugte, um Kingston zu streicheln. Wie dabei der Umriss ihres BHs an ihrem Rücken sichtbar wurde. Wie sie mit der Zunge über die Unterseite ihrer Oberlippe glitt, wenn sie sich gerade konzentrierte, um einen komplizierten Drink herzustellen. Wie sie sich getrocknete Mangostücke in den Mund schob, wenn sie sich unbeachtet fühlte, und sich danach jeden Finger einzeln ableckte. Wie ich dabei jedes Mal auf unanständige Gedanken kam. Alles, was sie machte, wirkte so sexy auf mich.

Vor allem ihre Stimme. Sie veränderte sich. Wurde voller,

tiefer, so unfassbar anziehend, wenn sie auf Arabisch mit mir sprach und ich kein Wort verstand. Wie auch? Wenn ich die ganze Zeit nur ihren Mund anstarrte, aus dem diese weichen, verlockenden Klänge kamen.

Vor meinen Augen tanzte das Bild von Judy, wie sie im Liegestuhl saß, den Körper zum Truck gewandt, und auf ihrem Smartphone tippte und wischte.

Machte sie das alles wirklich nur für die Sache? Als gute Übung für ihre Karriere – oder lag ihr doch etwas an mir?

Ihre Idee, mir die Sprache durch Musik beizubringen, war einfach genial. Aber was war, wenn es nicht funktionierte? Konnte ich eine Sprache erlernen, ohne Grammatikregeln oder auch nur ein Lehrbuch?

Ich reichte dem Kunden sein Getränk und erntete einen belustigten Blick. Ohne es zu merken, hatte ich zum Lied mitgesungen, das gerade durch die Lautsprecher dröhnte.

Der Refrain war total einprägsam und dynamisch. Da ein Wort ständig wiederholt wurde, fiel es mir nicht schwer, die Laute nachzuformen: *Nar, nar, nar,* sang eine Männerstimme mit lang gezogenen Worten und unter zahlreichen Schluchzern.

Neugierig, was die Bedeutung sein mochte, klickte ich auf die Musik-App, in der englische Untertitel angezeigt wurden. *Feuer, Feuer, Feuer. Mein Herz steht in Flammen.* Ich musste angesichts dieser übertriebenen Beschreibung grinsen.

Plötzlich hörte die Musik auf, und das Smartphone in meiner Hand vibrierte. Moms Name erschien auf dem Display. *Khadija.* Es klingelte dreimal und hörte dann auf. Die Musik erklang wieder.

Ich tippte eine Nachricht an sie ein.

> **Jaad:** Kann gerade nicht. Reden wir heute Abend?

Zwei kleine Buchstaben kamen zurück.

Mom: OK.

Ich lächelte über Moms pragmatische Art, die so im Gegensatz stand zu der Musik, die ich gerade hörte. Was würde sie wohl denken, wenn sie wüsste, dass ich mich gerade mit ihrer Muttersprache beschäftigte?

Ich tauchte wieder ein in die Playlist, während ich den Truck für heute zumachte und alles aufräumte.

Auf dem Weg nach Hause hatte ich endlich mein Lieblingslied gefunden. Es hieß *Osad Einy* und war von einem Künstler namens Amr Diab. Es fühlte sich nach Sonnenschein, Sehnsucht, Strand und guter Laune an. Ich konnte es kaum erwarten, mich näher damit zu beschäftigen. Der Song erzeugte in mir den Wunsch, sofort zur Garage zu fahren und mein ganz eigenes Ding daraus zu machen.

Doch jetzt war erst mal Kingston dran, der mich sicher schon sehnsüchtig erwartete.

Ich streifte meine Kopfhörer ab, steckte den Schlüssel ins Schloss und wurde, noch bevor ich ihn umgedreht hatte, von einem lauten Bellen begrüßt.

Die Tür öffnete sich und mein großer schwarzer Hund sprang mir entgegen.

»Heeey.« Ich lachte laut, während er über meine Hand schleckte, vor Freude fiepte und mit seinem Schwanz wedelte. »Komm her, Kleiner.«

Ich ging auf die Knie und hob meinen fünfundzwanzig Kilo schweren Mitbewohner mit beiden Armen hoch. Dabei stieß er mein Gesicht die ganze Zeit aufgeregt mit seiner feuchten Schnauze an, als käme ich gerade von der Army und er hätte mich Monate nicht gesehen.

Ich trug ihn mit mir in die kleine Küche meiner Zweizimmerwohnung, die ich mir bis vor einem Jahr noch mit Flurry geteilt hatte. Die Wohnung war winzig. Keine Ahnung, wie Flurry und ich es plus Hund hier so lange gemeinsam ausgehalten hatten. Was früher Flurrys Schlafzimmer gewesen war, war jetzt mein kleines Wohnzimmer, das für meinen Geschmack noch viel zu unpersönlich eingerichtet war. Ein hellgraues Cord-Sofa, das schon ein paar Sabberflecken von Kingston abbekommen hatte, stand vor einem kleinen Fernseher, den ich fast nie anschaltete. Netflix und andere Streamingdienste besaß ich nicht, weil ich meine freie Zeit lieber in die Musik, in Kingston oder in Schlaf steckte.

Mein Schlafzimmer hingegen war um einiges gemütlicher. Auch hier war nur wenig Platz, weshalb bloß ein schmales Bett hineinpasste. Die Wände waren in einem warmen Beige gehalten, das mich an einen Sandstrand erinnerte. Auf dem Boden lagen zwei große helle Sitzkissen, auf denen ich gern Songs schrieb oder einfach zu mir kam, über Gott und die Welt nachdachte. Daneben lag mein roter Gebetsteppich. Hier war hundefreie Zone.

Die Küche war klein und hatte eine L-Form. Ein brauner Läufer lag auf dem Boden neben der Küchenzeile, und in der Ecke am hinteren Ende des Raumes stand mein Esstisch.

Kingston schleckte mich erneut ab. Ich presste mein Gesicht in seine kuscheligen Flanken und setzte ihn dann vor seinen Napf, um ihn zu füttern. Klirrend purzelte sein Essen aus der Tüte, die ich aus einem Schrank holte, und Kingston machte sich sofort darüber her. Alles, woran dieser Hund dachte, war Futter, Spielen und Schmusen.

»Nicht so schlingen«, tadelte ich ihn und griff zum Kühlschrank, um für mich die Spaghetti von gestern herauszuholen. Während sie in der Mikrowelle erhitzten, lehnte ich an der Küchenzeile und starrte auf den Tisch, auf dem sich weder Salzstreuer noch Ketchup, sondern meine kleine Musikstation für zu Hause befand. Diese bestand aus zwei kleinen Lautsprecherboxen, die gerade mal so groß waren wie ein Cornflakes-Karton, außerdem einem Tablet, das ich ausschließlich für meine Musik benutzte, sowie einem Mini-Mischpult, einem Mikro und Kopfhörern.

Hier nahm ich Ideen für Songs auf, wenn mir nachts um drei plötzlich eine Melodie oder die perfekten Lyrics in den Kopf schossen. Oder wenn ich einfach ein bisschen rummixen und Spaß haben wollte. Die Mikrowelle klingelte, und ich holte mein Essen heraus, nahm ein paar hastige Bissen, bis die Ungeduld auf die Musik zu groß wurde, und ich den Teller wieder auf der Küchenzeile abstellte.

Kurzerhand schmiss ich mein Homestudio an, verband mein Tablet über Bluetooth mit den restlichen Geräten, legte mich zu Kingston auf den Läufer und platzierte meinen Kopf auf seinen Rumpf. Er murrte kurz, machte es sich dann aber doch bequemer. Ich setzte mir meine großen Noise-cancelling-Kopfhörer auf, denn ich wollte den Song so intensiv wie möglich erleben, in ihn eintauchen und alle Instrumente und möglichen Änderungen identifizieren.

Ich schloss die Augen und genoss, wie Kingstons Fell meinen Nacken wärmte und der Sound des Lieds mich durchflutete. Die Musik wirbelte in intensiver werdenden Farben vor meinem inneren Auge hin und her. Farben, die sich schließlich zu einem abstrakten Gemälde vermischten. Ich erkannte die verschiedenen Gitarrenspuren, das Fingerschnippen für den Takt sowie Rasseln und möglicherweise ein Keyboard. Im

Hintergrund war immer wieder Wellenrauschen zu hören. Hier und da könnte ich den Sound noch ein bisschen härter machen, um den Kontrast zu der sanften Stimme herauszuarbeiten.

Als das Lied endete, nahm ich die Kopfhörer ab, setzte mich auf den Stuhl am Tisch und lud den Song von Amr Diab in mein Musikbearbeitungsprogramm hoch. Während der Übertragung googelte ich die Lyrics und las sie mir auf Englisch durch. In dieser Ballade ging es um zwei Herzen, die beieinander waren, auch wenn sie räumlich voneinander getrennt waren. Ein Gefühl von Sehnsucht, von einer Verbindung, die Zeit und Raum überstand, prägte sich mir sehr deutlich ein.

Ich fragte mich, wie das Lied als Duett mit einer Frauenstimme klingen würde.

Konnte Judy vielleicht singen?

Plötzlich vibrierte es in meiner Hosentasche. Shit, ich hatte doch versprochen, mich bei Mom zu melden.

Hastig fummelte ich das Telefon aus meiner Tasche und ging ran, ohne die Musik auszuschalten.

»Hi, Mom, schön, dass du anrufst«, sagte ich etwas atemlos.

»Hallo, Jaad. Wie geht es dir?« Sie klang unzufrieden, und ich konnte es ihr nicht verübeln.

»Sorry, ich wollte mich noch melden, Mom.«

Sie sagte nichts.

»Also, mir geht es gut«, erklärte ich. »Und dir?«, schob ich hinterher.

Statt zu antworten, schwieg sie erneut, bevor sie noch aufgebrachter weitersprach. »Was um alles in der Welt hörst du dir da gerade an? Das klingt ja wie Katzenjammer.«

»Oh, das ist aus einer Playlist, die eine Freundin für mich erstellt hat.«

»Eine Playlist mit arabischer Musik«, stellte Mom trocken fest.

»Jap«, antwortete ich und versuchte, so neutral wie möglich zu klingen.

»Warum?«

»Warum was?«

»Warum arabische Musik?« Bevor ich antworten konnte, wetterte sie weiter, wobei ihre Stimme einige Oktaven höher kletterte: »Du weißt doch gar nicht, worüber die überhaupt singen.«

»Ich glaube, meistens geht es um Liebe.«

Mom schnaubte am anderen Ende der Leitung, und ich hörte sie etwas murmeln, das ich nicht verstehen konnte. Ärger wallte in mir auf. Warum stellte sie sich bei diesem Thema immer so quer?

»Ich finde, es klingt sehr schön«, sagte ich.

Sie schnaubte erneut. »Arabisch klingt schön? Die Sprache ist bloß dazu gut, um den Leuten Angst einzujagen. Glaub mir, ich weiß, wovon ich rede.«

Ich stöhnte. »Warte.« Mit einem Klick pausierte ich die Musik. Ich wollte mir das Lied nicht von ihr verderben lassen. »Besser so?«

Plötzlich herrschte Stille um mich. Auch Mom sagte nichts mehr. Nur Kingstons Schnarchen unterbrach das Schweigen. Dann seufzte sie laut.

»Ich wollte dich nur daran erinnern, dass du zu meinem Geburtstag eingeladen bist. Ich weiß, du hast mit deinem Truck und deiner Band sehr viel zu tun. Aber ich würde mich freuen, wenn du uns wenigstens an dem Tag zu Hause besuchen könntest. Wenn wir schon in derselben Stadt leben und arbeiten, aber uns nie sehen …«

Ich lehnte meinen Kopf an die Wand neben mir und schloss die Augen, atmete tief ein und geräuschvoll wieder aus, nicht ohne vorher meine Hand auf den Spracheingang zu legen.

Moms Geburtstag war in drei Wochen. Genau zum Beginn vom Ramadan. Ich würde fasten, und sie würde nichts davon wissen und mir ein Glas Champagner anbieten, obwohl ich noch nie Alkohol getrunken hatte. Mein Bauch krampfte. Wann würde ich endlich dieses Versteckspiel beenden?

»Bist du noch da?«, fragte Mom, als ich nicht sofort antwortete. In ihrer Stimme schwang plötzlich Unsicherheit mit, ein leichtes Zittern im letzten Wort.

Sofort fühlte ich mich schuldig, dass ich ihr so ein schlechtes Gefühl gab, nur weil wir uns über die arabische Musik stritten. Ich wusste immerhin, dass Mom eine schwierige Beziehung zu ihrer Herkunft hatte.

Ich riss mich zusammen und bemühte mich um einen lockeren Ton. »Klar, Mom.« Mein Körper spannte sich an. »Danke für die Erinnerung. Soll ich etwas Besonderes mitbringen?«

Ich musste innerlich über mich selbst lachen. Würden meine Jungs mich gerade hören, würden sie mich wie einen Golden Retriever tätscheln und »good Boy« zu mir sagen.

Ich hörte sie leise lachen, und auch ihre Stimme wurde wieder weich: »Nur dich, mein Schatz.«

»Das lässt sich einrichten.«

Nachdem wir aufgelegt hatten, fühlte ich mich schlecht. Einerseits ärgerte ich mich darüber, dass ich mich von Mom so hatte beeinflussen lassen. Für sie hatte ich das Lied ausgeschaltet, das mir gefiel und mir wichtig war. Andererseits fühlte ich mich egoistisch, weil ich auf ihr angespanntes Verhältnis zur arabischen Kultur keine Rücksicht genommen hatte.

Doch es konnte auch nicht meine Aufgabe sein, stets um die schlechten Erfahrungen meiner Mutter herumzutänzeln. Wenn sie draußen oder auf der Arbeit war, wurde sie doch sicherlich auch immer wieder mit arabischer Kultur und Sprache konfrontiert.

Ich seufzte. Sofort hob Kingston den Kopf, warf mir einen besorgten Blick zu und stand vom Teppich auf. Ich legte meine rechte Hand an seinen Hals und drückte mit der linken Hand auf *Play*.

Doch meine Stimmung war bereits versaut. Und damit auch meine Kreativität.

Ich fühlte mich wie ein bockiges Kind, das etwas haben wollte, was seine Mutter ihm verbot. Was würde sie tun, wenn sie erfuhr, dass ich mich seit einigen Monaten nicht nur für die Sprache, sondern auch für die muslimische Religion interessierte? Eine Religion, die sie so sehr ablehnte und die sie schon vor langer Zeit hinter sich gelassen hatte? Dass ich mich seit einigen Monaten sogar als Muslim identifizierte? Würde sie in mir die Art von Mann sehen, vor der sie damals aus ihrer Heimat geflüchtet war?

Ich wollte sie so gern davon überzeugen, dass das, was sich für mich so gut anfühlte, nichts Schlechtes war. Dass ich nicht schlecht war.

Wie konnte ich sie dazu bringen, nicht von ihrer individuellen Erfahrung auf eine komplette Kultur und Religionsgemeinschaft zu schließen?

Judy erschien vor meinem inneren Auge.

Seit sie in mein Leben getreten war, fühlten sich meine Probleme um einiges leichter an. Der Gedanke an sie gab mir Kraft und Hoffnung und schürte meine kreative Energie von Neuem.

Das Lied endete, und ich machte mich an die Arbeit.

Jetzt begann der spaßige Teil. Ich separierte zuerst Gesang und Melodie und erstellte zwei verschiedene Tonspuren.

Da ich nicht die Originalspuren des Künstlers besaß, war die Gesangsspur nicht ganz sauber, und ich musste sie nachbearbeiten. Ich dämpfte die Hintergrundgeräusche, bis ich nur noch die klaren Worte des Sängers vernahm. Es war das fünfte

Mal, dass ich den Song heute hörte, und ich hatte mir bereits ein paar Wörter eingeprägt.

Auf einen Block schrieb ich die englische Übersetzung, die ich online gefunden hatte, um die Emotionen, die die Worte transportierten, in den Remix einfließen lassen zu können.

Dann versah ich das Lied mit meiner eigenen Note. Als Erstes einen elektronischen Beat. Außerdem drehte ich den Bass stärker und fügte eine Schlagzeugspur von Flurry hinzu, die ich auf meinem Programm gespeichert hatte.

Nach ein paar Stunden Arbeit an der Audio-Bearbeitungssoftware hatte ich das Lied zu einer Elektro-Rock-Ballade gemacht. Eine Mischung aus verschiedenen Sequenzen, die entweder tanzbar waren oder einen mit der intensiven Stimme des Sängers und dem Wellenrauschen im Hintergrund davontrugen.

Als ich fertig war, konnte ich es selbst kaum fassen. Ich hatte auf Social Media schon oft Mash-ups von Liedern aus anderen Sprachen gesehen, die sogar viral gegangen waren. Aber selbst hatte ich das noch nie versucht.

Ich war stolz auf mein Werk und wollte es mit jemandem teilen. Zuerst dachte ich an die Jungs, verwarf den Gedanken aber gleich wieder.

Judy?

Ich zückte mein Smartphone und öffnete WhatsApp.

Kurz überlegte ich, wie ich das Gespräch beginnen sollte. Ich entschied, da anzuknüpfen, wo unser letzter Chat aufgehört hatte. Bei der Frage nach Kingston. Heute hatte er mich nicht auf die Arbeit begleitet.

Ich nahm die Kopfhörer und setzte sie Kingston auf die Ohren, der immer noch neben mir im Schaukelstuhl lag. Die silbernen Kopfhörer sahen riesig aus auf seinem Kopf. Er riss die Augen verwirrt auf und schielte mich von der Seite an.

Dann lehnte ich mich zu ihm, legte meinen Kopf an seinen und grinste breit.

Unter das Selfie, das ich Judy schickte, schrieb ich: *Live aus dem Küchen-Studio.*

Ich schaute kurz auf die Uhr. Es war schon nach Mitternacht. Bestimmt würde Judy bereits schlafen und die Nachricht erst morgen sehen.

Doch zu meiner Überraschung erschienen sofort zwei blaue Haken und die Punkte, die verrieten, dass Judy etwas schrieb.

Judy: Was stellst du denn mit dem Hund an? 😂

Jaad: Er ist mein Assistent. Als musikalischer Hund muss er alles mitbekommen. 😉

Judy: Hast du deine Hausaufgaben erledigt? Oder hat der Hund deine Hausaufgaben gefressen? Vor dem Vergnügen kommt die Arbeit. ☝️

Jaad: Das sind meine Hausaufgaben. 🤓

Es kribbelte in meinen Fingern.

Ich wollte ihr den Track am liebsten sofort schicken, wollte unbedingt ihre Meinung hören und hoffte inständig, dass er ihr gefiel. Ich tippte auf meinem Tablet herum, gab der Audiodatei einen neuen Namen und schickte mir das Lied auf mein Handy und dann mit schnell schlagendem Herzen weiter an Judy.

18 | for judy

– JUDY –

Die Schmetterlinge in meinem Bauch spielten verrückt.

Jaad hatte mir eine MP3-Datei geschickt. Ich lud den Track herunter, was erstaunlich lange dauerte, weil die Datei so groß war. Endlich konnte ich sie öffnen. Ein Cover erschien vor mir, auf dem zwei Sonnenbrillen am Strand zu sehen waren. Der Titel lautete: *Für Judy.*

Mein Herzschlag wurde doppelt so schnell.

Für mich?

Ich drückte *Play*.

Gänsehaut überzog meine Arme, und meine Nackenhaare stellten sich auf, als ich das Lied erkannte. Eines meiner absoluten Lieblingslieder, das ich mir gerne zum Tagträumen anmachte.

Ausgerechnet dieser Song war von Jaad zum Favoriten aus meiner Liste auserkoren worden. Noch dazu hatte er etwas Neues daraus gemacht.

Die Kanun erklang, aber diesmal hallte sie elektronischer nach, was mir gefiel. Ein voller Bass strömte in meine Ohren, dann durch meinen Körper und verlieh mir ein wohliges Gefühl. Als Nächstes war der Gesang zu hören, den Jaad hier und da verändert oder wiederholt hatte.

Als die letzten Klänge verstummten, war ich schlichtweg begeistert. Mein Herz klopfte wild, und mein Mund stand offen. Jaad hatte es geschafft, ein Lied in einer Sprache, die ihm noch nicht vertraut war, so sehr zu fühlen, dass er eine absolut harmonische, neue Kreation daraus gemacht hatte.

Dabei hatte er es sogar hingekriegt, die Betonung auf die besonders romantischen Parts zu legen. Die Sehnsucht im Text rang mit der Härte der Gefühle, die die elektronischen Parts und die Drums hervorhoben, die er nachträglich eingefügt hatte.

Ich checkte mein Telefon. Jaad war nicht mehr online. Doch mit irgendjemandem musste ich einfach teilen, was ich gerade gehört hatte. Kurz überlegte ich, dann rief ich meine Schwester an. Als das Freizeichen nicht mehr ertönte, wartete ich weder auf Begrüßungen noch auf Floskeln.

»Hör dir das an«, befahl ich und spielte den Song auf voller Lautstärke erneut von meinem Handy ab.

»Das klingt wie das perfekte Lied für meinen Beauty-Salon«, stellte sie fest, nachdem das Lied zu Ende war. »Eine Mischung aus westlich und östlich. Arabisch und amerikanisch. Von wem ist das?«

»Jaad«, hauchte ich.

»Dein Boss?«

»Mein Boss und mein Kollege und neuerdings auch mein Schüler.«

»Wie ist das denn jetzt passiert?« Reham lachte ungläubig.

»Ich bringe ihm mit Liedern Arabisch bei«, erklärte ich betont gleichgültig.

»Du bringst ihm mit *diesem* Lied Arabisch bei?«

Ich verdrehte die Augen. »Was ist an dem Lied falsch?«

»*Falsch* ist nichts. Es ist nur: Das ist die Nationalhymne von Liebestan.«

»Oh Mann.« Ich lachte über ihren flachen Witz, musste aber zugeben, dass sie nicht ganz unrecht hatte.

»Das hat definitiv nichts mit Liebe zu tun.«

»Aber mit Verknalltheit?«, fragte Reham mit einem Grinsen in der Stimme, das ich ihr am liebsten aus dem Gesicht gewischt hätte.

»Reham«, tadelte ich sie genervt.

»Ach, komm schon. Ich bin deine Zwillingsschwester. Ich spüre es, wenn da etwas im Busch ist. Habe ich schon immer. Auch damals, als …« Reham unterbrach sich selbst, als sie merkte, auf welches Thema sie gekommen war. Dieses kurze, aber schmerzhafte Kapitel meines Lebens, über das wir nie sprachen.

»Diesmal ist es anders«, sagte ich leise. »Und ja, du hast recht. Ich mag ihn schon. Wir verstehen uns echt gut. Irgendwie verbindet uns etwas, glaube ich. Vielleicht die Musik, vielleicht sein Wunsch, Arabisch zu lernen. Vielleicht …« Der Satz blieb in der Luft hängen.

»Ist er Muslim?«, unterbrach Reham mich.

Ich war nicht sauer darüber. Ich hörte die Sorge in ihrer Stimme. Die Sorge darüber, dass ich wieder in eine Beziehung rutschen würde, in der mein Glaube nichts als ein Problem für die andere Person darstellte. Eine Beziehung, in der ich nächtelang weinte und betete, ohne dass sich etwas besserte. Eine Beziehung, in der ich verstecken musste, wer ich wirklich war und woran ich wirklich glaubte. Eine Beziehung, deren Weiterbestehen an die Bedingung geknüpft gewesen war, mein Kopftuch abzulegen und mich körperlich hinzugeben.

Würde Jaad jemals so etwas von mir erwarten?

Ich schüttelte unwillkürlich den Kopf.

»Ja«, beantwortete ich also Rehams Frage und spürte sofort, wie mein Herz bei dem Gedanken an Jaad anfing, zu klopfen.

Erleichtert atmete Reham aus.

»Das ist gut. Auch wenn du sagst, da ist nichts zwischen euch. Auch wenn es wirklich nur eine Freundschaft ist. Du hast Menschen um dich herum verdient, die dich so lieben, wie du bist. Die dich, deine Kultur und deinen Glauben akzeptieren.«

»Danke«, hauchte ich. Am Anfang des Gesprächs hatte ich noch genervt die Augen verdreht, doch jetzt wäre ich meiner Schwester am liebsten um den Hals gefallen.

»Bring ihn doch mal mit«, sagte sie locker und überraschte mich mit dem Vorschlag total.

»Was?«, fragte ich ungläubig.

»Klar. Wieso nicht? Zu einer unserer *Sahrat*. Du weißt schon, wenn Baba und Mama die halbe arabische Nachbarschaft einladen und wir die Trommeln und Oud-Gitarren rausholen.«

»Ich weiß nicht«, sagte ich und geriet ins Grübeln.

Jaad bei mir zu Hause? An dem Ort, der sich für mich so intim anfühlte?

Es klang einfach zu verrückt. Andererseits … Es war keine schlechte Idee von Reham. In der Uni würde man es *Anwendung theoretischen Wissens* nennen. Oder vielleicht würde es sogar als eine Art Feldforschung durchgehen. Das Eintauchen in echte arabische Musikkultur.

»Natürlich nur, wenn du willst«, sagte Reham locker.

»Jaja, doch. Ich glaube, das ist eine gute Idee. Ich überlege es mir. Vielleicht könnte ihm das gefallen.«

Ich blickte auf den Block vor mir, der auf der Seite aufgeschlagen war, auf der Jaad und ich seinen Namen geschrieben hatten.

»Okay«, sagte Reham mit einem Schmunzeln in der Stimme.

Vorfreude machte sich in mir breit. Aber auch ein wenig Angst.

Was, wenn er Nein sagte?

Die nächsten Tage hörte ich den Song so oft, dass ich alle Veränderungen und kleinen Details aus Jaads Version auswendig kannte.

Ich wusste ganz genau, an welchen Stellen Jaad die Stimme des Originals härter gemacht hatte oder die Instrumente weicher. Wie er das Rauschen der Wellen hervorgehoben hatte und den Trommeln einen metallischen, elektrischen Sound hinzugefügt hatte.

Heute hatte ich einen weiteren Arbeitstag im Truck hinter mir. Langsam wollten Jaad und ich uns auch dem Arabischunterricht widmen, hatten aber noch eine letzte Bestellung zu erledigen. Jaad spielte gerade sein Mash-up von Osad Einy über die Lautsprecher ab. Wir hatten es inzwischen unzählige Male gehört, doch es wurde nie langweilig.

»Okay, in diesem Song gibt es einige Laute und Buchstaben, die wir noch etwas polieren müssen. Das ist aber nicht schlimm, und das konntest du auch gar nicht wissen. Diese Buchstaben gibt es nämlich nicht im englischen Alphabet. Also keine Panik«, erklärte ich gerade zwischen der Zubereitung eines Reggaetons und eines Hunnu-Rocks.

Ich riss einen Zettel von dem Block ab, auf dem wir Bestellungen notierten, und schrieb die schwierigsten arabischen Buchstaben darauf. Daneben die englische Lautschrift. *Ain, Ghain, Ha, Kha.*

»Ich hab da ein paar Tricks. Stell dir für den Buchstaben *Ain* einfach vor, du würdest würgen.«

»Was?« Jaads Augen weiteten sich.

»Ich weiß, ich hab gesagt, Arabisch ist eine romantische Sprache. Aber wenn du den Buchstaben erst mal draufhast, wird er sich auch nicht mehr nach Kotze anhören. Also, tu mal so, als müsstest du gleich kotzen. Am besten draußen vor dem Truck, wenn die Kundinnen gleich weg sind«, fügte ich mit einem Augenzwinkern hinzu.

Jaad lehnte sich neben mich an die Theke und verschränkte die Arme vor der Brust. In dieser Position wirkte er noch größer, noch stärker, noch attraktiver. In seinem Blick spiegelte sich eine Mischung aus Belustigung und Herausforderung, und ich tat mein Bestes, ihm auszuweichen. Denn wenn ich seinen Blick nicht meiden würde, würde ich ihm vielleicht nicht standhalten können. Ich fürchtete, dass ich dann genauso schmelzen würde wie das Eis, das ich in den heißen Espresso vor mir schüttete.

Dabei konnte ich allerdings nicht an seinen verschränkten Armen und damit seinem gespannten Bizeps vorbeischauen. Seine muskulösen Oberarme lugten allzu präsent unter seinem weißen T-Shirt hervor und erinnerten mich von der Form her an Mangos. Ziemlich große Mangos.

Oh Gott. Judy. Mangos?

Mein Kopf spielte verrückt. Ohne es zu merken, drehte ich meinen Kopf einmal nach links, dann einmal nach rechts, wobei ein dreifaches Knacken in meinem Nacken ertönte.

Jaad lachte leise, was in mir den Reflex auslöste, zu ihm zu schauen. Noch in letzter Sekunde erinnerte ich mich an meine selbst auferlegte Kein-Augenkontakt-Regel. Mein Blick heftete sich stattdessen auf seine Körpermitte und landete direkt auf seiner ebenfalls ziemlich muskulösen Brust und den harten Brustwarzen, die sich unter seinem Shirt abzeichneten. Wie würden sie sich wohl unter meinen Fingern anfühlen, wenn ich sie berührte?

Ich schluckte und blinzelte ein paarmal. Zwang mich, endlich wieder auf das Getränk zu schauen. Doch diese zwei kleinen harten Punkte zogen mich wie magisch an. Wieder starrte ich zu Jaad hinüber. Wieder musste ich mich mit aller Macht von seinem Anblick losreißen.

Endlich vollendete ich das Getränk und überreichte es der wartenden Kundin.

»Viel Spaß euch noch!«, verabschiedete sie sich und grinste wissend.

Hatte sie etwa mitbekommen, wie ich Jaads Körper angestarrt hatte? Hatte er es auch mitbekommen? Mir war ein bisschen flau im Bauch nach dieser Aktion.

»Alles in Ordnung?«, fragte Jaad besorgt und gab die Tür, die er mit seinem Körper versperrte, frei, damit ich hinauskonnte.

»Ja, na klar. Warum nicht?«, fragte ich atemlos.

Die frische Luft tat gut. Immer noch mied ich Jaads Blick, schaute stattdessen hinauf zum Himmel, auf der Suche nach dem Mond, auch wenn ich wusste, dass es mitten am Tag war.

Manchmal hoffte ich darauf, dass der Mond das Licht der Sonne reflektierte, sodass ich ihn auch am Tage sehen konnte. Meinen Hoffnungsgeber, meinen Anker. Doch jetzt hatte ich dieses Glück nicht. Schon seit einigen Tagen verschleierten Wolken den Himmel. Plötzlich brach der graue Vorhang am Horizont auf, und die Sonne blitzte hervor, die mit ihrem Licht einen magischen Anblick bot.

»Sollen wir dann loslegen?«, unterbrach Jaad meine Grübelei. Ich konnte ihn endlich wieder ansehen, ohne dass ich mit meinen Augen an seinem harten Körper herabwanderte.

Er nickte, legte sich die Hand auf den Bauch und setzte einen gespielt gequälten Ausdruck auf. Dann machte er ein ziemlich klägliches Würgegeräusch.

»So?«

»Mhmmm.« Mit meiner Hand schaukelte ich von links nach rechts, um ein *Na ja* zu signalisieren.

»Du tust so, als würdest du gerade einen Frosch aus den Tiefen deines Magens hochzwingen. Dabei musst du mehr hier ansetzen.« Ich zeigte auf meinen Hals, der allerdings von Stoff verhüllt war. »Ähm. Darf ich?« Ich zeigte auf seinen Hals, und er nickte mir zu.

Dann legte ich meinen Zeigefinger sanft auf die Stelle, an der sich sein Adamsapfel unter seiner Haut wölbte.

»Hier«, hauchte ich.

Er schluckte, bewegte sich aber kein Stück von mir weg. Die Vibration seiner Bewegung und seine Bartstoppeln kitzelten auf meiner Fingerkuppe.

Er wiederholte den Laut, und diesmal klappte es schon erstaunlich gut.

»Viel besser.« Zögerlich löste ich meinen Finger von seiner Haut.

Jaad grinste mich zufrieden an.

»Als Nächstes tun wir so, als würden wir eine Fensterscheibe im Auto anhauchen, um sie mit den Fingern zu bemalen. So wie man es früher als Kind gemacht hat. Das Geräusch, das du dabei erzeugst, ist ein kehliges *Hah*. Es kommt in *Hob* vor, was ›Liebe‹ bedeutet, oder in *Habibi*.«

»Das bedeutet mein ›Liebling‹ oder ›mein Schatz‹. Richtig? Oder in den amerikanischen Songs: ›Baby‹.«

Bei diesem Wort blickte Jaad mir offen ins Gesicht und fixierte mich regelrecht. Für einen Moment glaubte ich, ein schelmisches Funkeln in seinen Augen zu sehen.

Testete er meine Reaktion auf dieses Wort?

Hatte er doch etwas von meinem Schmachten vorhin mitgekriegt?

So leicht würde er mich nicht aus der Reserve locken.

»Ich bevorzuge die arabische Variante.«

Jaad hob fragend eine Braue.

»Wer will schon mit einem Säugling verglichen werden? Und das in einem romantischen Kontext. Ich auf jeden Fall nicht.«

»Äh. Das ist tatsächlich ein guter Einwand. Könnte sein, dass ich nachher zu Hause all meine Songtexte umschreiben muss.« Er kratzte sich am Hinterkopf, dabei verblasste sein schelmisches Grinsen nicht eine Sekunde.

»Wie gut, dass du jetzt eine Alternative hast«, sagte ich und hob meine Hand demonstrativ vor meinen Mund. »Und jetzt hauchen wir ein *Hah* wie *Habibi.*«

Der Unterricht mit Jaad machte mir so viel Spaß, dass ich darüber sogar meine Sorgen über den Wettbewerb und meine Job-Bewerbungen vergaß.

Am Ende der Stunde seufzte ich. Ich wollte nicht, dass sie schon vorbei war.

Es fühlte sich so gut an, mit Jaad am Strand zu sein. Die kleinen Neckereien zwischen den Lauten und Worten, die wir uns gegenseitig zuhauchten, ließen meine Haut prickeln. Es fühlte sich *zu gut* an …

Jaad musterte mich mit einem leicht amüsierten Blick. Er saß inzwischen im Sand, hatte sich etwas zurückgelehnt und einen Arm locker um sein angewinkeltes Bein gelegt. Noch immer stachen seine Nippel durch das T-Shirt durch, und ich wollte ihn am liebsten bedecken, um ihn nicht die ganze Zeit anzustarren.

Ich musste ihn irgendwie aus dieser Position herauskriegen.

»Neue Aufgabe!«, verkündete ich und bedeutete ihm mit

beiden Händen, aufzustehen. Dabei wusste ich noch gar nicht, was das für eine Aufgabe sein sollte.

»Wir machen eine Stehgreif-Übung«, improvisierte ich. Hilfe suchend blickte ich mich um. Mein Rucksack lag offen im Sand, daraus lugten die zusammensteckbaren Teile meines Hula-Hoops hervor. »Einen Moment.«

Ich eilte darauf zu und holte die Einzelteile heraus, steckte den Hula-Hoop zusammen und hielt ihn Jaad mit beiden Händen hin. Er blickte mich durch den Hoop hindurch neugierig an.

Ein wenig erleichtert darüber, dass er mein Hobby nicht lächerlich, sondern anscheinend interessant fand, redete ich weiter: »Du kennst das Lied von Osad Einy schon fast auswendig. Das ist supergut, um deine Sprache zu verbessern. Jetzt üben wir in Live-Action, das Lied zu singen. Also: Du spielst deinen Remix ab, und ich bringe dir bei, wie man sich dazu mit einem Hula-Hoop bewegt! Währenddessen singen wir.«

Er kam mit Schwung in den Stand.

»Du meinst, so?« Er deutete kreisende Bewegungen mit der Hüfte an, die mich an Elvis Presley erinnerten – unweigerlich fiel mein Blick auf seinen Schritt.

»Viel mehr so«, erklärte ich und schaute schnell wieder hoch in sein Gesicht. »Durch die körperliche Aktivität bleiben deine Gedanken im Fluss. So kannst du dich nicht selbst sabotieren, falls dir irgendwas nicht einfallen sollte«, erklärte ich und hob den Hoop über meinen Kopf.

Ich ließ ihn als Erstes an einer meiner Hände über meinem Kopf kreisen. Dann wechselte ich die Hand und ließ die andere sinken. Ohne den Hoop fallen zu lassen, schälte ich mir die Schuhe und Socken von den Füßen und schritt zum Wasser, während ich den Reifen an meinem Arm kreisen ließ.

Als ich am Wasser angekommen war, kühlte das Meer meine Füße, und das Glühen in meinen Wangen ließ endlich nach.

Jaad krempelte seine Hosenbeine hoch und rannte mir hinterher. Ich warf ihm den Hoop zu, den er mit einer einzelnen Hand geschickt auffing.

»So?«, fragte er und ahmte mich nach. Ein wenig schief kreiste der Hoop an seiner Hand über seinem Kopf, aber darauf kam es nicht an.

Ich nickte.

»Und jetzt singen«, befahl ich.

Ich stimmte summend die Melodie an und wartete darauf, dass Jaad bei seinem Part einsetzte.

Er enttäuschte mich nicht.

Mit dem süßesten amerikanischen Akzent, den ich je gehört hatte, sang er ein ägyptisches Lied. Mit nassen Füßen und vollgesaugten Hosenbeinen, denn die Wellen, die unsere Füße umspielten, schwangen sich zu einem wilden Tanz auf.

Um seine Aussprache zu korrigieren, begann ich, mitzusingen.

Das ist die Nationalhymne von Liebestan. Rehams Worte kamen mir in den Sinn, während Jaad und ich immer lauter wurden. Der Wind brauste, und die Wellen rauschten.

Ein paarmal stolperte Jaad über die Worte.

»Du darfst nicht zu viel nachdenken. Du musst das Lied fühlen. Was löst es in dir aus?«

»Gute Laune!«, rief er und ließ den Hoop zu seinen Hüften sinken, die er jetzt geschickt kreiste.

Am Ende saß das Lied, und unsere Stimmung war ausgelassen.

Mir war warm, und das kalte Wasser hatte mich müde gemacht. Doch es war ein Gefühl, das ich genoss. Es war diese Art von Müdigkeit, die einen mit angenehmer Schwere umfing. Die Art von Müdigkeit, bei der alles, was aus unseren Mündern kam, nur noch witzig klang.

Dieses Gefühl hatte ich schon lange nicht mehr erlebt.

Dieses Gefühl, das Jaad in mir auslöste.

Vielleicht hatte Reham recht. Ich sollte ihn wirklich zu unserer *Sahra* einladen.

19 just friends

- JAAD -

»Ich kann morgen nicht zur Probe kommen«, erklärte ich drei Tage später am Ende unserer Session in der Garage.

Die Probe heute war absolut grauenhaft verlaufen. Wir hatten uns auf keinen neuen Song einigen können, stattdessen nur viele verschiedene kleine Ideen ausprobiert und uns darüber gestritten.

Generell war die Stimmung seit Judys letztem Besuch in der Garage im Keller. Egal, was Flurry versuchte, um sie aufzulockern, nichts funktionierte. Obi und Max waren ganz offensichtlich angepisst und fanden jeden Vorschlag, den ich machte, aus Prinzip schlecht. Ich wiederum war genervt davon, dass sie nichts Neues ausprobieren wollten.

»Warum das jetzt schon wieder?« Max' Nüstern blähten sich auf.

»Ich hab was anderes vor.«

»Mit dieser Judy?«, fragte Obi und zog die Brauen zusammen.

Ich antwortete nicht.

»Ich sag's doch, die Band ist dir völlig egal«, wetterte Max weiter. Er redete sich langsam in Rage. Das erkannte ich daran, dass seine Halsschlagader begann, heftig zu pulsieren.

»Max, beruhig dich. Eine Pause kann sicher nicht schaden. Vielleicht solltest du auch mal was anderes machen, als immer nur hier in der Garage abzuhängen. Dir zum Beispiel ein weiteres Hobby neben der Musik suchen.« Bevor ich den Satz beendet hatte, bereute ich ihn schon.

Wir alle wussten, was für Schwierigkeiten Max draußen in der Welt hatte. Dass es seine mentale Gesundheit manchmal komplett aus der Bahn warf, wenn er gerade nicht Max, der Musiker, war.

»Hey, tut mir leid«, lenkte ich schnell ein, doch es war zu spät. Ein Schatten hatte sich auf sein Gesicht gelegt.

Ich ging auf ihn zu, wollte ihn in eine brüderliche Umarmung ziehen, doch er wehrte mich harsch mit dem Arm ab.

»Vergiss es, Jaad. Geh, mach dein Ding. Wir sind hier, falls du dich wieder für uns interessieren solltest. Wie immer.«

Flurry räusperte sich. »Äh, eigentlich hätte ich auch nichts dagegen, mal einen Tag auszulassen. Morgen wird das neue Comic von *Venom* veröffentlicht, und ich würde gerne eine der ersten Ausgaben ergattern.« Er kratzte sich verlegen am Kopf.

Max schaute ihn entgeistert an. Dann wanderte sein Blick zu Obi, der nur mit den Schultern zuckte.

»Ach, macht doch alle, was ihr wollt.« Max stürmte zu einem der abgeranzten Sofas in der Ecke, setzte sich seine Kopfhörer auf und drehte die Musik so laut, dass wir sie selbst auf der Bühne noch hören konnten. Laute E-Gitarren und schreiende Männerstimmen.

»Dann sehen wir uns wohl erst nächste Woche wieder«, sagte ich zu den Übrigen und sammelte meine Sachen ein.

Flurry strahlte mich an. »Ich wünsche dir viel Spaß mit

Judy«, sagte er und stieß mich mit dem Ellenbogen an. »Sie ist echt nett. Und hat mega Ideen!«

»Findest du wirklich?« Ich wusste, dass Flurry immer offen für Neues war. Doch dass ihm die Idee von Judy, mir und dem Arabischen gefiel, hätte ich nach der Reaktion von Max und Obi nicht erwartet. Flurry nickte energisch.

»Das freut mich echt, Mann.« Ich erwiderte seinen Stoß mit meiner Schulter. »Und ja, sie ist echt nett«, fügte ich hinzu.

Flurry wackelte mit den Brauen, und ich lachte.

»Du magst sie«, stellte er fest und zog mich am Arm hinaus aus der Garage.

»Klar. Du doch auch, oder?«

»Aber nicht so wie du. Ich hab gesehen, wie du sie angestarrt hast, als wir hier für sie gespielt haben.«

»Wie hab ich sie denn angestarrt?«

»Als würdest du sie ausziehen wollen.«

Ich schnaubte. »Quatsch! So würde ich nie jemanden anstarren.«

»Hast du aber.«

Ich erinnerte mich an Judys Anblick, die breiten Schultern, die Brüste, die sich unter ihrem Shirt abzeichneten. Das Herzmuttermal.

Es stimmte, ich hatte mich gefragt, ob sie noch mehr solcher Muttermale an ihrem restlichen Körper trug. Wie ich ihr das Jerseykleid abstreifen würde, ganz langsam, um mich auf die Suche danach zu begeben. Ihren Duft aufnehmen würde, spüren, wie zart ihre Haut wohl war.

Ich räusperte mich. »Ich denke nicht, dass sie Interesse an mir hat. Wir sind nur Freunde, glaube ich.«

»Glaubst du, ja?« Flurry wackelte mit den Brauen.

»Zumindest hat sie nichts gesagt oder getan, was etwas anderes vermuten ließe«, gab ich schwach zurück.

Aber das letzte Mal am Strand … War da nicht etwas gewesen?

Judys Lippen kamen mir in den Sinn, wie sie sie leicht geöffnet hatte, während ihr warmer Finger meine Kehle berührte. Sie hatte mich so angeblickt … Irgendwie eindringlich. Herausfordernd. Mit einem Glitzern in den dunklen Augen, die sich im nächsten Moment verschleiert hatten. Sodass ich mir nicht sicher war, ob ich mir all das nur eingebildet hatte. Und hatte sie mich nicht auch im Truck immer wieder gemustert?

Alles an Judy war intensiv und gleichzeitig so frei und lustig. Der Gesang im Meer. Der Tanz mit dem Reifen. Mit Judy hatten diese Spontanaktionen irgendwie natürlich gewirkt.

Ich freute mich auf unser nächstes Treffen, die *Sahrat*, zu der sie mich eingeladen hatte. Vielleicht würde ich dort ein wenig Klarheit über die Art unserer Beziehung erhalten.

In letzter Zeit dachte ich immer öfter an Judy. Nicht nur, wenn es um die Musik und das Arabischlernen ging. Auch sonst. Mitten am Tag, wenn ich mit Kingston spielte, erklang ihr Lachen in meinem Ohr. Wenn ich nach Hause skatete, erinnerte ich mich an unseren stillen Spaziergang im Park. Nachts um drei, wenn ich nicht schlafen konnte, war sie es, die mir im Kopf herumspukte. Und oft fragte ich mich, ob sie dann auch an mich dachte.

Doch ich hatte Angst, den ersten Schritt zu wagen. Angst, diese Schwerelosigkeit und dieses intensive Gefühl, das ich mit ihr erlebte, zu zerstören.

Vielleicht war das alles nur Freundschaft für sie. Vielleicht war sie einfach nur nett zu mir.

Am nächsten Tag traf ich Judy an der Uni. Wir hatten vereinbart, dass ich sie mit dem Auto am Studentenwohnheim abholte.

Als ich ankam, stand sie bereits da. Auf dem Rücken einen großen Rucksack und auf dem Gesicht ein Strahlen.

Mir ging das Herz auf bei ihrem Anblick.

Sie trug einen weiten pinken Overall mit Brusttaschen und einem Gummizug in der Mitte, der ihre Taille betonte. Dazu ein weißes Kopftuch, das ihre Bräune zur Geltung brachte, und passende weiße Sneaker.

Ich hielt neben ihr und ließ das Fenster runter. Die Sonne schien ihr ins Gesicht. Die Wolken der letzten Tage hatten sich verzogen, und die Sturmwarnung für Irvine war aufgehoben worden.

»Was ist das denn für eine krasse Karre?«, rief sie erstaunt, riss die Tür auf und stieg schwungvoll ein.

»Ein Geschenk von meinen Eltern zum Studienanfang«, sagte ich lachend, und Judy fiel in mein Gelächter ein. Es war ein großer Range Rover in strahlendem Weiß und mit verdunkelten Scheiben.

»Irgendwelche Musikwünsche für unseren kleinen Roadtrip?«, fragte ich sie.

»Du darfst aussuchen. Nachher kriegst du noch genug von meiner Familie zu hören, also bist jetzt du dran.«

»Okay.«

»Also, was willst du jetzt hören?« Sie tippte auf den Lautsprecher in meinem Wagen.

Ich drehte meinen Kopf in ihre Richtung, wollte sie in all ihren knalligen Farben wahrnehmen, mit ihrem breiten Lächeln, das so entwaffnend war. Durch die Windschutzscheibe brach sich das Sonnenlicht und ließ ihr Gesicht erstrahlen. Ihre Iris, die sonst fast schwarz wirkte, leuchtete jetzt in einem warmen

Braun. Unter ihren Augen fielen mir allerdings zwei dunkle Schatten auf, die aussahen, als hätte sie die Nacht nicht geschlafen.

Ich schaute wieder nach vorn.

»Deine Stimme«, antwortete ich, weil es die Wahrheit war.

Sie öffnete kurz den Mund, schloss ihn dann aber gleich wieder, als fehlten ihr die Worte. Stattdessen legte sich ein Hauch Rosa auf ihre Wangen, und sie drehte ihr Gesicht wieder in Richtung Straße.

Ich ließ den Wagen langsam losrollen.

»Also, worüber sollen wir reden? Über das Wetter?« An ihrem Ton konnte ich erkennen, dass sie mich aufziehen wollte.

»Was wäre so schlimm daran?«, entgegnete ich.

»Na ja … Ich dachte, über den belanglosen Small Talk wären wir hinaus.«

»Ich glaube, dass es als belanglos gelabelt wurde, hat sich einfach in Filmen und Serien etabliert. Dabei ist das Wetter etwas, das uns alle täglich beschäftigt und das unser Gemüt und unseren Alltag stark beeinflusst. Es ist etwas, das wir alle teilen, gemeinsam erleben. Sozusagen eine Konstante in unser aller gemeinsamer Leben.«

Ich warf ihr einen kurzen Blick zu.

Judy nickte anerkennend. »Ich hab noch nie jemanden so philosophisch über das Wetter reden hören.«

»Stets zu Diensten.« Ich hielt zwei Finger an meine Schläfe wie ein Kapitän und drückte aufs Gas, als wir endlich das Unigelände verließen.

Nachdem wir das Wetter abgehandelt hatten, schwiegen wir wieder. Das monotone Rauschen der Reifen auf dem Asphalt war beruhigend, und für eine Weile erfüllte der Sound der Straße unsere Stille.

Ich hätte Judy gern gefragt, warum sie heute so müde aussah. Doch sie hatte ihren Kopf schon bald an die Scheibe gelegt, ihre Augen geschlossen und sie nicht wieder geöffnet.

Ich folgte dem Navi zu der Adresse, die Judy mir gegeben hatte, bis ich vor einem strahlend weißen Bungalow mit der Hausnummer neununddreißig anhielt. Ein kleiner, liebevoll gestalteter Vorgarten war dem Haus vorgelagert und sah so anders aus als das, was ich von meinem Elternhaus kannte.

»Ich glaube, wir sind da«, sagte ich leise.

Judy reagierte nicht. Ihr Mund hatte sich ganz leicht geöffnet, und es schien, als schliefe sie tief und fest.

»Judy.« Ich strich mit dem Daumen sacht über den kleinen Finger ihrer linken Hand, die sie auf ihrem Schoß abgelegt hatte.

Immer noch keine Reaktion.

Ich wollte sie ohne ihre Erlaubnis nicht weiter berühren, also entschied ich mich, sie auf andere Weise zu wecken. Ich verband mein Smartphone mit dem Auto und spielte meinen Mix ab, den ich Judy neulich geschickt hatte und den wir uns das letzte Mal am Strand gegenseitig vorgesungen hatten.

Gleich bei den ersten Sounds zeigte sich eine Regung unter Judys Lidern. Ihre Nasenspitze zuckte, dabei tanzte ihr Herzmuttermal kurz auf und ab. Bald darauf blinzelte sie, und schließlich öffnete sie ihre Augen. Öffnete sie zu schnell, ein wenig erschrocken.

»Wo …?«, fragte sie mit verschleiertem Blick und völlig schlaftrunken.

»Fifth Street. Santa Monica.«

»Wollen wir?«, fragte Judy mich, noch ziemlich müde. Ich fragte mich, was sie wohl letzte Nacht um den Schlaf gebracht hatte. Gab es etwas, das sie beschäftigte?

»Gern.«

An der Haustür angekommen, klingelte Judy. Nach einer Weile hörten wir Schritte, kurz darauf wurde die Tür aufgerissen.

»Juuuudy!« Eine junge Frau stand im Türrahmen, die Judy wie aus dem Gesicht geschnitten war, nur, dass sie keinen Hijab trug. Ihre Haare trug sie in ihrer natürlichen Lockenpracht, dazu ein bodenlanges rosa Kleid mit Blümchen drauf und durchsichtigen langen Puffärmeln. Nachdem sie Judy in eine stürmische Umarmung gezogen hatte, wandte sie sich mir zu.

»Hi, Jaad!«

Ich reichte ihr meine rechte Hand und drehte mich dann mit einem überraschten Lächeln zu Judy. »Du hast mir nicht erzählt, dass du eine Zwillingsschwester hast!«

»Ist ziemlich offensichtlich, oder?« Judy grinste.

»Baba und Mama warten drinnen auf euch. Ein paar Gäste sind auch schon da«, erklärte Judys Schwester. »Ich bin übrigens Reham«, sagte sie in meine Richtung. Noch bevor ich etwas erwidern konnte, ließ sie uns stehen und ging hinein.

Judy schulterte ihren Rucksack, bevor ich ihr anbieten konnte, ihn für sie zu tragen.

»Hier entlang«, sagte sie und trat ein.

20 | love and laughter

- JAAD -

Nach bloß zwei Schritten standen wir direkt im Wohnbereich vor einer Gruppe aus zehn Menschen.

Leise Musik dudelte aus einem alten Kassettenradio. Ich konnte Violinen, Trommeln und einen zarten Männergesang ausmachen.

Reham nahm gerade zwischen den vielen fremden Menschen Platz. Keiner schien uns sofort zu bemerken. Alles war wuselig und laut, viele Gespräche wurden gleichzeitig geführt, vermischten sich, und ich fühlte mich sofort wohl. Die Atmosphäre erinnerte mich ein wenig an die Tage im Truck, an denen es besonders voll war.

»Das ist der Gästebereich«, erklärte Judy neben mir und deutete auf die Menschen, die sich auf einem Sofa und schicken Holzstühlen gegenübersaßen. Hinter ihnen erstreckte sich ein großer Holztisch, der wahrscheinlich den Essbereich markierte.

»Und dort ist der Familienbereich.« Jetzt zeigte sie hinter den Esstisch auf den zweiten Sitzbereich. Dort schien alles etwas wohnlicher und gemütlicher.

Während ich mich umsah und alle Eindrücke in mich aufnahm, bemerkte ich, dass ein Mann mittleren Alters und mit leicht pummeliger Gestalt aufstand und auf uns zukam.

»*Ahlan wa sahlan, ahlan wa sahlan.*« Er kniff die Augen vor lauter Freude zusammen, als er Judy so fest umarmte, dass sie auflachte. Dann schüttelte er mit beiden Händen meine rechte Hand, die ich ihm entgegengestreckt hatte.

»Meine liebe Judy und ihr Schüler, Jaad«, sagte der Mann, bei dem es sich um Judys Vater handeln musste, und richtete sich an die Gäste. Zwei Jungs im Teenageralter musterten mich neugierig, und mir fiel ein kleines Mädchen auf, das gerade den Raum betrat und das ihnen ähnelte. Sie blieb mitten im Raum stehen und starrte mich durch ihre rosa glitzernde Brille an.

»Jaad will einmal miterleben, was so eine richtige arabische *Sahrat* mit Musik und Gesang ist. Also, warum geben wir ihm nicht einen kleinen Vorgeschmack?« Judy blickte bei diesen Worten ihren Vater amüsiert an.

Reham hatte sich inzwischen neben die zwei Jungs gesetzt und holte unter ihrem Stuhl eine Trommel hervor. Sie schlug zweimal drauf und sorgte damit für unmittelbare Stille im Raum.

Ich erkannte an ihrer Form, dass es eine Tabla war.

Jetzt fuhr Reham mehrmals mit der flachen Hand über die durchsichtige Platte, als würde sie ihre Trommel vorsichtig wecken wollen. Dann legte sie mit einem heftigen Trommelsolo los. Eine Frau stand auf und zog das Mädchen, das sich vor Rehams Trommel gesetzt hatte, hoch – in die Mitte der Runde.

»*Yalla!*«, rief die Frau, und alle begannen, im Takt zu klatschen.

»Das ist Tante Nadia, eine Freundin und Arbeitskollegin meiner Mutter«, sagte Judy zu mir und deutete auf die Frau. »Und das ist Rima.«

Rima, die nicht älter als dreizehn sein konnte, ließ sich die Aufforderung zum Tanz nicht entgehen und schwang ihre kindlichen Hüften zum Takt hin und her. Ihre Arme wirbelte sie mal nach oben, dann deutete sie mit ihnen wilde Kreise an, und ihr gesamter Anblick war einfach nur niedlich. Die Erwachsenen lachten und klatschten der Kleinen zu.

»Rima ist die Schwester von Mohamed und Akram.« Das mussten die zwei Jungs sein, die neben Reham saßen. »Die Kinder von Ammo Ibrahim und seiner Frau Mariam. Langjährige Freunde der Familie«, erklärte Judy über den Lärm hinweg.

»Und wo ist deine Mutter?«

»Da«, antwortete sie mit einem Lächeln und deutete auf eine Tür an der anderen Seite des Raums, durch die gerade eine Frau hereintrat.

Judys Mutter war größer als ihre Töchter, hatte aber ansonsten eine ebenso athletische Statur. Sie trug einen dunklen Turban, der ihren Hals freigab und viele weiche Falten an ihrem Hals zeigte. Dazu hatte sie eine weite dunkle Stoffhose und eine geblümte Bluse kombiniert, die bis zum Kragen zugeknöpft war. In ihren Ohren hingen große schwere Ohrringe, die ihre Ohrläppchen etwas nach unten zogen.

Ihre Freundin Nadia eilte schnell auf sie zu. Sie nahm Judys Mutter eins der beiden großen Tabletts ab, die sie balancierte, und begann, die Leckereien, die darauf angerichtet waren, an die Sitzenden zu verteilen.

Judy huschte schnell zu einem Sitzplatz und bedeutete mir, das Gleiche zu tun. Nur noch wenige Plätze waren frei, keiner mehr neben Judy. Also entschied ich mich für den nächstbesten, schräg gegenüber von Judy, neben dem jungen Mädchen.

Sogleich wurde mir ein Teegläschen mit einer dunklen, rötlich schimmernden Flüssigkeit von Nadia gereicht, die nach Schwarztee duftete. Dazu ein Teller, auf dem zwei verschiedene Süßspeisen lagen. Eine hatte eine festere Konsistenz und fühlte sich nach Gries an, als ich sie in die Hand nahm, und die andere war mit goldbraunen Fäden bedeckt.

Judys Mutter zeigte auf meinen Teller. »Das ist *Kunafa*. Und das ist *Basbussa*.«

Ich nickte höflich und versuchte, mir die Namen der Süßspeisen zu merken.

»Und ich bin Madiha«, sagte sie, nahm das Tablett in die linke Hand und reichte mir ihre rechte. »Du bist Jaad«, stellte sie dann fest.

Zuerst wirkte ihr Blick ernst und durchdringend, doch dann änderte sich ihr Gesichtsausdruck von einer auf die andere Sekunde. Ihre Mundwinkel zogen sich hoch zu einem herzlichen Lächeln, und die Fältchen um ihre Augen kamen zum Vorschein.

»Probier das mal«, sagte sie mit einem Zwinkern und zog weiter, bediente die restlichen Gäste und setzte sich schließlich neben Judys Vater, den alle Samir nannten.

Ich biss in die erste Speise, die *Basbussa*, und die Süße füllte sofort meinen ganzen Mund. Ich schmeckte Kokosnuss heraus und Orangenaroma. Als ich mir die *Kunafa* in den Mund schob, haute mich der Crunch der goldenen Fäden um. Dazu gesellte sich der Geschmack von Nüssen und Pistazien. Es war köstlich.

Als Reham mit ihrem Solo geendet war, stand sie auf, drückte mir ihre Trommel in die Hand und verschwand aus dem Wohnzimmer.

Perplex blickte ich das Instrument an, überlegte, wie ich es am besten positionieren sollte. Hilfe suchend sah ich mich nach Judy um, doch die grinste mich nur an und wirkte fast schadenfroh. Zum Glück drängten sich Rima, Mohamed und Akram um mich, die mir alle auf einmal erklärten, wie ich die Trommel zu benutzen hatte.

Ich haute zwei Mal darauf. *Bam. Bam.* Der Klang war kraftvoll und verlockend. Er vibrierte in meinen Knochen und entfachte ein Feuer in mir. Erneut haute ich darauf und versuchte, Rehams Rhythmus zu imitieren. Doch es funktionierte nicht. Ich brauchte ihre Hilfe und Rimas lautstarke Ermutigungen, bis ich mich endlich an den Rhythmus gewöhnt hatte und begann, die Trommel und ihre Melodie zu spüren.

Als ich eine Abfolge von Trommelschlägen hinbekam, die gar nicht mal so schlecht klang, blickte ich auf. Ich fing Judys Blick auf. Das Grinsen war verschwunden. Jetzt war ein loderndes Feuer in ihre Augen getreten, die voll dunkler Schönheit waren.

Bald erhitzte sich das Zimmer vor lauter Gerede, Gelächter und atmender Menschen so sehr, dass Samir entschieden hatte, die Gesellschaft nach draußen in den kleinen Hintergarten zu verlegen. In der Mitte der überschaubaren Rasenfläche wuchs ein großer Feigenbaum, der bereits kleine Früchte trug.

Es dämmerte jetzt, und Judys Mutter Madiha war gerade dabei, ein paar Lichter an die Zweige des Baums zu hängen. Judys Vater saß derweil zwischen seinen Gästen, lachte und musizierte. Ich stand neben Judy unter dem Feigenbaum und fragte mich, ob das die Art von Rollenverteilung war, die meine Mutter an ihrer abgelegten Kultur kritisierte. Seit ich gekommen war, war Madiha am Werkeln und Rumwuseln gewesen, während es so schien, als würde sich ihr Vater bloß mit seinen Freunden vergnügen. Ich hatte ein schlechtes Gewissen, dass ich so über Judys Vater dachte, der ansonsten einen sehr sympathischen Eindruck machte.

Der Mann neben Samir griff gerade nach einer Oud-Gitarre, und Judys Vater flüsterte ihm etwas ins Ohr. Keine Sekunde später erklang das Instrument, zu dem Samir ein Lied anstimmte. Er stand auf und ging auf seine Frau zu, nahm ihre Hand und hauchte einen Kuss drauf, während er immer noch sang. Alle Gäste applaudierten, die zwei Jungs legten ihre Smartphones weg und pfiffen begeistert angesichts der kleinen Gesangseinlage. Dann stimmte auch die restliche Gesellschaft in das Lied mit ein.

»Was ist das für ein Lied?«, raunte ich Judy zu.

»*Ahwak* von Abdel Halim.« Judy lächelte mich bedeutungsvoll an und steuerte dann auf die Sitze zu, die an der Gartenmauer aufgestellt waren. Es waren keine zwei Plätze mehr nebeneinander frei, weshalb wir uns getrennt voneinander auf die weißen Plastikstühle setzten. Judy neben Nadia und ich neben Akram, vier Stühle zwischen uns. Trotzdem hörte ich klar und deutlich Judys Stimme zwischen all den anderen heraus, als sie das mir fremde Lied mitsang.

Nie im Leben hätte ich mir ein arabisches Fest so vorgestellt: voller Liebe, Lachen und Gemeinschaft. Das hatte nichts damit zu tun, was meine Mutter mir erzählt hatte über ihre Vergangenheit. Wenn sie überhaupt mal darüber sprach. Es hatte immer so geklungen, als hätte es in ihrem früheren Leben nie etwas zu feiern gegeben. Nachdem ihr Vater gestorben war, musste sie sich vor allem in den vier Wänden ihres Hauses mit ihrer Mutter und ihrem kleinen Bruder aufhalten, unterbrochen von den gelegentlichen Besuchen ihres Onkels väterlicherseits. Es hatte sich immer so angehört, als wäre diese Zeit sehr trist und einsam für sie gewesen.

Als die Nummer zu Ende war, stand der Onkel auf und begab sich zum Grill. Der Duft von Barbecue erfüllte bereits den Garten. Judys Vater schlug sich währenddessen mit der Hand heftig auf den Arm, als würde er eine Fliege oder eine Mücke verscheuchen, worüber sich seine Frau so erschrak, dass sie ihn anmeckerte.

Ich ertappte mich dabei, wie ich einen Blick auf Judy warf, die über die Szene lachen musste, was auch mir ein Schmunzeln entlockte. Als hätte Judy gespürt, dass ich sie beobachtete, lenkte auch sie ihren Blick auf mich.

Wir hatten den ganzen Tag entfernt voneinander gesessen. Ich hatte darauf geachtet, nicht zu sehr an Judy zu kleben, weil ich mir nicht sicher war, was vor ihrer Familie angebracht war. Hier wurde ich schließlich als ihr Schüler begrüßt, nicht als ihr Freund.

Wieder schlug Samir sich auf den Arm und stand im nächsten Moment so ruckartig auf, dass er kurz schwankte und von seiner Frau gestützt werden musste. Dann marschierte er zurück in Richtung Haus. Zugleich setzte sich Akram in Bewegung, um den Grill zu inspizieren, und gab den Platz neben mir frei.

Zu meiner Überraschung stand Judy auf und kam auf mich zu. Wortlos setzte sie sich auf den freien Stuhl neben mich. Unter dem Stoff ihrer Hose zeichneten sich ihre Oberschenkel deutlich ab, als sie die Beine übereinanderschlug. Ihr Fuß berührte mein Schienbein – wahrscheinlich versehentlich, doch sie zog ihn nicht weg. Gerade als sie den Mund aufmachen wollte, kam Rima angerannt, warf sich in ihre Arme und kletterte auf ihren Schoß.

Gleichzeitig kam Samir auf uns zugelaufen. Er trug ein gelbes Plastikgerät in der Hand und zwängte sich an uns vorbei. Unsere Stühle standen an einer niedrigen Mauer, an der er nun herumhantierte, um das Gerät in eine Steckdose zu stecken, die in die Mauer eingelassen war.

»*Ayyyyy-wa!*«, rief er laut und stemmte die Hände zufrieden in die Hüften, als hätte er gerade ein Meisterwerk vollbracht. Dann ertönten ein Rattern und ein Knattern, und der Duft nach Seife stieg mir in die Nase.

Als ich mich umdrehte, strömten Hunderte Seifenblasen fontänenartig aus dem Gerät heraus, genau zwischen Judy, Rima und mir hindurch. Sie spiegelten das schummrige Licht der Gartenbeleuchtung und glitzerten dabei in allen Farben des Regenbogens.

Rima wurde auf Judys Knien ganz zappelig, und schon bald sprang sie auf, um den Seifenblasen hinterherzujagen.

»Seifenblasen vertreiben Mosquitos«, erklärte Judy. Ihre Stimme klang rau, und ihr Blick fixierte mich, sodass mein Herz schneller schlug. Ich spürte die Hitze, die von ihrem Körper ausging. Ihr Oberschenkel so nah an meinem. Ich wollte meine Hand darauflegen, tat es aber nicht.

Der Gesang hatte wieder eingesetzt und lullte mich ein. Ich fühlte mich wie in Watte gepackt. Nicht auf die ungute, betäubende Weise. Sondern auf eine weiche Art. Hier war das Leben soft, gefüllt von Musik und Gelächter und Seifenblasen. Und Judy.

»Ich bringe das hier rein«, sagte Judy und stand auf. Es war inzwischen dunkel geworden, und Judy balancierte ein großes Tablett auf beiden Händen, auf dem sich etliche Teegläser, Schälchen, Löffel und zerknüllte Servietten stapelten. Als sie einen Schritt nach vorn machte, wackelte der Turm gefährlich.

»Ich helfe dir«, bot ich schnell an, erhob mich und nahm ihr das Tablett ab.

Sie lächelte mich dankbar an. »Ich zeige dir, wo es langgeht.«

Bevor ich die Gesellschaft verließ, nickte ich in die Runde. Die meisten waren beschäftigt und beachteten uns gar nicht.

Nur Reham nickte zurück, mit einem breiten Lächeln auf dem Gesicht.

Judy ging voran ins Haus, an dem Wohnzimmer vorbei und durch einen kleinen Flur hinein in die Küche. Diese war nur von dem kleinen Licht an der Dunstabzugshaube beleuchtet. Als ich eintrat, überraschten mich die zahlreichen Obstschalen, die allesamt mit Orangen gefüllt waren.

»Wo soll das hin?«, fragte ich.

Sie drehte sich kurz im Kreis. Alle Arbeitsflächen, die nicht von Orangen übersät waren, waren mit Küchengeräten, Zutaten, zerstreutem Zucker oder anderem Kram bedeckt.

»Sorry, äh, meine Familie ist ein bisschen chaotisch.« Judy nahm einen großen Korb Orangen und stellte ihn auf den Boden. »Hier.«

»Chaotisch ist doch normal. Und liebenswürdig.«

»So kann man es auch umschreiben.« Judy schnaubte. »Aber normal würde ich das hier nicht nennen.« Sie deutete auf die Tausenden Orangen um uns herum.

Judy näherte sich mir, stellte sich neben mich ans Fenster und legte ihre Hand neben meiner ab. Uns trennten nur wenige Zentimeter, als ich mich ihr ganz zuwandte.

»Anstatt Mama zu sagen, was er fühlt, kauft er ihr Orangen.«

Ich war unschlüssig, was ich darauf erwidern sollte.

»Anstatt ihr einfach zu sagen, was er fühlt, hält er sich zurück.«

Immer noch schwieg ich.

Eine schmale Zornesfalte bildete sich zwischen Judys Brauen. Ihre dunklen Augen funkelten. Etwas an ihr hatte sich verändert. Ihre Nasenflügel blähten sich auf, ihre Brust hob sich, als sie einen tiefen Atemzug nahm. Sie wirkte auf einmal angespannt, fast gereizt, ein bisschen aggressiv.

Und absolut unwiderstehlich.

Sexy.

Ich machte einen winzigen Schritt zurück. Hatte ich etwas Falsches getan?

Judys Brauen zogen sich noch stärker zusammen, ihr Blick verdunkelte sich weiter.

Dann machte sie einen Schritt auf mich zu.

21 | angry love

- JUDY -

Ich war wütend. Warum war Jaad so distanziert?

Den ganzen Tag schon versuchte ich, seine Blicke aufzufangen, darin zu lesen, zu deuten, ob er mehr in mir sah als nur seine Kollegin oder Lehrerin.

Doch er sah mich kaum an. Zumindest nicht so oft, wie ich es gerne gehabt hätte. Und nicht ansatzweise so intensiv wie am Strand.

Wieso hielt er sich so bedeckt? Wieso sendete er mir diese uneindeutigen Signale?

Die Wut darüber bereitete mir fast körperliche Schmerzen. Sie schwirrte durch die Luft und füllte den Raum zwischen uns, vergrößerte die Lücke, die sich den Tag über zwischen uns aufgetan hatte. Eine Schlucht, über die ich doch einfach nur springen wollte.

Alles in mir trieb mich näher zu Jaad. Sein Körper strömte so eine Hitze aus, dass ich fürchtete, ich würde verglühen, sobald ich ihn berührte. Doch genau das wollte ich in diesem Moment. Mich an ihm verbrennen.

Ich sah, wie er schluckte. Wie sein Adamsapfel auf und ab wanderte.

Meine Körpermitte zog sich schmerzlich zusammen.

Draußen ertönte lautes Gelächter, und der Gesang setzte wieder ein. Auch Rehams Getrommel war zu hören.

Ich überbrückte die Distanz, die zwischen uns war. Legte meine Hand auf Jaads Unterarm, um zu testen, wie er auf meine Berührung reagierte. Ich fürchtete, dass er zurückzucken oder etwas höflich Zurückweisendes sagen würde.

Doch nichts dergleichen geschah.

Was, wenn gleich jemand reinkam? Wie würde ich erklären, dass ich nur Zentimeter von meinem vermeintlichen Kollegen entfernt war? Den ich unter dem Vorwand hierhergeschleppt hatte, ihm meine Kultur und Sprache näherzubringen. War es das gewesen, ein Vorwand? War der ganze Tag, der ganze Abend darauf hinausgelaufen, dass wir jetzt gemeinsam hier in der Küche landeten? Ganz allein. Alles an meinem Körper kribbelte.

»Bist du nur hier, um Arabisch zu lernen?«, fragte ich Jaad. Meine Stimme klang so heiser.

»Was meinst du?«

Frustriert atmete ich aus.

»Ist dir genauso warm wie mir?«, versuchte ich es erneut. Ich ging noch einen winzigen Schritt auf ihn zu. Jaad wich immer noch nicht zurück. »Oder lässt dich das alles kalt?«

Ich schob mich noch näher an ihn heran. Jaad rührte sich nicht, blickte runter zu mir, fixierte mich mit seinen Silberaugen, die jetzt dunkel schimmerten wie ein tiefer See.

»Nein«, raunte er. »Nicht kalt. Ganz und gar nicht kalt.«

Ich war mit meiner Hand von seinem Unterarm zu seiner Hand gewandert. Sein kleiner Finger umschloss meinen.

Ich presste die Lippen zusammen, versuchte, mich zusammenzureißen. Wollte nichts tun, was ich später bereuen würde.

»Ich sollte das nicht tun«, sagte ich langsam.

Mein Herz klopfte immer schneller.

Ich legte meine andere Hand an seine Brust, dort, wo sein Herz schlug, und bildete mir ein, auch seines heftig klopfen zu spüren.

»Was denn?«, fragte er, ohne meine Hand von sich wegzuschieben. Eine Strähne fiel ihm ins Gesicht, und ich widerstand dem Impuls, sie hinter sein Ohr zu schieben.

»Punkte auf die Buchstaben setzen«, erwiderte ich seufzend.

»Was …?« Ich ließ ihn seine Frage nicht zu Ende bringen. Wollte ihm zeigen, was meine Worte bedeuteten, anstatt sie ihm zu erklären.

Ganz sacht krallte ich meine Finger in sein Shirt, zog daran, forderte ihn damit auf, meiner Einladung nachzukommen.

Sein Körper spannte sich unter meiner Berührung an, und ich konnte spüren, wie seine Muskeln unter meinen Fingern zuckten. Ich sehnte mich danach, sie ohne den lästigen Stoff zwischen uns zu berühren, die Hand unter sein Shirt zu schieben, riss mich aber zusammen.

Ein Atemzug.

Drei Herzschläge.

Dann gab er nach.

Ließ die letzten Zentimeter, die uns noch trennten, zusammenschmelzen.

Meine Finger wanderten hinauf zu seinem Hals, legten sich an seine pulsierende Halsschlagader.

»Judy«, wisperte er.

Zweifel huschten über sein Gesicht, sodass ich innehielt. Obwohl alles in mir glühte.

Die Stimmen von draußen wurden lauter. Der Duft von Mokka und Kardamom strömte durch das Küchenfenster zu uns herein. Ein Kind kicherte in der Nähe des Fensters. Jeden Moment könnte jemand reinkommen. Jeden Moment könnte uns jemand entdecken.

Ich stellte mich auf die Zehenspitzen. Meine Hand lag immer noch an seinem Hals. Mein Arm war an seinen Oberkörper gepresst. Sein Herz schlug dagegen, beschleunigte sich.

Ich streckte mich ihm noch ein Stück weiter entgegen, was Jaad ein leises Lachen entlockte.

Unter seinen langen Wimpern hindurch blickte er mich an, weich und fast schüchtern. Ich wollte die restlichen Zweifel in ihm zerstreuen.

Mit meiner Hand fuhr ich hinauf zu seinem Nacken, unter sein offenes Haar, strich über den Haaransatz und über die zarte Haut hinter seinem Ohr, bis sich eine Gänsehaut auf seinem Hals ausbreitete. Seine Schultern bewegten sich nach vorn. Als würde all der Widerstand in ihm langsam zusammenfallen. Stück für Stück. Mit jeder weiteren Berührung von mir.

»Ich will nichts Falsches machen«, flüsterte er.

Doch ich schüttelte bloß den Kopf, streckte mich noch ein klitzekleines Stück weiter, bis er endlich leise seufzte.

Er legte seine große Hand auf meinen unteren Rücken, presste mich leicht an sich, während er sich zu mir herunterbeugte, bis sich unsere Nasenspitzen berührten.

Auch heute haftete der Duft nach frisch geröstetem Kaffee an Jaad, vermischte sich mit dem Geruch von Kokosnuss und Orangenblütensirup. Ich atmete tief ein, dabei hob sich meine Brust, sodass meine Brüste merklich gegen Jaads Oberkörper drückten.

Er atmete hörbar ein, und der Druck auf meinem Rücken verstärkte sich ganz leicht. Alles in mir drängte zu ihm.

Jetzt oder nie, dachte ich.

Ohne den Blickkontakt zwischen uns zu lösen, zog ich seinen Nacken bestimmt zu mir. Sein Gesicht zu meinem Mund. Diesmal gab es keinen Widerstand mehr von ihm.

Bevor sich unsere Münder berührten, hielten wir kurz inne. Wir kosteten den Moment, den Raum, die Zeit. Die Luft, die zwischen unseren Lippen vibrierte. In der Küche meiner Familie in diesem schummrigen Licht, untermalt von den Klängen orientalischer Trommeln.

In der Sprache unserer Sehnsucht öffnete ich meine Lippen.

Jaads Mund traf mich mit voller Wucht. Er war heiß und weich und schmeckte nach der *Basbussa*, die wir vorhin gegessen hatten. Ich leckte ihm die Süße von den Lippen.

Ein überraschter Ausdruck huschte über sein Gesicht, dann spürte ich, wie sich Jaads Griff an meinem Rücken noch weiter verstärkte, mich unterstützte, mir versicherte, genau das Richtige zu tun.

Sein Gürtel presste gegen meinen Bauch. Seine Hand krallte sich in meinen Overall, und alles in mir wünschte sich, er würde sie unter den Stoff schieben und auf meine Haut legen. Ich wollte ihm das Shirt abstreifen, ihn dazu bringen, mich hochzuheben und auf die Küchentheke zu setzen. Damit ich meine Beine um seine Hüfte schlingen konnte. Damit ich ihm noch näher sein konnte.

Doch das ging nicht. Überhaupt nicht. Das alles war so schon viel zu viel. Es war gefährlich. Doch es fühlte sich so gut an.

Kurz hielt er inne, löste seine Lippen von mir, nahm mein Gesicht in beide Hände und schaute mich einfach nur an. Sein Atem strömte warm auf mein Gesicht, als wir so verharrten.

Doch dann überraschte er mich. Er tauchte in den nächsten Kuss ein, leidenschaftlicher diesmal. Fordernder.

Mit seinen Lippen schob er sacht die meinen auf. Ein leises Keuchen entfuhr mir, als Jaad mit der Spitze seiner Zunge über die Unterseite meiner Oberlippe fuhr. Zu der kleinen Wölbung und sie kitzelte.

Ich lächelte an seinem Mund. Mir war so warm. All das war so unwirklich. Und ich wollte so viel mehr von ihm. Ich öffnete meinen Mund weiter, berührte nun seine Zunge mit meiner, was ein Feuerwerk in meinem Bauch auslöste, das sich zwischen meinen Beinen ausbreitete. Feuchtigkeit sickerte in meinen Slip. Meine Brustwarzen stellten sich auf und kribbelten.

»Juuuuudyyyyy!« Unverkennbar die Stimme von Rima, die jetzt nicht mehr von draußen kam, sondern mitten aus dem Haus. Ganz aus der Nähe. Wahrscheinlich lief sie gerade durchs Wohnzimmer und war nur wenige Schritte von der Küche entfernt.

»Wo steckt sie nur?«, hörte ich nun auch Rehams Stimme, und mein Herz setzte vor lauter Schreck aus.

Sofort stieß ich Jaad von mir weg. Glücklicherweise saß ich gerade nicht wirklich auf der Küchentheke, meine Beine um Jaads Hüfte geschlungen. So konnte ich viel schneller auf die andere Seite der Küche eilen.

Mit einem automatischen Handgriff drückte ich auf den großen Lichtschalter, und das Zimmer wurde von weißlichem Licht geflutet.

»Hier seid ihr also«, sagte Reham, als sie im Türrahmen erschien und zwischen mir und Jaad hin- und herblickte.

»Was macht ihr hier?«, fragte Rima.

Jaad stand noch genau dort, wo ich ihn zurückgelassen hatte. Seine Brust hob und senkte sich, seine braunen Locken fielen ihm ins Gesicht, und eine deutliche Röte war auf seinen Wangen zu erkennen. Sein Adamsapfel tanzte auf und ab, als er schluckte.

»Wir haben geübt«, schoss es aus mir heraus. Sofort wollte

ich mir mit der flachen Hand gegen die Stirn schlagen. Wieso hatte ich nicht gleich den Klassiker gebracht: »Es ist nicht so, wie es aussieht.«

»Arabisch geübt«, setzte ich hinterher.

Reham blickte mich skeptisch an, kniff die Augen minimal zusammen, sodass nur ich es erkennen konnte. Und das auch nur, weil ich sie in- und auswendig kannte.

Wusste sie, dass ich log?

»Okay …«, sagte sie, ohne sich anmerken zu lassen, ob sie mir die Lüge abgekauft hatte oder nicht. »Also, die Alten haben inzwischen die Shisha ausgepackt, und gleich werden unweigerlich die Debatten über Politik folgen. Das kann hier also noch einige Stunden dauern, und wir langweilen uns langsam. Nicht wahr, Rima? Wenn ihr also mit in den Pacific Park kommen wollt …«

Ich sah fragend zu Jaad.

Was würde er sagen? Würde er ablehnen und schnell nach Hause fahren wollen? Oder würde er mitkommen? Wäre es dann komisch zwischen uns, oder würden wir darüber reden, was gerade geschehen war? Wäre es ein peinliches Gespräch – oder wäre es genauso, wie mit ihm über das Wetter zu reden?

22 | cotton candy

- JAAD -

Alles in mir pulsierte, als Judy mich so ansah. Die Emotionen schienen sich in ihr zu überschlagen: Ihr Blick war intensiv, fragend, leidenschaftlich und ein wenig verunsichert. Ihre Augen, die mich so sehr um den Verstand brachten, dunkel und leicht glänzend.

Ich versuchte, mich zu beruhigen. Mein Blut wieder in mein Gehirn zu schicken, um zu begreifen, was da gerade zwischen uns passiert war. Judys Berührungen, ihre Hand, die sich in meine Haare gekrallt hatte, ihre warme Zunge an meiner. Mit ihrem immer noch leicht geöffneten Mund hat sie mir eben all die Antworten gegeben, nach denen ich gestern noch gesucht hatte.

Mein ganzer Körper kribbelte, und die Spannung von eben hatte noch all meine Glieder in ihrem Griff. Ich nahm einen tiefen Atemzug und versuchte, mich zu lockern.

»Wenn du Lust hast, gern. Ich war noch nie dort«, sagte ich so ruhig wie möglich. Judy hob überrascht die Brauen, und auch Reham sah so aus, als hätte sie nicht mit dieser Antwort gerechnet.

»Dann lasst uns gehen«, verkündete Judy energisch, ging auf mich zu, nahm meine Hand und zog mich hinter sich her. Hinaus aus der Küche, dem Ort, an dem unsere Lippen zueinandergefunden hatten.

Nachdem wir uns von Judys Eltern und der restlichen Gesellschaft verabschiedet hatten, quetschten wir uns zu sechst in den alten Chevrolet von Judys Eltern. Mohamed und Akram waren ebenfalls mitgekommen.

Reham saß am Steuer, neben ihr Judy und die kleine Rima. Hinten saß ich zwischen ihren Brüdern.

Akram fing unvermittelt an, gegen die Fensterscheibe zu trommeln. Mohamed klatschte dazu im Takt, und ich stimmte ein. Schnell kam ich in den Rhythmus, der mir in den vergangenen Wochen so vertraut geworden war, dass ich selbst darüber staunte.

So schnell hatte sich diese neue Art von Musik, diese neue Art von Sprache, diese neue Art von Gefühl zu etwas Vertrautem entwickelt.

Würden meine Jungs vielleicht anders auf Judys Vorschlag reagieren, wenn sie sich meinen neuen Track anhören würden? Die Leidenschaft darin erkennen würden, verstehen würden, wie ernst ich es damit meinte? Die Band gehörte zu mir, ebenso wie es die arabische Kultur inzwischen tat.

Vielleicht übertrieb ich, doch so fühlte ich nun mal. Die Sehnsucht nach etwas, das ich nicht gekannt, aber immer gebraucht hatte, wurde plötzlich gestillt. Und ich konnte nicht genug davon bekommen.

Die Mädchen vorne begannen, zu singen. Die Worte verstand ich nicht, doch das machte mir nichts aus. Ich ließ mich von der Gruppe und ihrem Enthusiasmus infizieren.

Wir fuhren durch die Nacht und drehten alle Fenster runter. Die Luft war warm und trocken, nachdem sie die letzten Tage so feucht gewesen war. Fast fühlte es sich an, als wäre Sommer, was mich noch mehr euphorisierte.

Mohamed holte sein Handy hervor und spielte ein Lied, in das alle sofort einstimmten. Es war diesmal eine andere Art Musik, die laut und hart war. Aus dem Augenwinkel erkannte ich den Namen des Sängers auf seinem Display: Oka w Ortega. Rima steckte den Kopf aus dem Fenster und schrie die Lyrics hinaus in die Nacht.

Judy wirkte ungewöhnlich still. Sie klatschte mit, murmelte ein paar Textzeilen. Hin und wieder warf sie über ihre Schulter einen Blick zu mir, den ich nicht deuten konnte.

War sie verunsichert? Nervös? Bereute sie unseren Kuss?

Ich hoffte, dass wir heute Abend noch einen Moment finden würden, um in Ruhe miteinander zu reden. Um Klarheit zu schaffen. Für sie und für mich.

Endlich kam der Pacific Park in Sicht. Der goldene Schriftzug markierte den Eingang zum Vergnügungspark, der direkt am Meer gelegen war, dahinter leuchtete es blau und grün gegen die dunkle Nacht. Tausende Menschen strömten durch das Tor hindurch.

Wir parkten auf den dafür vorgesehenen Flächen und marschierten dann los. Die Mädchen voran und wir Jungs hinterher.

Mohamed und Akram hatten mich in ein Gespräch über Bitcoins und Elon Musk verwickelt. Rima redete derweil auf Reham und Judy ein. Doch ich konnte nicht verstehen, worum es in ihrem Monolog ging.

Reham antwortete hin und wieder mit einem interessierten »Echt?« oder »Ach wirklich?«, wobei Judy nach wie vor schwieg.

Endlich verlangsamte Judy ihren Schritt, sodass sie kurz darauf neben mir herlief. Wir drängelten uns wortlos durch die Menschenmassen, bis wir den riesigen Park erreichten.

In Neonfarben strahlte der Name des berühmten Vergnügungsparks auf uns herunter, der auf dem Eingangsschild verheißungsvoll funkelte. Von überallher ertönte Musik. Musik, die in so starkem Kontrast zu derjenigen stand, die ich eben bei Judys Eltern und im Auto gehört hatte. TikTok-Songs und Chart-Hits. Manche kannte ich, manche mochte ich, andere waren nur blechern und hohl.

Wir betraten den Pier, der voll war von Menschen, die in der lauen Nacht Eis schleckten, Zuckerwatte aßen oder für Fahrgeschäfte anstanden. Mir fielen all die Pärchen auf, die Hand in Hand umherschlenderten.

Auch Reham, Rima und Judy steuerten gerade auf einen Zuckerwattestand zu. Reham besorgte sämtliche Farben für alle von uns. Ich bekam die blau eingefärbte Zuckerwatte.

»Danke«, sagte ich und biss hinein, ohne Judy aus den Augen zu lassen, die sich ganz in meiner Nähe gerade über ihre Portion hermachte und meinen Blick erwiderte. Die Watte fühlte sich warm und süß an in meinem Mund. Köstlich, so wie Judys Zunge.

Als hätte Judy meine Gedanken gelesen, blinzelte sie ein paarmal und wandte sich dann lächelnd von mir ab.

Reham hatte bezahlt und schob sich gerade auch ein Stück Zuckerwatte in den Mund. Dabei tauchte sie fast vollständig in die fluffige Masse ein. Ich wandte mich ihr zu.

»Was schulde ich dir?«

Reham machte eine wegwerfende Handbewegung. »Judys Freunde sind auch meine Freunde. Als Revanche kannst du mir ja irgendwann mal einen Caramel Macchiato an deinem Coffee-Truck ausgeben. Ihr zwei seid doch Freunde?« Ihr Blick ruhte für einen Moment auf mir. Prüfend, als hätte sie mir gerade eine Fangfrage gestellt.

Judy schaltete sich ein. »Jaad glaubt nicht an Sirup im Kaffee.«

Reham sog scharf die Luft ein und zog eine Augenbraue nach oben.

»Was nicht heißt, dass ich ihn dir nicht servieren kann!«

Ich hatte so das Gefühl, dass ich mich mit Reham gut stellen musste, wenn ich wollte, dass Judy weiter Zeit mit mir verbrachte. Wenn ich wollte, dass das zwischen uns mehr werden würde als nur Freundschaft.

Und das wollte ich. Nicht erst seit unserem Kuss vorhin in der Küche.

Wir setzten uns wieder in Bewegung, und ich gab mir Mühe, nicht von Judys Seite zu weichen. Reham hielt Rima an der Hand, um sie in der Masse nicht zu verlieren, und die beiden Jungs liefen inzwischen voraus.

»Hi«, sagte Judy und blickte von der Seite zu mir auf. Ihr Lächeln hatte sich irgendwie verändert. Wirkte es vorher selbstbewusst und stark, hatte sich jetzt etwas Verletzliches und Weiches hineingemischt.

»Hi«, antwortete ich und wollte sie am liebsten an mich ziehen, ihr die Sicherheit geben, dass alles gut war zwischen uns.

In meinem Kopf wirbelten tausend Dinge umher, die ich ihr sagen wollte, doch kein Wort fand den Weg aus meinem Mund.

Von der Seite schob sich ein Typ an Judy vorbei und stieß sie heftig mit der Schulter an, sodass sie ins Stolpern geriet.

Ich bekam sie an ihrem Ellenbogen zu fassen, stützte sie, indem ich ihr meine Hand reichte, und zog sie wieder in einen festen Stand. Wir schauten dem Typen hinterher, der in der Masse verschwand.

Judy murmelte etwas Unverständliches und wirkte sichtlich verärgert.

»Alles in Ordnung?« Ich blickte sie besorgt an.

»Es geht schon«, antwortete sie, ballte jedoch ihre Fäuste.

»Sicher?«

Judy öffnete den Mund, um etwas zu sagen, schloss ihn dann aber wieder, als Reham, Rima und ihre Brüder in Sicht kamen. Sie standen vor dem Eingang zu einer der Attraktionen und warteten auf uns. Hinter ihnen ragte ein buntes, blinkendes Fahrgeschäft auf.

»Jetzt ist Showtime!« Akram drehte sich zu mir um, und Mohamed stieß mich heftig mit der Schulter an.

Judy lachte auf, als wäre sie dankbar dafür, dass die zwei Jungs durch ihr teeniehaftes Verhalten die Spannung zwischen uns gelöst hatten.

Vielleicht war dieses Fahrgeschäft gar keine schlechte Idee.

Vielleicht sollte ich mir erst mal den Kopf durchpusten lassen, damit ich meine Sprache wiederfand. Damit ich mit Judy reden konnte.

Rima reihte sich bereits in die Schlange ein, und wir eilten hinterher, damit sie nicht in der Masse unterging.

Die Attraktion war eine Art riesige Untertasse, in der wir alle in einem Kreis saßen. Judy schräg gegenüber von mir, ich zwischen Akram und Mohamed.

Hin und her, hin und her schwang die Untertasse, sodass ich mir vorkam, als wäre ich ein Kaffee, der gerade verschüttet wurde. Meine Haare wurden vor mein Gesicht geweht, und ich wischte sie mir immer wieder aus den Augen, um Judy sehen zu können.

Doch sie schien mich völlig vergessen zu haben. Sie lachte aus vollem Hals, schrie mit Rima um die Wette und warf die Hände in die Höhe.

Ich wollte es ihr gleichtun und Spaß daran haben, herumgewirbelt zu werden. Doch in Wirklichkeit schlug mir das alles auf den Magen. Mir wurde schnell übel, und all der *Shay*, den ich getrunken hatte, schwappte in mir hin und her. Das nervöse Flattern in meinem Bauch, das stärker wurde, wenn Judys und meine Blicke sich trafen, half auch nicht. In der fliegenden Untertasse neben uns übergab sich eine Person, und ich betete innerlich, dass mir nicht das Gleiche passierte. Endlich endete das Geschunkel.

Nachdem wir aus dem Fahrgeschäft ausgestiegen waren, stieß Akram mich mit dem Ellenbogen an. »Du bist ja ganz grün im Gesicht.« Ich zuckte die Schultern und lachte. »Wusste gar nicht, dass ihr in Irvine solche Weicheier seid.«

»Ich auch nicht. Bei der nächsten Runde schaue ich lieber vom festen Boden aus zu.«

Judy trat an meine Seite. Ihre Hand streifte meinen Oberarm. »Geht's wieder?«

Ich nickte, und sofort breitete sich wieder das Flattern in meinem Bauch aus. Es war zwar nur eine klitzekleine Berührung gewesen, doch sie erinnerte mich an alles, was vorhin geschehen war.

»Wenn du willst, drehen wir erst mal eine kleine Runde, bis es dir besser geht?«, schlug Judy vor.

»Klar«, antwortete ich sofort, denn ich konnte es kaum erwarten, endlich wieder allein mit ihr zu sein. Obwohl sich noch alles drehte und mein Magen flau war.

Judy blickte zum Rest der Gruppe hinüber, der schon auf dem Weg zur nächsten Attraktion war. »Wir holen Popcorn!«, rief sie, woraufhin Mohamed und Akram ihr durch die Menge zunickten.

Wir wollten gerade umdrehen, da erschien Reham wie aus dem Nichts vor uns.

»Wo wollt ihr denn hin?«, fragte sie Judy wieder mit diesem skeptischen Blick.

»Popcorn«, gab diese trocken zurück. Ärger blitzte in ihrem Gesicht auf.

»Fantastisch, darauf habe ich auch Lust«, antwortete Reham und hakte sich bei Judy ein.

Wir bewegten uns quer durch den Park, bis Judy auf einen Stand zusteuerte. Der Duft von Popcorn lag in der Luft, gemischt mit dem von Corndogs und von viel zu süßen Getränken. Irgendwo lief Dolly Parton.

Diesmal kaufte ich den Snack, um mich bei Reham und Judy zu revanchieren, und reichte die Tüten an die beiden weiter.

»Willst du nicht?«, fragte Reham mich.

Ich schüttelte den Kopf.

»Ich sollte mich langsam auf den Weg machen. Ich muss morgen früh raus, den Truck öffnen, und Kingston vermisst mich bestimmt auch schon.«

»Klar«, antwortete Judy hastig, fast als sei sie froh darüber, mich bald loszuwerden. Dann wandte sie sich an ihre Zwillingsschwester. »Du gehst am besten zurück zu den Jungs und Rima. Sie sind noch zu jung, um allein gelassen zu werden. Und ich begleite Jaad zu seinem Auto, das noch bei uns zu Hause steht. Ihr braucht nicht auf mich zu warten, ich gehe dann wahrscheinlich schlafen.«

Als ich sie fragend ansah, lächelte sie. »Keine Sorge, von hier sind es nur dreißig Minuten zu Fuß bis zu mir.«

Rehams Mund kräuselte sich, sie nickte ihrer Schwester langsam zu und reichte mir dann die Hand.

»War schön, dich kennenzulernen, Jaad.«

Wir liefen die Straße hinauf und ließen den Park langsam hinter uns. Die Lichter leuchteten in der Ferne, und die Musik wurde immer leiser. Ein mechanisches Dröhnen wechselte sich mit Geschrei und Gelächter ab, entfernte sich aber zunehmend. Ein lautes Kreischen ertönte, das sich durch die Nacht zog wie eine Schleife.

Wir schwiegen eine ganze Weile.

»Morgen ist Pink Moon«, schoss es unvermittelt aus Judy.

Automatisch wanderte mein Blick zum Himmel.

»Natürlich ist er nicht wirklich pink.« Judy hüstelte. »Oh Gott. Keine Ahnung, wie du es schaffst, über das Wetter zu reden, ohne dass es nach unangenehmem Small Talk klingt. Das kriege ich offenbar nicht hin mit dem Mond.«

»Du magst den Mond wirklich sehr, oder?«, fragte ich. Mir war schon öfter aufgefallen, dass sie manchmal den Himmel nach ihm absuchte, sowohl bei Tag als auch am Abend.

»Ich liebe ihn. Nichts fasziniert mich so sehr wie der Mond und die anderen Planeten.«

Da sie den Punkt nicht weiter ausführte, hatte ich das Gefühl, dass sie nun zu den ernsten Themen wechseln wollte.

»Ist alles okay zwischen dir und deiner Schwester?«, fragte ich. Sie schaute mich überrascht an. Anscheinend hatte sie diese Frage nicht erwartet, also fügte ich hinzu: »Sie war auf einmal so anders zu mir. Zu dir. Zu uns.«

»Oh.« Judy schüttelte den Kopf, ihr Gesicht errötete leicht. »Ich glaube, sie hat so eine Ahnung, was …« Sie heftete ihren Blick auf den Boden, schien ihren Mut zusammenzusammeln, um weiterzureden. »… was zwischen uns passiert ist.«

Endlich sah sie mich wieder an. Wieder dieser verzweifelte Blick.

»Du meinst unseren Kuss?«, fragte ich. Sofort lief sie noch röter an.

»Sie macht sich nur Sorgen um mich«, sagte sie.

»Weil ich so ein fieser Typ bin?«, witzelte ich und konnte ihr damit endlich ein Grinsen entlocken.

»Weil es mal einen anderen fiesen Typen gab«, erklärte sie und schaute mich an. Sie lächelte knapp, doch dabei erreichte die Freude nicht ihre Augen.

»Das tut mir leid, Judy. Wenn du darüber reden willst, ich bin da.«

Sie führte uns in eine Seitenstraße, und von Weitem konnte ich schon den weißen Bungalow ihrer Familie sehen, das Bäumchen davor, das beleuchtet war, und mein Auto, das daneben parkte.

Ich wäre gerne noch ewig weiter neben ihr hergelaufen. Die Zeit war wie im Flug vergangen, und viel zu schnell war dieser magische Moment mit ihr vorbei.

Wir standen vor meinem Auto. Das Haus war jetzt ganz still, nicht ein einziger Klang drang durch die Fenster.

Ich lehnte an der Fahrertür. Judy stand vor mir. So nah, dass unsere Schuhspitzen sich berührten.

»Wie geht es jetzt weiter?«, fragte sie.

»Sag du es mir. Ich weiß nicht, wozu du bereit bist.«

»Es gibt Regeln, an die ich mich halten muss. Ich bin nicht so frei wie vielleicht andere Frauen. Ich möchte nicht einfach …« Judy seufzte, schien die richtigen Worte zu suchen.

»Ich weiß«, unterbrach ich sie. »Ich weiß das alles. Und ich will dich zu nichts drängen. Das ist der Grund, warum ich nicht den ersten Schritt gemacht habe. Hast du wirklich gedacht, ich find dich einfach nur ganz nett?«

Sie zuckte mit den Schultern.

»Am Anfang habe ich ehrlicherweise noch versucht, mir das einzureden«, sagte ich. »Eine Weile hat das sogar geklappt. Bis zu dem Tag am Meer, bis zu der Autofahrt mit dir hierher. Bis zu den Seifenblasen. Bis du … Buchstaben mit Punkten gemacht hast?«

Judy lachte laut und presste sich dann sofort die Hand auf den Mund, blickte sich um.

»Punkte auf die Buchstaben setzen. Das bedeutet so viel wie ›Nägel mit Köpfen machen‹.«

»Hmm, ja. Die hast du allerdings gemacht«, gab ich zurück.

Das Lachen schien Judy etwas entspannt zu haben, ihre lockere Stimmung war wieder zurückgekehrt, ihr Rücken nicht mehr durchgedrückt.

Ich hielt ihr beide Hände hin, zog sie zu mir heran. Sie blickte auf und lächelte.

Hoffnungsvoll, glücklich.

Ich senkte mich zu ihr hinab, und als sie ihr Gesicht noch ein Stück anhob, küsste ich sacht ihre Wange.

»Ich mag einfach alles an dir, Judy«, murmelte ich.

Sie legte den Kopf neugierig zur Seite. Anscheinend wollte sie, dass ich weitersprach. Umso besser, ich wollte ihr nämlich keinesfalls weiter vorenthalten, wie sehr sie mir gefiel.

»Zum Beispiel dieses unglaublich niedliche Muttermal hier.« Ich hauchte einen Kuss auf ihre Nase, auf das Herzmuttermal, das aussah wie ein winziges Piercing. »Und ich mag die Art, wie du gestikulierst. Ich mag, wie deine Stimmfarbe sich verändert, wenn du arabisch sprichst.«

Judy blickte mich ungläubig an. »So was fällt dir auf?«

»Natürlich. Ich mag es auch, wie ich mich fühle, wenn wir zusammen sind.«

»Wie fühlst du dich denn?«, fragte sie. Da war wieder dieser zarte Tonfall, der so weich klang. Ganz anders als ihre sonst so volle, voluminöse Stimme.

Ich verschränkte meine Finger mit ihren.

»Mit dir ist einfach alles so intensiv, losgelöst und witzig.«

»Mir hat noch nie jemand gesagt, dass ich witzig bin. Normalerweise ist das eher Rehams Talent. Sie spricht fließend Sarkasmus.«

»Und was sprichst du fließend?«

Wieder wanderte ihr Blick zum Himmel. »Wohl eher Melancholie.«

Ich wollte sie küssen. So gerne wollte ich sie ganz an mich ziehen und den Kuss, der vorhin unterbrochen wurde, fortführen. Herausfinden, wie es war, wenn unsere Lippen sich ein zweites Mal trafen.

Doch Judy löste sich von mir.

»Ich muss«, sagte sie. Ihre Hände entglitten meinem Griff, hinterließen ein prickelndes Gefühl auf meinen Fingerkuppen.

Ich schaute ihr hinterher, wie sie zur Türschwelle schritt, diesmal ihren Schlüssel ins Schloss steckte, anstatt zu klingeln.

Kurz warf sie einen Blick zurück zu mir.

Bevor ich den Moment verpassen konnte, rief ich ihr hinterher: »Hast du morgen Abend schon was vor?«

»Du meinst, außer den Mond zu beobachten?«

Ich nickte.

»Wir treffen uns zum Sonnenuntergang am Strand. Zieh dir was Warmes an.«

Ihr Gesicht leuchtete auf, und mit einem kurzen Winken verabschiedete sie sich und trat ins Haus.

Ich blieb noch eine Weile so stehen, versuchte zu verarbeiten, was an diesem Tag alles passiert war. Ich hatte arabische Lieder gesungen, Judys Familie kennengelernt, wurde von ihr geküsst und hatte mich im Vergnügungspark fast übergeben.

Ich fühlte mich schwerelos.

Ich war so dankbar für die Zeit, die Judy mit mir verbrachte. Für ihr Vertrauen, die Gefühle, die sie in mir weckte.

Ich zog die Autotür auf, setzte mich hinein und ließ den Wagen anspringen.

Ein letztes Mal blickte ich auf Judys Haus, und kurz glaubte ich, einen Kopf hinter den Gardinen eines Fensters zu sehen.

Dann drückte ich aufs Gas und fuhr los in die Nacht.

23 | a twin thing

– JUDY –

Drinnen war es still, als ich eintrat.

Ich seufzte, zog mir die Schuhe von den Füßen und begab mich auf direktem Weg in mein Zimmer. Ohne das Licht anzumachen, streifte ich mir meine gesamte Kleidung vom Körper, an der noch der Duft von Zuckerwatte und von Popcorn haftete. Die Kleidung, in die Jaad seine Hand gekrallt hatte, als wir uns küssten. Ich schlüpfte in eine leichte *Galabeya,* ein Hauskleid, und ließ mich auf mein Bett fallen.

Ich genoss die Stille und Einsamkeit nach diesem ereignisreichen Tag. Für eine Weile starrte ich auf den leuchtenden Sternenhimmel, der meine Decke zierte. Ich konnte nicht glauben, was heute passiert war. Ich hatte die Dinge selbst in die Hand genommen und Jaad einfach geküsst.

All meine Nervenenden kitzelten, und ich strich mit den Fingern über meine Lippen. Musste lächeln bei der Erinnerung an Jaads Mund auf meinem.

Was erwartete mich morgen? Unfassbar, dass Jaad wirklich den Mondaufgang mit mir beobachten wollte …

Jaad … Ich wusste nicht, wie ich heute einschlafen sollte, wenn er doch die ganze Zeit in meinem Kopf herumspukte. Hatte ich mir vorher den ein oder anderen Kuss mit ihm vorgestellt, schossen jetzt ganz andere Fantasien durch meinen Kopf.

Sein Körper an meinem hatte sich so gut angefühlt. So fest, so stark, so einladend. Ich stellte mir vor, wie es wäre, wenn er jetzt hier wäre. In diesem Zimmer, in der dunklen stillen Nacht. Würde er die Fassade endlich fallen lassen? Die Höflichkeit, die ich ihm mit meiner ersten Zurückweisung auferlegt hatte, ablegen? Ich wollte, dass er mich packte, gegen die Wand presste und meinen Hintern knetete. Ich wollte, dass er die Rundungen meiner Brüste mit seinen Händen nachfuhr und meine Nippel zum Stehen brachte, bis sie schmerzten. Und ich wollte, dass er jeden Zentimeter meines Körpers mit seiner Zunge erkundete.

Mein Herz pochte wild bei der Vorstellung, und erneut sammelte sich Feuchtigkeit zwischen meinen Beinen. Die Lust, die unser Kuss heute in mir entfacht hatte, war so stark, wie ich sie noch nie zuvor empfunden hatte. Wie automatisch fanden meine Finger den Weg unter mein Kleid. Ich legte meinen Zeigefinger in meinen Bauchnabel und stellte mir vor, wie Jaads Zunge seine Form nachzeichnete.

Es pulsierte so heftig zwischen meinen Beinen. Noch nie hatte ich Sex gehabt. Aber auf einmal beherrschte die Vorstellung davon all meine Gedanken.

Am nächsten Tag verließ ich das Haus noch im Morgengrauen, glücklich darüber, Reham nicht im Wachzustand begegnet zu sein. Als ich an ihrem Bett vorbeischlich, schlief sie tief und fest. Kurz blieb mein Blick an ihr hängen, an dem Gesicht, das meinem so ähnlich sah. Ich strich ihr eine verirrte Haarsträhne aus den Augen, wobei Reham sich plötzlich regte.

»Judy«, sagte sie schlaftrunken, aber gleichzeitig so, als sei ihr gerade etwas Wichtiges eingefallen.

»Schhh«, machte ich und deckte sie mit der verrutschten Decke zu. »Ich weiß, dass du mit mir reden willst. Aber ich kann jetzt nicht, und du solltest auch lieber schlafen. Du musst dich bloß um deinen Laden sorgen, nicht um mich. Ich melde mich. Versprochen.«

Bei diesen Worten drehte sie sich um und schlief direkt wieder ein. Mein schlechtes Gewissen meldete sich, weil ich sie angelogen hatte. So schnell würde ich mich nämlich nicht bei ihr melden.

Stattdessen wollte ich das Hochgefühl voll auskosten, das der gestrige Kuss mit Jaad in mir ausgelöst hatte, und mich nicht mit den mahnenden Worten meiner Schwester rumschlagen.

Heute war die Welt ausnahmsweise mal voller Hoffnung, die Farben schillerten bunter, und alles fühlte sich prickelnder an. Dazu kam, dass heute ohnehin schon einer meiner Lieblingstage war: Es war Pink Moon. Der erste Vollmond im April und damit der astrologische Frühlingsbote. Das Zeichen von Erneuerung und Neubeginn.

Und heute würde ich ihn nicht allein beobachten. Jaad wollte ihn gemeinsam mit mir ansehen.

Als ich mit einer Mitfahrgelegenheit zurück nach Irvine gekommen war, legte ich meine Sachen nur schnell in meinem Zimmer ab und begab mich dann auf direktem Wege in die Bibliothek. Voller Tatendrang und überschäumender Energie wollte ich am liebsten die halbe Bibliothek auf einmal lesen. Meine Habseligkeiten schloss ich in einen der Spinde ein.

Mein Beitrag für den Wettbewerb nahm langsam richtig Gestalt an. Natürlich sollte es ein Songtext werden. Auch die

Recherche für meine Masterarbeit würde bald abgeschlossen sein.

Zufrieden klappte ich meinen Laptop zu und erschrak, als ich auf die Uhr sah: Es war schon fünf?

Ich eilte aus der Bibliothek zum Spind und erschrak erneut. Sieben verpasste Anrufe von Reham. Shit. Ich musste schnell zum Wohnheim und mir eine gute Ausrede überlegen, weshalb ich meine Schwester ignoriert hatte.

Ich rauschte quer über den Campus an Studierenden vorbei, die entweder genauso eilig wie ich von A nach B wollten oder sich ganz gechillt mit anderen unterhielten. Vorbei an dem Park, durch den ich mit Jaad gegangen war, und vorbei an dem Gebäude, in dem Mr Treanor mich gedemütigt hatte.

Endlich erreichte ich den Komplex von Middle Earth und mein Wohnhaus Misty Mountains.

Was konnte ich Reham schon sagen? Dass ich ihr verheimlichte, dass ich Jaad geküsst hatte? Dass sie nicht erfahren sollte, was für Fantasien ich von ihm hatte? Dass ich mich vor ihrem Urteil fürchtete?

Auch wenn sie vor ein paar Jahren den Hijab abgelegt hatte, war sie innerlich doch immer unserer Kultur und Religion treu geblieben. Was verboten war, war verboten. Egal, wie interessant ein Typ ihr vorkam oder nicht. Oder hatte sie sich vielleicht noch nie für jemanden interessiert?

Endlich kam ich im Zimmer an. Bevor ich Reham zurückrief, musste ich mich jedoch umziehen, denn schon bald würde ich mich mit Jaad treffen, um den Pink Moon zu beobachten. Nachdem ich mir einen roten Jogginganzug angezogen hatte, läutete mein Telefon von Neuem. Diesmal war es ein eingehender Videocall. Ich stellte mich dem Unausweichlichen und ging dran.

»Hi!«, rief ich überschwänglich. Mein Gesicht auf dem Bildschirm sah fleckig aus, denn ich war nervös.

»Hi?! Ich hab dich tausendmal angerufen. Ich hab mir schon Sorgen um dich gemacht!« Reham funkelte mich auf meinem Smartphone böse an.

»Alles okay hier, ich war nur beschäftigt und hab das Smartphone nicht gehört«, beschwichtigte ich.

»Du hast versprochen, dich zu melden.« Ein leichter Vorwurf schwang in ihrer Stimme mit. Ihre Brauen waren sorgenvoll zusammengezogen.

»Ja, ich weiß …«, murmelte ich, und Reham seufzte.

»Erzähl mir, was gestern zwischen euch passiert ist«, verlangte meine Schwester und fügte dann hinzu: »Und bevor du versuchst, das alles zu verharmlosen, ich weiß ganz genau, dass ihr euch geküsst habt. Ich konnte deine Verliebtheitshormone die ganze Zeit an dir riechen.« Sie starrte mich durch die Kamera an.

»Was willst du dann noch von mir hören?« Ich war genervt und machte keine Anstalten, das zu verschleiern.

»Warum du es getan hast, Judy? Du weißt, dass das gegen die Regeln verstößt.« Reham meinte die Regel, dass Muslime keine voreheliche Intimität austauschen sollten. Eine Regel, die mir bekannt war. Eine Regel, an die ich mich halten wollte – eigentlich.

»Er ist ein guter Kerl, wirklich.«

»Ich weiß doch, Judy.« Ihre Stimme wurde weich bei diesen Worten, und ihre Stirn glättete sich ein wenig.

»Echt?«, fragte ich, und Reham stöhnte.

»Du denkst, ich will nur mit dir reden, um dich zu tadeln? Ja, das auch. Pass auf dich auf, Judy. Mach nichts, was du später bereuen wirst. Vertraue nicht den falschen Personen. Gib nicht zu viel von dir. Mach lieber nichts, was *haram* ist. Aber …«

Haram. Das war so ein mächtiges Wort, so voller Warnung, so schambringend. Es bedeutete *verboten*. Ein Tabu. So verboten, wie Jaads Lippen für mich sein sollten. Ich wollte nichts tun, was *haram* war. Aber es fiel mir so schwer, mich von Jaad fernzuhalten.

»Aber?« Ich hielt mich an diesem kleinen Wort, das meine Schwester gesagt hatte, wie an einem Strohhalm fest. Ihre Warnungen hatten ein flaues Gefühl in meinen Magen geschickt. Ich wusste, dass sie recht hatte. Ich konnte es nur nicht umsetzen.

»Das, was ich von ihm gesehen hab, scheint echt in Ordnung zu sein. Ich mein, nicht jeder Typ kommt einfach so zu den Eltern eines Mädchens, das er mag. Und schafft es, sich einzubringen und so einen guten Eindruck zu hinterlassen. Alle mochten ihn. Sogar Mama. Also, er ist echt ziemlich perfekt. Bis auf den Fakt, dass er dich heimlich in der Küche geküsst hat«, sagte sie.

Ich schluckte. Meine Wangen glühten.

»Genau genommen habe *ich ihn* heimlich in unserer Küche geküsst.«

»Das macht es nicht unbedingt besser.«

»Es hat sich aber gut angefühlt«, verteidigte ich mich schwach.

Auf der anderen Seite der Leitung war es still, bis ich Reham seufzen hörte.

Plötzlich kam mir ein Gedanke. »Hast du das schon mal gemacht, Reham?« Cal hatte ich nie geküsst. Jaad war damit offiziell mein Erster.

Wieder herrschte kurze Stille. Dann: »Jemanden geküsst? Nein. Ich warte bis zur Ehe. So wie es sein sollte.«

»Gab es denn schon mal jemanden, den du gern geküsst hättest?«

So langsam wurde das Gespräch interessant. Es war, als hätten wir die Rollen getauscht. Jetzt war ich nicht mehr die Angeklagte, die im unangenehmen Befragungsstuhl saß, sondern die mit der Erfahrung in einer Welt, die Reham bis dato verschlossen gewesen war.

»Ich würde es gerne wollen. Also, ich meine … Ich hab nichts gegen Liebe. Liebe ist toll, denke ich mal. Aber ich habe bisher noch nie jemanden geliebt, weißt du. Manchmal denke ich, ich bin dazu gar nicht fähig. Vielleicht habe ich einfach zu große Erwartungen?« Sie lachte, als wäre es lächerlich, was sie sagte.

»Wie meinst du das?« Ich sank an meiner Zimmerwand in die Hocke und flüsterte die Worte beinah. Ich hatte nicht gewusst, dass Reham dieses Thema so beschäftigte.

»Ich meine … Einerseits schreckt es mich ab, was ich von anderen so mitkriege. Viele meiner Freundinnen sind verheiratet oder in Beziehungen und haben krasse Probleme mit ihren Partnern. Es gibt so viele Männer, die Frauen einfach nur ausnutzen …« Auch ihre Stimme war nun leiser geworden.

»Jaad nutzt mich nicht aus«, stellte ich klar.

»Das hoffe ich.«

»Und ich hoffe, du findest die große Liebe, Reham.«

»Ich will nicht mal eine große. Eine kleine würde mir schon reichen. So wie Jaad dich im Pacific Park angeschaut hat … Ich glaube, so hat mich noch nie jemand angeschaut.«

»Ich bin mir sicher, dass das passieren wird. Du bist wundervoll, liebenswürdig und stark.«

»Manchmal will ich aber nicht stark sein.«

Das konnte ich verstehen.

»Manchmal will ich nicht allein sein. Aber irgendwie erreicht nie jemand mein Herz. Niemand sieht mich.«

Sie klang so traurig, dass sich meine Brust zusammenzog. Es existierte zwar die Vorstellung, dass Zwillinge einfach alles übereinander wussten. Aber es gab Dinge, über die wir nicht redeten. Dazu gehörte Romantik.

»Hast du das Gefühl, dass Jaad dich sieht?«

»Ja«, hauchte ich und schaute an mir herab. Ich fühlte mich so wohl mit Jaad, dass ich für unser Treffen nur einen Jogginganzug und Turnschuhe angezogen hatte. Bloß das Kopftuch fehlte noch.

»Wolltest du gerade los?«

»Ja«, erwiderte ich.

»Sorry, ich wollte dich nicht aufhalten. Arbeit oder Uni?«

»Ich treffe Jaad«, rückte ich mit der Sprache raus. Nach diesem Gespräch brachte ich es nicht übers Herz, sie wieder anzulügen.

»Pass auf dich auf, Judy«, wiederholte sie. »Bewahre deine Grenzen. Bewahre dein Herz.«

24 | talking to the moon

- JUDY -

Als ich am Truck ankam, war dieser bereits geschlossen, das gesamte Equipment und Mobiliar eingeräumt. Jaad stand inmitten des Strandes, als hätte er die ganze Zeit nur auf mich gewartet. Es flatterte in meinem Bauch.

Er streckte die Hand aus, als ich nur noch wenige Schritte von ihm entfernt war, und führte mich um einen großen Felsen herum, der aus dem Sand emporragte.

»Oh mein Gott.«

Hinter dem Felsen, auf der dem Wasser zugeneigten Seite, war eine riesige Picknickdecke ausgelegt, zwei Kissen lehnten am Stein, und eine Packung Nüsse und zwei Wasserflaschen lagen darauf.

»Sorry für das spärliche Picknick, aber das ist alles, was ich noch im Kühlschrank vom Truck gefunden habe. Leider gab es keine Mango-Chips mehr.«

»Das ist mehr als genug. Danke, Jaad. Wann hast du das alles geplant?«

»Gestern in der Sekunde, als du den Pink Moon erwähnt

hast.« Ein Schmunzeln legte sich auf seine Lippen. »Wollen wir?« Er deutete auf die Decke.

Ich setzte mich und lehnte mich an den Felsen, spürte das Kissen neben mir einsinken, als Jaad es mir gleichtat.

»Gestern war wirklich ein schöner Tag.«

»Das finde ich auch.«

»Danke, dass du mich eingeladen hast. Bei uns zu Hause ist es anders, weißt du. Meine Mom …« Er zögerte, und ich warf ihm einen ermutigenden Blick zu.

»Es fühlt sich nicht richtig an, jemand anderem von den Erlebnissen meiner Mutter zu erzählen. Aber irgendwie hat es ja auch mein Leben beeinflusst.« Ich legte meine Hand auf seine. »Mom ist als junge Studentin aus Saudi-Arabien geflüchtet. Sie redet nicht oft darüber. Eigentlich redet sie nie darüber. Sie hat es nicht ertragen, wie sie dort als Frau behandelt wurde. So viele Verbote, kein Autofahren, kein Fahrradfahren, gesellschaftlich erwartete Verschleierung. Alles im Namen von Sitten, Anstand und der Religion.«

»Das tut mir so leid, das wusste ich nicht«, sagte ich in Ermangelung an passenden Worten.

»Natürlich nicht, woher auch.« Er machte eine Pause. Starrte hinauf in den Himmel. »Seitdem hat sie ihrem Herkunftsland, ihrer Sprache, ihrer Kultur und ihrer Religion den Rücken gekehrt. Und mir damit einen Zugang zu all dem verweigert.«

»Wie ist das für dich?«, fragte ich vorsichtig nach.

»Ich verstehe, warum sie diese Entscheidungen getroffen hat. Aber ich sehne mich trotzdem danach, mehr über ihr Leben zu erfahren. Über mein Leben. Habe ich Verwandtschaft in Saudi-Arabien? Was für Menschen sind meine Großeltern, die Geschwister meiner Mutter? Gleichzeitig fühle ich mich schlecht. Wie kann ich eine Verbindung zu etwas herbeisehnen, das ihr so großen Schaden zugefügt hat?«

»Ich war noch nie in so einer Situation, Jaad. Darum kann ich mir nicht vorstellen, wie sich das anfühlen muss.«

»Es fühlt sich an, als würde ich sie verraten.« Jetzt blickte er mich direkt an, und ich konnte den tiefen Schmerz in seinen Augen sehen.

»Hast du schon mal mit ihr darüber geredet? Weiß sie, was du fühlst?«

»Sobald ich das Wort ›arabisch‹ in den Mund nehme, wird sie wütend.« Sein Blick wanderte wieder zum Himmel. Es war bereits so dunkel, dass der Mond zu sehen sein müsste, doch er versteckte sich fast vollständig hinter Wolken. Nur hin und wieder blitzte ein Silberstreifen hervor.

»Ich finde, du solltest keine Schuldgefühle deswegen haben. Ich glaube, dass es für deine Mutter so war, wie sie sagt. Aber das ist nur eine Seite der Medaille. Die Berührung mit der arabischen Kultur kann für dich ganz anders verlaufen. Nichts an dem, was du gestern bei uns erlebt hast, war bedrohlich oder unterdrückend, oder?«

»Nein.«

»Du solltest dich nicht davor fürchten, deiner Mutter zu sagen, dass du ein Muslim bist und Arabisch lernst. Ich bin mir sicher, sie liebt dich, egal, was du machst. Ihr wird am wichtigsten sein, dass du glücklich bist.« Ich bildete mir ein, dass der Schmerz ein wenig aus seinen Augen wich.

»Ich weiß nicht, was ich ohne dich machen würde, Judy«, sagte er, und ich spürte, wie mein Gesicht errötete.

Schnell wandte ich meinen Blick zum Himmel.

»Darf ich dich um etwas bitten?«

»Ja.«

»Würdest du mir einen deiner Songs zeigen?«

»Oh ... Ich ... kenne keinen auswendig.«

Ungläubig schaute Jaad mich an.

»Okay … Vielleicht kenne ich den ein oder anderen.« Sein Gesicht leuchtete auf. Ich wollte ihn aufmuntern, wollte so sehr, dass er wieder lächelte.

Also seufzte ich resigniert. »Aber ich werde nicht singen!«, warnte ich ihn, bevor ich anfing, den Text vorzutragen, der mich die letzten Jahre so sehr beschäftigt hatte.

I think
my mirror must be broken
cause what I see is you
of all the words you've spoken
not one was really true

you said
the only way to love me
was if I was like you
and now your words still haunt me
although I thought I'm through

I think
my mirror must be broken
there's no reflecting light
how come that I have chosen
to go through pitch black nights

but
in this universe, I know
the moon will always shine
and through my cosmic flow
its light will brighten mine

Als ich fertig war, schaute ich ihn an.

Jaads Adamsapfel wanderte an seinem Hals langsam auf und ab. Sofort bereute ich es, genau diesen Text ausgewählt zu haben, den ich damals über Cal geschrieben hatte.

»Das ist nur ein unbedeutender Song. Schon ewig her, dass ich ihn geschrieben habe …« Meine Stimme klang kratzig.

»Sag das nicht. Nichts an dir ist unbedeutend. Der Song ist gut. Hat der Song irgendwas mit dem Typen zu tun, den du gestern erwähnt hast?«

Ich nickte.

»Ich möchte, dass du weißt, dass ich hier mit dir bin, weil ich alles an dir bewundere«, sagte er.

»Alles? Das ist ja wohl kaum möglich.« Ich schnaubte.

»Warum?« Er legte den Kopf schief, als sei er ehrlich neugierig auf meine Antwort. Ich suchte nach Worten in der aufziehenden Nacht.

»Jedes Mal, wenn ich alles von mir zeige, verschrecke ich die Leute eher. Ich sage, hey, das bin ich, Judy, das sind meine echten Farben. Und sofort kehren mir alle den Rücken zu, lassen mich im Stich oder stoßen mich nieder und lassen mich dann liegen.«

»Das würde ich niemals tun, Judy. Ich würde dir immer aufhelfen.«

Seine Worte waren tröstlich, und mir wurde ein bisschen warm dabei. Ich schaute in den Himmel.

Endlich lugte der Mond hervor, und ergoss sein Silberlicht auf uns.

»Da!« Der Pink Moon erstrahlte in seiner ganzen Pracht, groß und bauchig.

»Warte kurz.« Jaad kramte etwas aus einem Beutel, der neben ihm auf der Decke lag. Eine Brille kam zum Vorschein, deren Gläser wie Feenflügel geformt waren und die in knalligem Pink glänzte.

»Darf ich?« Als ich nickte, setzte er mir die Brille auf die Nase, steckte die Bügel auf den feinen Stoff meines Hijabs und verhakte sie hinter meinen Ohren.

»Und jetzt«, er lächelte mich breit an und deutete auf den Himmel, »hast du einen pinken Mond.«

»Es ist wunderschön«, sagte ich.

»Du bist wunderschön«, entgegnete Jaad. »Alles an dir«, fügte er hinzu, und mein Herz wurde so weich. Ich sehnte mich danach, seine Lippen zu kosten, erneut meinen Atem mit seinem zu vermischen, mich an seinen Körper zu lehnen, doch stattdessen versank ich in seinem Blick. Was mich ihm mindestens genauso nah brachte.

Stück für Stück wanderte der jetzt rosarote Vollmond hinter den Wolken hervor und ließ den Himmel erstrahlen.

In diesem Moment gab es nur uns. All die Zweifel, die uns plagten, traten in den Hintergrund.

Ich fühlte ich mich so sehr mit Jaad verbunden, mit der Schöpfung, mit der Natur. Als wäre es Bestimmung gewesen, dass wir genau an diesem Abend unter diesem Mond saßen und gemeinsam die Sterne zählten. Wie zwei Puzzleteile aus verschiedenen Orten in dieser Welt, die hier am Strand von Irvine ihr Gegenstück gefunden hatten.

Zwei Puzzleteile eines Kosmos.

25 | expectations

– JUDY –

Drei Tage lang schwebte ich auf Wolke sieben. Der Pink Moon, Jaads Worte – einfach alles war perfekt gewesen an dem Abend.

Der Mai war über uns hereingebrochen mit all seiner Farbenpracht und dem Vogelgezwitscher. Überhaupt wirkte in meinen Augen jetzt alles viel bunter und fröhlicher.

Obwohl ich mir ein paar Tage vom Truck freigenommen hatte, um mich auf die Uni zu konzentrieren, und Jaad dadurch weniger sah, fühlte ich mich die ganze Zeit mit ihm verbunden. Nicht nur, dass er mir von seinen Schwierigkeiten erzählt hatte, er hatte mir auch versichert, dass er für mich da war. Dass er mich sah und mich bewunderte. Für alles, was mich ausmachte.

Ich fühlte mich so beflügelt, dass ich mir sogar vorstellen konnte, in Mr Treanors Seminar zu gehen. Wahrscheinlich war es eine gute Idee, mich mal wieder dort blicken zu lassen. So konnte ich auch gleich herausfinden, ob es Neuigkeiten zum Wettbewerb gab. Ich hatte mir zwar die Notizen von María geben lassen, aber man wusste ja nie. Also fasste ich mir ein Herz.

Gerade als ich Mr Treanors Seminar betrat, trudelte eine Nachricht auf meinem Smartphone ein.

Jaad: Guten Morgen, mango girl. Zeit für einen Kaffee? Ich habe eine neue Kreation für dich …

Das zauberte ein Lächeln auf mein Gesicht. Obwohl ich heute freihatte, wollte er mich irgendwie ins DROPOUT locken. Bevor ich mich setzte, tippte ich hastig eine Antwort.

Judy: Sabaho, coffee boy. Leider sitze ich gerade in einem Seminar und muss danach in die Bibliothek.

Jaad: 🥺 ☕ 🐶 🖤

Judy: Versuchst du, mich zu manipulieren?

Jaad: Funktioniert es denn?

Judy: Fast …

Jaad: 🍿 🎡 😘 🔥

Mein Herz flatterte, und mir wurde warm. Das Eis zwischen uns war offensichtlich komplett geschmolzen. Ich genoss diese neue Art der Intimität mit Jaad, genoss seine flirty Andeutungen. Über unsere gemeinsamen Erlebnisse, die nur uns beiden gehörten, von denen nur wir wussten.

Und Reham, ging es mir durch den Kopf.

Mr Treanor betrat den Raum, und ich fühlte mich gewappnet. Ich hatte den ganzen Stoff bereits nachgearbeitet, und mein Songtext, den ich gerne einreichen wollte, wuchs und wuchs. Ich begrüßte ihn knapp, und während ich mich setzte, antwortete ich Jaad mit einer schnellen Nachricht.

Judy: Ich melde mich nachher. Muss los.

Ich gab mir Mühe, mich so vorbildlich wie möglich am Unterricht zu beteiligen. Mr Treanor hatte mit seiner Frage von der Bedeutung des Managements für Musikerinnen und Musiker eine hitzige Diskussion losgetreten. María war gerade mit einer Kommilitonin in einen Schlagabtausch darüber verwickelt, ob Colonel Tom Parker, der Manager von Elvis Presley, Glück oder Unglück für den Sänger bedeutet hatte. Mr Treanor lehnte an seinem Pult und ließ die beiden mit einem undurchschaubaren Lächeln auf den Lippen diskutieren.

»Elvis Presley wäre auch ohne seinen Manager früher oder später berühmt geworden«, fügte María an, »er hatte nämlich Talent.«

»Eine gute Singstimme ist nicht alles. Madonna kann auch nicht singen, dafür hat sie einen guten Manager«, konterte ein Typ aus den vorderen Reihen.

María prustete laut los. »Madonna hat nicht einfach nur einen guten Manager, ihr Manager hat vor allem eine gute Künstlerin! Und das Gleiche gilt für Elvis. Nur, dass sein Manager ihn ausgenommen hat wie ein Schwein!«, sagte sie und verschränkte die volltätowierten Arme voreinander.

Innerlich gab ich María recht. Ich würde mir keinen Manager wünschen, der die Hälfte meiner Einkünfte für sich beanspruchte und mich dazu noch in den finanziellen Ruin trieb. War es unmöglich, in dieser Branche an Menschen zu geraten, die einen unterstützten und einen nicht ausnutzten, um auf einer Welle des Erfolgs zu reiten, die irgendwann schellend an den Klippen zerbrechen musste?

»Trotzdem war er erfolgreich«, wandte der Typ von vorn ein. Sein Satz versetzte mir einen kleinen Stich. Was war die Definition von Erfolg? War ich erfolgreich, weil ich es bis zum Ende meines Masters geschafft hatte? War ich erfolglos, weil ich immer noch keinen Job in der Musikbranche ergattert hatte, nicht mal einen Praktikumsplatz?

Mr Treanors Blick wanderte durch den Seminarraum. Ich meldete mich, um etwas zur Diskussion beizutragen, doch er ignorierte mich demonstrativ. Ich winkte mit meiner Hand hin und her, doch ich wurde weiterhin übersehen. Schließlich hielt ich es nicht mehr aus und redete einfach drauflos.

»Aber was bedeutet denn Erfolg? Elvis hat zwar Stadien gefüllt, aber vielleicht hat er das selbst nie wirklich als Erfolg gesehen, weil er damit nicht glücklich war? Vielleicht wäre es ihm wichtiger gewesen, einen Manager zu haben, der vollkommen hinter ihm steht und ihn unterstützt, ohne ihn ändern zu wollen.«

Ich spürte, wie ich mich in Rage redete, doch jetzt konnte ich nicht mehr aufhören. Ich wandte mich an den Typen von vorn, versuchte, Mr Treanors Blick zu meiden, als ich weiterredete.

»Ich meine, könnt ihr euch vorstellen, wie sein Leben verlaufen wäre, hätte er Tom Parker nie getroffen? Wenn er einen echten Manager getroffen hätte, der sich um ihn und seine Wünsche, seine Gefühle, gekümmert hätte?«

Ich seufzte. Diese Worte hatten mir seit Beginn der Diskussion auf der Seele gebrannt. Ich schaute meinen Dozenten erwartungsvoll an. So viel hatte ich noch nie in seinem Seminar beigetragen.

»Ms Haleem«, begann Mr Treanor. »Es ist nicht die Aufgabe eines Managers, seine Künstler zu bemuttern oder auf ihre Gefühle zu achten. Künstler sind erwachsene Menschen und keine Kinder. Sie liefern mit ihrer Kunst ein Produkt, und wenn dieses von Wert ist, ist es der Job des Managers, wie ein Bluthund hinter dem Erfolg her zu sein. Geld zu machen.«

»Ich bin mir sicher, dass die Menschen das Talent von Elvis Presley auch so erkannt hätten«, beharrte ich.

Mr Treanor runzelte die Stirn. »Das sind Sie, ja? Ms Haleem, kennen Sie sich mit Geschichte aus?«

Ich zuckte mit den Schultern, weil ich nicht wusste, worauf er mit dieser Frage hinauswollte.

»Kein anderer Manager hätte je mit Elvis gearbeitet. Sie sollten wissen, warum.« Sein Blick wanderte zu Owen, der neben mir saß. Als ich stumm blieb, fuhr er fort: »Rock 'n' Roll war die Musik der Schwarzen, sie war verpönt und wurde als verrucht angesehen. Erst als Elvis Presleys Manager ihn groß machte und dadurch den Rock 'n' Roll in die weißen Wohnzimmer und auf die weißen Partys brachte, erzielte diese Musikrichtung kommerziellen Erfolg. Genau genommen hat Colonel Tom Parker den Rock 'n' Roll also salonfähig gemacht. Ohne seinen Manager wäre Elvis mit seiner Schwarzen Musik niemals entdeckt worden. Es braucht also nicht nur Talent, Ms Haleem. Es braucht auch den richtigen Riecher und sehr viel Mumm von den Männern, die hinter den Künstlern stehen.«

»Vergiss es einfach«, raunte Owen mir zu. Doch das konnte ich nicht. Gerade als ich meinen Mund öffnete, um noch etwas zu sagen, kam Mr Treanor mir zuvor und wechselte zum nächsten Thema.

Als der Kurs endlich endete, packte ich meine Sachen zusammen und sah, wie Mr Treanor auf meine Sitzreihe zukam. Er richtete seine Brille auf seiner schmalen langen Nase und bedeutete mir mit seinem Zeigefinger, zu ihm zu kommen.

Perplex über diese Geste, blickte ich ihn an. »Meinen Sie mich?«

Er seufzte und verschränkte die Hände vor dem Bauch. »Wen denn sonst?«, fragte er genervt und kehrte zurück zu seinem Pult.

Die meisten anderen hatten den Raum bereits verlassen. Ich gehorchte und folgte ihm.

»Setzen Sie sich.« Er deutete auf den Tisch, der direkt vor seinem Pult stand. Der Tisch, an den sich nie jemand freiwillig setzte.

Ich schluckte und kam seiner Aufforderung nach. Mr Treanor hingegen setzte sich nicht. Er blieb am Pult direkt vor mir stehen. Überragte mich mit seiner großen blassen Erscheinung.

»Wie kommt es, dass Sie uns heute mit Ihrer Anwesenheit beehren?« Seine nasale Stimme verursachte mir Übelkeit.

»Ich hatte in letzter Zeit viel zu tun«, erwiderte ich.

»Wichtigere Dinge als meinen Unterricht?«

Ja!, wollte ich ihm am liebsten ins Gesicht schleudern. *Meine mentale Gesundheit ist mir um einiges wichtiger als Ihr Geschwafel und Ihr Mobbing.* Doch das sagte ich nicht. Ich schwieg.

»Wissen Sie …«, begann er und stand auf, ging einmal im Halbkreis um sein Pult herum bis er dahinterstand. Wie ein Richter. »Ich glaube nicht, dass Sie in dieser Branche eine Zukunft haben.«

»Wie bitte?«, entfuhr es mir. Das Druckgefühl in meinem Magen verstärkte sich. Ein ekliger Geschmack legte sich auf meine Zunge.

»Ich sage nur, wie es ist. Eine Frau wie Sie. Mit Ihrer Religion und diesem Tuch.« Er schüttelte mehrmals den Kopf, als könnte er es selbst kaum glauben, tat so, als müsste er über diese absurde Vorstellung lachen.

»Das passt einfach nicht zusammen. Weder von unserer Seite noch von Ihrer.«

Von welchen verdammten Seiten sprach er da?

»Sie und Ihre Landsleute wollen immer alles verändern. Sie kommen hierher mit ihrem Islam und wollen uns beeinflussen. Dabei vergessen Sie, dass es in Amerika bereits eine Religion gibt, nach deren Werten wir hier leben.«

Redeten wir hier immer noch über Musik? Ich wollte etwas antworten, etwas sagen, doch ich hatte Angst, mich sofort erbrechen zu müssen, wenn ich den Mund nur öffnete.

»Sie müssen es doch selbst sehen. Was wollen Sie denn beim Wettbewerb beitragen? Auf der Bühne stehen, mit Ihrem Tuch, und etwas singen?«

»Ich schreibe Songtexte«, presste ich mit Mühe hervor.

»Ach Gott. Das ist ja noch schlimmer. Dann wollen Sie also Einfluss darauf haben, was weiße, christliche Künstler singen.«

Künstler. Wenn er über andere redete, waren es also Künstler. Aber wenn er über mich redete, war ich nur eine Frau mit einem Tuch. Ein Schandfleck in seinem Seminar. Schmutz, den er entfernen wollte.

»Ich will niemanden beeinflussen«, sagte ich schwach. Ich atmete tief ein, um die Übelkeit niederzukämpfen. »Ich will einfach nur Musik machen.«

»Mhm. Worüber schreiben Sie denn?« Er blies die Wangen auf und stützte sein Kinn auf eine Hand. Alles, was er tat, war so aufgesetzt. Nichts an seinem Getue wirkte echt, und doch traf es mich so tief.

»Über Liebe. Über Politik. Über die Gesellschaft«, erklärte ich knapp.

Mr Treanor verfiel plötzlich in lautes Gelächter, bis ihm Tränen aus den Augen kullerten. Ich hingegen kämpfte meine zurück.

»Ich … werde jetzt gehen«, sagte ich schwach. Ein Zittern

hatte mich erfasst, gleichzeitig raste mein Puls durch meinen Körper, hämmerte gegen meinen Hals.

Was zur Hölle war das Problem dieses Mannes? Warum hasste er mich *so sehr*, ohne dass er mich kannte oder meine Leistung wenigstens einmal begutachtet hatte?

Mr Treanor wischte sich die Tränen aus den Augen und nickte. »Tun Sie, was Sie nicht lassen können.«

Ich ging hinaus, und mein Herz stand in Flammen. Der Hass kochte unkontrolliert in mir hoch. Die Tränen strömten jetzt ungehindert über mein Gesicht. Tränen der Scham, der Wut, der Ohnmacht. All diese Gefühle flossen mir aus den Augen, während ich durch den Flur lief, den Kopf gesenkt, damit möglichst niemand mitbekam, welche Kämpfe ich gerade ausfocht.

Was konnte ich tun, damit Mr Treanor mich in Ruhe ließ? Wie konnte ich ihn stoppen? Wie viele andere Menschen hatten seine Schikane schon vor mir ertragen, und wie viele würden ihm noch zum Opfer fallen, wenn ich nichts sagte? Was würde passieren, wenn ich den Mund aufmachte? Würde ich es mir dann endgültig mit ihm verspielen? War es das wert?

Ich wusste nicht, wohin mit mir, also lief ich in mein Studentenwohnheim. All die Tränen, die ich auf dem Weg hierher geweint hatte, hatten mich geschlaucht. Ich schmiss den Rucksack in die Ecke, setzte mich mit angezogenen Beinen auf mein Bett und grübelte.

Sollte ich mit Roxy über mein Problem mit Mr Treanor reden? Würde sie mich überhaupt verstehen? Sie war gerade ohnehin nicht zu sprechen, weil sie in ihren Seminaren saß.

Sollte ich meine Schwester anrufen? Würde sie mir zuhören, ohne mich über Jaad auszufragen?

Jaad … Im Freizeitpark hatte er mitgekriegt, wie ich von einem Typen angerempelt wurde. War das nur ein Zufall gewesen? Ich erinnerte mich an die Bestürzung in Jaads Blick. Seine Sorge um mich. Vielleicht würde er mich verstehen.

Nach dem dritten Freizeichen ging er ran.

»Hey.« Seine Stimme klang weich und vertraut.

»Steht dein Angebot noch?«, fragte ich ohne Umschweife.

»Ein Kaffee?«

»Deine Gesellschaft. Ich brauche dringend jemanden zum Reden und könnte Trost gebrauchen.«

Ich hörte etwas rascheln und quietschen, bevor Jaad weitersprach. »Geht es dir nicht gut?«

»Ich hatte einen Scheißtag.« Wie ironisch, dass ich mich heute Morgen noch so gut gefühlt hatte.

»Was ist passiert?«

»Ich kann darüber nicht am Telefon reden. Hast du Zeit?« Bei dem Gedanken daran, was eben geschehen war, schnürte sich wieder meine Kehle zu.

Jaad seufzte. »Ich bin gerade bei der Band.«

»Oh, sorry, das wusste ich nicht. Ich dachte, du bist noch beim Truck.«

»Komm doch zu uns in die Garage, wenn du willst.«

Nach diesem Tag würde ich es auf keinen Fall auch noch mit der Feindseligkeit von Max und Obi aufnehmen können.

»Nein, nein! Schon okay«, sagte ich, konnte aber nicht verhindern, dass mir Tränen in die Augen schossen und meine Stimme am Ende hochging.

»Judy?«

»Ja?«, meine Stimme brach.

»Ich bin in einer Stunde bei dir.«

Eine Stunde später klopfte es an der Tür zu meinem Zimmer im Studentenwohnheim. Ich hatte inzwischen geduscht, mir eine graue Leggings und ein gelbes oversized Shirt angezogen, das mir bis zu den Knien reichte, und mich ein wenig beruhigt. Meine Haare hatte ich in einen Handtuch-Turban gewickelt.

In Hausschuhen öffnete ich die Tür und trat auf den Flur. Jaad stand vor mir, in der einen Hand eine große Papiertüte und in der anderen Hand einen bunten Blumenstrauß.

»Ich hab was Kleines mitgebracht«, sagte er mit schiefem Lächeln. Bei seinem Anblick ging mein Herz auf, und das Atmen fiel mir gleich etwas leichter. Ich trat hinaus in den Flur, schloss die Zimmertür hinter mir und nahm die Blumen entgegen.

»Roxy und ich machen es uns gerne auf dem Flur gemütlich. Außer unserem sind nur zwei weitere Zimmer bewohnt. Von Sportstudentinnen, die den ganzen Tag beim Training sind und erst in ein paar Stunden wiederkommen«, erklärte ich und setzte mich auf den Boden, den Rücken an die Tür gelehnt. Wortlos ließ Jaad sich mir gegenüber in einen Schneidersitz gleiten. Die Blumen legte ich auf meinem Schoß ab, strich sacht über die feinen Blätter in Gelb, Orange, Rosa, Rot und Weiß.

Dann öffnete ich die Tüte, die Jaad vor sich auf den Boden gestellt hatte, holte zwei Boxen daraus hervor und hob den Deckel der einen an. Sofort stieg mir der Duft von würzigem Knoblauch und etwas Scharfem in die Nase.

»Ich wusste nicht, was du magst. Aber ich dachte, was Warmes könnte helfen.« Etwas unbeholfen hob Jaad seine Schultern. »Unterwegs habe ich nur diesen einen pakistanischen Halal-Imbiss gefunden. Ich hoffe gefüllte Naans sind okay.«

»Machst du Witze?« Begeistert holte ich eines der beiden Naans aus der Box, teilte es in zwei Hälften und reichte Jaad eine davon. Gleichzeitig bissen wir in den weichen Teig. Würzig-cremiges Aroma und buttrige Konsistenz füllten meinen Mund.

»Das ist *so* gut.«

»Es gibt auch eins, das mit Käse gefüllt ist«, erklärte Jaad. Diesmal nahm er den Fladen in die Hand, riss ihn in zwei Hälften und reichte mir eine davon. Dabei lief ein bisschen des flüssigen Fetts an der Seite seiner Hand hinunter. Bevor das Fett auf seine Kleidung tropfen konnte, leckte er es sich von der Hand, wischte sich ein wenig Soße vom Mundwinkel und leckte dann seinen Finger ab. Die Zunge, mit der er an meiner Oberlippe entlanggefahren war.

»Schmeckt's?«, fragte ich ihn.

»Köstlich. Aber …« Er kaute kurz zu Ende, schluckte und schaute mich dann eindringlich an. »Erzählst du mir, was bei dir los ist? Ich hab mir den ganzen Weg hierher Sorgen gemacht.«

Ich konnte mir ein Lächeln nicht verkneifen. Sein Interesse und seine Besorgnis rührten mich. Gleichzeitig tat es mir fast schon leid, ihn mit meinen Problemen behelligt zu haben. Ich wollte nicht, dass er sich meinetwegen schlecht fühlte.

»Wie lief es mit der Band?«, lenkte ich ab. »Habt ihr noch mal über die Sache mit der arabischen Sprache geredet?«

»Noch nicht. Ich denke, Max und Obi werden überzeugt sein, wenn sie das fertige Produkt sehen.«

»Brauchst du noch Hilfe beim Text?«

»Tatsächlich nicht.«

»Was?«, entfuhr es mir ungläubig.

»Lass dich überraschen, Judy. Aber jetzt erzähl endlich von dir. Denk nicht über meinen Song nach. Ich will wissen, wie es dir geht.«

Ich atmete tief ein. Wo sollte ich anfangen?

»An der Uni gibt es so einen Wettbewerb, bei dem ich gerne

teilnehmen möchte. Veranstaltet wird er von einem Dozenten von mir.«

»Ach ja?« Jaad legte sein angebrochenes Naan zurück in die Schachtel, lehnte sich mit dem Rücken gegen die Flurwand und verschränkte die Arme vor der Brust. Interessiert sah er mich an.

»Der Haken ist, dass der Dozent mich offensichtlich hasst.«

Jaad hob eine Braue. »Bist du dir da sicher?« Er sagte es nur leise, doch seine Worte brannten wie Säure in meinen Ohren.

»Was?«

»Ich meine, warum sollte er dich hassen?«, beeilte er sich, zu erklären. Ich versuchte, den Frust, den seine Worte in mir auslösten, zu unterdrücken. Versuchte, Verständnis dafür zu haben, dass er erst mal skeptisch war.

Ich sprach langsam, um nicht zu aufgeregt zu wirken. »Jedes Mal, wenn er mich sieht, macht er irgendwelche Kommentare über mich.«

»Was hat er gesagt?«, fragte er.

»Mich gefragt, ob ich unter meinem Hijab schwer höre, zum Beispiel«, murmelte ich. »Ich meine, was denkt er sich denn dabei? Dass ich keine Gefühle habe? Dass er sich erlauben kann, was er will? Und das vor allen Leuten im Seminar?« Meine Stimme wurde jetzt lauter, und Jaads Augen weiteten sich überrascht.

Hatte ich zu viel preisgegeben?

Er rückte zu mir auf, wischte mir eine Träne von der Wange. Mein Hals schmerzte.

»Es tut mir so leid, Judy, dass dir das passiert ist.«

»Danke«, antwortete ich. »Normalerweise rede ich nicht darüber.«

»Über was?«

»Über diese Form der Diskriminierung.«

Mit einem sanften Nicken bedeutete er mir, weiterzusprechen. Ich holte tief Luft, knetete meine Finger und ließ meine Handgelenke knacken, indem ich sie wie zu einer Namaste-Geste zusammenfaltete und meine Hände dann nach links und anschließend nach rechts beugte.

»Über … Rassismus.«

Ich hasste es, dieses Wort auszusprechen. Hasste, welche Macht es über mich hatte. Ich fühlte mich schwach, als würde das Wort mich bestimmen, einen Teil meiner Identität beanspruchen und ein Stück Judy von mir wegnehmen.

Aber das hier war Jaad. Ich musste ehrlich zu ihm sein. Die vergangenen Wochen hatten wir so viel Zeit miteinander verbracht. Ich hatte mich ihm in einer Art gezeigt und geöffnet, die ich nicht für möglich gehalten hatte. Über die gemeinsame Liebe zur Musik hatten wir die Lust an der arabischen Sprache entdeckt. An der Kultur, die uns miteinander verband. In die ich ihn einführte.

»Wie wäre es, wenn du dich heute erst mal ausruhst? Und versuchst, nicht so viel darüber nachzudenken?«

»Das ist leichter gesagt als getan. Ich hab das Gefühl, dass ich überhaupt keine Chance habe, mich zu verteidigen. Dass kein Wort, das ich sagen könnte, meine Situation retten könnte. Weil mir sowieso niemand zuhört.«

Jaad ließ die Schultern hängen. Dann, als hätte er eine Eingebung, spannte sich seine Körperhaltung wieder an.

»Hast du schon mal daran gedacht, dich an eine offizielle Stelle zu wenden? Zum Beispiel an die Antidiskriminierungsstelle?«

»Arbeitet da nicht deine Mutter?«

»Ich hab bisher nur Gutes von ihr über die Stelle gehört. Sie hat schon vielen Studierenden weitergeholfen. Bestimmt kann sie auch etwas für dich tun. Ich könnte dich begleiten.«

»Bist du dir sicher? Ist es nicht komisch, wenn du da mit mir aufkreuzt? Das wäre dann das erste Mal, dass deine Mutter mich sieht, und dann geht es gleich um so was?«

»Ich finde das nicht komisch. Mach dir da nicht so viel Sorgen. Ich bin an deiner Seite, Judy. Lass uns gleich morgen zu ihr gehen und ihr das Problem schildern. Wir kriegen das hin.«

»*Wir kriegen das hin*«, wiederholte ich mehr zu mir selbst. Als wäre es ein Mantra.

Alles würde gut werden, dachte ich. Jaad war jetzt da. An meiner Seite.

Am nächsten Tag traf ich Jaad wie vereinbart vor dem Hauptgebäude der Uni. Sein strahlendes Lächeln war ansteckend. Über Nacht hatte ich neue Energie geschöpft und wollte es jetzt endlich hinter mich bringen.

Gemeinsam mit Jaad.

Dank ihm würde ich gleich eine Fürsprecherin für meine Angelegenheit haben, und bald konnte Mr Treanor mir nichts mehr anhaben.

Ich verschränkte meine Finger mit Jaads, drückte sie leicht.

Er erwiderte den Druck. »Wollen wir?«

Jaad ging voran, durch eine gläserne Tür und dann einen langen Gang entlang, der gesäumt war von etlichen Holztüren. Gerahmte Porträts hingen an den Wänden von Frieda Kahlo, Maya Angelou, Greta Thunberg und Malala Yousafzai. Von all den Frauen, die ich bewunderte.

Endlich hielten wir vor einem Büro an, an dem ein Schild angebracht war: *Antidiskriminierungsstelle*. Dahinter die Initialen *K. C.*, die vermutlich für den Namen von Jaads Mutter standen.

»Bereit?«, fragte Jaad, und als ich nickte, klopfte er mit seiner freien Hand an.

Kurz herrschte Stille, dann hörten wir Schritte. Die Tür öffnete sich nach außen, sodass wir im Gleichschritt einen Schritt zurücktreten mussten.

Vor mir stand eine Frau, adrett gekleidet in einen grauen Bleistiftrock und einen dazu passenden Blazer. Sie war sogar noch ein wenig kleiner als ich. Ihre dunkelbraunen Augen sahen ganz anders aus als die von Jaad. Ihre schwarzen Haare waren von ein paar grauen Strähnen durchzogen, und ihr Teint erstrahlte in einem satten Braun. Sie hatte hohe Wangenknochen, einen durchdringenden Blick und sah aus wie eine Kämpferin.

Vielleicht konnte sie mir wirklich dabei helfen, mich gegen Mr Treanor zu wehren. Oder ihn sogar abmahnen.

An ihrer Bluse haftete ein Schild, auf dem ihr Name stand: *Khadija Carter*.

»Jaad!« Ein breites Lächeln erschien auf ihren Lippen. Sie nahm ihren Sohn in den Arm und drückte ihn innig.

»Mom.« Liebe lag in seiner Stimme. Jaad hatte sich so weit zu ihr heruntergebeugt, dass sie mich über seine Schulter hinweg anblicken konnte. Sie musterte mich neugierig.

Als die beiden sich voneinander lösten, stellte er mich vor. »Mom, das ist Judy, Judy, das ist meine Mutter Khadija.«

»Hallo.« Ich reichte ihr meine Hand zum Gruß, die sie ergriff und sacht schüttelte.

»Kommt herein.«

Wir setzten uns auf zwei bezogene Stühle, die vor dem großen Schreibtisch standen. Kräftige Grünpflanzen in riesigen Kübeln waren überall im Zimmer verteilt. Ich entdeckte Bücher über Kunst, Literatur und Philosophie in einem Bücherregal neben dem Schreibtisch, aber keinerlei Gegenstände, die auf ihre Herkunft schließen ließen.

»Wie kann ich euch helfen?«, fragte sie, wobei ich einen feinen, fast gänzlich verblassten arabischen Akzent heraushörte, der mich an meine Eltern erinnerte.

Ermutigt von dem vertrauten Gefühl, das ich dabei verspürte, holte ich tief Luft. Immer noch hatten Jaad und ich unsere Finger verschränkt, er strich sanft mit dem Daumen über meinen Handrücken.

»Mein Name ist Judy Haleem, und ich bin Studentin der Musikwissenschaften im Master. Es ist jetzt mein letztes Semester an der Uni, und ich belege einen Kurs bei einem Dozenten namens Mr Treanor. Ich möchte den Kurs gern erfolgreich abschließen und an einem Wettbewerb teilnehmen, den er ausgeschrieben hat. Aber ich habe ... Probleme mit ihm.«

Bei der Erwähnung von Mr Treanor waren ihre Augenbrauen in die Höhe gewandert, so als würde sie seinen Namen erkennen. Hatte sie bereits von ihm gehört? Vielleicht war ich nicht die erste Person, die sich über ihn beschwerte.

»Mhmmm. Was werfen Sie ihm denn konkret vor?«

Musste ich es schon wieder aussprechen? Konnte sie es sich nicht denken? Meine Hand verkrampfte sich an Jaads Fingern, und wahrscheinlich merkte er es. Er ließ sie los und warf mir einen besorgten Blick zu. Sofort knetete ich meine Hände, konnte meinen Fingerknöcheln aber kein Knacken entlocken, was mich nur noch nervöser machte.

Also räusperte ich mich und drehte mich Hilfe suchend zu Jaad um, doch er nickte mir nur aufmunternd zu. Hatte er es ihr gar nicht gesagt?

Die Worte musste ich mit aller Anstrengung hervorpressen, als würde mein Körper sich dagegen wehren: »Rassismus.«

Jaads Mutter schaute zuerst Jaad an, dann mich. Kein Wort kam über ihre Lippen. Ihr Brustkorb hob sich ganz langsam und senkte sich wieder.

»Mhmmm«, machte sie erneut. »Das klingt kompliziert.«

»Wieso? Alle haben mitgekriegt, wie er sich über mich lustig gemacht hat«, wandte ich ein.

Gestern hatte ich die Details vor Jaad verschwiegen, weil ich mich geschämt hatte. Doch jetzt führte kein Weg daran vorbei.

»Er hat sich lustig gemacht«, wiederholte ich. Ein Schluchzen hatte sich in meine Stimme geschlichen. »Darüber, dass ich angeblich nicht hören kann unter meinem Hijab. Außerdem meinte er, dass er sich über meine Existenz im Kurs nicht freut und ich keine Zukunft in der Musikbranche haben würde.«

Khadija presste die Lippen aufeinander. »Das ist natürlich nicht nett, aber noch lange kein Beweis dafür, dass er rassistische Motive hat.«

»Aber …« Ich drehte mich ungläubig zu Jaad.

»Judy, diese Vorfälle hätten Sie direkt melden sollen. Wenn sich alle Beteiligten noch daran erinnern können. Aber jetzt …« Sie seufzte tief. »Wie viele Wochen ist das her?«

Ich rechnete im Kopf nach.

»Der erste Übergriff liegt vier oder fünf Wochen zurück«, sagte ich.

Khadija schüttelte den Kopf.

»Ohne Zeugen wird es sehr schwierig, da eine Beschwerde durchzuboxen. Ich kann es natürlich trotzdem machen. Ich kann Ihnen aber nicht versprechen, dass es was bringt.«

»Was können Sie mir denn dann versprechen?« Meine Stimme war laut geworden. Jaads Mutter zuckte zusammen.

»Ich dachte, Sie würden mir helfen. Ich dachte, Sie würden mich verstehen. Ich dachte, wir hätten etwas gemeinsam. Frauen wie Sie und ich …« Meine Stimme brach weg.

»Wir haben nichts gemeinsam«, schnitt Jaads Mutter mir das Wort ab.

»Mom«, schaltete Jaad sich endlich ein. Er klang, als wüsste er, was gleich kommen würde. Als hätte er es schon tausendmal gehört und wollte nicht, dass ich es auch hören musste.

»Aber Sie heißen Khadija. Sie sind arabisch.«

»Das ist nur ein Name, der seine Bedeutung verloren hat. Ich war einmal arabisch. Jetzt bin ich Amerikanerin.«

Ihre Stimme hatte eine unmissverständliche Härte und Bestimmtheit angenommen. Hatte ich eben noch so viele Gemeinsamkeiten zwischen uns gesehen, wirkte sie jetzt distanziert und fremd. Ich erinnerte mich daran, dass ich nicht das Recht hatte, ihr vorzuschreiben, wer sie war oder zu welcher Kultur oder Sprache sie sich zu bekennen hatte. Genauso wenig, wie irgendeine andere Person das bei mir durfte.

Mir wurde kalt, und ich begann, zu zittern. Ich hatte mir dieses Gespräch ganz anders vorgestellt.

Anstatt mich anzuschauen, fixierte sie Jaad, als sie weitersprach. »Ich kenne Mr Treanor. Er arbeitet seit etlichen Jahren an dieser Uni. Und soweit ich mich erinnere, hat noch nie jemand eine Beschwerde gegen ihn eingereicht.«

»Vielleicht war seit etlichen Jahren keine Frau mit Hijab in seinen Kursen«, antwortete ich.

»Das kann sehr gut sein, Judy. Und überlegen Sie mal, warum.«

Ihre Frage überrumpelte mich. Dachte sie am Ende genauso wie Mr Treanor?

»Frauen wie ich haben dafür gekämpft, dass Frauen wie Sie so etwas nicht mehr tragen müssen.«

Ungläubig schaute ich zu Jaad. Er hatte den Blick zu Boden gesenkt, schaute auf seine Füße, als suchte er dort nach passenden Worten.

»Und dennoch sehe ich es immer wieder, wie junge Mädchen sich freiwillig dieses Tuch umbinden.«

Jaad erhob sich, nahm meine Hand wieder in seine, diesmal

fest, bestimmend. »Kannst du bitte einfach ihre Beschwerde aufnehmen, Mom?«

»*Natürlich* nehme ich ihre Beschwerde auf. Das ist mein Job. Ich will nur, dass euch bewusst ist, dass sie nicht unbedingt von Erfolg gekrönt sein wird. Habt ihr Zeugen für die Vorfälle?«

Jaad drehte sich mit einem fragenden Blick zu mir.

Owen war dabei gewesen, als Mr Treanor im Seminar abfällige Kommentare gemacht hatte. Aber beim letzten Gespräch war ich ganz allein gewesen.

»Nicht für den letzten Vorfall.« Meine Stimme klang auf einmal so zerbrechlich. Das Gespräch hatte eine Wendung genommen, mit der ich nicht gerechnet hatte.

Seufzend zog Khadija eine Schublade auf und holte ein paar aneinandergeheftete Zettel heraus.

»Dann bleibt Ihnen nur, zu hoffen.« Khadija schob die Zettel über den Tisch zu mir herüber und legte einen Stift oben auf.

Schweigend füllte ich die Zettel aus, wobei das Gefühl der Ohnmacht in mir immer weiter wuchs.

Als ich fertig war, verabschiedete ich mich mit einem knappen, aber höflichen Gruß, während Jaad noch mit seiner Mutter redete. Ich konnte es kaum erwarten, hier wieder wegzukommen, also ließ ich Jaad stehen und schlüpfte aus dem Zimmer, steuerte, so schnell es ging, auf den Ausgang zu. Bald hörte ich Jaads Schritte hinter mir hereilen.

»Judy, warte.« Seine Stimme hallte durch das Gebäude. Ich stieß die großen Türen auf, die nach draußen führten. Frische Luft strömte mir entgegen, die Sonne leuchtete hell und freundlich. Doch in mir war alles dunkel.

Er hatte mich eingeholt, hielt mich an der Hand fest, doch meine Finger entglitten ihm.

»Bitte. Meine Mutter meint es nicht so«, sagte er mit einem flehenden Blick.

»Und was ist mit dir?« Ich verschränkte meine Arme vor der Brust. »Du hast gesagt, du würdest mich immer unterstützen, mir immer aufhelfen.«

»Ja, und das habe ich auch so gemeint.«

Ich lachte bitter.

»Aber du hast mir nicht geholfen. Du hast einfach gar nichts gesagt. Du warst nicht an meiner Seite.«

»Ich *bin* an deiner Seite, Judy. Aber ich bin nicht du.«

Ich schnaubte laut.

»Judy, es gibt manches, dass ich nicht verstehe. Nicht erlebt habe. Ich kann nicht über deinen Kopf hinweg für dich reden.«

»Du hättest mich zumindest verteidigen können.«

»Ihr Leben war anders als deins, Judy. Du trägst deinen Hijab aus freien Stücken. Bei ihr war das anders. Sie musste fliehen. Sie hatte auch … Probleme«, erinnerte er mich, und ein Kloß bildete sich in meinem Hals. Ich kannte die Geschichten und die Nachrichten. Von Frauen, die gegen ihren Willen verschleiert wurden. Körperlich *und* geistig.

»Worum geht es hier wirklich, Judy?«, fragte er ruhig. Die erste Träne der Wut lief meine Wange hinunter. Wut auf Jaad, seine Mutter, Mr Treanor, auf *mich*.

»Du hast mich im Stich gelassen.«

»Das würde ich nie.«

Er zog mich in eine Umarmung. Zum ersten Mal auf diese Weise, wo seine beiden Arme mich ganz umhüllten, einfingen, um mir Trost zu spenden.

Und ich hasste es.

Ich hasste, dass es so passierte. Dass er mich umarmte, während ich ihm am liebsten den Kopf waschen wollte. Doch ich war zu schwach. Die Wut machte mich nicht stärker, sie entzog mir alle Energie, ließ mich an Jaads Brust zusammenfallen wie ein verwelktes Blatt.

»Ich kann das nicht, Jaad.«

»Was?« Er löste sich von mir, schaute mich mit zusammengezogenen Augenbrauchen an.

Doch mir fehlten die Worte. Am liebsten wollte ich einen Film abspielen, ihm im Schnelldurchlauf all die Zwischenfälle in meinem Leben zeigen, bei denen ich mich fragen musste: *War das Zufall, oder war das Rassismus?*

»Was kannst du nicht, Judy?«, wiederholte er. Seine Stimme klang jetzt alarmiert.

»Das hier«, sagte ich mit Tränen in den Augen und zeigte auf ihn und mich.

Etwas in seinem Blick zerbrach.

»Ist das wirklich deine Entscheidung?« Seine Stimme klang hohl in meinen Ohren.

»Ja«, antwortete ich zittrig. Mein Kinn schob sich trotzig hervor, und ich verabscheute mich dafür. Wie waren wir an diesen Punkt gelangt? Wie konnte die Stimmung so schnell von hoffnungsvoll-verliebt zu enttäuscht-wütend umschlagen? Ich musste weg von hier.

»Wir sehen uns dann auf der Arbeit«, sagte ich, fragte mich aber im selben Augenblick, wie das um Gottes willen funktionieren sollte. Aber es musste. Mein Leben durfte nicht stehen bleiben nur wegen eines Typen.

Ohne ein weiteres Wort drehte ich mich um und stapfte auf den Campus zu und in Richtung Bibliothek. Ich klammerte mich gedanklich an meine Masterarbeit, als wäre sie ein Anker. Auf diesem Gebiet war ich auf niemandes Hilfe angewiesen. Hier konnte ich meine Worte und Fakten für mich sprechen lassen. In der Wissenschaft konnte man über alles streiten, mit Argumenten, die nicht unter die Gürtellinie gingen.

In der Kunst war es anders … Kunst lag im Auge des Betrachters, und Mr Treanor betrachtete mich nur als Schandfleck in seinem Kurs. Anders als Jaad. Bei ihm hatte ich mich von Anfang an gesehen gefühlt. Geschätzt und bewundert als die Künstlerin, die ich war.

Hatte ich mich geirrt? Waren seine Worte nicht ehrlich gewesen vor ein paar Tagen unter dem Mond? Sah er am Ende auch nichts weiter in mir als eine Frau mit Kopftuch, die in der Branche völlig fehl am Platz war?

Ich schlug die Bücher auf, doch die Buchstaben verschwammen vor meinen Augen. Ich konnte sie kaum lesen, es hätten genauso gut Hieroglyphen sein können.

Stattdessen tauchte immer wieder Jaads Gesicht vor meinem inneren Auge auf. Dieses verdammt schöne Gesicht mit den kräftigen Brauen und darunter diesen grauen Augen, glänzend und tief wie zwei Seen. Sein offenes Lächeln, das mich ermutigt hatte, ihm zu zeigen, wer ich bin, was ich wirklich dachte und wovor ich mich fürchtete.

Gott, ich war so unfähig.

Nicht mal auf meine Mastarbeit konnte ich mich mehr konzentrieren.

Frustriert klappte ich die Bücher zu, donnerte sie zurück auf den Wagen und verfluchte diesen Tag, der einfach nicht so laufen wollte, wie er sollte.

Wütend stapfte ich nach Hause, schmiss mich voll bekleidet auf mein Bett und schrie in mein Kissen. Schrie all die Wut und Verzweiflung hinaus, bis ich nur noch eine innere Leere in mir spürte. Ausgelaugt drehte ich mein Gesicht zur Seite, gerade in dem Moment, als Roxy hereinkam.

»Hallo«, krächzte ich. Ich klang absolut jämmerlich, heiser, als hätte ich stundenlang geweint. Dabei steckte mir der Kloß immer noch schmerzhaft im Hals.

Roxy ließ ihre Sachen an Ort und Stelle fallen und kam auf mich zu.

»Was ist passiert?«, sagte sie ruhig. Ihre Brauen waren zusammengezogen.

Ich erzählte ihr alles von dem Moment an, an dem Jaad mein Elternhaus betreten hatte. Vom Kuss, vom Freizeitpark, vom Abschied am Auto und von Mr Treanor, wie er mich isoliert und dann runtergemacht hatte. Erst als ich geendet hatte, bemerkte ich die Tränen auf meinem heißen Gesicht.

»Und was jetzt?«, wollte Roxy wissen.

»Wie meinst du das?«

»Was ist mit Jaad? Und was ist mit Treanor?« Sie hob beide Brauen.

»Nichts«, sagte ich, woraufhin sie ihre Brauen wieder sinken ließ.

»Wirst du einfach hier sitzen und warten?«

Ich blickte mich um. Mein Notizbuch lag wie immer auf meinem Nachtschrank, geduldig und offen für meine Worte.

Ich setzte mich auf und umschlang meine Beine mit den Armen. Legte meinen Kopf seitlich auf meinen Knien ab.

»Ich werde schreiben.«

26 | puppy love

- JAAD -

Ich fühlte mich leer, als ich am Abend zur Bandprobe ging. Die ganze Fahrt über hatten meine Gedanken in meinem Kopf gerattert, war ich das Szenario von heute Morgen zwischen Judy, Mom und mir immer und immer wieder durchgegangen.

Es stimmte, ich hatte nicht sonderlich viel gesagt, aber doch nur, weil ich wollte, dass sie für sich selbst sprach. Das hatte ich von Mom so gelernt. Frauen waren klug und selbstständig. Sie brauchten keinen Fürsprecher. Und das traf auch auf Judy zu.

Ja, sie hatte mich an ihrer Seite als Unterstützung gebraucht. Aber sicher nicht als Sprachrohr. Was hatte sie von mir erwartet? Worin hatte ich ihrer Meinung nach versagt?

Lustlos betrat ich die Garage durch das geöffnete Tor. Die Jungs hatten noch nicht angefangen mit der Probe. Seit dem letzten Streit war die Stimmung wieder etwas aufgelockert – wir hatten zwar nicht darüber geredet, aber so war das nun mal bei uns. Wir stritten, und wir verziehen einander, und dann taten wir so, als wäre nie etwas gewesen. Schon seit zehn Jahren.

Max hantierte gerade am Mischpult, während Flurry etwas

auf einen Zettel kritzelte. Obi war nirgends zu sehen. Als ich eintrat, schauten beide auf. Ich grummelte eine Begrüßung, marschierte direkt auf die Bühne zu und hängte mir meine Bassgitarre um. Max und Flurry bewegten sich nicht von der Stelle. Stattdessen erschienen Fragezeichen auf ihren Gesichtern.

Ich musste wirken, als wäre ich völlig durch den Wind, doch ich hatte weder Lust noch Kraft, eine sorglose Miene aufzusetzen. Meine Gesichtsmuskeln fühlten sich schlaff an. Als würden imaginäre Gewichte sie nach unten ziehen. Warum sollte ich dagegen ankämpfen?

»Bringen wir es jetzt hinter uns, oder nicht?«, sagte ich trocken.

»Okay«, sagte Max verwirrt.

Flurry hatte sich bereits auf den Weg zur Bühne gemacht.

»Kommt Obi nicht?«, fragte ich knapp, und Max schüttelte den Kopf.

»Er hatte gestern irgendwo ein Vorstellungsgespräch und hat sich seitdem nicht mehr gemeldet. Sein Handy ist aus«, erklärte Max.

»Na, wunderbar.« Hatte Obi den Glauben an unsere Band so sehr verloren, dass er sich nicht mal mehr von der Probe abmeldete?

Ich fing an, ein paar Töne zu spielen, viel zu schnell und viel zu unkontrolliert. Max und Flurry stiegen mit ein, versuchten erfolglos, sich meinem Rhythmus anzupassen. Ich driftete ab oder verfehlte die Töne. Es klang, als wären wir wirklich nur eine Hinterhof-Band und hätten noch nie einen ausverkauften Saal gefüllt.

»Vielleicht probieren wir lieber ein anderes Stück«, schlug Max vor. »Das, das ich dir letzte Nacht geschickt hab, Jaad?«

Ich versuchte, mich zu erinnern. Doch nach heute Morgen war es, als wäre der Speicher in meinem Kopf einfach übergelaufen. Die Worte, die Judy mir entgegengeschleudert hatte, wirbelten darin herum und stießen alle anderen Informationen beiseite. Immer noch füllte ihr schmerzerfülltes Gesicht nach dem Gespräch mit meiner Mutter meine sämtlichen Gedanken aus.

»Jaad, du bist heute extrem unkonzentriert«, warf mir Max entgegen.

»Na und?« Ausgerechnet er, dessen Gefühlsausbrüche immer unsere Proben beeinflussten, musste das bemerken?

»So kommen wir nicht weiter, Jaad.«

»Max«, knurrte ich. »Du bist vielleicht nicht der Einzige, der mal ein paar Probleme mit sich auszumachen hat.«

»Du hast Probleme?«, meldete sich jetzt auch Flurry zu Wort. »Hat es mit Judy zu tun?«

Flurry stand von seinem Schlagzeughocker auf und kam auf mich zu. Er legte einen Arm um mich, und obwohl mein erster Impuls war, ihn abzustreifen, ließ ich es zu, um ihn nicht zu verletzen.

»Wie kommst du denn auf *die* Idee?« Meine Stimme wanderte ein paar Oktaven höher.

»Es *hat* mit Judy zu tun«, flüsterte er.

»Was ist passiert?« Zu meiner Überraschung kam die Frage von Max, der jetzt auch zu uns getreten war.

»Sie hat mich abserviert«, gab ich leise zu. Meine Mundwinkel hingen schlaff nach unten.

»Wann? Warum?« Ihre Fragen vermischten sich, hagelten auf mich nieder, sorgten dafür, dass meine Schultern absackten. Auf einmal konnte ich meine Bassgitarre kaum noch tragen. Alles war schwer. So schwer.

Also legte ich sie ab, wischte Flurrys Arm von meiner Schulter und setzte mich auf die Kante der Bühne. Die Jungs taten es mir gleich, und für eine ganze Weile, die sich wie die Dauer von mindestens drei Songs anfühlte, schwiegen wir.

»Ich wusste gar nicht, dass ihr offiziell zusammen wart«, sagte Max.

»Waren wir auch nicht. Also schon, aber nicht so richtig … Ich weiß es nicht. Jetzt sind wir es auf jeden Fall nicht mehr. Ganz sicher nicht.«

»Erzähl uns, was passiert ist«, sagte Max, und ich blickte ihn erstaunt an.

»Ernsthaft?« Ich hatte nicht erwartet, dass ihn die Sache zwischen Judy und mir interessieren würde.

»Na klar, Mann! Erstens bist du uns wichtig.« Er stieß mich heftig in die Seite. »Und zweitens bist du hier so ziemlich der Einzige, der einen gesunden Umgang mit Problemen hat. Und der eine Beziehung hatte. Wir können also noch von dir lernen.« Max wackelte mit den Brauen und entlockte mir damit ein Lachen.

»Wer bist du, und was hast du mit Max gemacht?«

»Der Spruch ist genauso lahm wie du, wenn du jetzt nicht endlich mit der Sprache rausrückst. ›Geteiltes Leid ist halbes Leid‹, sagt meine Therapeutin. Den Spruch finde ich genauso lahm, aber ein bisschen recht hat sie wahrscheinlich schon damit.«

»Du gehst zur Therapie?« Flurry machte große Augen, und ich konnte sehen, dass er sich darüber freute.

»Sieht so aus. Und wo wir schon dabei sind, uns das Herz gegenseitig auszuschütten: Es tut mir leid, dass ich letztens so ein Arsch zu euch war. Und zu Judy.«

Ich berichtete den Jungs alles, was zwischen mir und Judy passiert war. Wie sie versucht hatte, mir Arabisch durch Musik beizubringen. Wie ich ein Mash-up gemacht und es ihr gewidmet hatte. Wie sie mich zu ihrer Familie eingeladen hatte und wie wir gemeinsam musiziert hatten. Nur den Kuss sparte ich aus, um Judys Privatsphäre zu schützen.

Bis hierhin hatten die Jungs mir vor Begeisterung an den Lippen gehangen. Bei den Schilderungen von unseren gemeinsamen Musiksessions hatten ihre Augen geleuchtet, als wünschten sie sich das Gleiche für sich selbst. Als ich dann dazu überging, ihnen von den rassistischen Übergriffen auf Judy zu berichten, verdunkelte sich Max' Gesicht wieder.

»Es tut mir leid, Jaad.«

»Was denn?«

»Ich glaube, ich bin auch nicht viel besser gewesen als dieser Mr Treanor. So wie du von Judy erzählst, scheint sie echt der netteste Mensch zu sein und wollte dir – uns – wirklich nur helfen. Aber ich … Ich war so geblendet von meinem verletzten Ego, dass ich die Chance, die sie uns geboten hat, gar nicht gesehen hab. Ich glaube, Judy ist echt in Ordnung.«

»Du solltest um sie kämpfen«, sagte Flurry und guckte mich entschlossen an.

»Wie denn? Sie will nichts mehr mit mir zu tun haben«, entgegnete ich schwach.

»Das glaube ich nicht. Dann hätte sie auch die Arbeit geschmissen, oder?«, wandte Flurry ein.

»Zeigst du es uns? Das Lied *Für Judy*?«, fragte Max.

Ich traute meinen Ohren kaum. Max wollte, dass ich ihm mein arabisches Mash-up zeigte?

»Klar«, sagte ich und war dankbar, dass die beiden mich derart auffingen. »Schmeiß die Lautsprecher an.«

Ich verband mein Smartphone mit den Bluetooth-Speakern und suchte die neueste Version des Liedes, das ich bisher nur Judy gezeigt hatte. Ich hatte begonnen, einen Text auf Englisch zu verfassen, der den arabischen Songtext ergänzen sollte, war aber noch nicht ganz fertig damit. Etwas daran hatte noch nicht gestimmt.

Ich hatte versucht, den Text allgemein zu halten, damit sich möglichst viele Leute damit identifizieren könnten. Doch vielleicht war genau das der Knackpunkt.

Vielleicht musste ich den Text ganz genau auf Judy zuschneiden. Wer sagte, dass das, was Judy und mich verband, nicht universal war?

Ich drückte auf *Play*, und die rauschenden Wellen ertönten, die auch das Original eröffneten. Während die Jungs zuhörten, übersetzte ich die Worte, die auf Arabisch erklangen. Ich hatte schon ziemlich viele Vokabeln drauf und merkte, wie Stolz in mir aufwallte.

»Der Sänger erzählt davon, dass zwischen zwei Liebenden ein Treffen ansteht, auch wenn sie weit voneinander entfernt sind. Sicher werden sie sich wiedersehen, auch wenn ganze Länder sie trennen. Er sagt, dass sich seine Geliebte immer vor seinem geistigen Auge befindet, egal, wo er ist. Dass er die Trennung nicht erträgt, dass er sie jede Nacht in seinen Träumen vor sich sieht.«

»Das ist so romantisch«, murmelte Flurry und blickte mich schmunzelnd an.

Noch immer hörten wir das Rauschen, das Spiel der Gitarren, vermischt mit ein paar elektrischen Sounds, meinem Bass und jetzt Flurrys aufgenommenem Schlagzeug.

»Ist das …?«, fragte er, als er es erkannte.

Ich nickte.

»Jaad, das klingt wirklich fantastisch. Das hast du ganz allein gemacht?«

»Na ja, Judy hatte mir das Original geschickt. Aber ich arbeite noch dran. Ich will noch einen englischen Text hinzufügen. Ich weiß noch nicht genau. Und vielleicht einen Sprechgesang, der in Kontrast zu der vollen Singstimme des Sängers steht.«

»Auf Arabisch?«

»Das war die Idee. Aber ohne Judy schaffe ich das nicht.«

Max legte die Finger ans Kinn, als würde er nachdenken.

»Kannst du es uns beibringen?«

»Arabisch?«

»Den Song. Wir brauchen nur die Noten. Oder das Original. Dann können wir es nachspielen. Natürlich müsste ich herausfinden, ob das mit unseren Instrumenten geht oder ob da andere Instrumente genutzt wurden, die wir nicht besitzen. Ist das eine Oud-Gitarre im Lied?«

»Äh ... ja.«

»Die auf die Schnelle zu kriegen, ist schwierig. Aber vielleicht können wir sie elektrisch spielen. Auf meinem Keyboard sollte das gehen.«

Flurry nickte heftig.

»Ist das euer Ernst?«, fragte ich.

Ich konnte mir immer noch nicht vorstellen, dass meine Jungs sich wirklich auf diesen Song einlassen wollten. Wenn Judy recht hatte und der überraschende Umgang mit anderen Sprachen das gewisse Etwas war, das uns noch fehlte, könnte das vielleicht endlich wieder einen Durchbruch bedeuten. Wenn wir es schafften, den Song authentisch rüberzubringen. Und wenn ich es schaffte, mein Arabisch noch mehr zu verbessern. Ohne Judy.

Ich holte ein paar Verlängerungskabel und unsere Instrumente her. Flurry gab ich statt seinem Schlagzeug nur eine der rumstehenden Tomtoms.

Und dann legten wir los.

Am Ende der Probe hatten wir zwar nichts Vorzeigbares zustande gebracht, aber wir hatten das erste Mal seit Langem wieder so richtig Spaß gehabt beim Spielen. Diesmal war es nicht eine einfache Probe gewesen. Diesmal hatten wir gemeinsam musiziert, uns von den Klängen leiten lassen, spontane Ideen ausprobiert und über uns selbst gelacht, wenn ich versucht hatte, den arabischen Text mit meinem Akzent vorzusingen.

Die Schwere in meiner Brust hatte sich ein wenig aufgelöst.

Als ich zu Hause war, konnte ich es kaum erwarten, mich von Kingston trösten zu lassen. Ich machte es mir auf dem Sofa gemütlich, legte die Hundedecke auf meine Beine und lockte ihn mit ein paar Leckerlis zu mir.

Nachdem er sich genüsslich sein Maul abgeleckt hatte, machte er es sich auf meinem Schoß gemütlich. Ich verschränkte die Arme hinter meinem Kopf.

Obwohl ich mich ausruhen wollte, war da eine Unruhe in mir. Ich musste etwas tun, etwas an meiner Situation ändern. Aber was? Ich wollte Judy zurückerobern, ihr zeigen, dass ich wirklich für sie da war. Sie das alles nur missverstanden hatte. Doch im Moment war ich zu sauer auf sie. Sie hatte mich einfach stehen lassen und den Konflikt zwischen uns nicht ausgetragen.

Mein Arabisch existierte. Ja. Aber es war noch lange nicht gut genug, um damit eine Konversation zu führen oder einen vollständigen Song zu schreiben.

Ich holte mein Smartphone hervor, öffnete den App-Store und fand, wonach ich suchte. Es fühlte sich wie ein kleiner Triumph an, nun eine App zum Sprachenlernen auf meinem Handy zu haben. Wie eine kleine Rache an Judy, die mich einfach hatte fallen lassen.

Ich machte es mir gemütlich in meinem schmalen Bett. Dann startete ich die App.

»*Ahlan wa sahlan*«, sagte eine warme Frauenstimme, die fast genauso geschmeidig klang wie die von Judy.

Immer wieder Judy.

»Level?«

Anfänger, tippte ich ein und drückte auf *Enter*. Buchstaben wirbelten mit einem lauten *Swoosh* über den Bildschirm. Aus lateinischen wurden arabische Buchstaben mit Punkten, Strichen und anderen Schnörkeln, die ich nicht kannte. Sogar die Zahlen verwandelten sich in gänzlich andere Ziffern, die ich noch nie vorher gesehen hatte.

Könnte ich es schaffen, ohne Judys Hilfe Arabisch zu lernen?

27 | act normal

– JUDY –

Was war schon dabei? Den Satz wiederholte ich in Endlosschleife, während ich mit wackeligen Knien die Stufen zum Strand hinunterstieg.

Wir würden einfach genauso weitermachen wie vorher. Einfach gemeinsam arbeiten. Als wäre nichts geschehen. Als wäre all das, was zwischen uns war, nie gewesen.

Ich schluckte beim Anblick des Trucks, der schwarz in der Sonne glänzte. Leise Loungemusik ertönte, Kingston tollte zwischen den Liegestühlen umher, Menschen lachten, und ein paar Jogger drehten ihre Runden.

Alles genauso wie immer. Heute war der Truck gut besucht. Ich hoffte, dass uns die Arbeit die ganze Sache erleichtern würde. So könnten wir einfach nebeneinander die gewohnten Abläufe abspulen. Wie ein Boss und seine Angestellte, alles ganz normal.

Nicht wie Jaad und Judy, die einander geküsst hatten.

Trotzdem betete ich, dass er aus irgendeinem unerfindlichen Grund nicht im Truck sein würde.

Aber wie sollte das möglich sein? Kingston konnte schlecht die Gäste bedienen.

Ich stieg die drei Stufen des Trucks hinauf und hörte aus dem Inneren das Klirren von Geschirr und das Geräusch von Milch, die aufgeschäumt wurde.

Dann öffnete ich die Tür, und vor mir stand er.

Mitten in seiner Bewegung hielt er inne, dabei hüllte der Dampf des Milchaufschäumers sein Gesicht in eine Wolke, als seien wir in einem verdammten Musikvideo und nicht im realen Leben.

Ich räusperte mich. »Ähm, *salam*.«

»*Salam*«, erwiderte er, wedelte den Dampf weg. Seine Stimme klang hart, so als freute er sich ganz und gar nicht, mich zu sehen. Ein Stich fuhr mir in die Brust. Ich war nicht davon ausgegangen, dass Jaad so reagieren würde. Ein Block lag vor ihm, und ich zog ihn zu mir heran, deutete auf die lange Liste, die er aufgeschrieben hatte. Insgesamt fünf Getränke, von denen drei bereits durchgestrichen waren.

»Ist das noch offen?«, fragte ich, meinen Blick starr auf den Block geheftet. Ich wollte ihn nicht ansehen, diese zwei perfekten grauen Seen nicht ergründen. Weil ich mich dann vielleicht schuldig fühlen würde. Und noch mehr miserable Stimmung konnte ich wirklich nicht gebrauchen.

Also versuchte ich, möglichst gleichgültig zu wirken. So wie er.

»Mhmmm«, stimmte er mir zu.

»Dann mach ich den.«

»Okay«, murmelte er, immer noch schwer konzentriert aufs Milchaufschäumen. Wir arbeiteten still nebeneinanderher. Dabei kreischte der Milchschäumer, und der Espresso wurde dröhnend in der Maschine gemahlen.

Ich brauchte den Haselnuss-Streuer, der zu seiner Rechten stand, nicht unweit von mir. Ich hätte mich einfach ausstrecken können, um danach zu greifen. Aber ich war mir nicht sicher, wie nah ich ihm dabei kommen würde. Wie viel Nähe ich heute überhaupt ertragen würde.

Wie hypnotisiert starrte ich den Streuer eine Weile an, bis Jaad plötzlich in seinen routinierten Bewegungen innehielt. Ich spürte seinen Blick auf mir, abwartend. Dann legten sich seine Finger um den Streuer. Er stellte ihn in die Mitte zwischen uns und verharrte eine Weile in dieser Position. Bis ich gezwungen war, aufzublicken.

Was bedeutete der Ausdruck auf seinem Gesicht? Ich konnte ihn nicht deuten, doch er sorgte dafür, dass mir warm wurde. Unerträglich warm. Noch immer stand der Haselnuss-Streuer zwischen uns, wie um mich zu verhöhnen.

Du bist so lächerlich, Judy, greif einfach danach. Was ist das Schlimmste, was passieren könnte? Dass eure Finger sich berühren?

»Brauchst du den oder nicht?«, fragte er angespannt.

»Offensichtlich schon«, presste ich hervor, als hätte ich nicht gerade eine gefühlte Ewigkeit seine Hand angestarrt. Gerade als ich mich dazu überwinden wollte, gab er ein lautes »Tss« von sich und ließ davon ab. Eilig nahm ich die Zutat und streute viel zu viel davon auf das Getränk.

»Shit!« Schon wieder hatte ich eine Sauerei veranstaltet. Ein unterdrücktes Lachen ertönte, und ich schaute ungläubig zu Jaad.

»Ist das witzig?«, entfuhr es mir genervt.

»Nein«, sagte er todernst, doch seine Mundwinkel zuckten.

»Lappen, bitte«, murrte ich und beobachtete dabei ganz genau, ob seine Mundwinkel noch einmal zuckten. Was sie nicht taten.

Er reichte ihn mir wortlos und wandte sich wieder seinem eigenen Getränk zu. Wütend wischte ich die Haselnuss-Streusel weg. Jetzt musste ich alles von vorn machen.

Während Jaad die fertigen Bestellungen rausbrachte, blickte ich ihm vom Tresen aus hinterher. Sein Gang war locker, scheinbar unbekümmert, doch sein Rücken war durchgedrückt und seine Schultern spannten sich unter seinem weißen T-Shirt. Was aber auch an den vier Getränken liegen konnte, die er in einer Hand auf dem Tablett balancierte. Seine Haare, die er heute offen trug, wehten leicht im Wind, als er sich zu einer Traube aus Kundinnen hinunterbeugte.

Eine der Kundinnen lachte besonders laut und legte eine Hand auf seinen Arm, als sie ihm das Getränk abnahm, und auch Jaad lächelte ihr höflich entgegen. Mein Herz zog sich schmerzhaft zusammen. Zwischen uns war das Lächeln seit dem Vorfall mit seiner Mutter verschwunden.

Ich seufzte genau in dem Moment, in dem Jaad sich wieder aufrichtete und sich umdrehte. Unsere Blicke trafen sich, und auch wenn Jaad mehrere Meter von mir entfernt stand, hätte ich schwören können, dass so etwas wie Freude oder Triumph in seinen Augen aufblitzte. Schnell senkte ich den Blick.

Verstohlen beobachtete ich, wie Jaad noch ein paar Sätze mit der Kundin wechselte und sich dann abwandte. Wie sich seine Brust unter dem weißen T-Shirt anspannte, als er sich das jetzt leere Tablett unter den Arm klemmte. Wieder schoss mir die Hitze in den Körper, sammelte sich in meinem flauen Bauch und breitete sich schließlich zwischen meinen Beinen aus. Das Kribbeln und Ziehen wurde zu stark. Ich musste hier raus. Entschlossen nahm ich nun mein Tablett, auf dem die inzwischen zubereitete Bestellung wartete, drückte die Seitentür mit einem kräftigen Hüftschwung auf und … prallte gegen Jaad.

Seine Brust hob sich, seine Nasenflügel blähten sich auf, und die Härchen auf meinen Armen stellten sich unter meiner Kleidung auf. Ich wollte schreien, nicht aus Angst oder vor Schreck über den Zusammenstoß, sondern weil ich diese ganze Situation einfach nicht mehr aushielt. Alles war absolut scheiße.

Obwohl wir kein Wort miteinander redeten, knisterte die Luft zwischen uns. So laut, dass sie die Stille zwischen uns ausfüllte. Das Tablett in meiner Hand zitterte unter meiner Anspannung, doch Jaads Hände schnellten vor, um mich zu stützen. Drei Sekunden waren es, die alles zerstörten. Meine Fassade völlig bröckeln ließen und gleichzeitig den Selbsthass über meinen unfairen Umgang mit Jaad in mir schürten. Drei Sekunden … und mein Atem stockte.

»Jaad«, sagte ich flehend und versuchte, all die Worte, die ich nicht aussprechen konnte, die ich nicht aussprechen wollte, irgendwie anders zu transportieren.

Sein Blick wurde weich. So weich, wie seine Hände sich an meiner Haut anfühlten, und seine Brust senkte sich wieder.

»Judy«, antwortete er mit so viel Gefühl in der Stimme, dass es sich fast anhörte wie eine Liebeserklärung. »Lass uns reden«, sagte er sanft, und ich wollte zerbrechen. Mich in Luft auflösen oder im sandigen Boden versinken.

»Ich kann nicht«, sagte ich zitternd und schob mich an ihm vorbei. Das Tablett wackelte wieder bedrohlich, als ich meine Hand seiner entzog.

»Warum?«, fragte er, und ich blieb stehen.

Ich konnte mich nicht umdrehen und wieder in sein Gesicht blicken. Seiner Zärtlichkeit begegnen. Ich konnte nicht garantieren, was dann passieren würde. Weil ich das Gefühl hatte, dass ich all meine eigenen Fehler dann nicht mehr ignorieren konnte.

Und dazu war ich noch nicht bereit. Ich wollte weiterhin wütend auf ihn sein. An die Unmöglichkeit dieser Beziehung glauben. Andernfalls müsste ich mich mit ganz anderen Fragen auseinandersetzen. Wenn diese Beziehung doch möglich war, war Jaad möglicherweise doch nicht an allem schuld. Dann müsste ich mich fragen, ob nicht vielmehr ich diejenige war, die Schuld hatte an unserer Trennung.

Eine Hand berührte meinen Ellenbogen. Eine stumme Bitte. Eine Einladung, die ich ablehnte.

Wortlos marschierte ich los, auf den Strand zu, zu den Kundinnen, die Jaad gerade bedient hatte und die mich jetzt genauso anlächelten wie ihn vorher. Doch meine Mundwinkel hoben sich nicht. Viel zu sehr war ich mit dem Wirbelsturm in meinem Herzen beschäftigt.

Wie sollte ich die restliche Schicht jemals überleben?

28 | delirium days

– JAAD –

Ich wollte sie am liebsten an den Schultern packen und schütteln. *Was ist bloß los mit dir, Judy? Erkennst du nicht, was das für eine vertane Chance ist? Wir sind hier, wir könnten reden. Aber du willst es einfach nicht. Stattdessen huschen deine dunklen Augen die ganze Zeit hin und her, auf der Suche nach einem Punkt ganz weit weg von mir.*

Aber all das sagte ich nicht. Ich schwieg, so wie sie es wollte. Doch innerlich zerfraß es mich, wie schlagartig sich alles an Judy verändert hatte. Nichts an ihr war mehr so locker und lässig wie vorher. Stattdessen wirkte sie angespannt und bedrückt. Als läge eine Last auf ihren Schultern. Und ich konnte es ja verstehen. Konnte verstehen, dass die Sorge um ihre Beschwerde und die Sorge um den Wettbewerb sie erdrückten.

Aber was war mit mir? Konnten wir nicht darüber reden, wie unfair sie gestern zu mir gewesen war? Konnte sie das nicht erkennen?

Kaum einen vollständigen Satz wechselten wir miteinander. Die meiste Zeit hielt Judy sich draußen auf, nahm die fertigen

Bestellungen von mir entgegen, die ich auf dem Tresen für sie abstellte. Sie achtete penibel darauf, dass sich unsere Finger kein weiteres Mal berührten. Wenn es doch passierte, zuckte sie zusammen, als wäre ein Blitz in sie gefahren. Als wäre ich irgendwie gefährlich.

Am Ende der Schicht, nachdem Judy sich mit einem knappen »*Salam*« verabschiedet hatte, saß ich ausgelaugt im Sand, den Rücken an den Truck gelehnt, und starrte in die Dunkelheit.

Ich scrollte durch die Playlist, die sie für mich gemacht hatte, und blieb immer wieder an dem einen Song hängen, der irgendwie zu unserem geworden war. Summend ließ ich die Gefühle, die das Lied transportierte, in mich strömen. Sehnsucht, Abschied, Wiederkehr und Versprechen.

Und immer wieder dachte ich dabei an Judy, Judy, Judy.

Judy und ihre kaffeebraunen Augen. Judy und ihr verdammtes Herzmuttermal. Judy und ihr Hula-Hoop. Ihr Lachen. Ihre dunkle Stimme, wenn sie arabisch sprach. Die Form ihrer Lippen. Judy.

Wie einen Film ließ ich all die Momente, in denen wir uns nähergekommen waren, Revue passieren. Spürte den Moment, in dem sie sich mit ihrem Po auf meine Schultern niedergesenkt hatte, als wäre es gestern gewesen. Mein Hinterkopf an ihrer warmen Körpermitte. Ihre Schenkel, die sich an meinen Hals geschmiegt hatten, weich und stark zugleich. Erinnerte mich an die Art, wie sie die Süße der Mangos von ihren Fingern geleckt hatte. Was würde ich dafür geben, jede ihrer Fingerkuppen langsam mit meiner Zunge zu liebkosen? Was würde ich dafür geben, den Moment in der Küche ihrer Eltern noch einmal zu erleben? Die Hitze, die sie durch meinen Körper gejagt hatte, erneut zu spüren?

Mein Herz raste bei der Vorstellung von alldem, was ich mir

von ihr wünschte. Eine Enge legte sich um meine Brust, verkrampfte meinen ganzen Körper, bis jeder Muskel in mir so hart angespannt war, dass ich es kaum noch ertrug. Doch ich wollte diesen Rausch, den die Vorstellung von Judy in mir auslöste, noch weiter auskosten. Immer mehr Bilder beschwor ich in meinem Kopf herauf. Stellte mir vor, was ich alles mit Judy anstellen konnte. Immer mehr Druck bildete sich in meiner Hose. Meine Hände vergruben sich im Sand, meine Brust hob und senkte sich heftig.

Judy. Was machst du mit mir?

Ich blickte hinauf zum Mond. Bald würde er zu einem eleganten Sichelmond zusammengeschrumpft sein. Wie ironisch war es, dass er vor wenigen Tagen noch Zeuge unserer Zweisamkeit gewesen war. Jetzt saß ich hier allein. Mein Kopf leer. Mein Herz voll. Das Fass kurz vorm Überlaufen.

Diese Nacht träumte ich von Judy. Wie sie im Sichelmond saß, eins ihrer Beine herunterbaumelte und hin und her schaukelte. Ihr Hijab hing über ihrer Schulter und flatterte im Wind. Hin und her, hin und her. Dann stieg sie von der Sichel herunter und pflückte sie vom Himmel, ließ sie über ihrem Kopf rotieren, so wie sie es mir am Strand mit ihrem Hoop gezeigt hatte.

Sie kam auf mich zu, mit schwingenden Hüften und geöffneten Lippen, ihr Gesicht so, wie ich es damals in der Küche bei ihrer Familie gesehen hatte. Offen und voller Verlangen.

Und als ich aufwachte, waren da Fetzen von Worten, Klängen, Melodien und ein Stückchen mehr Klarheit in meinem Kopf.

29 | catastrophe

- JUDY -

In letzter Zeit schlief ich immer schlechter.

Heute musste ich wieder in das Seminar und hatte deswegen kaum ein Auge zugetan. Ich hatte immer noch keine Rückmeldung von der Antidiskriminierungsstelle erhalten. Aber jetzt einen Rückzieher zu machen, wäre sicher nicht ratsam gewesen.

Völlig gerädert stopfte ich meine Sachen in den Rucksack und machte mich auf den Weg zu Mr Treanor. Diesmal war ich weder zu spät noch zu früh. Das letzte Mal, als ich in diesem Kurs gewesen war, hatte Jaad mir noch ein Lächeln mit seinen Nachrichten entlockt. Danach hatte Mr Treanor mich in Tränen zusammenbrechen lassen. Was würde mich heute erwarten?

Die Tür des Seminarraums war verschlossen, als ich ankam. Draußen bildeten meine Mitstudierenden kleine Grüppchen. María und Owen waren nirgends zu sehen. Also stand ich nur da und spielte auf meinem Smartphone herum.

Endlich kamen eilende Schritte heran, und Bewegung ging durch die Menge. Mr Treanor war angekommen. Alles an ihm wirkte so perfekt und glatt gebügelt wie immer. Nur sein Gesicht war irgendwie anders. Fleckig. Als hätte er einen Ausschlag oder als sei er … wütend?

Er stürmte zur Tür des Raums und schloss sie auf. Die Studierenden strömten hinein, doch als ich an ihm vorbeiging, um es ihnen gleichzutun, hielt er mich auf.

»Sie nicht«, zischte er.

Völlig perplex blieb ich stehen, jemand rempelte mich an und fluchte, sodass ich einen Schritt zur Seite trat.

Mr Treanor funkelte mich mit seinen Augen an.

»Was …?« Die Frage lag mir auf der Zunge, doch ich traute mich nicht, sie auszusprechen. *Was habe ich getan?*

»Sie sind ab sofort vom Unterricht suspendiert.« Er zog einen Zettel aus seiner Tasche. »Ganz offiziell«, knurrte er und wedelte mit dem Papier vor meinem Gesicht.

Ein paar Buchstaben tanzten vor meinem Gesicht umher, wurden kurzzeitig scharf. *D I S* … Doch ich konnte die Worte nicht lesen. Sie verschwammen vor meinen Augen. Was auch immer da stand, ich wollte es nicht wissen.

»Des Weiteren sind Sie vom Wettbewerb disqualifiziert.«

Mein Puls beschleunigte sich. Kalter Schweiß trat auf meine Stirn und legte sich auf meine Oberlippe. Die Worte hallten in meinem Kopf nach, erreichten aber nicht mein Gehirn.

»Hat das mit der Beschwerde zu tun?«, fragte ich. Meine Stimme klang fremd und tonlos, als hätte sie selbst schon aufgegeben, für mich zu sprechen, wenn sie doch eh nie gehört wurde.

Sein Auge zuckte und verriet die Wahrheit, noch bevor er lügen konnte.

Wortlos wedelte Mr Treanor erneut mit dem Zettel, bis ich

ihn geistesabwesend aus seiner Hand pflückte. Dann verließ er den Flur, ging in den Raum und schloss die Tür hinter sich. Völlig verwirrt blickte ich ihm nach. Das Papier immer noch zwischen meinen Fingern. Endlich hob ich es an, um es zu lesen.

Sehr geehrte Frau Haleem,

das Prüfungskomitee der University of California hat nach ausführlicher Beratung mit Ihrer Lehrperson Mr John Treanor beschlossen, Sie vom weiteren Unterricht auszuschließen. Laut der Seminarbeschreibung war eine siebzigprozentige Anwesenheitspflicht erforderlich, um zum Wettbewerb zugelassen zu werden, der am Ende des Seminars von Mr John Treanor veranstaltet wird.
Da Ihre Fehlzeiten bereits mehr als siebzig Prozent aufweisen, sind Sie mit sofortiger Gültigkeit vom weiteren Unterricht ausgeschlossen sowie vom Wettbewerb disqualifiziert.

Dieses Schreiben wurde auf Ersuchen von Mr John Treanor erstellt und vom Prüfungsamt auf Richtigkeit bestätigt.

Nein. Das konnte nicht sein. In der Seminarbeschreibung stand so etwas nie drin.

Ich riss die Tür auf, und alle drehten sich um. In meinem Kopf rauschte es, aber ich konnte jetzt keinen Rückzieher machen.

»Mr Treanor, ich muss mit Ihnen reden!« Auf einmal war meine Stimme laut, so laut, dass ich mich fragte, woher ich die Kraft nahm, wenn meine Knie sich doch anfühlten wie Wackelpudding.

Er drehte sich um, die Brauen zusammengezogen, die Augen zusammengekniffen.

»Was wollen Sie noch, Ms Haleem? Haben Sie die Erklärung nicht gelesen?«

»Hier steht, eine Anwesenheitspflicht von siebzig Prozent wäre in der Beschreibung des Seminars gefordert gewesen. Aber das stimmt nicht!«

Ein Grinsen umspielte seinen Mund. »Sind Sie da sicher? Lesen Sie auch immer das Kleingedruckte?«

»Was?« Fieberhaft holte ich mein Smartphone hervor und navigierte auf die Seite, auf der die Registrierungen für die Kurse durchgeführt wurden. Da war er. *Musikmanagement.* Daneben ein großes *X* neben dem Wort *Anwesenheitspflicht*.

Ich klickte auf den Link, der zu der Gesamtbeschreibung des Kurses führte, und überflog hastig den langen Text.

Ganz unten befand sich unter einem Sternchen ein angefügter Satz: *Der Dozent behält sich nach persönlichem Ermessen vor, seine Studierenden aus dem Kurs auszuschließen, sollten sie eine siebzigprozentige Anwesenheit im Kurs unterschreiten.*

»Aber das ist uneindeutig!«, rief ich, wobei sich meine Stimme fast überschlug.

»Vielleicht weil Sie an mangelnder Intelligenz leiden. Bitte verlassen Sie jetzt mein Seminar.« Er setzte ein süffisantes Lächeln auf, das mir die Sprache verschlug.

Geschlagen verließ ich den Raum, schloss die Tür hinter mir. María, die ein wenig spät dran war, rollte gerade den Flur entlang und auf mich zu.

»Frag lieber nicht«, sagte ich, bevor sie der Sorge in ihrem Blick Worte folgen lassen konnte.

Ich verließ das Gebäude, ging auf direktem Weg in mein kleines Zimmer im Studentenwohnheim und versteckte den Zettel, ohne ihn noch einmal zu lesen, unter meinem Kissen.

Mr Treanor hatte mich durchfallen lassen. Dieses verschissene Arschloch hatte mich einfach durchfallen lassen.

Und ich war selbst schuld.

Meine Wut richtete sich jetzt gegen mich selbst. Weil ich Mr Treanor nicht vom ersten Tag an die Stirn geboten hatte. Weil ich seit Tag eins sein gemeines Verhalten hatte durchgehen lassen. Weil ich mir eingeredet hatte, dass alles nur Zufall war oder Einbildung. War das nun die natürliche Konsequenz meiner Inkonsequenz? Wann war alles so schrecklich geworden?

Später schleppte ich mich zu meiner Schicht im DROPOUT. Der Name des Trucks kam mir auf einmal ziemlich ironisch vor. Mein Ausstieg war nicht freiwillig gewesen. Auch wenn ich Jaad gesagt hatte, er sei mehr als nur sein akademischer Titel, kam es mir in diesem Moment so vor, als sei ich selbst nichts ohne den Wettbewerb.

Würde ich je wieder die Chance bekommen, mit meinem Talent gesehen und beurteilt zu werden?

Lustlos überquerte ich den Strand, klopfte schwach an der Tür des Trucks an, bevor ich sie öffnete. Heute war ich wieder zur Abendschicht beordert worden, um den Truck abzuschließen, damit Jaad zur Probe konnte.

Hinter der Tür erwartete mich Jaad mit verschränkten Armen. Wirkte er sonst eher wie ein leicht gebräunter Weißer, erschien heute alles an ihm dunkler. Er trug einen Dreitagebart, der ihn in meinen Augen zum ersten Mal ein bisschen arabisch aussehen ließ. Generell wirkte er heute ganz anders. Weg war seine professionelle Höflichkeit, die er sonst auf der Arbeit stets auf dem Gesicht trug.

Bevor ich etwas sagen konnte, drängten die Worte aus seinem Mund, als hätte er sie schon viel zu lange darin eingesperrt.

»Ich *kann* so nicht weitermachen, Judy. Wir müssen jetzt endlich reden!« Sein Blick war so düster wie die tiefschwarze Nacht. »Ich ertrage es nicht, dich hier ständig zu sehen, direkt vor meiner Nase, in greifbarer Nähe, während du bloß deinen Blick von mir abwendest und dich vor mir versteckst. Ich kann es nicht ertragen, dass ich dich am liebsten schütteln will, dich halten will, dich in meine Arme ziehen will. Dass ich dich verdammt noch mal wachküssen will, aus diesem Film, den du gerade schiebst, damit du weißt, dass ich hier bin. An deiner Seite. Egal, was passiert. Aber du kriegst ja gleich einen Schock, sobald mein kleiner Finger dich nur berührt!«

Ein Schauer fuhr über meinen Rücken, und meine Hände ballten sich zu Fäusten. Was wusste er schon über mein Leben? Über das, was ich erlebte? Was wusste er schon über meine Gefühle? Über meine Blicke, die ich vor ihm versteckte?

Er hatte keine Ahnung, dass ich mich genauso nach ihm verzehrte. Danach, ihn zu küssen, wie er es gerade beschrieben hatte.

»Und dann bist du da und stehst neben mir in dem Truck mit deinem verdammt sexy Blick und diesem verdammten Herzmuttermal, und ich erinnere mich daran, wie es sich angefühlt hat, dich zu küssen. Wie es war, als du dich mir entgegengestreckt hast. Als du mich noch wolltest. Als ich dir noch nicht egal war. Als noch nichts zwischen uns stand.«

Ich schloss die Tür hinter mir und schob mich zwischen ihn und die Theke.

Jaad senkte seinen Blick, verwirrt, neugierig darauf, was ich vorhatte. Ohne mein Gesicht von ihm abzuwenden, betätigte ich eine Taste an der Seite, sodass sich die elektrischen Läden des Trucks schlossen und uns in komplette Dunkelheit hüllten.

Ich spürte, wie Jaad sich zu mir herunterbeugte und mit seinem Gesicht vor mir verharrte. Für ein paar Wimpernschläge existierte nur unser Atmen.

Schnell, wütend, erregt.

Bis meine Augen sich an die Schwärze gewöhnten und Jaads Gesicht vor mir Gestalt annahm. Da war wieder dieses Gefühl, das ich schon seit Tagen unterdrückte. Dieses tiefe Verlangen in mir, Jaad *voll* auszukosten. Es drängte sich mit aller Macht an die Oberfläche, löste all meine Selbstbeherrschung in Luft auf.

Etwas glitzerte in seinen Augen, doch ich konnte es nicht ganz deuten. War es Lust? War es Sehnsucht? War es Vorfreude? Der Gedanke daran, all das zu tun, was ich mir seit dem Tag in der Küche ständig ausmalte, gab mir den Rest. Der Raum im Truck war winzig, doch ich wollte ihm noch näher sein. Die Dunkelheit lockte mich.

Also vergaß ich meine Beherrschung und gab dem Verlangen nach.

Ich wanderte mit meinen Fingern jeden Streifen Haut entlang, den ich zu fassen bekam. Von seinen Händen, über seine Unterarme bis zu seinem Bizeps. Ich zog seine Arme zu mir heran, bis er meiner Bitte nachkam und sie um meinen Rücken schlang. Die Wärme seines Körpers drang durch meine Kleidung und hüllte mich ein.

Dann stützte ich mich mit beiden Händen am Tresen ab und setzte mich mit einem schnellen Ruck darauf. Endlich waren wir auf Augenhöhe.

Jaads Blick flackerte. Verwirrung, Hoffnung, Trauer und Wut – so viel Wut, Wut, Wut, die die Lust in mir nur noch mehr entfachte. Sein Griff um meinen Rücken verstärkte sich, sodass seine Körperwärme von meinem Rücken bis in meine Beine kroch und in meinem Schoß versank.

Mein Körper brannte, und meine Nackenhaare stellten sich

auf. Die Nähe zu Jaad fühlte sich unerträglich an. Mir war so verdammt heiß und meine Kehle staubtrocken, als ich die Worte sprach, die mir schon so lange auf der Zunge lagen. Langsam und heiser, als wären sie eine Drohung.

»Ich will dich auch.«

Meine Finger gruben sich wie von allein in seine Haare. Ich presste meinen leicht geöffneten Mund auf seinen, bis Jaad ihn ebenfalls öffnete und meinen Namen gegen meine Lippen wisperte: »Judy.«

Flehend, als würde er die Lust zwischen uns beschwören, all unsere Probleme zu lösen. Doch ich erstickte seine Bitte, drängte ihn zum Schweigen, indem ich an seinen Lippen saugte, an ihnen knabberte, in sie hineinbiss.

Mein Tuch verrutschte und entblößte meinen Hals. Er legte seine Lippen an die zarte Haut, zog mit der Zunge eine Spur, die sich so heiß wie Lava anfühlte.

Ich seufzte gequält, weil all das nicht reichte. War das, was uns unterschied, doch größer als das, was uns verband? Was, wenn das heute die letzte Chance war, jemals wieder die Wärme seines Körpers zu spüren?

Ich schob meine Hand unter sein Shirt und fuhr die Muskeln an seinem Bauch nach, die sich augenblicklich anspannten. Seine Brust hob und senkte sich. Sein heißer Atem prickelte auf meiner Haut. Meine Brustwarzen wurden hart.

Und es war immer noch nicht genug.

Ich schlang meine Beine um seine Hüfte, verhakte meine Füße hinter ihm, um ihn noch näher an mir zu spüren. Als seine Härte gegen mich drängte, keuchte ich überrascht auf.

Und es war immer noch nicht genug.

Mein ganzer Körper kribbelte, ich war wie elektrisiert. Ich wollte mehr, so viel mehr, aber ich wusste, dass ich gerade gegen all meine eigenen Regeln verstieß.

Haram, haram, haram, hallte es in meinem Kopf wider.

Ich hatte das Gefühl, dass ich gerade verbrannte und mein Gehirn von einem Blitz getroffen worden war.

Ich war kurz davor, alle Regeln zu brechen, alle Schritte zu gehen und herausfinden, wie es war, wenn wir zu einem verschmolzen.

»Judy, nein, das ist zu viel. Wir …«

Ich schloss ihm den Mund erneut mit einem Kuss, drückte mich an ihn und vergrub mein Gesicht an seinem Nacken. Sein Atem ging stoßweise neben meinem Ohr, sein Körper zitterte, und er stöhnte, als kostete es ihn seine gesamte Beherrschung, meinem Drängen nicht nachzugeben.

»Judy, bitte hör auf damit«, presste er hervor, griff nach meinen Oberschenkeln, um sie sanft von seinem Körper zu lösen, doch ich gab nicht nach.

»Schau mich an, Judy«, flehte er, und ich zwang mich, der Wahrheit ins Auge zu sehen.

30 | i want you so bad

- JAAD -

Ich schob meine Hände vorsichtig zwischen Judys Oberschenkel, um sie von mir wegzudrücken, doch sie ließ es nicht zu. Wenn sie nicht gleich von mir abließ, würde ich explodieren. Würde ich jede Kontrolle verlieren.

Doch Judy hörte nicht. Stattdessen erstürmte sie meinen Körper, als führte sie Krieg. Zittrig heiß hingen ihre Lippen an meinem Mund, schmiegte sich ihre Zunge zuerst langsam an meine, sodass ich mich dem wiegenden Zungenspiel von ihr hingab und mitmachte, um dann sofort wilder, heftiger und fordernder in meine Unterlippe zu beißen. Die Hitze kroch meinen Hals hinauf, pulsierte durch mich hindurch, als Judy ihre Hand unter meinem Shirt bewegte. Mein Herz hämmerte so hart unter ihrer Hand, dass es wehtat. Rau und fordernd rieb sie über meine Brust.

Fast brachen meine Dämme. Alles in mir wurde hart.

Und es konnte unmöglich sein, dass sie *das* nicht spürte. Es fühlte sich so verdammt gut an, Judy so nah zu sein. Ich wollte das. Ich wollte es so sehr. Aber …

Ich vergrub mein Gesicht an ihrem Hals, stellte mir vor, wie es wäre, wenn Judy und ich uns jetzt hier an Ort und Stelle einander hingaben. Wie ich sie auf der Theke zurücklehnen würde, ihre Stoffhüllen von ihrem Körper schälen würde, um sie genauso zu erstürmen, wie sie es gerade mit mir tat. Mein Körper erzitterte bei der Vorstellung, und plötzlich biss sie in meinen Hals, saugte daran. Süßer Schmerz durchfuhr mich, sandte Adrenalin in jede Faser meines Körpers.

Schon seit Wochen malte ich mir genau das aus. Wie es wäre, mit Judy zu schlafen. Jeden Zentimeter ihrer Haut, jedes Muttermal zu erkunden, in ihrem Körper zu versinken, ihre Rundungen mit meinen Händen nachzufahren. Wie es wäre, wenn ich in sie …

Doch ich wollte es nicht. Nicht so. Nicht *haram*. Ich war noch nicht lange ein Muslim, doch ich kannte die wichtigsten Regeln. Und eine davon bestand darin, die Exklusivität der Vereinigung zu respektieren. Auch wenn es manchmal so schmerzlich war, sich dieser Verlockung zu entziehen. So wie jetzt gerade mit Judy.

»Schau mich an, Judy«, sagte ich, und Judy hielt inne.

Der Druck ihrer Schenkel ließ nach, und sofort vermisste ich die Kraft ihres weichen Körpers um mich.

Ich nahm ihr Gesicht in meine Hände, zwang sie, mich anzusehen, und sprach so langsam und behutsam, wie es meine zitternde Stimme erlaubte: »Wir können das nicht machen.«

Ihr Blick sah so gequält aus, dass es mir leidtat, dass ich die Worte am liebsten zurücknehmen wollte.

Doch dann vollzog Judy plötzlich eine Wandlung. Sie blinzelte mehrmals, zog ihre Beine zurück, faltete ihre Hände im Schoß und atmete hastig ein und aus, als versuchte sie, ihren Atem zu beruhigen. Sie drückte mich ein Stück von sich, sprang dann von der Ablage und strich ihre Kleidung glatt, richtete ihr Tuch.

»Ich verlasse die Stadt. Noch heute«, schoss es aus ihr heraus. Hart und schnell wie ein Giftpfeil, der sein Ziel nicht verfehlte. »Mr Treanor hat mich durchfallen lassen. Ich darf am Wettbewerb nicht mehr teilnehmen.«

»Was? Wie?«

Sie zuckte mit den Schultern, als wäre es ihr egal. Als wäre *alles* egal, und jetzt verstand ich.

»Moment mal. Du hast das gerade nur gemacht, weil du mich sowieso fallen lässt? Nachdem ich dir mein Herz geöffnet habe und dich gebeten habe, das hier – uns – nicht aufzugeben? Du wolltest sowieso die Stadt verlassen und dann … überfällst du mich einfach so?«

Ihre Nasenflügel blähten sich auf, und ihre Augen weiteten sich. Etwas darin zerbrach. Aus Wut wurde Verzweiflung, und aus Verzweiflung wurde Trauer. Eine Trauer, die mich augenblicklich ebenfalls erfüllte. All meine Hitze erkalten ließ, und meine Gefühle in ein dunkles, tiefes Meer hinabzog.

»Du stehst hier und servierst mich schon wieder ab? Du hast das Ganze geplant?«, donnerte ich.

»Ich hab sicher nicht geplant, vom Wettbewerb disqualifiziert zu werden!«, schrie sie zurück.

Ich lachte auf.

»Ich kann es nicht fassen. Ich schreibe einen verdammten Song über dich. Tagein, tagaus denke ich über dich nach. Darüber, wie ich dich zurückgewinnen kann, wie ich dich glücklich machen kann, während du keinen einzigen Gedanken daran verschwendest, dass ich auch Gefühle habe. Dass ich auch verletzt bin. Tagein, tagaus beherrschst du mein ganzes Denken. Sogar nachts, wenn ich schlafe, tanzt du durch meine Träume. Ich höre dich singen und schreibe alles schnell auf, Judy.«

»Einen Song?«, war alles, was sie darauf erwiderte.

»Wieso tust du mir das an?« Meine Stimme brach.

»Weil ich nicht anders kann«, flüsterte sie, während Tränen ihre Augen füllten, die sie wütend wegblinzelte. Sie kehrte mir den Rücken zu und rannte über den Strand, wirbelte den Sand hinter sich auf und hinterließ ein tiefes Loch in meinem Herzen.

Ich ging nicht zur Bandprobe. Und ich ging nicht nach Hause. Ich starrte eine Weile auf die Tropfen, die auf den Sand platschten, als der Himmel sich öffnete und das Unwetter, das die letzten Wochen angekündigt und wieder abgesagt worden war, sich endlich Bahn brach. Der Sturm erwartete uns erst in ein paar Stunden. Ich machte den Truck wetterfest, griff nach dem Telefon und wählte Moms Nummer.

31 | true colors

- JAAD -

Mom war auf einer Party ihrer Arbeit, als sie meinen Anruf entgegengenommen hatte. Irgendein Fest, bei dem es darum ging, die Verbindungen zu stärken und einander besser kennenzulernen. Als ich sie gebeten hatte, mit mir zu sprechen, hatte sie zuerst zögerlich reagiert. Doch die Verzweiflung in meiner Stimme und mein Vater hatten sie dann doch überzeugt.

»Lass ihn doch kommen«, hatte er aus dem Hintergrund gerufen.

Jetzt stand ich in demselben Flur, in dem Judy vor mir fortgelaufen war. Die meisten Türen der Durchgangsbüros standen offen, Musik drang aus irgendeinem Lautsprecher, die sich anhörte wie Kuschelrock-Hits. Gelächter und das Klirren von Gläsern mischten sich unter die schwülstigen Klänge.

Ich suchte mir eine der Türen aus und ging hinein. Überall waren Menschen, die meisten mittleren Alters, ein paar jüngere in meinem Alter standen abseits und unterhielten sich in einem Grüppchen.

Doch Mom sah ich nicht. Stattdessen tauchte Dad auf.

»Jaad, mein Junge.« Er breitete die Arme aus und klopfte mir mit der rechten Hand kräftig auf die Schulter. In der Linken hielt er ein Glas Wasser. Natürlich, er musste Mom immerhin später nach Hause fahren.

»Ich komm grad von der Toilette. Deine Mutter müsste noch auf der Terrasse sein, komm, ich bringe dich zu ihr.«

Seit dem Vorfall mit Judy hatte ich nicht mit ihr geredet. Draußen regnete es immer noch, doch die Terrasse war überdacht und Mom trocken. Dafür wirkte sie ein wenig beschwipst, als ich zu ihr trat. Sie hatte ihre Brille abgenommen, und ihre Augen waren leicht glasig und gerötet. Sie sah anders aus als sonst. Abgeschlagener.

»Der Regen ist schön«, sagte sie und deutete mit ihrem Sektglas hinaus in die dunkle Nacht.

»Ja«, sagte ich und bemerkte, wie viel Mühe es mich kostete, nur dieses kleine Wort auszusprechen. Der Regen hatte mich am Truck überrascht, und in Ermangelung an wasserdichter Kleidung hatte ich eine alte schwarze Jersey-Mütze aus dem Truck gefischt. Jetzt klebte sie durchnässt und kalt auf meinen Haaren, und der Wind blies in meinen Nacken.

»Da, wo ich herkomme, hat man immer gesagt, wenn es regnete, stünden die Tore des Himmels offen. Meine Gebete würden dann erhört werden.«

Sie lachte, doch es klang bitter.

»Ich habe so viel gebetet, Jaad. Doch meine Gebete wurden nie erhört. Eigentlich lächerlich, gerade in einem Land wie Saudi-Arabien an so einem Aberglauben festzuhalten. Bei der ständigen Hitze.« Sie lachte, diesmal herzhafter. Doch ich stimmte nicht in ihr Gelächter ein.

»Ich lass euch beide mal allein«, sagte Dad und ging rückwärts rein, als wollte er sich versichern, dass mit Mom alles in Ordnung war, wenn er sie jetzt zurückließ.

»Aber du wolltest über etwas anderes mit mir reden. Geht es um unser letztes Treffen?«, fragte Mom, sobald wir unter uns waren.

Ich war verwundert darüber, dass sie das Thema direkt ansprach, und trat von einem Fuß auf den anderen.

»Nein, nicht direkt. Judy schmeißt alles hin, weil Mr Treanor sie vom Kurs ausgeschlossen und vom Wettbewerb disqualifiziert hat.«

Sie stellte ihr Glas auf einem Tisch ab und drückte meinen Arm kurz.

»Das tut mir leid«, sagte sie, und es klang ehrlich. »Damit hätte ich nicht gerechnet. Das ist wirklich … übel. Möchtest du, dass ich mir den Fall noch mal anschaue?«

Ich schüttelte den Kopf und beobachtete, wie der nicht überdachte Teil der Terrasse immer nasser wurde.

»Es ist zu spät. Sie hat die Stadt bereits verlassen. Und mich auch.« Die Tropfen prasselten auf den Stein, ergaben einen rauschenden Rhythmus. Ich hatte das Gefühl, solange ich meinen Blick auf den Boden und die Tropfen fixierte, die ihn nässten, konnte ich über Judy sprechen. Konnte ich mich selbst ganz aus dem Thema rausnehmen.

Doch wenn ich Mom anblicken würde, dann würden sich andere Fragen aufdrängen. Und für die Antworten auf diese Fragen war ich noch nicht bereit.

»Vielleicht ist es besser so«, sagte Mom langsam, und bevor ich es verhindern konnte, ruckte mein Kopf zu ihr herum. Mom biss sich sofort auf die Lippen.

»Was meinst du damit?« Ein paar Leute, die inzwischen auch auf die Terrasse getreten waren, schauten sich nach uns um. Meine Stimme war wohl unwillkürlich lauter geworden. Moms Brauen zogen sich zusammen, und sie ging einen Schritt auf mich zu, zog mich fort von der Partygesellschaft hin zu einer Ecke, in der niemand stand. Hier waren wir nicht geschützt vor dem Sprühregen, der ihre perfekte Frisur ruinieren würde. Doch das schien Mom in diesem Moment egal zu sein.

»Für mich sieht es so aus, als sei sie eine praktizierende Muslima. Das ist mit Pflichten und Regeln verbunden. Ich verstehe, dass ihr einander mögt, aber was würde das Ganze nutzen? Sie führt wahrscheinlich ein ganz anderes Leben als du. Sie hat wahrscheinlich ganz andere Erwartungen an dich. Ganz andere Grenzen. Die für dich nicht einzuhalten und zu erfüllen sind.«

Woher wollte *sie meine* Grenzen kennen und wissen, wozu ich bereit war oder nicht?

Sie wartete meine Antwort nicht ab, sondern fuhr fort. »Jaad, als ich mit dir schwanger war, habe ich mir so sehr gewünscht, ein Mädchen zu kriegen. Damit ich meiner Tochter ein freies, selbstbestimmtes Leben schenken kann.«

»Judy ist frei und selbstbestimmt«, warf ich ein, doch Mom bat mich mit einer knappen Geste, still zu sein. Sie nahm ihren Monolog wieder auf, und so langsam beschlich mich das Gefühl, dass sie mir gar nicht richtig zuhörte.

»… ein Leben, das nicht an Benimmregeln, Kleiderordnung und Etiketten gebunden ist«, redete sie weiter, und ich verdrehte bei gesenktem Kopf die Augen.

Von irgendwoher ertönte Gelächter. Dad stand nicht unweit von uns zwischen Moms Kolleginnen und Kollegen und unterhielt sich angeregt. Doch aus den Augenwinkeln behielt er Mom immer im Blick. Als wäre er jederzeit bereit, auf sie zuzueilen.

»… ein Leben, in dem du lieben darfst, wen du willst. In dem du lieben darfst, wie du willst. Ohne dich sofort vor einem Gott und dem Gesetz an eine Person binden zu müssen.« Ihre Nasenflügel flattern, und ihre Stimme hatte einen pathetischen Unterton angenommen.

»Redest du von der Ehe? Du bist doch selbst verheiratet, Mom.« Ich deutete auf Dad, der prompt eine Braue hob.

Mom warf die Arme in die Luft, als hätte ich etwas unglaublich Dummes gesagt, und dumm kam ich mir mittlerweile wirklich selbst vor. Warum hatte ich gedacht, es sei eine gute Idee, mit Mom über meine Gefühle für Judy zu reden?

»Dein Dad ist ein Atheist«, stellte sie klar. »Das ist was anderes. Unsere Ehe ist aus Liebe erwachsen, sie war nicht vorgegeben von Religion oder Gesetzen. Jaad, auch wenn ich mir eine Tochter gewünscht hatte, war ich überglücklich, als ich dich gekriegt hatte. Meinen Sohn. Und auch dich habe ich dann zu Freiheit, Respekt und Gleichberechtigung erzogen.« Ein paar von Moms Kollegen und Kolleginnen waren jetzt in unsere Nähe getreten, und Mom legte ihren Finger an die Lippen, damit ich den Mund hielt, doch ich konnte nicht.

»Ich verstehe echt nicht, worauf du damit hinauswillst, Mom. Ich schütte dir hier mein Herz aus, sag dir, dass ich verletzt bin, weil Judy mich verlassen hat, und du ...« Mom stellte sich jetzt seitlich neben mich, senkte ihr Kinn zu ihrer Brust und raunte die nächsten Worte, damit niemand außer mir sie hörte.

»Was ich dir sagen will, ist: Wenn du weiter mit ihr in einer Beziehung stehen würdest, würde sie am Ende noch erwarten, dass du sie heiratest oder so.«

Ich zuckte mit den Schultern.

»Und?«, fragte ich extra laut. In diesem Moment wollte ich sie provozieren. Bevor Mom etwas sagen konnte, wurden wir unterbrochen.

»Khadija?«, ertönte eine Stimme hinter uns, und wir drehten uns um. Ein Mann mittleren Alters in Anzug und Krawatte stand vor uns, in meinen Augen etwas overdressed für so eine lockere Party.

»John, wie nett, dich hier zu sehen.« Die feine Haut ihres

leichten Doppelkinns erzitterte, als würde Mom schlucken. Anspannung lag in ihrem Blick. War sie bloß genervt, weil sie ihn nicht sonderlich mochte, oder hatte sie Sorge oder sogar Furcht?

»Ich habe dich so ja kaum erkannt«, sagte er und deutete auf ihr Gesicht und dann zu mir. Seine Brille wanderte seine lange Nase hoch, als er sie krauszog und dabei grinste.

Mom zuckte bei seinem Fingerzeig zusammen. Der Sprühregen hatte ihre geglätteten Haare in Bewegung versetzt. Jetzt kräuselten sie sich zu ihren natürlichen Locken und standen leicht zu Berge. Ich kannte diese Frisur von zu Hause, wenn sie am Wochenende aus dem Bett direkt in die Küche kam und noch keine Gelegenheit gehabt hatte, ihre Haare erst zu waschen und dann zu glätten. Das Aussehen meiner Wochenend-Mom aus meiner Kindheit.

Aber es war nicht das Aussehen von Ms Carter, der professionellen, Kostüm-tragenden Universitätsmitarbeiterin. Mom schien das Ganze unglaublich unangenehm zu sein. Sie fasste sich mit beiden Händen ins Haar, als würde sie versuchen, es mit ihrer bloßen Hand zu glätten.

»Darf ich dir vorstellen, mein Sohn, Jaad.« Sie sprach meinen Namen mit dieser feinen Nuance aus, die nur ihr eigen war. Einem so weichen *Dsch*, dass es sich anhörte wie Französisch.

»Jaad, das ist Mr John Treanor.« Meine Kinnlade klappte auf. Sofort beschleunigte sich mein Puls, und all die Wut, die meinen Körper und meine Seele in den letzten Tagen so ausgelaugt hatte, potenzierte sich und ergriff Besitz von mir.

»Das ist *dein* Sohn? Der ist dir aber sehr arabisch geraten. Bei seinem Aussehen hätte ich jetzt mit so was wie ›Muhammad bin Abdullah‹ gerechnet.« Er lachte über seinen eigenen Witz.

Besorgt blickte ich zu Mom. Als ihr Arbeitskollege müsste er normalerweise wissen, dass sie eine Ex-Muslima war. Sie tauchte zu allen Weihnachtsfeiern mit meinem Dad auf und trank so viel Alkohol, als würde sie beweisen wollen, dass sie mit dem Islam nichts mehr am Hut hat – egal, was ihr Geburtsort oder ihr Vorname vermuten ließen. So viel Alkohol, dass ich jedes Mal dankbar dafür war, dass sie Dad mitgenommen hatte und er sie heil wieder nach Hause gebracht hatte. Jetzt erinnerte ich mich aber auch daran, dass sie nach diesen Feiern oft tagelang im Bett geblieben war. Viel länger, als es die Erholung von einem normalen Kater erfordert hätte.

Mein Spiegelbild wurde mir kurz in der Brille von Mr Treanor entgegengeworfen. Der Stress der vergangenen Tage, Judys scheinbarer Kälte, das Arbeiten an dem Song, meine Versuche, mir allein Arabisch beizubringen, und die nächtlichen Sehnsuchtsanfälle nach Judy hatten mein Äußerliches verändert. Unter Treanors selbstgefälligem Lächeln fuhr ich mir mit der Hand über meinen Bart. Es kam mir so vor, als wäre er seit heute Morgen noch länger geworden. Meiner Mutter war es immer wichtig gewesen, dass ich ordentlich und gepflegt auftrat. Und dazu hätte ihrer Meinung nach auch ein frisch rasiertes Gesicht gehört.

Aber ich war nicht frisch rasiert. Ich hatte mich gehen lassen, weil ich Kummer hatte, und dabei war etwas passiert, das mir noch nie vorher aufgefallen war. Meine Wirkung auf die Menschen hatte sich durch mein Äußeres verändert.

»Und wenn das mein Name wäre?«, fragte ich scharf, weil mich inzwischen absolut alles an dieser Situation nervte.

Er wiegte amüsiert den Kopf hin und her.

»Na, das wäre einfach zu komisch.« Er machte eine Geste, als würde sein Kopf explodieren, und kicherte los, fast wie ein kleiner Junge. Ich hörte ein oder zwei andere Typen aus dem Hintergrund ebenfalls lachen und Mom nach Luft schnappen. Nur die jüngeren Frauen, die etwas abseits standen und

Mr Treanors lautstarke Anspielungen mitgehört hatten, schlugen sich empört die Hand vor den Mund.

Sie kamen auf uns zu, und mir lief es kalt den Rücken herunter. Hatte er gerade angedeutet, ich könnte ein Terrorist sein?

Mom legte ihre Hand auf meinen Arm, und ich bemerkte, dass ich meine Hände, ohne es zu merken, zu Fäusten geballt hatte.

»Jaad«, warnte meine Mutter und legte ihre Hand so auf meine Faust, dass sie sie bedeckte. »John, wir sehen uns dann«, beschloss sie, bevor eine große Szene entstehen konnte.

Dann zog sie mich mit sich, weg von der Party, hinaus aus dem Gebäude.

Ich schaute zurück. Dad war nirgends zu sehen.

»Bist du vollkommen von Sinnen?« Mom hatte mich gegen meinen Willen zu ihrem Auto ins Parkhaus bugsiert, vor dem wir jetzt standen. Fieberhaft tippte sie auf ihrem Handy herum, wählte immer wieder Dads Nummer, bei der offenbar besetzt war.

Wahrscheinlich hatte er einen wichtigen Anruf aus dem Büro gekriegt oder sprach mit China oder Japan über ein zukünftiges Architekturprojekt. Mom war völlig durch den Wind. Ihr Gesicht war von roten Flecken bedeckt.

»Du hast dich genau so benommen, wie diese Leute es von uns erwarten! Ich habe nicht all die Jahre so hart dafür gearbeitet, anerkannt und wie ein normaler Mensch behandelt zu werden, nur damit du das jetzt in einem schwachen Moment zunichtemachst«, presste sie hervor. Sie öffnete die Tür ihres schwarzen Porsches und bedeutete mir, einzusteigen.

Doch ich blieb stehen.

»Mom, ich bin kein kleiner Junge mehr. Du musst damit aufhören, mich vor diesem imaginären Monster beschützen zu wollen. Stattdessen solltest du dich mal umschauen und wahrnehmen, was um dich herum passiert!«

Ich schlug die Tür wieder zu. Das blank polierte Auto warf uns unsere Spiegelbilder entgegen.

»Das sind wir. So sehen wir aus. Wir sind arabisch, egal, wie sehr du versuchst, das zu verstecken, Mom!«

Ihr Mund stand offen, so als würde sie sich das erste Mal so sehen. Sie fasste sich in die lockigen Haare und fuhr mit den Fingern über ihre braune Haut. Schritte kamen hallend auf uns zu, doch ich scherte mich nicht darum. Ich musste endlich all das, was sich in mir angestaut hatte, loswerden.

»Das eben auf der Party: Das war Rassismus. Genau wie Judy ihn uns beschrieben hat, Mom. Du hast ihn gerade erlebt, und ich war Zeuge. So langsam beschleicht mich das Gefühl, dass das nicht das erste Mal war. All die Jahre hast du alles dafür gegeben, dazuzugehören. All die Jahre hast du mir eingebläut, dass ich bloß nicht arabisch sein durfte, nicht muslimisch. Nur dann würde ich ein perfektes Leben haben. So wie du. Aber ich hab dich gesehen, Mom. Wenn du nach den Weihnachtsfeiern nach Hause kamst, so betrunken und gebrochen, dass du dich tagelang in deinem Zimmer eingesperrt hast.«

»Nein.« Sie schüttelte vehement den Kopf, als könnte sie meine Worte und die Wahrheit darin nicht ertragen.

»Was hast du bei diesen Weihnachtsfeiern erlebt, Mom? Womit haben sie dich verletzt? War das eben nur ein kleiner Vorgeschmack gewesen?«

»Sprich nicht so mit deiner Mutter«, befahl Dad, dessen Stimme hinter mir ertönte und die vor Wut zitterte. Die Schritte waren verhallt, und er stand jetzt neben uns.

Ich schaute ihn kurz an, schüttelte den Kopf.

»Ich muss die Wahrheit wissen, Mom. Sonst ist dieser Teil meines Lebens, meine saudische und meine arabische Herkunft, die du mir vererbt hast, am Ende eine Lüge.«

»Das ist *mein* Leben, Jaad. Du hast keine Ahnung, was ich erlebt habe. Nichts von den Sticheleien, die ich heute manchmal erfahre, ist ansatzweise so schlimm wie das, vor dem ich geflohen bin. Weißt du …«

Ihre Unterlippe bebte.

»… als mein Vater gestorben ist, war ich siebzehn Jahre alt. Mein Bruder war gerade mal zehn. Und trotzdem hatte er Macht über mich. Trotzdem konnte er entscheiden, was ich tat und was ich ließ. Meine Mutter war eine Witwe. Und trotzdem kam der Bruder meines Vaters jede Woche vorbei, um unser Geld zu verwalten und meine Mutter zu kontrollieren. Ich werde mich nicht schon wieder von irgendeinem Mann dazu zwingen lassen, irgendetwas an der Art meines Lebens zu verändern. Auch wenn dieser Mann mein Sohn ist. Ich habe damals eine Entscheidung gefällt, als ich hierhergekommen bin, und ich bin bereit, dafür die Verantwortung zu tragen. Ich habe mich nie darüber beschwert, wie es ist, eine Ex-Muslima zu sein in einem weißen Umfeld. Lass mich mein Leben so führen, wie ich es will, Jaad!«

»Jaad«, warnte mein Vater mich, griff nach meinem Handgelenk, als könnte er mir so den Mund verbieten.

Doch mein Herz hämmerte mir bis zum Hals. Es war das erste Mal, dass Mom mich auf diese Weise anschrie. Es war das erste Mal, dass sie zugab, Rassismus erlebt zu haben. Es war das erste Mal, dass mir bewusst wurde, dass ich ihn auch erlebte.

Nur eine winzige Veränderung an meinem Äußeren hatte dafür gereicht. Eine Veränderung, die ich rückgängig machen konnte. Ich konnte meinen Bart rasieren, meine Mütze absetzen und wieder als Weißer durchs Leben gehen. Die rassistischen Übergriffe damit abschalten.

Aber Judy?

»Es tut mir leid, Mom. Natürlich ist das dein Leben, und ich respektiere das.«

»Danke«, sagte sie, und Dad ließ mich endlich los, stellte sich jetzt neben Mom und legte einen Arm um sie.

Doch ich war noch nicht fertig.

»Aber respektierst du auch meines?« Sie blinzelte mich verständnislos an. »Auch wenn ich all das, was du ablehnst, mag? Auch wenn ich Arabisch liebe und ein Muslim bin?«

Mom antwortete nicht und stieg schweigend ins Auto. In Dads Augen tobte ein Sturm, doch auch er schwieg. Eilte seiner Frau hinterher und schlug die Autotür zu.

Als sie an mir vorbeifuhren, waren Moms dunkle Augen mit Tränen gefüllt. Ich hatte sie verletzt, und das tat mir leid, aber gleichzeitig war ich erleichtert.

Als hätte ich etwas gebeichtet.

32 | home again

- JUDY -

Ich verbrachte die Tage bei meiner Familie in Stille. Die meiste Zeit war ich in unserem Zimmer, hockte über meinem Laptop und meinen Büchern und schrieb an meiner Masterarbeit. Dass ich durch den Kurs von Treanor gefallen war, bedeutete, dass ich einen weiteren Kurs im nächsten Semester belegen musste.

Diesmal würde ich penibel darauf achten, dass es wirklich ein Kurs ohne Anwesenheitspflicht war, damit ich ihn von zu Hause in Santa Monica aus belegen konnte. Keine zehn Pferde würden mich nächstes Semester zurück an die Uni treiben.

Roxy wäre weg, mit Jaad wäre es vorbei, und immer wieder würde ich Mr Treanor auf dem Flur begegnen. Ich verkroch mich in den Wissenschaften, sammelte Fakten, Studien und noch mehr Studien, um meine Thesen zu stützen. Und die ganze Zeit hörte ich keine Musik.

Es war, als hätte mein Herz die Türen verschlossen, als sei es übergelaufen und müsste sich ausruhen, bevor es neue Melodien und Worte darin aufnehmen konnte. Das einzige Geräusch, das an meine Ohren drang, war das Rauschen des Wassers beim Duschen, und auch das war schon zu viel. Es erinnerte mich stets an das Meer beim DROPOUT, unseren Song und an Jaad. An die Wellen, die um uns getanzt hatten, als wir mit den Füßen im Wasser standen und den arabischen Song *Osad Einy* geübt hatten. Die warme Dusche fühlte sich dann an wie Jaads Umarmung.

Doch dann erinnerte ich mich an alles, was zwischen uns passiert war. Meine Worte, seine Stille, mein Drängen und seine Ablehnung. Und dann drehte ich das Wasser heißer, bis meine Haut rot anlief und die Feuchtigkeit in der Luft so hoch war, dass ich kaum atmen konnte. Dann wünschte ich, ich könnte mich auflösen wie der Dampf, der von meinem Körper aufstieg.

Abends ging ich mit Kopfhörern ins Bett, hörte Meditationen und meine Lieblingsverse, um meine Gedanken zu übertönen.

Du bist schuld. Du bist verantwortlich. Du hast alles kaputtgemacht.

Wie Giftschlangen schlängelten sie durch mein Gehirn, bis sie sich irgendwann zufrieden und an meinen Sorgen satt gefressen einrollten und schliefen.

Der Ramadan brach herein, und ich fühlte mich immer noch schlecht. Mein Herz war so voll von alldem, was es nicht fühlen sollte. Ständig erreichten mich Statusmeldungen vom DROPOUT, auf den sozialen Medien verfolgte ich die Study-Reels meiner Mitstudierenden, die sich auf ihre Prüfungen vorbereiteten. Ständig sah ich Mr Treanors wutverzerrtes Gesicht vor meinem inneren Auge. Ständig war ich mit anderem und anderen beschäftigt als mit mir.

Also löschte ich alle Apps und schaltete zur Sicherheit auch noch mein Smartphone aus. Stattdessen wandte ich mein Gesicht gen Mekka und betete.

Es gab auch Tage, die besser waren. Tage, an denen Mama mir mit besorgter Miene Reis mit *Molokheya* zum Fastenbrechen servierte und der Duft von warmem *Ghee* das ganze Haus erfüllte. Tage, an denen wir gemeinsam beteten. Tage, an denen unsere Freundinnen und Freunde uns zum Fastenbrechen besuchten und das Haus mit Gelächter und Segen erfüllt war. Tage, an denen ich merkte, dass alles vielleicht doch nicht so schlimm war. Dass meine Gedanken größer waren als meine Probleme. Dass ich die Schlangen aussperren musste.

Dann setzte ich mich nachts, wenn Reham bereits schlief, an mein Notizbuch. Der schwache Lichtkegel beleuchtete die blassen Seiten wie ein Spotlight auf einer Bühne. Dann schrieb ich und schrieb ich, strich durch und zerknüllte Papier, bis ich wieder ein leeres Blatt vor mir hatte, das wie Elfenbein in dem dunklen Zimmer schimmerte. Kostbar, rein, wertvoll.

Als der Ramadan endete und das 'Id-Fest gefeiert war, erwachte ich eines Morgens ausgeweint, ausgeschwiegen und mit ausgetrockneter Haut von all den heißen Duschen, ertrug ich es nicht mehr. Alles schlief noch, nur die Vögel sangen schon. Die Gedanken wirbelten in mir umher, rissen mich in ihrem Strudel davon, bis ich mich dazu entschied, zu beten.

Als ich meine Stirn auf den Boden senkte, spürte ich die Last auf meinen Schultern leichter werden. Der Kontakt zum Boden erdete mich. Er erinnerte mich daran, dass ich noch hier war. Dass mein Leben gerade erst losging.

Das Rosa des Sonnenaufgangs verwandelte sich in ein strahlendes Weiß, und ich fühlte mich endlich leichter. Ich beendete mein Gebet, erhob mich von meinem Teppich und faltete ihn zusammen.

Dann griff ich nach meinem Notizbuch. Ich setzte den Stift erneut auf das Papier, und endlich fand ich meine Worte, die sich in schwarzer Tinte auf das weiße Blatt ergossen:

I was sinking into the silence
feeling lost and really hopeless
while the birds out there were chirping
singing music to my heart

Ich legte den Kopf in den Nacken, atmete tief durch. Genoss den Schmerz, den die Erinnerung in mir auslöste, und die Erleichterung, die mir die Musik schenkte. Songs zu schreiben, quälte und heilte mich gleichermaßen.

but my heart clouded with blindness
couldn't see the truth
when all I had to do is listen
to the music between me and you

Die Noten tanzten vor meinen Augen, und ich seufzte zufrieden. Ich wollte in der Melodie, die in meinem Kopf spielte, versinken. Mich darin verlieren, um mich zu finden. Wenn ich Songs schrieb, hörte das Chaos in meinem Kopf auf. Und dann hatte endlich alles einen Sinn.

had I listened had I known
that the birds were cheering me on
same as you tried showing me
that I can be my own
heroine

Ich klappte mein Notizbuch zu, das meine Eltern mir zum Beginn meines Musikstudiums geschenkt hatten. Aus den abgewetzten Ecken lugten Papierschnipsel und Bilder für Moodboards meiner Songs raus. Ich liebte es, wie dieses Notizbuch überquoll von meinen Ideen, Gefühlen und Erinnerungen – überquoll von mir. Mein Finger strich über den schwarzen Einband und fuhr die Silberprägung darauf nach, die ein Sternbild zeigte.

Ich musste mein Schicksal selbst in die Hand nehmen. Ich konnte es nicht auf andere abwälzen, mich zu retten. Das hier war kein Märchen, und selbst in den Märchen war es verlogen, den Prinzen vorzuschicken.

Niemand außer mir konnte ich sein: Judy Haleem, Songwriterin. Ich hatte es verdient, gehört zu werden. Wenn die falschen Leute mir kein Gehör schenken wollten, dann musste ich eben dafür sorgen, dass die richtigen es taten. Die Leute, die meinen Wert erkannten. Die Leute, die mich sahen.

Ich schnappte mir mein Tablet und einen einfachen College-Block. In die Suchmaschine tippte ich ein: *How to Antirassismus-Kampagne?*.

Lauter Links zu Artikeln, Videos und Social-Media-Posts ploppten vor mir auf, verwiesen auf andere, bereits veranstaltete Kampagnen. Ich grenzte die Suche auf Kampagnen an der Universität ein und fand ein paar Links anderer Unis, auf denen ähnliche Veranstaltungen geplant wurden.

Doch keine Kampagne entsprach der, die mir vorschwebte. Meine Kampagne sollte sich explizit an marginalisierte Künstlerinnen und Künstler richten. Sollte denen Raum geben, die in ihren Branchen nicht oder ungern gesehen wurden. Aber das würde ich nicht allein schaffen.

Owen und María fielen mir ein. Vielleicht waren die beiden eine gute Anlaufstelle, hatten Ideen oder sogar Lust, mitzumachen. Vielleicht konnten sie mir helfen, weitere Künstlerinnen und Künstler aus anderen Disziplinen zu mobilisieren.

Nach einer Woche voll intensiver Recherche, etlicher Videocalls und Brainstorming-Sessions mit María und Owen hatten wir so etwas wie einen Plan. Owen kümmerte sich um das Organisatorische vor Ort, María übernahm das Bewerben der Kampagne via Social Media. Und ich klemmte mich hinter die Akquise von marginalisierten Künstlerinnen und Künstlern, telefonierte, zoomte und whatsappte mit mehr als zwei Dutzend Studierenden der Künste unserer Universität.

Das Gefühl, selbst etwas zu tun und mein Schicksal nicht mehr anderen zu überlassen, fühlte sich unglaublich gut an. All die Geschichten, die ich von den Menschen hörte, die bei der Kampagne mitmachen wollten, machten mich sprachlos. Sie schürten meine Wut und meinen Willen, etwas gegen das Rassismusproblem innerhalb der Künste zu unternehmen.

In der Kunst sollte es um Gefühle gehen. Um den Ausdruck dieser Gefühle und die Verbindung von Liebe, Leben und Schmerz. Doch wie sollte das funktionieren, wenn marginalisierte Menschen immer wieder kleingehalten wurden? Wenn ihnen immer wieder der Raum, die Stimme, das Mikrofon und die Kunst selbst weggenommen wurden?

Nach weiteren zwei Wochen war es so weit. María hatte über Social Media Wunder bewirkt, und es hatten sich bereits über tausend Leute für die Veranstaltung auf dem Campus angemeldet.

Meine Masterarbeit war so gut wie fertig.

Mein Selbstbewusstsein wieder hergestellt.

Alles war perfekt.

Bis auf die Schuldgefühle, die die Erinnerung an Jaad in mir auslöste. Immer wenn sein Gesicht in meinen Träumen erschien, ich einen kleinen schwarzen Labrador Retriever sah oder den Duft von frisch gemahlenem Kaffee roch, dachte ich an ihn. Immer dann spürte ich, dass ich ungerecht zu ihm gewesen war.

Ich nahm mir vor, ihn bald zu besuchen. Wenn die Antirassismus-Kampagne über die Bühne gegangen war. Wenn ich mich darum gekümmert hatte, dass uns allen eine Stimme und eine Bühne zurückgegeben wurden.

Erst dann könnte ich mit Jaad reden und mich dafür entschuldigen, dass ich versucht hatte, ihn für mein Glück verantwortlich zu machen.

Eine Bürde, die niemand tragen sollte außer ich selbst. Vielleicht könnte er mir dann vergeben, und vielleicht könnten wir von vorn anfangen.

Als Jaad und Judy, die beide die Musik liebten und lebten. Denn ohne die Musik hätte es uns nie gegeben.

33 | meanwhile

- JAAD -

Mom hatte ich seit unserem Streit nicht mehr gesprochen. Mir tat es leid, dass ich sie so angefahren hatte. Es tat mir aber noch mehr leid, dass sie mir nie erzählt hatte, welchen Rassismus sie selbst erlebte. Dass sie mein Leben nicht akzeptierte und dass sie es gut fand, dass Judy mich verlassen hatte. Meine Gefühle hatten sie nicht interessiert. Alles, was ihr wichtig war, war, dass sich nichts änderte.

Dad hatte versucht, mich *zur Vernunft zu bringen*, doch ich hatte es satt, meinen Eltern zuzuhören und ihren Worten blind Glauben zu schenken. Ich musste selbst herausfinden, was wahr war und was nicht, wie sich Rassismus anfühlte und wie ich diesem ausgesetzt sein würde.

Also ließ ich meinen Bart wachsen, trimmte ihn einmal wöchentlich auf die Länge von einem Zentimeter und formte ihn so, dass er meine Züge markanter erscheinen ließ. Außerdem schnitt ich meine Haare ab, brachte sie ebenfalls auf die Länge von einem Zentimeter, sodass der Übergang zwischen Gesicht und Kopf fließend war.

Meine Kundinnen und Kunden schreckte das nicht ab. Max sagte, dass ich aussah wie ein Häftling, und Mom löschte kommentarlos das Foto, das ich ihr aus Trotz von meinem neuen Aussehen geschickt hatte, aus dem Chat. Ich schrieb ihr, dass ich im Ramadan fastete, und auch diese Nachricht löschte sie. Sie antwortete mir lediglich knapp, dass ihre Geburtstagsparty nicht mehr stattfinden würde. Immerhin rief Dad mich zum Ende des Ramadans an, um mir ein schönes 'Id-Fest zu wünschen. Doch leider konnte ich nicht feiern, da ich arbeiten musste.

Ohne Judy als Aushilfe war ich schnell wieder ziemlich überarbeitet. Ich brauchte Zeit, um alles zu verarbeiten, und schloss deshalb den Truck für zwei Wochen.

In der Zeit hörte ich auf, meinen Bart zu trimmen. Und jetzt wurden die Unterschiede in den Reaktionen der Menschen auf mich überdeutlich.

Die Frau im Supermarkt, mit der ich mich regelmäßig unterhielt, erkannte mich zuerst nicht. Als ich ihr meinen Namen nannte, war sie plötzlich ganz schweigsam.

Der Mann von der Post, der mir das Hundefutter hinauf in meine Wohnung trug, kniff die Augen zusammen, als ich ihm die Tür öffnete. Als hätte er Angst vor mir.

Und die ganze Zeit lungerte diese Frage in meinem Hinterkopf: War das Zufall, oder war das Rassismus?

Waren all diese Leute nur mit dem falschen Fuß aufgestanden, oder war das nur ein Vorgeschmack auf das, worunter Judy und viele andere Menschen litten? Das, wovor mich meine Mutter all die Jahre hatte bewahren wollen. Wovon auch sie die ganze Zeit über betroffen war. Waren die Leute auch so zu ihr, wenn ihre Haare nicht perfekt saßen und geglättet waren? Wenn das Make-up, das sie trug, sie nicht eine Nuance heller machte?

Zum Glück war es mit meiner Band anders. Obi war zwar nie wieder aufgetaucht und reagierte nicht auf unsere Anrufe. Aber Max und Flurry hatten sich vollkommen auf das Experiment mit dem Arabischen eingelassen. Und auch wenn Max nicht die passenden Instrumente für uns finden konnte, so gelang es ihm doch, die passenden Klänge für eine Live-Performance auf sein Keyboard zu laden.

Es war unmöglich, den Song zu spielen, ohne an Judy zu denken. Es war unmöglich, mein Smartphone in die Hand zu nehmen, ohne Judys Status und Profilbild zu checken. Doch nie änderte sich was oder gab irgendwie Aufschluss darüber, wie sie sich fühlte, wo sie sich aufhielt und was gerade in ihrem Leben passierte.

Bis zu diesem einen frühen Sommertag Ende Juni, an dem ich eine Morgenrunde mit Kingston um den Block drehte.

Ich öffnete wie gewohnt WhatsApp und scrollte in meinem Nachrichtenverlauf bis ganz nach unten auf der Suche nach Judys Namen.

Fast hätte ich sie übersehen, denn das gewohnte Bild mit der verschnörkelten Schrift war nicht da. Stattdessen erschien neben ihrem Namen ein anderes Profilbild, das ich neugierig anklickte. Es handelte sich um eine Art Plakat mit einem Aufruf:

> Mach mit bei der Artistic Antirassismus-Kampagne!
> Darbietungen von marginalisierten Künstlerinnen und Künstlern.
> Allys welcome: Ihr erhaltet die Bühne und das Mic für ein kleines Kontingent unserer Zeit bei detaillierter Angabe, worum es in eurem Beitrag geht.

Es waren drei Gesichter in runden Ausschnitten zu sehen, darunter die Namen der Abgebildeten.

Owen: ein Schwarzer junger Mann, der mit starkem Blick in die Kamera schaute.

María: eine Latina mit bunten Tattoos auf ihren Armen, die mit stolzer Miene in einem Rollstuhl saß.

Und Judy.

Mein Herz setzte für einen Moment aus. So lange hatte ich ihr Gesicht nicht mehr gesehen. Auf dem Bild trug sie einen ihrer bunten Neon-Hijabs, und ihre Augen sprühten vor Kampfgeist und Enthusiasmus. Ich checkte das Datum der Veranstaltung und sah, dass ein Link zu einem Social-Media-Profil existierte.

Ich besuchte das Profil und las alle Beiträge. Mit jedem Beitrag wuchs mein Stolz auf Judy. Sie hatte etwas getan, um sich gegen Mr Treanor und andere Rassisten aufzulehnen. Sie hatte selbst etwas unternommen, um sich zu verteidigen.

Und vielleicht gab es doch noch eine Chance, wie ich ihr zeigen konnte, dass ich immer noch an ihrer Seite war. Weil ich jetzt begann, zu verstehen. Begann, zu erleben, wie es sich anfühlte, wenn man anders war. Auch wenn ich das vorher nicht gewusst hatte.

Ich berief ein spontanes Band-Meeting ein. Seit der Sekunde, in der ich ihr Foto gesehen hatte, konnte ich an nichts anderes mehr denken. Nur noch an sie. Die Wunde, die ihr Fortgehen in mir hinterlassen hatte, schmerzte nicht mehr. An ihre Stelle war Vorfreude auf ein mögliches Wiedersehen getreten.

Ich konnte ihr Ally sein und ihr damit zeigen, dass ich immer noch an sie und ihre Sache glaubte.

»Was haltet ihr von der Idee?«, fragte ich Max und Flurry, die, so schnell sie konnten, zur Garage gekommen waren.

Wir hatten herausgefunden, dass sich Obi bei dem Club von Mr Hardy beworben hatte und angenommen wurde. Ich wusste, dass vor allem Max darunter litt, doch er wollte nicht darüber sprechen. Stattdessen nickte er anerkennend, und Flurrys Gesicht leuchtete vor Begeisterung auf.

»Das heißt, wir hätten endlich einen Gig?«, fragte Flurry aufgeregt.

Max schritt ein, bevor ich etwas erwidern konnte. »Schon, wobei es hier wohl eher darum geht, Judy zu unterstützen und ein Ally zu sein.«

Verwundert schaute ich Max an.

»Hey, diese Augen können nicht nur Noten lesen. Ich hab ein bisschen recherchiert und mich weiterentwickelt, okay? Nachdem du reinen Tisch mit uns gemacht hast, fand ich das nur angemessen. Was dich angeht, geht auch mich an. Du willst Judys Ally sein? Dann bin ich deiner. Wir halten zusammen.«

Max schlug mir kameradschaftlich auf die Schulter, und ich war ehrlich gerührt über seine Entwicklung. Flurry legte seine Hand auf meine andere Schulter und drückte zu.

Alles schien sich zu fügen.

Alles wurde besser.

34 | show time

- JUDY –

Der Tag der Tage war gekommen.

Roxy stand vor dem Spiegel und machte sich für die Veranstaltung bereit. Sie fuhr sich mehrmals durch die Haare, wobei sie ihre weiße Strähne geschickt in Szene setzte. Ich hingegen saß immer noch mit Pyjama im Bett, knetete meine Finger und zappelte mit dem Bein.

»Wie machst du das bloß?«, fragte ich meine Freundin.

»Was denn?«

»Immer so selbstbewusst und optimistisch zu sein.«

Sie zuckte mit den Achseln. »Was ist die Alternative? Mich von allen anderen runterziehen zu lassen und noch miserabler drauf zu sein?«

Ich dachte über ihre Worte nach. Nach allem, was ich erlebt hatte, war das definitiv keine Alternative mehr, für die ich mich entscheiden wollte. Doch ein Funken Angst wohnte immer noch in meiner Brust.

»Was ist, wenn mein Vorhaben vollkommen nach hinten losgeht?«

»Wie das denn?« Sie drehte sich jetzt um, schaute mir direkt in die Augen.

»Wenn ich dadurch etwas lostrete, was ich nicht mehr rückgängig machen kann?«

»Dann stehst du für dich ein und beendest, was du angefangen hast.«

»Und was ist, wenn ich das nicht packe?«

Jetzt kam sie auf mich zu, setzte sich neben mich aufs Bett. Neben mir auf dem Nachtkästchen lag mein dickes Notizbuch, in dem der Song aufbewahrt war, den ich für diesen Anlass geschrieben hatte.

»Du bist nicht allein, Judy. Ich bin da, und etliche andere Künstlerinnen und Künstler, die du mobilisiert hast, sind auch da. Wir alle stehen hinter dir. Wir alle glauben an dich und deine Mission.«

»Danke«, sagte ich leise.

Roxy nahm ihre Tasche und schulterte sie.

»Wir sehen uns dann bei der Veranstaltung? Ich bin die in der ersten Reihe, die ganz laut deinen Namen schreit!«

Ich lachte über ihre Art, diese Leichtigkeit, die sie immer an den Tag legte, diese absolute Helligkeit ihres Gemüts, die manchmal so gegensätzlich zu ihrem schwarz gefärbten Haar wirkte.

»Noch eine Frage«, hielt ich sie auf. »Warum färbst du einen Teil deiner Haare schwarz?«

Sie fasste sich ins Haar und blickte mich verwundert an, zwirbelte die weißen Strähnen ganz vorn an ihrer Stirn um ihre Finger.

»Die schwarze Farbe symbolisiert das Weltall – Unendlichkeit, Alter, Reife und Erfahrung im Taekwondo –, und ich mag sie einfach.«

Sie zuckte mit den Schultern, als wäre es gar nichts.

Als sie das Zimmer verlassen hatte, raffte ich mich auf, um mich vorzubereiten. Dabei fühlte sich alles so zäh an. Jede Bewegung war schwer, selbst als ich meine Augen mit meinem Kajal schwarz umrandete, war ich müde. Jede Entscheidung eine Herausforderung.

Ich öffnete eine Schublade meiner Kommode und fuhr mit den Fingern über die Stoffe meiner Kleidung. Eine Ecke in der Schublade war ganz schwarz und noch ein Überbleibsel aus meinen Teeniejahren, als ich diese schwarze Phase gehabt hatte.

Damals fand ich mich besonders geheimnisvoll, wenn ich mich ganz in Schwarz kleidete und mit zerlaufenem Kajal und heraushängenden pechschwarzen Strähnchen einen Grunge-Look kreierte.

Ich hatte mich zu dieser Zeit von Reham abgekapselt und mir neue Freundinnen gesucht. Sie hatten sich genauso gekleidet wie ich. Ich dachte, ich hätte eine richtige Clique gefunden, doch eines Tages lauerten mir die Mädchen nach der Schule auf.

»Für dich ist das nur ein Kostüm«, hatte die eine gesagt. Ihre Lippen waren blutrot geschminkt und ihr Gesicht schneeweiß.

Eine andere hatte mich geschubst.

»Du lebst es nicht.« Ihre Hüften wiegten sich in dem engen schwarzen Rock, den sie trug, als sie einen weiteren Schritt auf mich zukam.

»Außerdem siehst du damit aus wie Osama bin Ladens Freundin. Du machst mir Angst.«

»Aber echt. Man muss fürchten, dass jede Sekunde was hochgeht oder dein Kopf unter dem Tuch explodiert oder so. Schwarz ist einfach nichts für Leute wie dich«, sagte eine andere in knallengen schwarzen Lederhosen und mit Iron-Maiden-Shirt.

Wahrscheinlich wusste sie nicht mal, wer Iron Maiden war.

Ihr Gelächter bohrte sich in meine Ohren.

»Die Tischdecke meiner Oma würde besser zu dir passen.« Ein Stoff wurde auf mich geworfen, verbarg mein ganzes Gesicht, sodass ich nicht sah, welche von meinen Freundinnen es war, die mir jetzt in den Bauch trat.

»Jetzt sieht sie aus wie eine Nonne.« Eine der beiden lachte laut. Die andere lachte mit.

Eine Weile blieb ich zusammengekauert unter dem Stoff liegen. Ich wollte der Wahrheit nicht ins Gesicht blicken. Dass ich mich für meine Freundinnen verändert hatte und sie mich nur ausgelacht hatten.

Sie hatten recht. Der Grunge-Look, das war nicht ich gewesen. Es war ein Versuch gewesen, dazuzugehören, und mir wurde damals allzu schmerzlich bewusst, dass die einfachsten Dinge wie Kleidung, Stoffe und Farben nicht auf die gleiche Weise für mich funktionierten wie für andere.

In Schwarz sah ich anscheinend falsch aus. *Bedrohlich.* Etwas, das ich auf keinen Fall wollte …

Seitdem hatte ich meinen Kleidungsstil Stück für Stück verändert. Alles, was ansatzweise dunkel oder gedeckt war, verbannte ich. Zurück blieben all die hellen, bunten Stoffe, die Lebensfreude ausdrücken sollten.

Wurde ich so immer noch mit Gewalt, Leid und Tod in Verbindung gebracht?

Seidig weiche Stoffe in allen Tönen dieser Welt befanden sich in meiner Schublade. Stoffe, die mich so lange begleitet hatten. Deren Pracht ich wie einen Schutzumhang um mich gehüllt hatte. Doch vor Mr Treanor hatten sie mich nicht beschützt. Sie hatten mich betrogen.

Meine Finger gruben sich tiefer in die Schublade, bis ich es fand. Ich zog ein schwarzes Tuch heraus, das so leicht wie eine Feder war, und hielt es an meine Wange. Es fühlte sich seidig an, schmeichelnd. In Kombination mit den schwarz umrandeten Augen verlieh der schwarze Stoff mir einen markanteren Ausdruck. Meine Gesichtszüge kamen mehr zum Vorschein, wie ich fand. Ich sah arabischer aus. Mehr wie die Frauen, die in Filmen auftauchen.

Fehlte nur noch eine schwarze *Abaya*, dann würde mich nichts mehr unterscheiden von den Frauen, die am Freitag aus der Moschee strömten, mit ein paar Kindern im Schlepptau und der Verachtung der Gesellschaft im Nacken. Wenn ich mich nicht bewusst modisch und bunt kleidete, blieb nichts übrig von dem Look der gebildeten, gut integrierten Studentin. Mein Alter Ego, das ich mir seit dem Vorfall damals aufgebaut hatte.

Die Farben, die ich über all die Jahre mit so viel Bedacht ausgewählt und deren Zusammenspiel ich perfektioniert hatte, um möglichst hip und freundlich zu erscheinen. Oder eher: harmlos.

Wer wollte ich sein? Die bunte, hippe Judy, die trotz all ihrer Bemühungen Rassismus erlebte – oder die Judy, die Schwarz trug?

In der Natur bedeutete Schwarz die Abwesenheit von Licht. Doch in meiner Kleidung bedeutete sie das wilde Zusammenspiel aller Farben.

Ich war alle Farben zusammen.

Ich war Judy, und ich wollte verdammt noch mal als diese gesehen werden.

Unabhängig davon, ob ich die Leute mit meiner Dunkelheit vergraulte.

Reham hatte gesagt, ich sollte mich mit den Personen umgeben, die mir guttaten. Diese Personen würden sich nicht daran stören, welche Farben ich trug oder nicht trug.

Ich faltete das schwarze Seidentuch und band es mir so um, dass sich ein weicher Fächer um meine Stirn legte. So fühlte ich mich wie eine vornehme Dame, eine *Hanım* aus einer überdramatischen türkischen Serie: selbstbewusst und ein bisschen selbstverliebt.

Genau das fehlte mir.

Die Sonne strahlte am blauen Himmel, und trotzdem suchte ich den Mond zwischen den Wolken. Er war mein Mittelpunkt. Mein Anker, wenn etwas in meinem Leben schieflief.

Doch heute war er nicht da, und das war nicht schlimm.

Ich würde die Dinge selbst in die Hand nehmen. Ich würde mein Schicksal ändern. Mich wehren und meine Stimme einsetzen, für mich und all die anderen, die nach mir folgten. Ich ließ meinen Blick über die Menge schweifen.

Wir hatten die Bühne inmitten des Parks aufgestellt. Um sie herum hatten die verschiedenen Künstlerinnen und Künstler Stationen aufgebaut, an denen sie ihre Kunst präsentierten. Ein Theaterstück war bereits in vollem Gange, das gänzlich von Studierenden gespielt wurde, die gebärdeten. Daneben hatte sich eine andere Studierende aufgestellt, die mit ihrem Menstruationsblut malte und traditionelle Kleidung trug, die ich nicht genau zuordnen konnte. Ein paar andere waren noch im Aufbau begriffen.

Ich schaute auf den Plan. Wir hatten fünf Stände und fünf Gigs. Davon waren zwei Gruppen als Allys eingebucht.

Hatten sich online ungefähr tausend Leute für die Veranstaltung angemeldet, musste ich jetzt, kurz vor Beginn, feststellen, dass nicht mal die Hälfte davon anwesend war.

Der Park war nicht überfüllt, und ich war mir nicht mal sicher, ob alle, die da waren, auch wirklich zu uns wollten oder nur zufällig hier rumstanden.

Was, wenn das alles hier ein Reinfall werden würde? Erneut

blickte ich zu den Künstlerinnen und Künstlern. Wäre das nicht wie ein Schlag in die Magengrube für sie?

»Es ist Zeit«, sagte ein junger Student mit orangem Turban. Er gehörte zu der Gruppe junger Studierender, die María und Owen mobilisieren konnten, um uns bei der Durchführung der Kampagne zu helfen.

»Danke, Suyan.«

»Sujjan«, korrigierte er mich.

»Suj-jan«, wiederholte ich.

Er nickte und deutete dann aufs Mikrofon.

Jetzt war ich an der Reihe. Ich müsste die Kampagne eröffnen, mich der Welt öffnen und die wahre Judy zeigen.

Ohne all die bunten Farben.

Ohne das verunsicherte Lächeln.

Einfach Judy, roh und rau. Ohne Verkleidung. So wie sie in Wirklichkeit war.

Ich ging auf das Mikro zu, legte meine Hand darum und atmete tief durch.

Ich war nicht für die Bühne geschaffen. Das hatte ich mir immer gesagt. Darum wollte ich Songwriterin werden und nicht Sängerin.

Doch manchmal änderte sich das Schicksal und zwang einen dazu, ein paar Schritte nach vorn zu gehen, um einzufordern, was einem gehörte: Raum, Anerkennung und Respekt.

Auch wenn wir nicht so gut besucht waren, wie ich es gehofft hatte, so würde dieses Zeichen seine Wirkung in der Welt zeigen und hoffentlich Wellen schlagen. Wenn ich meine Stimme erhob, konnten andere vielleicht auch laut werden.

»*Salam*«, begann ich. »Das bedeutet ›Frieden‹. Und den wünsche ich jeder einzelnen Person, die hier heute erschienen ist. Den Frieden, mit sich selbst glücklich zu sein, so wie man ist, und den Frieden, der uns die Möglichkeit schenkt, weiter an uns zu arbeiten und über uns hinauszuwachsen. Die letzten Monate waren schwer für mich. Ich musste mir eingestehen, dass das, was ich erlebe, Rassismus ist. Kein Zufall. Rassismus. Ich weiß …«

Ich deutete auf meinen Kopf, der von dem feinen schwarzen Hijab bedeckt war, und lachte. Die anderen stimmten mit ein, und mir wurde warm ums Herz.

»Was für eine Ironie, nicht wahr? Dass ausgerechnet ich davor die Augen verschließen wollte. Doch jetzt sind meine Augen offen, und mein Herz ist stark und mein Mut zurück.«

Die Leute klatschten, einige fassten sich an die Brust. Ein paar andere schienen unbeeindruckt von meinen Worten, doch das war auch okay.

Es füllte sich zusehends. Einige Menschen hatten sogar Picknickdecken mitgebracht, legten sie aus und machten es sich mit ihren Getränken und Snacks gemütlich.

»Ich bedanke mich bei all den fantastischen Studierenden, Künstlerinnen und Künstlern, die das alles hier möglich gemacht haben.« Erneut ertönte Applaus. »Und jetzt kommen wir zu meinem Part.«

Aus den Augenwinkeln bemerkte ich, wie eine Gruppe von Personen sich auf die Bühne zubewegte, doch ich versuchte, mich zu fokussieren. Egal, wer es war, ob Freund oder Feind, ich musste jetzt diese Show über die Bühne bringen und durfte keinen Rückzieher machen.

»Ich trage euch heute einen Song vor, den ich geschrieben habe«, sagte ich. »Früher wollte ich mit meinen Liedern andere von mir überzeugen. Dann entwickelten sie sich zu einer Form des Protests gegen die, die mich abgeschrieben hatten, und jetzt … Jetzt befreie ich mich selbst mit diesem Song.«

Die Gruppe von Personen kam vor mir zum Stehen, und gerade als ich weitersprechen wollte, erkannte ich sie.

Es waren Flurry, Max und Jaad.

Jaad sah anders aus. Aber gut anders. Seine langen Haare waren ab, und sein Bart hob seine markanten Gesichtszüge hervor. Und das gefiel mir.

Sie hatten einen Teil ihres Equipments dabei, packten es aber nicht aus.

»Dieser Song ist für mich selbst. Ich schicke ihn hinaus in die Welt, damit sich meine Worte erfüllen. Und damit er anderen Mut und Trost spendet, die sich in einer ähnlichen Lage in ihrem Leben befinden.«

Ich las den Song vor, den ich zu Hause im Morgengrauen geschrieben hatte, kurz bevor mir die Idee mit der Kampagne gekommen war. Ich las den Song vor, und ich fühlte mich befreit und ermächtigt. Ich las den Song vor und sah die ganze Zeit Jaad.

Mein Herz flatterte, denn er wandte seinen Blick keine Sekunde von mir ab. Sein Gesicht leuchtete, und er hatte die Hände vor dem Mund gefaltet, so als fiebere er mit bei jedem Wort, das ich sagte. Am Ende brachen er, Max und Flurry in begeisterten Applaus aus, und auch die anderen klatschten, wenn auch höflicher und distanzierter.

Ich schritt von der Bühne und überließ María das Mikro, denn sie würde die nächsten Auftritte ansagen.

Dann ging ich zu Flurry, Max – und Jaad, denn welchen Sinn hatte es noch, so zu tun, als könnte ich ihn ignorieren?

Wenn ich mir geschworen hatte, ab jetzt ehrlich zu mir selbst zu sein.

Mein Herz zog mich zu ihm hin.

Also folgte ich.

»*Salam*, Judy«, sagte Jaad.

Auch Max und Flurry sprachen den arabischen Gruß aus, was mich rührte. Es passte zu Flurry, weil er einfach so ein liebevoller Typ war. Aber Max … Das letzte Mal, als ich ihn gesehen hatte, war er mir mit Feindseligkeit begegnet und hatte mich in die Flucht geschlagen. Jetzt wünschten wir einander Frieden.

»*Salam*«, antwortete ich, an die drei gerichtet, und reichte Jaad meine Hand, die er ergriff.

Genau wie bei unserer ersten Begegnung kribbelte auch diesmal meine Haut bei unserer Berührung. Und genau wie beim ersten Mal zog ich meine Hand auch heute viel zu langsam wieder zurück.

Ich konnte Jaads Mundwinkel unter seinem Bart nicht sehen, doch um seine Augen bildeten sich kleine Lachfältchen.

Wohl wissend, dass ich diejenige war, die letztes Mal dieselbe Bitte abgelehnt hatte, fragte ich ihn heute: »Wollen wir reden?«

»Ich würde gern, aber jetzt gerade wird unsere Band angesagt.«

Jaad deutete hinauf zur Bühne, wo María das Mikro hinunter auf ihre Größe schraubte. Als es auf der Höhe ihres Mundes angekommen war, räusperte sie sich ins Mikro, verursachte dadurch ein kurzes Quietschen und entschuldigte sich mit einem Lachen dafür.

»Als Nächstes, liebe Gästinnen und Gäste, haben wir eine Ally-Band, die gern bei uns auftreten möchte. Begrüßt Max, Flurry und Jaad! Zusammen sind sie Sharks in the Dark, und ihr Song nennt sich …« Sie kniff die Augen zusammen, so als sei sie sich nicht sicher, was sie da gerade las. »… der Song heißt *Für Judy.*« Ihr Blick wanderte zu mir, und sofort spürte ich meine Wangen erröten.

»Ich hoffe, es ist okay, wenn ich unseren Song hier singe?«, fragte Jaad, und ich biss mir auf die Unterlippe, nickte.

Unseren Song.

»Klar«, hauchte ich nervös und versuchte, gegen die Hitze

anzukämpfen, die sich gerade in meinem gesamten Körper ausbreitete.

»Okay.« Jaad drückte kurz meine Hand und eilte dann Max und Flurry hinterher, die sich schon auf den Weg zur Bühne gemacht hatten.

Es war ein ungewohnter Anblick, dass seine Haare nicht offen hinter ihm herwehten oder in einem Bun auf und ab tanzten. Doch es war interessant.

Warum hatte er sich die Haare abgeschnitten? Warum trug er einen Bart? Und was hatte es mit dem Song auf sich? Er würde ihn doch nicht etwa auf Arabisch singen? Würde er?

In Windeseile hatten die Jungs alles aufgebaut. Anscheinend kamen sie mit nur wenig Equipment aus. Jaad schraubte das Mikro wieder hoch auf seine Höhe. Seine warme, tiefe Stimme erfüllte den Platz, schallte durch den Park und traf mich tief in meiner Brust.

»Dieser Song ist für Judy. Judy …« Er schaute mich direkt an. »Mit jeder Zeile meines Songs verliere ich mein Herz mehr an dich.«

Jubel ging durch die Menge. Jaad legte seine Finger an die Bassgitarre und machte ein paar Griffe. Tiefe geschmeidige Töne rollten über den Park. Max tippte auf seinem Keyboard herum, und kurz darauf ertönte aus den Lautsprechern Wellenrauschen.

Sofort bekam ich eine Gänsehaut.

»Ich hab Arabisch gelernt, extra für diesen Moment, denn ich will es dir in allen Sprachen der Welt vorsingen, Judy: *ana bahebek*. Ich liebe dich.«

Noch mehr Jubel ertönte, und mir schoss die Hitze ins Gesicht. Dann stellte Jaad sich mit seiner Bassgitarre ans Mikrofon und begann, zu singen. In seinem gebrochenen Arabisch, mit seinem amerikanischen Akzent sang er das Lied, das meine

Schwester als die Nationalhymne von Liebestan bezeichnet hatte. Er sang, dass ich immer vor seinen Augen war, egal, wie weit wir voneinander entfernt waren, und schaute mich dabei die ganze Zeit an. Dann fügte er einen neuen Part an, auf Englisch:

oh, she lies in the crescent moon
dreaming with her eyes wide open
no real limit for what she can do
her path's already chosen

oh, she lies in the crescent moon
reaching out to touch the stars
navigating the night sky so far
so far, so far

she's a dreamer and a believer
she knows what she wants to be
a courageous heart that never stops
believing that she can be free

oh, she lies in the crescent moon
reaching out to touch the stars
navigating the night sky so far
so far, so far

she'll never give up on her dreams
no matter how hard it may seem
she'll keep reaching for that shining light
so far, so far

Diese tiefe Wunde in meinem Herzen, die mich seit dem Besuch bei Jaads Mutter entzweigerissen hatte, war geschlossen. Als hätte die Musik sie zusammengeflickt.

Als Sharks in the Dark geendet hatte, streifte Jaad sich eilig die Gitarre vom Körper. Flurry und Max gestikulierten heftig, bedeuteten ihm, endlich von der Bühne zu gehen.

Also tat Jaad genau das. Er stürmte hinunter und kam auf mich zu.

»Willst du immer noch reden?«, fragte er atemlos.

»Natürlich.«

»Okay. Judy, du bist die interessanteste und schönste Person, die ich je getroffen habe. Jede Sekunde, die ich mit dir verbracht habe, habe ich genossen. Ich bewundere dich dafür, was du hier geschaffen hast. Und ich bewundere dich für deine Musik, für deine Leidenschaft, dein Lachen, dein Alles.«

»Und weiter?«, sagte ich, weil ich nicht wollte, dass er aufhörte, zu reden.

Ich schaute ihm in die Augen, während er so sprach von einer Judy, die besonders war, von einer Judy, die ihn begeisterte.

»Und weiter ... Ich liebe dich. Und ich hoffe, dass dir das passt, weil ich nicht vorhabe, dich noch mal gehen zu lassen, ohne um dich zu kämpfen. Einen Kampf müsstest du das nächste Mal aber schon zulassen, denn wenn du dich umdrehst und dich wieder auflöst, würde ich am Ende gegen Luft kämpfen, und das wäre erfolglos.«

»Ich habe nicht vor, mich wieder aufzulösen, Jaad. Es tut mir leid, wie ich mich verhalten habe. Es tut mir leid, dass ich dich verletzt habe. Ich bin jetzt ganz bei mir, und wenn du möchtest ...« Ich legte meine Hand an sein Gesicht, und er schmiegte seine Wange hinein, küsste die Innenseite meiner Hand, schloss die Augen.

Ich hielt die Worte noch zurück, genoss das Gefühl von den

wild umherwirbelnden Schmetterlingen in meinem Bauch, die sich mit den nächsten Worten in meinem ganzen Körper ausbreiten würden.

»… wenn du möchtest, auch ganz bei dir.«

35 under the fig tree

- JUDY -

Ich stellte die Tische in unserem Garten unter dem Feigenbaum auf, der jetzt volle Früchte trug, die schwer hinunterhingen. Baba hatte seine Lieblingslieder angemacht, die knisternd aus dem alten Kassettenspieler tönten. Mama hatte sich freigenommen, um meinen Erfolg zu feiern. Seit dem Konzert an der Uni waren drei Wochen vergangen, und der Sommer hatte ganz Kalifornien eingenommen.

Am meisten freute ich mich, dass Jaad kommen würde – gemeinsam mit seiner Mutter. Von der Eingangstür her ertönte ein Läuten, und kurz danach öffnete sich die Terrassentür, die vom Haus in den Hintergarten führte.

»*Ahlan, ahlan, ahlan, ahlan.*« Diesmal war es Mama, die unsere Gäste überschwänglich begrüßte.

Sie ging als Erstes auf Jaads Mutter zu, schloss sie in die Arme und drückte sie an ihre Brust. Ihr weißes Kopftuch legte sich an die Wange von Khadija, und Khadijas schwarze, geglättete Haare mit den feinen Silberstreifen schmiegten sich an den weißen Stoff meiner Mutter.

Khadija antwortete mit einem leisen arabischen Gruß, und mein Herz wummerte heftig bei dieser Szene.

Wie lange hatte sie ihre Muttersprache nicht mehr gesprochen? Wie lange hatte sie keinen arabischen Safe-Space mehr für sich gehabt?

Mama rieb Khadija die Schulter, drückte ihr eine Tasse süßen Schwarztee in die Hand und zog sie mit sich zu den Stühlen unter dem Feigenbaum, wo Baba und Reham bereits saßen.

Jaad blieb neben der Terrassentür stehen, und ich ging auf ihn zu.

»Ist alles gut zwischen dir und deiner Mutter?«, fragte ich ihn.

»Ja.« Er sagte es mit einer Leichtigkeit, die mich glücklich machte.

»Ich habe sie gefragt, warum sie mich Jaad genannt hat. Warum sie mir einen arabischen Namen gegeben hat, wenn sie die Sprache, die Kultur und alles, was damit zusammenhängt doch so sehr verabscheute.«

»Und was hat sie gesagt?«, hakte ich nach und hielt den Atem an.

»Erst mal nichts. Aber sie war bei deiner Kampagne da und hat uns gesehen. Deinen Auftritt, meinen. Das scheint etwas in ihr verändert zu haben. Irgendwie war das der Funke, den sie gebraucht hat, um mich besser zu verstehen, denke ich. Um mich als die Person zu sehen, die ich wirklich bin. Nicht als die Person, die sie sich vorgestellt hatte.«

»Das freut mich so sehr«, sagte ich und strich über seinen Handrücken.

»Wir haben ziemlich viel und ziemlich lang danach gesprochen. Sie sagte, dass sie vielleicht insgeheim doch nie ganz loslassen konnte. An ihrer Sprache, ihrer Herkunft hing. Dass das der Grund war, warum sie mich Jaad genannt hat.«

Ich seufzte. Was alles passierte, wenn man einfach nur miteinander sprach.

»Hilfst du mir in der Küche?«, fragte ich ihn.

Für einen Moment starrte er mich einfach nur an. Sein Adamsapfel bewegte sich auf und ab, als er schluckte und langsam nickte.

»Klar.«

Diesmal ging ich ihm hinterher, denn er kannte den Weg noch vom letzten Mal. Als wir im schummrigen Licht nah beieinander gestanden hatten, meine Finger in seinem Haar vergraben, seine Fäuste in meine Kleidung gekrallt, unsere Lippen einander erkundend.

Doch heute war die Küche lichtdurchflutet und das Fenster weit in den Garten geöffnet. Der Duft frisch gemähten Rasens strömte hinein und erfüllte die warme Luft. Von dem schummrigen Licht und der aufgeladenen Stimmung, die das letzte Mal den Raum erfüllt hatten, war heute nur ein Schimmer übrig.

Ich lehnte mich an die Küchentheke, auf der Servietten und Besteck bereitlagen. Jaad war mir gegenüber auf der anderen Seite stehen geblieben. Lange blickten wir einander an, wortlos, schweigend, als sei das unser Ding geworden. Uns mit unseren Blicken zu unterhalten, gemeinsam in Erinnerungen zu schwelgen, die keiner von uns aussprach.

Warme Luft umarmte mich, und ich atmete sie tief ein. Jaad presste seine vollen, weichen Lippen aufeinander, und ich erinnerte mich daran, wie sie das letzte Mal genau hier nach Orangenblütensirup geschmeckt hatten.

Seit unserem letzten Kuss im Truck hatten wir einander nicht mehr angerührt. Seit unserem letzten Kuss im Truck umschifften wir das Thema geschickt, indem wir schwiegen, wann immer uns die Sehnsucht überfiel.

Auch jetzt füllte die Stille wieder den Raum zwischen uns.

Es schmerzte fast körperlich, Jaad so nah zu sein und mich ihm doch zu entziehen. Es schmerzte, und gleichzeitig kostete ich jede Sekunde aus. Dass wir uns auf diese Weise nicht haben konnten, fachte meine Fantasie an, die nicht nur nachts meine Träume beherrschte.

Wie erlösend würde es sein, wenn wir das nächste Mal körperlich aufeinandertreffen würden? Wenn wir so richtig zusammen sein könnten, ohne Grenzen, ohne *haram*? Wenn es zwischen uns *halal* war? Sofern er das auch wollte.

»Was glaubst du, werden sie sagen, wenn wir ihnen die Neuigkeiten verkünden?«, fragte Jaad locker, doch mir entging nicht, wie heiser seine Stimme klang.

»Lass es uns herausfinden.« Ich griff nach dem Besteck und den Servietten, die in der Küche bereitlagen, und drückte sie Jaad in die Hand.

Er ging vor, hinaus in den Garten, wo Baba sein Backgammonspiel herausgeholt hatte. Mama und Khadija saßen ihm gegenüber.

Khadija spielte. Und ich konnte meinen Augen kaum trauen.

Ein Spiel, das sie wahrscheinlich nie verlernt hatte, egal, wie lange es her war, dass sie zuletzt die runden Spielsteine in der Hand gehalten hatte.

Wir nahmen uns zwei Stühle und setzten uns etwas abseits der Gruppe, beobachteten, was wir angestoßen hatten: Der Beginn einer möglichen Versöhnung von Jaads Mutter mit ihrer alten Kultur und Sprache. Eine Sprache, die uns beide so sehr miteinander verband.

Und dann rückten wir mit unseren Neuigkeiten raus. Bei der Artistic Antirassismus-Kampagne hatte jemand die Auftritte von mir und von Sharks in the Dark gefilmt und ins Internet gestellt.

Auch wenn das Event an dem Tag nicht so stark besucht

war wie erhofft, so schlug es doch seine Wellen im Netz. Die Leute teilten meine Ansprache, Jaads Liebesschwur und den Song, den er und seine Band für mich und meine Kampagne gespielt hatten.

Nach drei Tagen hatten wir beide eine Mail im Postfach von demselben Plattenlabel. Es war nicht Breezy Records, sondern ein kleineres lokales Label, aber es war verdammt noch mal ein Anfang. Ein Sprungbrett, das die Sichtbarkeit, die wir uns selbst geschaffen hatten, erhöhen konnte.

Natürlich hatten wir unterschrieben.

Sofort.

Und das Beste war, dass wir diesen Weg zusammen gehen würden.

Ich als Songwriterin und Sharks in the Dark mit einem neuen Durchbruch.

Ihr geplanter Hit?

Für Judy.

Für Jaad kehrte ich zurück nach Irvine. Noch war mein Wohnheimzimmer für ein paar weitere Wochen bezahlt, und ich wollte so viel Zeit wie möglich mit ihm, der Band, Kingston und im DROPOUT verbringen. Fast jeden Morgen führte mich mein Weg hinunter zum Strand, fast jeden Abend half ich der Band, wo ich konnte. Das DROPOUT hatte sich zu einem so festen Bestandteil in meinem Leben entwickelt, dass ich es nicht mehr missen wollte.

Ich hatte die Band überredet, wöchentlich ein kleines Strandkonzert zu geben. Die Leute waren sowieso schon Fans von Jaads Kaffeekunst, da war der Sprung zu seiner Musik doch nicht groß, oder? *Für Judy* durfte zwar nicht gespielt werden, solange das Vertragliche mit dem Label noch nicht geregelt war. Aber all die anderen neuen Songs, zu denen ich beitragen durfte, schon.

Vor allem arabisch-amerikanische Mash-ups wurden total zu unserem Ding. Kürzlich hatte Jaad Arab Trap für sich entdeckt und verwob die traditionellen Klänge der Trommeln und Geigen mit seinem harten Bass und elektrischen Gitarren.

Nachdem wir wieder einmal einen dieser Abende hinter uns gebracht hatten, saßen wir gemeinsam am Wasser. Mit unseren Händen stützten wir uns im Sand ab. Mittlerweile war es Ende Juli, und die Abkühlung tat unseren Füßen gut.

»Oh, und Jaad?«, sagte ich jetzt, als ich meinen kleinen Finger mit seinem verhakte.

»Ja?«

»Ich liebe dich auch, übrigens.«

Er drehte sich zu mir mit seinen mondgrauen Augen und lächelte mich schief an, sodass sein Grübchen erschien, auf das ich so gern einen Kuss drücken wollte.

Dort draußen im Meer versank die Sonne. Die Wellen umspülten unsere Füße, und Kingston jagte mal wieder ein paar Möwen hinterher. Alles war so vielversprechend geworden. Alles war so aufregend.

Ich wollte singen – über die Liebe, über das Leben, über uns und unsere Zukunft.

Danksagung

Und hier ist es einfach. Das Ende meines ersten Buches. Wer hätte das gedacht? Es fühlt sich surreal an. Dabei ist mein Herz so voller Worte für all die Menschen, die mich auf meinem Weg begleitet haben.

Mein erster Dank gebührt Allah. *Alhamdulillah.*

Und dann kann es nur einen geben, der an nächster Stelle folgt, dem wahrscheinlich gar nicht bewusst ist, was für ein Geschenk er mir gemacht hat: Damals, als ich sechs Jahre alt war und du mich in die örtliche Bücherei gebracht hast, sorgtest du dafür, dass ich mit meiner krakeligen Handschrift meinen Namen auf meinen ersten Büchereiausweis setzte. Meine erste Unterschrift in der Welt der Bücher. Ein Versprechen, eine Einladung, der Beginn einer großen Liebe. Damals, das warst du, Baba. Hattest du geahnt, dass die Bücher mein Schicksal waren?

Ich danke außerdem meiner gesamten Familie, die nie Zweifel daran hatte, dass ich es einmal schaffen würde, Autorin zu werden.

Danke, meinem Mann und Liebling, Abdellah. Du bist mein größter Fan und schärfster Kritiker. Du bist der Mensch, der glaubt, ich könnte alles schaffen, was ich will, und mir dadurch so viel Mut und Stolz schenkt.

Ich danke meinen fantastischen Freundinnen und talentierten Kolleginnen Olga Krouk, Keah Rieger, Susanna Kess und Katharina Hoppe, für all die Krisensitzungen, die ihr mit mir durchgestanden habt und eure endlosen Worte der Motivation.

Ich danke meiner Lektorin Jasmin Centner, die dieser Geschichte eine Chance und ein Zuhause gegeben hat. Dank gilt auch meinen unvergleichlichen Testleserinnen Marwa und Insi, die mein Manuskript unglaublich bereichert haben.

Danke allen Menschen, die meine Geschichte lesen.

Eure Sherin

Playlist

Kings of Leon – *Use Somebody*

DJ KABOO – *Enta*

Amr Diab – *Osad Einy*

Dana Hourani – *Yay*

Elyanna – *Ta Ta (Freestyle)*

Saafpanii – *Talking 2 the Moon x Fi Hagat*

Sad Pilot – *Take Me In Your Arms*

Elyanna – *Ana Lahale*

Elyanna – *Majnony Ana*

Dartro – *Youm Wara Youm*

j'san – *i'm in love with u, sorry*

Amr Diab – *Wahashtiny*

anees – *sun and moon*